小说创作×基本技巧

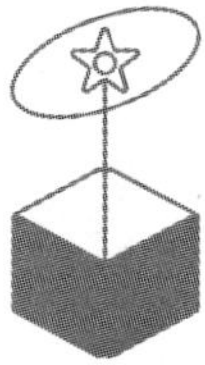

[英] 琳恩·巴瑞特-李 著
Lynne Barrett-Lee
张啸驰 译

文化发展出版社
Cultural Development Press

献给我曾经的学生们

教学也是我自身的学习过程

我写作，因为写作让我充实。也许是因为它让我付得起房屋按揭贷款、供孩子读完大学，但在这些事之外——我写作更是为了过瘾。我是为了一种纯粹的愉悦做这件事的。当你因为纯粹的愉悦做事的时候，你就能永远做这件事。

——斯蒂芬·金

目　录

前　言

人们对故事的传承和人类历史本身一样久远，讲故事的欲望埋藏在我们之中许多人的灵魂深处。那些深受“写作病”折磨的病友早就明白，一个真正的作者是无法不写作的；即便停笔，写作之瘾依然会不日发作。作家格雷西·哈蒙对此有过精妙的描述：“我们只不过是一群体内深埋能量、必须向外释放的人罢了，而纸和笔是我们钟爱的释放渠道。”

总的来说，作家的写作几乎是强迫式的；我们热衷于从身边真实的人事中汲取灵感、虚构出作品。假如我们没有坐在咖啡馆里、在纸上潦草地涂涂写写，那你也一定能在几英里之外的旷野找到正仰望星空、在脑海里涂涂写写的我们。

本书副标题直截了当地告诉了诸位：如果你想要见到自己的作品摆在书店的架子上，那么这门课就是为你准备的。这一野心应当是露骨且明确的。当然了，我们必须写自己真正想写的东西，这一点会在之后详述；但我从业这些年，见识并教授过许多初出茅庐的年轻作者，经过我不甚科学却真实无妄的总结，他们可以粗略分为三大类。

第一类是写作爱好者，他们通常写过不少作品也写了许多年，却仍然能从写作中得到刺激：他们来上课通常是为了打磨技巧、结识其他作者，给自己补充写作的“正能量”。第二类是纯粹主义者，他们不遗余力地将文学缪斯浪漫化：这些人来到课堂是为了体验当作家的感受，他们痴迷于“成为一名作家”这种想法，把我说的“将写作当成一份工作来对待”这种世俗又具象的喋喋不休当成耳旁风。而第三大类，是我最能产生共鸣的一类人（虽然在我不同的人生阶段中，这三类人都会在我身上体现）：他们来上课是想要成为职业作家，并对此充满热情；他们希望被人问起职业时，能自信地说出那个词语：“作家。”对于这类人来说，通过写作谋生是耶稣的圣杯、是人生的野心、是理想的实现。书店架子上的一席之地对于这类人无比重要。

这三大类之下还能细分出许多小类，我们还可以进一步分析、梳理这些类别：比如怀才不遇的第三类作者，都写了五本小说了，却连一本出版物的影子都没见到；比如焦躁不安的第二类作者，时常怀疑自己擅长的写作方式并不奏效；比如猛然激发出创作热情的第一类作者，由于孙儿到了识字的年纪，想要把自己的创作效率加倍……除此之外还有各种各样的作者……当然了，请大家明白我在此仅仅是无伤大雅的调笑，但这三大类作者还能被一套普适的标准细分：有的作者产量偏低，有的作者产量可观，还有的作者笔耕不辍、产量惊人。

写作是好事儿，大量写作则好上加好。如果你想要靠写作谋生，那么没有商量的余地，你必须大量地写作。假如你想在任何行当里取得成功，你都必须投入大量的时间和精力去练习；因此从我的经验出发（几乎没有例外），你能够通过这个疯狂写作班取得商业上的成功。商业上的成功当然不是成功的唯一形式，它也不该是成功的唯一形式，原因大家心知肚明；但假如我对于阅读本书的大多数人的定位正确，你们的确想追求商业上的成功。那么，你就来对地方了。

你会在这儿发现什么呢？大多数时候，你只会在这本书里发现问题，那些刚刚崭露头角的青年作家（或是半路出家的不那么年轻的作家）在写作生涯里总会问自己的问题。哪些成功小说所必需的元素能让你的作品无往不利？你如何确信读者被吸引住了？你要如何运用对话？如何运用章节？如何抓人眼球？如何让故事戛然而止？当你把这些都想清楚了之后，你又该如何谋得报酬让自己保持写作？当你得到稿酬之后，你又要上哪儿找图书出版人？

接下来我将会一步一步带你经历创作一本小说的各个阶段以及后续工作，我的目的是帮你找到最适合你的答案。我不会声称此书就是一切写作相关问题的万能指南——抱歉，我做不到。这本书是我十周写作工坊课程的浓缩版本，是我写作生涯所积累经验的总结精华。如果一个问题我没有遇到过、经历过、从中学到经验和教训，我便不会把它放在这本书里——我怎能那么干呢？但就像我对学生们所说的那样，我总是会帮助你们去探寻问题的答案，所以为什么不给我写电子邮件呢（地址在我的官网上）？我乐于解答。

与此同时，对于诸位读者，我也作了一些关键的假设。我认为你们不是全然的门外汉，已经写过一些东西了。我认为你们已经掌握了写作的基础原则。我认为你们已经有了自己的写作技巧锦囊，有了运用语言的能力，并且有足够的信心迈出许多作者渴望的那一步飞跃——写一整本小说。

当然，你所需要的许多东西必须靠自身去获得。没有人可以教你天赋、想象力、适应性、倔强或是上进心。但如果你已经具备这些特质，又真心实意想要写你心中的那本书，那么我能教给你的有很多很多。欢迎来到这个写作课堂。

第一步：初出茅庐

写作的七大要素

关于写小说的方式，很多人都有自己的看法。诚然，“如何写小说”是出版行业经久不衰的一大主题，每个出版社都有属于自己的教学书籍，但事实上，写小说要比大家争论的轻松。总的来说，你可以在两大阵营之间选择：“提笔开写，看看最后能写到哪儿”派和“开写之前精密计划到第 n 层才能动笔”派。（你将本能地在这两种写作派别里找到自己的写作信条，当然在真正实施的时候也许你会落在这两者的中间，让灵感缪斯和事先计划同时指引你的写作道路。）

显然，如果你是第一个派别的成员，你不应该读这本书。我的意思是，我很欣慰你是灵感派的一员，这说明你至少很开明地读了不适合你的写作教材，你买了这本书我当然也很高兴。然而那些执意于让小说“自己写自己”的作家通常都忙于解开缠成一团的乱麻，他们是不会有时间阅读此类工具书的。

但如果你也像我一样，觉得写得一头雾水、没有方向和终点就能拉扯出八万字的小说听起来实在有些扯淡，或是曾加入过第一个派别并写出许多在三分之一处就烂尾了的原稿（而非最终的畅销小说），那么这儿会有许多你感兴趣的内容。这本书的目的就是解构和分析写小说的过程，并让诸位的写作方式有或微小或剧烈的改变，让诸位意识到思维和计划有许多可操控的要素，再加上一点点天赋、想象力和长久的坚持，来带您写下那第八万字……

当下的这一步把我们带到了整个写作过程的开端，在开始写小说之前，我们先谈谈一些需要讲的内容。

主题

你脑海里可能已经有了不少想法，但哪个是你最强烈、个人最认同的呢？主题是你整本小说的中心，是重中之重，所以它最好是你经常思考或是有很深见解的东西，最好是你亲身经历的事情，比如丧亲之痛和其后的生活、嫉妒心、背叛、一段旅途、婚姻生活、兄弟姐妹间的斗争，等等。不，这并不是说你就永远只写自己懂的事儿了——这很荒谬，你又不蠢——你完全可以对自己不懂的内容进行调查研究。但从某种程度上说，你或许应该倾向于写自己的感受。并不是说你该写出自己的所有特质，这是无法做到的；但你的核心特质与个人情感紧密联系，作为作者，清晰地表述它们会给你的作品增光添彩。

早早地确定作品的主题是一件非常有益的事情，并且一点也不难。如果有人问你，“你写的书是关于什么的？”（相信我，人们总是会问你这个问题。）你要如何在两句话以内回答他们？（准备好回答这个问题吧，在新书宣传的采访里会派上用场的！）

设定

选好主题之后，你的故事究竟要放在何时何地？它是当代小说、历史小说还是发生在未来？它的地点和环境（社会或是职场）将会是你熟知的呢，还是需要你去做大量调研工作的？ 这个问题没有对与错、没有优与劣。诚然，“想写关于特定背景和时代的作品”通常证明你对于这份写作项目有着十足的热情，而这份热情也是支撑你克服写作难关的推力。重要的是你对于自己所做出的选择要有明镜般的认知，你对于它所需的复杂程度和工程长度心里有数。

请回答这个问题：你的设定对于主题或剧情是否是必要的？这一考量非常重要，因为它会影响到你写作中的每一步进展，尤其是当你选择写自己不熟悉的背景和环境的时候。比如，一本设定在“二战”时期的书必须保持细节的严谨。但这也许反而对你来说是个加分项：如果你正好对那个地区、年代很感兴趣，那就借着写作的机会去阅读学习吧！

反过来说，把你的角色放置在一个异域背景下，仅仅因为你旅游时去过或是想去，仅仅出于吸引力、格调之类的原因，或是觉得出版公司会看上这样的题材……这样的做法没有什么意义。是的，风景名胜和地标有属于它们的特点和风气，但可别仅仅为了“增添一些异域色彩”就把你的角色放置在罗马。角色与地点的互动必须是有意义的，是能推动主题的。

视角

视角这一点很好理解，你可以以第一人称（我去买东西了）或者第三人称（他 / 她去买东西了）写小说。视角有某些变种，比如每章都在第一人称和第三人称之间切换，但这样的小说比母鸡的牙齿还稀有。到现在为止，作为一个写作者你应该已经有自己的偏好了，而在写书之前考虑视角还是很有必要的。对于我来说这很简单，我在试图写第一部小说之前已经写了差不多一百个短篇故事了，虽然第一人称和第三人称我都用过，但第一人称成为了我的不二之选。如果没有必用第三人称不可的理由，大多数时候我都愿意与自己笔下的主人公融为一体。没错，第一人称也有它的局限性：假如主人公一直以“我”出现在小说里，那么显然读者就仅能从主人公的视野里获取信息了。

第三人称的视野就不同了——或者说它有与第一人称不同的可能性。有的小说以第三人称写就，仅仅因为那是作者的选择，贯穿全书的仍然只有一个人的视野。但用第三人称写书代表你可以拓展多个视角，你可以让有些情节发生在主人公看不见的场合，对于某些故事来说，这样的情节设置至关重要。

所以请思考一下，你是在写谁的故事？你需要一个鲜活的中心主人公来走完这段文学旅程，他或她必须在读者面前有辨识度，通过主人公的眼睛，读者才能看到故事徐徐展开。当你想好要写谁的故事时，你就能在第一人称和第三人称中做出抉择了。

与此同时，再想得远一些：有没有其他角色的心声也是需要让读者听到的？你真的要让读者只透过主人公的眼睛看那个世界吗？还是你希望读者和那些关键角色同样建立起心心相印的联系，而非只通过主人公的视角去看待他们？如果你需要其他人物的心声，那么你就需要多个视角，也就是说你应该选择第三人称视角。记住，这个原则在主人公不在场的章节或场景里同样成立。

人物

我们会在下一章里详细说说人物这一话题，但在早期的草创阶段，你应该好好熟悉故事里的中心人物。在接下来的几周、几个月里你会和他们待上很久，如果你想让他们为你服务（让他们成为读者也愿意在一起待上很久的魅力角色），就一定要明白什么能让人物起效。想一想：关于这些人物，你已经掌握了哪些信息？写下任何你感兴趣的内容——任何关于他们的零散设想，他们长什么样、是什么驱动着他们的生活、他们讲话的方式、喜爱或憎恶的东西——请连续不断地往列表里添加内容。在写书之前了解主要角色并不是一个可做可不做的步骤。如果你想让他们真实地对你给他们设置的情节和伤痛做出反应，以此考验他们的精神，你就必须熟悉这些家伙。

再往细节里说：你希望人物性格的哪些方面（由这些人物的背景设定来看）使他们在个人的旅途里受到挑战？角色的哪些特性、缺陷或是对于事物的误解将在书中的事件里体现并得到修正？你能够胸有成竹地总结出主要人物的性格特征吗？他们是谁，他们又将怎样影响小说的主题和情节？打个比方吧，暴躁易怒的角色和冷静隐忍的灵魂对情节造成的影响是截然不同的。

情节

情节是为了描绘故事主题而发生的事件。请把这点铭记于心，当成咒语背诵。这样一来，你就不那么容易往故事里硬塞与达成这一目的无关的事件了。主题“失焦”的小说通常被形容为“流水账”“冗长缓慢”以及“中部松散”。它们让读者不愿翻向下一页。

设计情节这一过程十分难以言述，因此对许多作者来说，这一过程是“有机的”。我们会在之后详细谈论这一话题，但你起初的想法必须至少包含一些要点：故事从何开始，到哪儿结束，你打算如何连接起始点。你可以套用简单的“男孩遇到女孩/男孩得到女孩/男孩失去女孩/男孩追回女孩”公式。这仅仅是在开头计划阶段的初期概览，你可以不断填充内容。

一个想法。课堂上每每有学生说这样的话：“我不知道结局会是怎样，我也不知道要如何走向结局。但这不重要，我也不想知道结局如何（此刻他们通常会有些愤懑），那样还有什么意思！”我理解他们的想法。有的人说，创作的过程时常被定义为一种发现的过程，因此“提笔开写，看看最后能写到哪儿”这种写法是有意义的。如果从灵活写作的角度考量，我甚至会推荐这种做法。没有什么感觉是比思绪飞扬、笔随心动更美妙的了；那是一束奇思妙想的激流，观点不断辩证着发展，迸发的灵感突击向前，只恨你的手指不能快点敲打键盘或是在稿纸上书写。这样的时刻是珍贵的，如果没能好好利用它们的价值你会对自己很生气。正因为有这样的时刻，才会有老生常谈的“身边常备一支笔”。但对于整本书来说，我建议你还是慎重为妙。如果你不知道这本书终点在何方，恕我不能明白你究竟要如何让它出发。记住了，写小说就是在两点之间架设一条路径：起点和终点。如果没有起点或者没有终点，那么你就像在溪水上漂流，假若能这样写出好书也并非是你的设计精巧，这只是一场美丽的意外罢了。这么做风险太大了，要知道，作家已经是一个高风险的职业了。

主要事件 / 关键场景

你脑海中已经有关于事件和场景的粗糙概念了吗？如果有就很棒了。这些就是情节加工的原材料，你要将脑海中的粗糙概念加工成结构化的实质内容。当你对某个情节已经有了些许把握——大致明白这件事将会如何发生——请开始思考要把它摆在故事时间线的哪一点。当一个有潜力成为故事场景的点子闪过脑海（大场面、小场面、动作场面、儿女情长、惹人沉思、暴力、揪心、意味深远……无论是这里面的哪一种）并挥之不去的时候，当那些场景几乎是活灵活现展露在你眼前的时候，请赶紧掏出笔记本记录下脑海里的每一个念头和细节，甚至写下脑海中角色说出的每一句对白。这些都将成为你思维银行里能被取出的“活期存款”。

开头

你写的开头会是怎样的呢？为什么这个事件会成为你故事的开端？在动笔写开头之前一定要好好思考；有些新手作家时常会犯下错误，把故事开始的时间点提得过前，在展开情节之前先让读者了解所有角色的全部背景，以为在小说的开头把一切交代清楚是不可或缺的。“描写业已发生的事件”是一条很有用的准则；“详细介绍主人公”——在他被巴士撞或被罗威纳犬咬或困在珠峰之巅没有羽绒服穿之前，还得把他本人和七大姑八大姨都细细数个遍——不是十分有用的准则。你可以等他已经进了重症监护室之后再让七大姑八大姨进入读者的视野，让他们在医院的走廊里七嘴八舌地聊天、等待医生的消息。

“描写业已发生的事件”这一观点正巧有个作家专用术语：“in medias res”（拉丁语，意为“直入主题”）。请诸位记住这句拉丁语。

练习

随时记录灵感十分重要……第一份练习就是为你的处女作写一些摘要。什么是摘要？太简单了，随便抓起任何一本小说并看它的封底，抓起一本、两本、三本……你就明白我指的是什么了。我们之后还会提起摘要，但现在我们先做一个练习，为了你的书写点摘要，这有助于你集中精力。

从第二步开始，我们的练习将会变得十分有针对性，并且必须完成，仅有这一章的摘要练习是可以跳过的。小说家的一项核心特质是在特定要求下能够立刻坐下来通过纸笔表达自己，那么不如现在就开始锻炼这种能力吧。

没错，停下拿着书的手，去写些东西吧——任何东西。你小说的一部分，一份描述，一些对话，一份人物资料。你自己做决定。

或者你也可以写写以下七大要素：

主题

设定

视角

人物

情节

主要事件

开头

总之，开始动笔吧。

第二步：打好根基

正如第一步里所谈到的那样，在你动笔写小说之前有几样事情是一定要纳入考量的，而本章我们重点说说**主题、设定和中心人物**。

主题

一本书要想获得广泛的社会反响，就必须探求普适、通用的主题。这不是说小说的主题必须平淡如水、简单无趣，好让人一眼就看透，仅仅是说你故事里的人物需要有代入感，读者能在阅读的过程中联系个人经历，或能够想象自己正在经历故事中角色的遭遇——无论是在现实里的遭遇，还是在奇幻的世界里的遭遇。

对于那些由紧张刺激的情节驱动的小说而言（犯罪小说、冒险故事、惊悚怪谈，某些奇幻小说、恐怖小说和科幻小说），能让人有代入感的元素包括正义战胜邪恶、公正得到伸张、坏人得到惩罚、恐惧、被人操纵、权力被滥用、复仇的快感等。迈克尔·克莱顿的小说《侏罗纪公园》就是一个绝佳的例子，它的主题普适到不能再普适了：现代科技被狂暴地滥用、怪物的诞生、人们在绝境中显露出恶劣的本性，以及狂妄自大的科学家放任自己的狂想，等等。而对抗以上这些的，便是与邪恶相对立的正义人性：道德战胜了赤裸裸的野心，自然母亲对忤逆者的惩罚，固执的野心（我觉得这点在电影里被夸大了）最终被一种伟大的情感削弱、感化——变成了对孩童的关爱。

而对于那些由情感驱动的小说而言（婚姻故事、浪漫小说、浪漫喜剧，某些传说故事），它们会包含情感的各种表现形式：背叛、嫉妒、勇气、责任、自我牺牲以及痛失爱人等。这方面的例子有海伦·菲尔丁饱受喜爱的小说《BJ 单身日记》，这本书的主题直击全球女性的内心：BJ 的自卑心理（更别提她母亲恶劣的教育方式）导致她带有自毁倾向的行为，她选择伴侣时总是头脑发热（至少她的对象在浪漫喜剧之中还是显得很不靠谱的）。这一切的一切都通过她重拾自爱而化解，她也因此能够重新爱人、被爱。如果这书不是浪漫喜剧，那么很显然作者可能会以不那么幽默的方式探讨另外的主题；某种经历具有普适性的含义是很多人都能感同身受，但具体的情况又家家不同。

某些小说——我一下子能想到的有长篇家族纪事，长篇犯罪小说系列，复杂的奇幻小说系列——它们的驱动能量是复合的，既由情节驱动，又受情感影响。某些记录下传奇旅程的小说也属于这类“复合驱动”故事。这些书总能够跨越流派的分界，这也是它们能够大卖的原因。P. D. 詹姆斯笔下的亚当·达尔格里什既是浪漫英雄又是冷酷侦探；而李·查德笔下的侠探杰克则是更为精妙的设定，女人们想要他，男人们想要成为他。

有个长久以来的观念需要被更新了：人们总认为女人能阅读男性和女性视角的小说，但男性则只能读男性视角的小说。这一点虽然很让人懊恼，但已经得到了改观。女性主人公现如今也可以打破性别的壁垒。就拿《龙文身的女孩》里的丽思贝丝·莎兰德（如果你不知道她是谁，赶快打开搜索引擎！）来说，她出现在和蔼可亲的马普尔小姐（注：著名侦探小说主角）之后，代表了现代女性形象的一个分水岭。

设定

第一章中我们已经简略谈到过设定的问题：你需要考虑故事发生的时间和地点。你熟悉所写的环境吗？如果不熟悉，你所做的调研能够充足到给读者以真实可信的印象吗？有任何从事相关工作的人来给你帮助和指导吗？如果你不想写现代小说，你想写历史上的哪个时代（或未来）？更重要的问题是，你为什么要写那个时代？

这问题很重要，因为它决定了你在背景调研方面要下多大的功夫，所以请千万慎重。你的时间、地点设定是情节所必需的呢，还是碰巧发生在那个时间、地点而已？换句话说，你选择的时间、地点和环境对于故事情节有任何影响吗？你的书真的有必要那么设定吗？如果你是迪克·弗朗西斯（注：英国侦探小说作家、骑马师），要写一些设定在赛马界的惊悚小说，那么你肯定要对赛马有所了解。同样地，如果你的小说有对于人类处境的探索，无论是涉及战争、饥荒还是任何其他的状况，而你自己又没有过类似的体验，那么你就有很多准备工作要做了。书中出现关于事实的错误是最让读者不能容忍的，因为这些错误打破了你和读者之间不可言说的信任纽带。请你记住，尽管小说的目的是探索普适的人类真相，它达到这个目的的方式却是虚构——是讲述不真实的故事。尽管错误有时微小不可见，但无心的失误会让你创造的虚构世界土崩瓦解，把沉浸在虚构世界中的读者猛然拉回现实。读者的确会沉浸在你创造的世界里——不然为什么那么多人读到某些情节时会哭泣？因为那些描写感觉很真实。这也是他们很在乎小说细节的原因。所以为了不露马脚，请慎重考虑自己作品的时间、地点。

与其他变量相比，作品设定更容易受到时代风潮的影响。比方说近几年，英国文学界对东亚移民群体的好奇心已被对东欧人民的兴趣所代替。现如今社会变动日新月异，谁知道文学的下一个潮流将会是什么呢？同样地，吸血鬼故事会卷土重来、大卖特卖，狼人和天使也会成为小说界的宠儿，我还听说巨怪（一个通常会被嫌弃的种族）将会成为下一种重整公关形象的神话生物，不过我可不敢打包票。

我还要说明的一点是，尽管紧跟时代潮流不是一件坏事，但你必须明白一本书从开始写到出版要经过漫长的等待，因此你必须遏制住自己写时髦话题的冲动，不要以为这么做就能增加作品得到出版的概率……没那么简单。实际上，相反的做法反倒更容易让书得到出版——即使你有世界上最强的决心和神风的助力，你也得花上一年时间写作，花上几个月去找图书经纪人，而图书经纪人又要花上几个月找到出版社给你开出合意的价码。出版社又要花上一年才能把书摆上书店的货架，鬼知道那时候社会上时兴什么呢？但我敢跟你打赌，那一定不会是你当初开始写书时流行的东西了。因此，千万别选择自以为紧跟潮流的元素。只要遇到选择设定的问题，请一律选择适合自己的。

（当然啦，如果适合你的设定正好也是当下的潮流，就别担心这事儿了。只要你写的是属于你的书，是你的心声，而非屈从于你认知里的潮流，那么你的书仍然会是原创气息浓郁的。）

中心人物

每本书都有至少一个中心人物，透过他（们）的眼睛我们才能看见故事徐徐展开。有的时候，故事有两个中心人物，比如“他和她”类型的叙述，或是侦探和他的跟班；有的时候这个数字会上升到三，“三个女人一台戏”模式在浪漫喜剧或是婚姻故事里都很普遍。总之你必须时刻注意的事情是，他们——而非你——才是故事的关键，他们的观点，而非你自己的观点，才是你试图传达给读者的。

因此，创造真实可信的角色是至关重要的。要做到这一点，一个很棒的法子是时刻注意你塑造角色的深度。如果说短篇故事里的一个角色仅仅是某个真人的快照（短篇故事的景深大都很浅），那么小说里的角色就是某个人一生影片、视频的集合。因此，你必须为你的角色创造**故事背景**。大多数角色的故事背景可能永远也不会在小说中被详细描写（除非对情节有影响），但这些背景必须在你脑海中清晰可见，这样你角色的行为动机和面对困境的回应才会时刻保持一致。

对于新手来说，比较方便的一种做法是**将主题和主人公接合**，你可以先树立起主人公的好品质和坏品质来为传达主题服务。比方说，假如你的主题是勇气和正视自我，那么你的主人公必须在全书的开头不具备这样的品质，因此他们才能在文学旅途的终点获得这样的品质来彰显主题。

主人公们必须很明显地、让人同情地具备某些缺陷，因为这种能让人产生认同的缺陷（“啊，可不是嘛，我记得我也曾这么想过”），才能创造出读者的同情心（“他的感受我太了解了”）。不，写出这样的人物并不比登天还难，但你必须有一定的情商和共情的能力。做一个小说家就是要向你的人类同胞展现同理心，如果你做不到，那么你的读者也无法与你建立纽带。

既然你在小说中扮演着上帝的角色，创建人物的时候请目的明确。请给予他们那些能够服务于你的写作方向的人格和气质。比方说你的主题是关于自我决心的——勇于探寻属于自己的道路，那么，为了最大化地利用“英雄之旅”（注：关于英雄故事的神话学理论）的概念，你需要在旅途的开始树立起参照，也就是给你的主人公安排可见的缺陷。或许在故事的开头他们总是屈服于他人的需求（比如兄长或严厉的父母），又或许他们总是准备好了向强权低头。然而如果你的主题是关于谦逊、关于认识到生命中真正重要的东西，那么你的人物可能会因童年时所受的创伤而缺乏同情心，可能在文学旅途的一开始是类似暴君的角色，是一个追求野心并且行为暴戾的人。

更重要的是你得意识到，你打从创作开端就要培养起这种明确的目标意识。你可不仅仅是将大段大段的文字堆砌在一起，你是在创造整个世界；这个世界要足够有趣，好让你的人类同胞们也愿意加入进来，去探索你在这个世界里所设立的冒险旅程。因此你的世界必须引发共鸣——读者必须能够关心这世界的结局。而他们之所以能够做到关心你的世界，是因为他们会认识一群虚构的角色，这些角色在故事里从始至终都是和真人无异的。是的，你还需要场景设定、写作风格和制造紧张感的天分，但只有人物的深度和共鸣度才是真正塑造出虚构世界真实性的功臣。

创作角色既不困难也不复杂，我想既然诸位已经到了打算写一本小说的阶段，对创作的基础知识想必也有所了解了。诚然，很多情况下作品里的角色是潜伏在你的下意识中进行自我创作的，就像种子随意播撒在肥沃的土壤里后开出的野花。角色到处都是，如果他们迟迟没有以完整的姿态来到你的面前（有的作者会直接从自己生活的环境扯出人物放进作品里——不过虚构与真实的混合产物，尤其是那些冷漠无情的角色，还是更加和谐，也不容易被原型提起诉讼），那么究竟该采用什么样的角色就取决于你所写故事的需求。小心翼翼地塑造他们，这样他们才会替你干好工作。

不过关于人物有一点你必须牢记在心，那就是你永远无法完全客观地描述他们（除非你的写作角度是上帝或其他全知全能的神祇）。尽管这一点听起来很违背直觉，但你必须好好思考。

以下的片段来自一位天赋过人（并且十分成功）的作者，莎拉·哈里森，她1995年出版的写作工具书《如何创作高票房电影》是我早年间的写作圣经，这本书当年让我精神上准备充分，迈出了我写第一本小说的步伐。

请阅读以下三段人物描述：

1.“维多利亚又瘦又小。她心形的脸面色苍白，一双灰色眼珠之间的间距很宽，厚厚的嘴唇上面是直挺挺的鼻子。她不施粉黛也不穿金戴银，深色的头发扎了个马尾。她的素色西服剪裁得体，鞋子仅有个低跟，她的指甲剪得很短而且不经打磨。她看起来太硬朗了因而并不漂亮，但身上却散发出某种吸引人的气息。”

2.“加布里埃尔顺着他（同她在一起的男人）的目光看到了维多利亚。上帝啊，这女人就是她的对头？她理应警惕的对象？这个矮小朴素、令人难受地整洁的人，这个把头发梳在脑后、穿着工作西服和她那理智的、锃光瓦亮皮鞋的女人？这具令人震惊的娇小身躯，正把自己朴素无妆、眉毛杂乱的脸庞向上微抬，被房间里最富有的男人亲吻着……”

3.“他紧盯着她看，但不仅仅出于好奇心。她是这个房间里最有权势的女人，并且她通过不遵循此类场合的陈规展现出了这一点。在一堆成衣和精心打扮的发型中间，在目眩神迷的珠宝和细心保养的胴体之间，她朴素安静的外表反而抓住了所有眼球。况且男人总是善于注意到衣服之下的内容，他看到了那曲线婀娜的上嘴唇、高傲坚定的眼眸、细细的脚踝，在那教师般的西服下面是柔软的腰肢和足以死在裙下的花蕊……或许，他自忖道，正被雪白的内裤包裹着……”

在她的书里，莎拉向我们详细展示了针对同一个人的描述可以有多么不同，我希望你读完之后能明白作为一个作者你有多少种描述人物的可能性，并且开始探寻这些可能性，使你笔下的人物跃然纸上。在第一段里，我们所见的是枯燥乏味、客观、视觉化的描述；在第二段里，我们通过一个女人的眼睛看到了情敌的形象，而在第三段里，我们又看到了维多利亚的另一种形象——这次的观察者是一个觉得她十分性感的男人。

花时间思考一下这三段描述有何区别，并且再想想另外一件事——后面两段描述不仅仅提供了维多利亚的信息，还让我们了解了这两位描述者。

我希望你从中获得的经验，也是我当初读到那儿时觉得珍贵重要的经验。你小说中所有的角色形象都是通过其他角色的视角来塑造的，因此你写的几乎所有描述都是主观的。你的主人公只会有两种表现形式——要么是照镜子般的自我描述（“我简直有天底下最惹人生厌、无法打理、稻草丛一般的头发，我永远也无法让它们服帖”），要么是通过其他角色的观察（“她有天仙一般的美貌，她是自由的灵魂。她海浪般的头发有古希腊女神的风韵……”）。例子举得有点古怪，但我希望你明白我的意思。同时也别忘了那些没有视角的角色——那些读者无法知悉想法的角色——也可以对描述其他人物做出贡献（就好像这些角色可以对你的情节发展做出贡献、透露出关键信息一样——我们会在后面详述这一点）。此类角色通过对白来发挥这样的功能。

总而言之，每个角色在看待他人时都会根据自己的世界观而有自己的偏见、品位以及预设的立场，而这些都会影响到他们对他人的看法。在你写书时一定要牢记这点：读者能看到的内容取决于描述者的那双眼睛。

尽管我以主题、设定和人物的顺序来写这一章，你完全不需要按照这个优先级来考量它们，这三个要素同等重要。有时候一个人物会像个有趣的朋友一样首先在你的脑海中留下印记，进而给予你主题的灵感。而有的时候，你无法拒绝去写某个你熟知、又能激励你去写作的设定（此刻无疑已经有很多曾经的银行家在跃跃欲试，更别说那些曾经的橄榄球运动员）。

主题同样能激起作家的兴趣。它有可能是关于时下让人着迷的性的话题，或者离婚数据，持刀犯罪，宗教冲突，甚至干细胞研究结果。唯一不变的真理是当你把主题、人物和设定这三者聚齐之后，你就为摩天大楼打下了根基。只凭一颗真心写作而对这三要素不管不顾，你会在写作的道路上撞进许多死胡同。

练习

这一练习是用来提高你描写人物的能力的。基于你所读到的内容，你应该将所学付诸实践了。练习分为三部分，目的是引发你的思考：小说创作里当然也不排斥平铺直叙的写法和客观简单的人物描述，但假如你能时刻注意到塑造人物的契机，你的文章将会增添许多深度。

首先请看如下的三张图片，为了方便，从左至右我们标记为 A、B 和 C。

A

B

C

首先请替他们每人写几百字的描述，就好像他们本人在做自我介绍一样。你可以以第一人称或者第三人称来写，但视角必须是由他们发出的；就好像他们在照着镜子描述自己一样。

第二个任务是让人物 A 写一段人物 B 的介绍，就好像这两人早已熟识一样。如何写这段介绍取决于你，但请记住你已经树立了 A 的形象，现在要树立的是 A 对 B 的印象。

第三个任务是把人物 C 也代入到公式里来。把他当作坐标轴来描述 A 和 B 之间的关系。和第二个任务相同，怎么写取决于你；重要的是创造一个参照系，同时反衬出描述者和被描述的对象。

第三步：先声夺人

作为一个仍未出版过任何作品的作家，你所遇到的首要问题就是你的潜在读者们很可能根本读不到你的精妙著作。这是因为首先你要找到图书经纪人来代理你，而那些经纪人（忙忙碌碌且并不乐于助人）总有不把书读到第二页的习惯。比如说我自己的经纪人们（是的，我有两个图书经纪人，分别是小说类和纪实类的）如果遇到有以下情况的第一页时甚至不愿继续读稿件：

- 手写
- 充满了拼写和标点错误
- 没有用合格的、达到出版水准的英文书写
- 作者很显然不能驾驭自己所写的类型

· 无趣

我们会在之后的课程再谈前四种情况（全是不可饶恕的情况，但发生得比你想象的要频繁），最后一种则是你必须在早期就要考虑的，因为写出吸引人的第一页（以及第一章）对你小说日后的成功而言十分关键。

什么东西属于“刺激有趣”显然取决于每个人的口味，但任何类型的成功小说都有一个共同点，那就是它们的开头都能吸引读者继续往下读。

当然这个理论也有例外。有一种小说——通常在初次出版之后过了好久才声名大噪——是通过人们口口相传获得了名声，通常人们会如此形容它们，“开头读起来晦涩难懂，但读着读着你就进去了，到结尾的时候我仍不忍释卷……”此类书通常能在布克文学奖取得不错的成绩，因为世界上存在那种觉得自己如果没有披荆斩棘读完一本具有挑战性的晦涩的书就不算真正文学人士的读者。然而如果你问大部分小说家，他们都会承认他们想要读者既爱读开头又爱读结尾，最好中间也喜欢。而那些赢得布克文学奖的小说家也通常会在获奖之后承认有 37 位图书经纪人和 23 家出版社起初都拒绝出版他们的书……

因此，假如你写的书其他部分和他人的水平完全相同（当然这不可能）的话，那么在故事的开头直接切入事件的中心是更有利的，也就是说要“In medias res”（直入主题），就像希腊人和那些虚伪的创意写作教师希望你做的那样。然而，不幸的是，新作家们总是忽视了这点，他们相信首先要把事情讲个清楚。所以你会看到他们花费大量精力，像1970年的电视厨师介绍玻璃碗里的食材一样介绍人物，而结果就是他们的小说开头是一篇冗长、难读、不自然的序文。最糟的情况是这样的写作方式会持续一整章，而这样的第一章读起来更像是某种编目而非故事。序言务必从容，而非急躁。

因此你需要牢记两点：

> 许多新手小说家的作品仅仅把第一章和第二章调换位置就能得到极大的提高。记住，在书的开头，某个重要角色身上必须发生重要事件，这样读者才有足够的兴趣知道为什么这些事情会发生。你必须以一个故事开头。如果你坐下来吃一顿饭，你是想立刻开吃呢，还是让厨师花20分钟坐下来跟你讲讲他们从哪儿购买的生态养殖猪肉、眼巴巴地看着菜凉？

再次老生常谈：永远，永远在事件的中间开始写作。“In medias res”（直入主题）就是你的座右铭。

确立了开头之后，除非你确信自己是“提笔开写，看看最后能写到哪儿”类型的作者（那么我的这些要点，乃至这整门课都对你无效），不然你就该好好思考书中的另一件主要事情了，这就是，你希望书在何处结束。这一点比你想象的更重要。除非你是那种极其稀少的作家（跟那种每天抽 60 根烟活到 107 岁的百岁老人似的），不然你小说结尾的力度总取决于和开头对比之后的反差。

举个简单的例子，无论如何，温布尔登网球大奖赛的冠军这一头衔总是十分诱人的。但一个蝉联三届的温布尔登冠军，一个从小养尊处优、自幼学习网球、总是处于排行榜前列的网球选手，他的故事就远不如某个从小地方出生、少时家境贫苦无法接触网球、不明白自己巨大潜力的选手的故事来得吸引人。从讲故事的角度来说，假如这位后者在追求荣耀和声名的途中身上还发生了改变其一生的十分戏剧化的事情——比如差点丧命，或者经历过写作大师罗纳德·托拜厄斯称为“超额不幸”的时期。

简单来说，你需要对比：你需要一个扣人心弦的旅程。而你需要在旅程的开端，书的开头激发出戏剧性和读者的同理心。是的，路途中你可能会更改目标地点，但至少就现在来说，脑海里有一些关于目的地的概念总是有必要的。

我希望你脑海中已经装有目的地的概念是出于下面这些原因：（a）你已经思考过书的主题；（b）你对于设定和主要角色已经有一些概念；（c）你已经大致理解了故事的关键点——那些诸多角色之间互动的方式以及他们互动所造成的结果。

我在这儿用两种比喻，你依照喜好选择。在我看来我笔下小说的架构有时候是地铁线，有时候是水彩画，有的时候两者皆是。如果是前者，那么我开头的戏剧事件就设在伦敦的帕丁顿站，而终点就设在滑铁卢站，然后在 A 点和 B 点之间一一标注经过的地铁站。

同样地，如果你把故事架构比作艺术画作，那么你的起点、终点和其间的事件则像你用绘图铅笔描出的轮廓，之后再拿出调色板，在骨骼之间填上血肉。

现在你恐怕已经被各种比喻闹得晕头转向了，你恐怕迫不及待要将真东西——事件、场景——写在纸上（或者屏幕、档案卡、笔记本，随便什么）。作为一个创意写作者，你会对某个项目感到有灵感，你的大脑里会浮现某些场景——甚至跟我一样，脑子里出现大段大段的人物对白。遇到这样的灵感，就赶紧写出来、打出来。

在描绘故事轮廓之后，我希望你手头出现的是我们所说的“叙述弧线”，这是“故事”或者“剧情”的雅称，但当你熟悉这一概念之后，你会明白叙述弧线这个说法还是很有道理的。

同时，你手头已经有了一份大纲的种子，现在你要做的就是持续施肥，让它茁壮成长。

练习

新闻标题时常会带来丰富的灵感，可以激发一个小说家思维的火花。当你读到某个奇怪的新闻标题时发出“什么？！”的声音之后，你就该持续追问、挖掘素材。怎么会这样？这篇新闻的背景到底是什么？怎么会发生如此怪诞的事儿？什么人会干出这种事儿？这到底是不是假新闻？肯定有记者没有写出来的内容！诸如此类。

因此，你可以把收集新闻标题发展为一项爱好，把它们放在脑中或编纂成档案，形式并不重要，重要的是你需要搜集整理出自己的创意资源库。真实事件是最珍贵的资源——你甚至可以说大部分写作原材料都是真实事件，因为人类之间的互动是所有小说的根本。

这些标题有时还可以激励小说创作，或者弥补其缺失的一环。下面的这篇新闻是我从家飞往柏林的飞机上看到的。在那次旅途中，我的故事有了女主人公、男主人公和大概的规划，但我还需要某个灾难性的事件，好让我把我倒霉的女主人公送往敌人的地盘（在这个故事里是上层阶级居住的郊区）。地点被我改写到了某条阶梯型的伦敦街道。这正是我需要的、有新闻价值的事件，对我的情节发展十分重要。

德国讯

北莱茵—威斯特法伦州的挖掘机击中了“二战”时期的炸弹

周五晚上，一架挖掘机在瓦尔兹沃克街的废墟中作业时挖到了一颗“二战”时未能引爆的美军炸弹，挖掘机驾驶员及周围16人均有不同程度的受伤。该颗埋在地下半米左右的250公斤炸弹的爆炸震荡波影响到了半径300米内的区域，有些炸弹碎片甚至飞到了1500米以外。

2008年9月20日

练习：随意挑选一条引起你兴趣的标题（甚至就用上面这条也行）作为灵感素材，写出吸引人的、让人印象深刻并想要继续读下去的小说开头。

第四步：谋划情节

希望到了这一章，你想写的那本小说已经具备了如下要素：

> 主题，中心人物，设定，基础故事。
>
> 这是关于谁的故事，你准备用第一还是第三人称来写（或者假如你足够大胆就两者皆用吧），而你的主视角人物又会是谁。
>
> 故事将会如何结束，对中间的过程也要大概有个了解。

你需要认识到（并且不要惧怕）的一点是，这些元素都不是不可更改的。针对每个元素你可能有几种选项，请不要强行削减这些选项。当你不断用血肉填充情节骨架的时候，你会发现答案自然而然会浮出水面，而那些不合适的、站不住脚的选项会从你的思考过程里消失，或者形成其他更易操作的选项。

在这个阶段重要的事情是要开始以线性叙事思考，把握“开头”“过程”“结尾”是一种方法，但你得注意填充之间的空隙。在这一阶段结束之后，你手头要有包含每章梗概的大纲。

我自己的书总是有大概 30 章，每章大概由 3000 个英文单词组成。我不知道为什么，总之事情就是这样。（我总会写出男女主人公之间的日常状态，通常写到三分之一由于篇幅超过预期我就得分成两段。）但章节的数目不如你全书的总字数来得重要。

总的来说，无论是小说还是纪实文学，字数是有必要纳入考量的。这就是为什么书店里的每本书看起来厚度大小都差不多，因为人们总是对一本实体书的大小有清楚的概念。为什么会这样又是另一个问题了，我们也许得写另一本书来讨论这事，但就目前来说，这个世界上正在创作的作家们都会觉得 7 万单词的书太短，15 万单词的书又有点长。当然这个标准也会有例外，但这些例外总是少之又少，且和标准字数相去甚远，除非你想让自己在市场上的吸引力大大降低，或者你所写的书籍类型就要求简洁或厚重，否则你的书的字数最好在这两者之间。

（那么，在写大纲的这个阶段，你要怎么得知自己的书会有多少字呢？你怎么可能知道这种事呢？你之前又没有写过小说。答案比你想象的简单。你会本能地感觉出来，因为你总是在读小说——除非你总是读些奇奇怪怪的书——你对于自己想写的那种小说中包含的内容会有个大致的估量。）

现在开始你要为面前的大难题做热身运动了——一旦你满意的结构业已成型，你就没有任何理由不开始写书了，并且希望你对创作能够保持足够的热情，即使你发现写作的实质就是不停地咬文嚼字——这样的真相会给你泼一盆凉水。在这个阶段千万不要含蓄，不肯写下具体的对白、叙述细节，而一定要在你的资源库里好好搜刮，把它们都写出来。

我为我 2005 年写的小说《为哈利而狂野》所做的准备文档就有差不多 1 万单词，你们可以在我的官方网站找到它。我并不是说自己的做法就是最好的，把它放在网站上只因为这个文档是创意写作过程的良好范本——那些思绪飞扬、找到人物和情节灵感的时刻，那些恰如其分到不得不记录下来的对白——并且由于这个文档最后促成了一本得以出版的小说，你可以从中了解到统筹计划和最终成书之间的关系。读者们可以阅读这个文档并且从中学习你想要的内容。

就像我写其他小说一样，《为哈利而狂野》的计划文档是一连串思维过程的结果。起初它的标题是“第六本小说的笔记”，这一文档随后不断有机成长、增添内容，我又修改、删除了之前的内容。也许这个方法对你来说难以实现，但无论你选择什么方法——绘画、卡片、挂图、流程图——设计架构的基础过程总是相似的；你会首先设立起点和终点（或者设立不同的结局）并在中间安插一些关键的连接点。然后你会将这些连接点再连接起来，并创造出一些可能发生的场景，最终以单个或者多个场景组成你的章节。

请你记住，章节的设置不该是随意的（下面会具体讲关于章节的问题），并且每章不需要同等长度。请把每章的结尾想象成是喘气的时机；读者在此便有机会消化章节内容、理清他们刚读到的所有的新情节。请记住，（如何）选择每章的结尾是很重要的。

通过选择章节的结尾点，你在提示读者刚刚发生了十分重要的事情，并且你希望读者阅读的时候一直记着这件事。

你还应该牢记如下事项：

> 你的读者必须足够关心书中的内容才会继续阅读下去，他们得既关心你向他们介绍的人物（也就是说这些人物得让人产生同理心，还要有明确的动机）也要认为你讲的故事是有价值的——一群快乐又和善的人之间其乐融融的对话通常是不该写进小说的，如果你写了这样的内容，请赶紧给这些人制造些麻烦。这条原则唯一的例外是在这一团和气之后你立马写下“全书完”。你得时时刻刻制造矛盾。有个简单的法子是问问你自己：**“这个角色想要什么，他或她会怎样得到想要的东西？是什么阻挡他或她达成目的？是以什么样的方式阻挡的？”**
>
> 制造悬念很重要。读者继续读下去的唯一原因是他们想知道接下来发生了什么。而**你作为讲述者的主要任务就是提出问题并延迟回答问题的时间**——这样才能让读者始终保持那种刺激的期待感，而不仅仅是想知道结局那么简单（如果是那样的话，直接让他们读简介就好了）。除了想知道结局，还要让他们对于过程中的许多事情都保持好奇心。尽最大可能让读者等

待。**每一章的结尾都应该让读者迫不及待翻开下一页。**如果爱人们要接吻了，就赶紧打断他们。如果警察快抓住反派了，就让他突然逃脱。**请时刻注意到震撼、惊喜、延迟的满足感这些元素。**我尤其想要着重强调这些问题。

接下来是一些关于情节规划的重点内容。首先，你要思考主情节和支线情节……

情节规划重点：清单

正如毕加索所言（我知道他指的是艺术创作，这不并打紧）：你得先学会成规，再想办法打破成规。以下是我个人的一些关于创作的思考，顺序随意，其中也少不了了不起的罗纳德·B. 托拜厄斯的贡献，他关于讲故事手法的真知灼见让我受益匪浅……

1. 让紧张感成为故事情节的燃料。

2. 要制造紧张感就要制造对立面，也就是创造一个相配的反派或多个反派；反派可以是一个人，比如福尔摩斯的对头莫利亚蒂；或者一个地方，比如《飘》中的塔拉农场；还可以是一个行为，比如酗酒。

3. 在剧情徐徐展开的同时，紧张感也要不断成长——

利用局部战场上的小的紧张感来提升宏观上的紧张感。

4. 你的故事必须围绕改变展开。

5. 如果你的书中发生了某件事，请确保这件事是重要的——请确保它事出有因。不然就删掉它。请把你个人风格里挥之不去的内容和那些无关紧要的成分都残忍地“谋杀”掉 。

6. 该轻松的地方就用轻松的语调来写，切勿沉重。

7. 请让你的主要角色在主要事件里起主要作用。记住——是起主要作用，而不是做出主要的反应。

8. 运气、机遇、运势、命运。这些都不是有益的情节元素，规避它们。人物们可以在书的**开头**因巧合而相遇，但书中后来发生的一切事情都不该是出于巧合。

9. “Deux ex machina”（天外救星），去查查这个词语。请千万不要用生造出的任何干扰源（读者难以预料到的角色、物品或者事件）去解决棘手的情节困境。每件事都必须事出有因。

支线情节存在是为了：

服务于主情节；

为主情节中的某个事件增添新的理解；

在主情节中的关键点后紧张感陡升，支线情节能起到暂缓作用；

揭露主角在与他人关系中的另外一面；

使你所描写的生活更加逼真；

为你的主角“引舵”，让他们做出某种道德抉择；

让你可以从另一个角度去探索小说的主题。

当你已经有了一个情节架构之后，你就得开始思考章节了——从哪儿开始，到哪儿结束，该有哪些章节。接下来就是关于章节的一些内容。

章节：该做的和不该做的

以下是一些关于章节的“该做与不该做”小贴士，还有创立章节的大概建议。没有哪一点是需要被当作福音遵循的，但可以说每一点都会在某些作家身上、某本书里、某些章节里发生效用……

章节的长度依照小说种类和国家而各不相同。在英国，一本平装书大约会有75000字，平均每章大约会有3000字。我的书就是这样。你的书可以略有不同。从类型上来说，动作、惊悚以及警探类故事的章节会短一些，而浪漫、科幻、传奇类的会长一些。

节奏也因人而异。犯罪惊悚类的书需要比较快的节奏，因而对白较多，而其他类别的故事可能描述性的语言更多。浪漫喜剧故事和现代幽默故事则在这两个极端之间。

每章的结尾都应该是有意义的：戛然而止、提出一个问题、重要的宣告、反思、决定。

结尾可以只见巴掌动不闻掌声，或者可以以掌声做结尾，下一章再写挥巴掌。

每章的结尾绝不可以是弱的，必须强劲有力。

一个章节通常仅有几个场景。请按“这个章节要写这几个场景……”的方式来思考。

请记住，一个章节通常不只包含一个场景（例外会在下面指出），同时还包含围绕着这个场景的各种方面：动机、冲突、后果……

你永远不该在一个场景的中间突然变换人物视角，除非用分割线隔开。一个章节里插入好几个场景是可以的，这样你可以展现多个人物的不同视角，但要注意各个章节之间转换流畅。

一个强调悬念的好方法是改变不同章节的长度。某些充满了动作和张力的章节可以短小精悍，而感情戏十足、有许多聊天对话的章节可以尽量拉长。

每章开头的方式都要保持不同。有的章节开头就是动作戏，有的是反思，有的则是对话。

同样的，结尾的方式也请保持新鲜感。

把读者带离冲突现场，他们才更想知道发生了什么。记住延迟的满足感才能使你的戏剧效果最大化。在戛然而止的一章过后立刻用支线情节转移读者的注意力，再在下一章把故事移回矛盾中心。

确保在书的开头部分就向读者暗示你的观点、介绍那些对立的角色，这样他们才知道该支持谁、反对谁。

不要在行文三分之二过后再加入全新的完整角色，除非你写的是跨越多个年代的传奇故事。

倒数第二章就把所有支线情节收尾。不要让那些边边角角的内容来最后一章搅混水。

写书的时候就用章节数字作为章节的标题，不要给章节取标题、进行描述或者其他修饰，除非你有很好的理由去那么做。给章节起名后你的写作思路也会顺着标题走，这样内容就变得刻意迎合了。如果每个章节的确有其独特的内在主题，你可以在写完了之后再一一添加。

不要为了数字好看刻意凑整数章节。请记住，我们的年历就是以 1 月 1 日开头，12 月 31 日结尾的。请让你的故事自然流淌。

同样地，不要在场景之间刻意架设衔接桥段。如果你发现自己困在河岸上孤立无援无法游到对岸，请重新修改大纲。

如果你不确定该怎么把自己的叙事切分成章节，别害怕，继续写下去，以后再来管切分的事儿。但也别从头开始就不管不顾，除非你有这么做的经验，因为你确实需要章节，如果你不能一开始就分开它们，之后就得做很多工作。请从读者的角度思考。

阅读你所选类型的小说。分析其他作者是怎么写的。

请记住，按计划行事总是容易得多。所以请从一开始就建立计划。

最后……

关于“变换视角”的写法

“变换视角”是近年来文学界众所周知的热点话题，作为写作技术不停地被人们讨论研究着，我在网络论坛上看到过许多帖子。“变换视角”指的是在写单个场景的过程中，作者把多个角色的内心都展露出来。请不要把这个和“多重视角”的小说相混淆。如果你用第三人称写小说，那么你的书里很可能会包含多个人物的视角，这很正常也很普遍，因为这么写很好操作，很多作家都这么干。

最常见的切换视角的方法是为不同的人物写不同的章节，或者在切换场景的同时切换视角（通常以分割线隔开，我们后面会提到）。而“变换视角”则不一样。“变换视角”是指在同一个场景里切换不同人物的视角。

举个例子：

“马特，你今晚喝得太多了，”朱丽娅说道。当她观察到他蹒跚的脚步和蒙眬的眼神之时，感到一阵熟悉的凄凉。他酸臭的呼吸喷涌向她的面孔，她赶忙躲开。还有任何男人比这家伙更让人讨厌吗？

“你知道吗？”马特回答道。“你赶紧给我跳楼去吧！你不知道我都经历过什么。你啥都不知道！”他挥舞着金酒酒瓶，一注液体撒了出来。好样的，他想道。这才是对待她的方式。他差一点就把瓶子挥在她的漂亮脸蛋儿上了。那样就不漂亮了吧，哈？一点也不了。

除了这种写法“不合常规”以至于普通读者对它很陌生以外，我对这种写法的主要意见是，它让读者不知道该支持谁了。是的，在一本多视角的小说里他们可能支持多个角色，但在现实世界里，我们永远只享有一个视角——我们自己的。我认为这一点在小说里也该成立。写好小说的一个要点是创造能够让人感同身受的、全面丰满的角色，而要达到这点，我们就要钻进他们的脑子里，和他们一同踏上旅程，当他们与朋友或敌人互动时观察他们的想法。如果你采用“变换视角”的技巧，你就稀释了这个过程，也可能让读者产生疏离感；不再与某个主人公心灵贴近，他们变得更像一个观察者——目睹了一群角色的所作所为，却不参与其中，他们会失去那种和某个角色产生亲近和共鸣的机会。

有的人说我们现在生活在电影和电视的时代，一双看得见所有内心的眼睛才更适合这个时代。我不这么认为。尽管诸如玛蒂娜·科尔这样的作家在变换视角的写法上卓有成效，但他们始终会是少数派。理由也很简单，书籍并非电影。书是和电影不一样的艺术表现形式，有不同的原则。所以如果你真的很想采用“变换视角”的手法就请这么干吧，但请谨记我对你的提醒。

练习

学会描写紧张、戏剧性的场景是一个很重要的技巧，这样你才能让读者在阅读的过程中保持兴趣。因此，你必须用审慎、热切的眼光去看待每一页。请记住，除了一个人以外，你的读者都不是你的老妈，他们伤害起你的感情来毫不心慈手软。如果读者在任何时刻感到无聊了，他们就会合上书。

车站是很好的灵感素材，不是吗？机场、巴士站或者轮渡码头也一样。那些日复一日、来来往往、相聚分离、欢笑流泪、害怕或者释怀的人群中发生了许多故事。

首先从下面这张照片里选一对人物，然后运用这张照片里的内容去虚构出一次相遇，写一段位于章节末尾的场景。请牢记**冲突**和**悬疑**的重要性，当然最好这个场景的结尾可以做到戛然而止……

第五步：对白

我特别喜欢写对白。无论是节制地使用对白，把它当成“调料”为章节增添辛香；还是毫不吝啬地使用对白，让它成为全场焦点，我都要感谢对白的存在能让我成为一名作家。因为我们无法读出他人的内心（我们故事里的视角角色也不行哦），对话就是我们最有效率的达成交流目的的形式。我们可以对他人做出各种揣测和猜想，但只有在交谈的时候，我们才能真正了解别人。

写好对白的诀窍是把它写得自然，尽管它是经过精妙设计的言语、一点也不像真人口语式的说话。如果你把日常对话抄写下来，你会发现这其中有大量的“呃”“嗯”“那个”，交谈的人们时常在别人说话时插嘴，想说某件事却又把话题拐到别的上面，满嘴跑火车，或不回答他人提出的问题。而作家写出的对白则不是这么回事。除了打断讲话之外——对于增加紧张气氛十分有效——以上所说的一切都不会在设计对白里发生。

> 好的对白是很难被察觉的，因为如果设计得足够精妙，它便拥有了“隐身”的能力；你不会意识到那些标点符号的作用，不会觉得一人一句话有什么不自然，不会觉得关键信息的披露有任何刻意之处，不会意识到该段对白勾勒了人物性格、架设了场景。而糟糕的对白则十分出挑、大露马脚，你会很容易就注意到它们。

因此你可以想见写对白有多么困难，要做的工作实在是很多。并且这是写小说的所有方面里最难通过展现个人风格、彰显文学怪癖来修饰的。美妙的语言风格可以弥补人物塑造的苍白，精彩的人物设置可以补全情节的单薄，但坏对白则无处藏身。对白写得不好不仅会让一本书失去光彩，还可能让读者暴怒。对白如果不流畅，就没有效用。就这么简单。

对白是几乎所有类型小说的命脉。编辑通常会把它称为“给书页留白”；而这些留白区域正是区别小说和其他体裁的地方。没有了这些留白，一本书读起来就沉重不堪，像教科书一样枯燥，即使你翻一遍都会有这种感觉。

相较于写作的其他成分，正是通过对白我们才能真正做到“展示给读者，而非告诉读者”。尤其是在短篇小说创作过程中你更需要将对白千锤百炼，因为留给你的空间非常小，要做的事情则非常多。

那么你要做哪些事呢？总结以后，有以下几点：

让故事焕发生机：通过对白，你的人物才能真正开始和读者建立联系。在他们开口之前，我们都只能看到视角角色告诉我们的事情，以及通过观察他们的行为后我们所做的推测——在人物开口之后，你才可以真正展示这些人物的内心。

推动情节：除非你的故事一直只有反省式的独白，不然你总要让人物间开始互动，而人物有互动则必有对话。一言一语间，故事也就徐徐展开了。

将某些重要的背景知识和信息带到台前：最好的对白在达成这个目的时是十分隐蔽的，读者甚至不知道自己被灌输了那些关键信息。如果他们意识到了，那么你的对白还写得不够好。

展现人物性格和彼此的差异：人们会根据说话的对象改变自己的语气。大多数人面对小孩、公司上级、老奶奶、暴躁的顾客时语气都不一样。与之相悖的是，人们又会有自己固定的语言模式。有的人总是反问，有的人总用怪异的词汇，有的人老是打断别人说话，有的人总是语气惊奇，有的人总是在抱歉……你还要考虑口音、俗语、脏话和癖好的因素。

创造气氛和紧张感：没有什么比对话更能制造气氛了——无论是被威胁惊吓的人物之间惊慌失措的对话，还是两个幽会情人之间的轻言密语。

如果一段对白不能实现至少以上一种（多多益善）功能，那么这样的对白不管多短都不该出现在小说当中。

基础知识

我希望你们之中的大多数早就熟悉对白的基础知识了，但如果有人不太确定或者久疏战阵，以下这些规则就是为你们准备的。（假如你是罗迪·多伊尔或者菲·威尔顿这样的高手，就请跳过这段吧！）

除非特殊情况，当一个新人物说话时就要另起一段，也就是敲下回车并首行缩进。

> “我说了我喝茶的时候想吃炸鱼条，”朱丽娅说道，“在哪儿呢？”
>
> “在超市里呢，”马特回答道，“还能在哪儿？”

但如果一个人说话之前有一句关于他的描述性语言，那么你可以在同一行放入对话，当然这个描述自身必须是新的一段。

> 马特可不是个能轻易接受他人拒绝的男人。“朱丽娅，如果你现在走开，我会发火的！”

请注意，描述性语句提示我们是马特在说话。之后我们在同一行看到了这句话，而非另起一行、首行缩进，因为很显然这句话就是马特说的。

请谨慎对待如下的标点符号法则，也就是说把对话当作句子的一部分。例子：

> “朱丽娅今晚有点吵，你不觉得吗，陶德？”马特说道。

“可不是嘛。我都快被她烦死了，”陶德回答道。

然而如前面所示，假如对话的右边有一个整句，那么这里则有两个独立的句子：

“说实话，她现在变得特别无趣了。”马特把一只手放在嘴巴上，打了个哈欠。

有时候如果把讲话者放在对白的中段能够提升句子的韵律。例子：

“你觉不觉得，”陶德问道，“我们应该请她闭嘴了？”

请注意这里你把整句对白当作一句话，就好像中间的讲话者不存在似的。这里要在中间用逗号，除非下面这种情况：

“我得知道几点了，”朱丽娅说道，随即从书桌旁跳了起来。“我一定要赶上去卡迪夫的最后一班列车！”

由于中段插入的是一个整句，需要用句号结尾。

现在都清楚了吗？我希望你们都清楚了。接下来是一些关于对白的要点……

对白：该做的和不该做的

要将对白段落大声朗读出来，检查句子的韵律和流畅性。对于韵律和流畅性的感知是无法教授的，你只能去体会。有的人叫它“节拍”，如果这个说法让你更满意，那你就把它当作节拍吧。这东西应该体现在你所有的句子结构中，但对白尤其需要多加注意。

用节拍去创造韵律会带给你一种奇怪又舒坦的魔力。不，你无法在书页上看到节拍，但你能在耳朵里听到，它会让你的作品更易读。

不要肆无忌惮地采用方言写作。即使你想让读者意识到某个人物来自某地，也请慎重考虑。仅仅是一点点特色便已足够，过多的“特色”反而适得其反。

做出关于对白风格的决定并且认真执行。尤其是当你把故事设定在特定历史时期或者异域风情中的时候，你并不需要用特殊的“古英语”写作，即便故事都发生在海外也别让人物说些不伦不类的带口音的英语。如果你所有的角色都是俄国人，请还是让他们讲英语。你只消提示出他们的地理位置，聪明的读者就会了解的。假如你一定要让某个角色在一群本地人之间（我曾写过这个题材）讲蹩脚的英语，请不要蔑视他的努力。

不要写上面提到的这种人物，除非：（a）你认识这么一个人；（b）你自己就是。不然的话，你可能会描绘失误，引起读者的反感。描写青少年更应该遵循此原则。

不要一边写角色在做某件事，一边又让你的角色把自己在做什么说出来。两者只取其一。

务必剪去不必要的枝杈：没有哪些小说中的对话是需要用到“你好”和“再见”的。这些词语我们已经默认了。

不要让一个角色向另一个角色讲述上一章刚刚发生过的事。

> “哦，我那昏了头的姑姑啊……”马特听完朱丽娅的汇报后感叹道……

这样的形式往往是更好更简洁的。

请不要滥用感叹号！！！尽管相比起描写，在对白里你可以多加几个感叹号，但请不要滥用它们，让它们失去应有的效用。

与之相反地，别怕在对白里使用字体加粗。如果是剧本的话，加粗部分会让演员更知道该怎么念对白，不是吗？“就像这样，而不是那样，你这个没用的**蠢货**。你说你上的是皇家戏剧艺术学院？哦，我真**信了**。”

请小心翼翼地把关键信息藏在对话里，就像你把蔬菜藏在一个挑食孩子的意面酱料里那样。

别担心你的角色在说话时被打断。这能增加紧张感、加快节奏。还能增多留白，留白又能增加紧张感、加快节奏……

你不一定要写出谁说了某句话。你没必要在角色说每句话之后都加上“她说道”，这么写并不好。你只消在后面加上一句“她放下了眼镜”读者就明白谁在说话了。

结束一个故事的时候采用一段高强度的对话能让你的结尾震撼人心。

从一段对话的中间开始写故事能让读者立刻被带进故事里，所以不要害怕使用这个技巧；你可以在之后再闪回对话之前发生的事。

最后，谨记使用：“说道”和“问道”。

练习

这章的练习是让你写出的对白既有效又漂亮。为了好玩和练习大脑（我们大家都得接受点挑战，对吧？），请试着写一段超过 500 个单词的对白，绝大部分由对话组成，并要达成以下任务：

制造紧张感：本地小报上刊登了一篇文章，指控马特在斯坦斯镇上的波利火箭咖啡餐吧外斗殴闹事，而朱丽娅还以为他去比利时参加焦点小组座谈会了。马特不知道朱丽娅读了文章。

推动行为：故事发展到这儿，朱丽娅将要拿着一份《东特威斯尔顿拾穗者》去和马特对质。

介绍相关背景信息：朱丽娅闲暇时喜欢用回收来的医院织物做碎呢毯子。马特（是个画家）五年前在皇家学院夏季展上展出了一幅朱丽娅的裸体画。

发展人物性格：马特的家乡在苏格兰的邓迪市，他脾气焦躁，对牛奶过敏。朱丽娅以前是小学教师，她总是戴着帽子。

两人之间你只能选择一个作为你的视角人物。

第六步：平面几何一般的写作者行话

当我还是个怀揣理想的青年作者时，最让我烦恼的一件事就是感觉自己不够“与众不同”。这与我父亲有点关系（我父亲说：“什么？不干银行的工作了？要干这个？你疯了吗？写作可不是什么正经工作——至少对我们这种人来说不是！”），也因为我曾误以为要做一名真正的作家，就得熟知一种特殊的语言——那种在我的《简明牛津英语词典》上找不到的语言。

我仍留着那本词典，上面能找到许多单词：有的让人开心，有的不那么有趣，有的则是真正的瑰宝。比如说“长石”——我仍试图在我的小说里塞入这个词语。

但我最主要还是被行话给怔住了。过去可没有谷歌搜索的光芒指引我前进，我总是被那些睿智的写作建议给吓倒。他们所说的“人物动机”究竟是什么意思？“主人公”是什么？是动物、植物还是矿物？当人们真诚地谈起“英雄之旅”理论的重要性时，我为什么总是怀疑他们话里有更深层的含义？

而你，或许早就听说过所有的行话了。毕竟我们现在已经有了谷歌——我们有了整个互联网，它无所不包。但对于那些不认识“逼真性”的人来说，这里有一份快速说明，在这里我会对这些行话做出比词典更详尽的解释。

主人公：就是你故事的“男主角”或者“女主角”。你可以有一个主人公，或者男女各一个，或者三人成行。通常不会超过这个数目了，因为总的来说小说还是要有重点故事。

敌手：如果主人公是你笔下的“好家伙”，那么敌手就是坏家伙。除非那些反其道而行之的小说，好人其实是坏人，他们所处的社会的道德准则与我们的完全相反……

Deus ex machina（天外救星）：我之前已经说过了，请查查这个概念。这是个拉丁语词组，基本意思就是“你不要懒到连办法都不肯想”。好啦，其实不是这个意思，但出于写小说的考量，我这么解释也没大问题。总之请不要因为你写的情节出现了漏洞就随意插手、干涉故事的本来秩序。

动机：就像那些偷懒的演员总是会向不胜其烦的导演哭诉“好吧，但我的角色动机是什么啊”，你也应该拷问你笔下人物的动机。演绎角色全靠动机行事。你不能仅仅因为要规避剧情漏洞就让你的人物做不合逻辑的事。参考上一条。

情节剧：通常，情节剧会竭力夸大人物特质，使用剧情反转等手法让你的小说情节奇巧，希望能够抓住读者的心。但这类情节剧有时候只会让读者觉得“愚蠢”。请参考“不确定因素背景故事”。

延迟满足感：人们翻开下一页是因为他们想知道之后会发生什么。你越让他们等，他们就会更激动、害怕、着迷，那么当他们知道究竟发生了什么的时候就会更加满足。

搁置怀疑：根据维基百科的说法，这个概念是由萨缪尔·泰勒·柯勒律治（英国湖畔派诗人）提出的，虽然很遗憾维基百科没提到我曾在 1990 年开放大学的暑期课程里遇到过他曾孙子的老婆。基本上，这个概念的意思是你在写作过程中要不断地加强人文关怀以及设定的真实程度，让读者最终“不再对叙述中难以置信的部分产生怀疑”。我们都能理解这点，对吧？

留白：就是书页里没写出来的部分。普遍地说，小说中的留白是十分必要的。它也是对白创作的副产品。

钩子：在这个语境中的意思是能抓住读者的内容。请拿钓鱼作比，想想你的鱼竿要怎么绕才能吸引鱼去咬钩，从而任你摆布。

戛然而止：最保险的让读者读下去的做法，就是使你的章节在某个剧情高潮之后戛然而止。在电视剧里，这么做能让人们准时收看下一集；而在小说中，这么做能让读者手不释卷读上一整夜，把整本书读完才安心。此物同样多多益善。

人物刻画：似乎无需赘述这个概念，但你未必真的清楚。人物刻画必须注意展现人物特质的深度和广度。如果你的人物刻画很蹩脚，也就是说你创作的虚构人物一点也不像真人，那么读者是不会关心他们身上发生了什么的。

冲突：这点必须不断强调。没有冲突则不成故事。人的生活由一系列不相关的事件组成，然而绝大多数情况下故事是由一系列相关的冲突组成的，人物不断克服冲突，达成最终目标。冲突必须有，这点不接受讨价还价。

逼真性：指的是以假乱真的感觉。这一点是小说取胜的关键，尽管这是一种障眼法。正是逼真性才能让读者心甘情愿地“搁置怀疑”（那个柯勒律治苛求的概念）。当然你可以叫它“以假乱真”，不过逼真性（verisimilitude）这个单词很高级，不是吗？

叙述的紧张感：这是个重量级的概念，是小说行话语库里排名第一的行话。要做到叙述的紧张感，你得好好观察、细心学习以上所列的所有概念。理论上，如果你能一直保持叙述的紧张感，那么你创作的小说人们一定乐于阅读。而实践中作家们也得到了同样的结果。

这些跟几何学又有什么关系呢？哪里用到了数学概念呢？好吧，其实没有。“平面几何一般的写作者行话”只是我以前创作的一张图表的名字，我创作那张图表是为了让大家能够更形象地理解上述概念。这当然和几何学一点关系都没有。几何学关注的是角度、平面、线段以及它们之间存在的复杂关系。我做的这张图表，其实只是个“有点像思维导图、有点像流程图、有点像网子的玩意儿”，但“用有点像思维导图、有点像流程图、有点像网子的玩意儿来体现作者行话”这标题实在太长写不下了，也不好听，所以我就用了“平面几何”。

你们可以看到，这张图表很老旧了。我是用纸笔墨水、胶带和剪刀创作它的，经过这么多年这么多学期的教学使用，这张图表已经很不工整了，我考虑把它塑封起来，流传给子孙后代。尽管我可以用 21 世纪的绘图软件和像素重制它，但我觉得就这样也挺好的。

至少我希望这张图片是易于理解和消化的，并且能够向你展现可以放在小说里的不同元素之间的关系。在图表的中间是**叙述的紧张感**，它由（至少在理论上）三个元素实现：**人物刻画、冲突和悬疑**。你可以再用其他的变量去支撑这三点——从塑造足够造成威胁的对手，到造成一些悲剧性或戏剧性的事件，再到至关重要的延迟满足感。

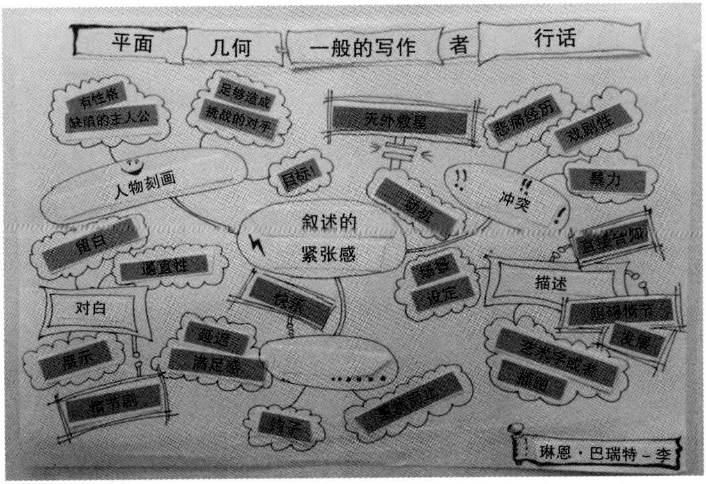

当然了，不是每个人都会这么解析小说创作，但如果你是那种喜欢在办公桌前贴满即时贴的人，那么把这

张图表添加进去也未尝不可。理解所有这些写作概念对你来说很重要，未来你会靠它们发展出写作直觉，对你的小说创作大有裨益。

练习

那些喜欢第五章练习的人有福了，这章的练习与之前的题有关。请为马特和朱丽娅写出一段分水岭式的章节结尾……要么让他们打一架，要么让他们不合时宜、十分唐突地紧紧拥抱，要么创造一场由第三方引发的危机，甚至可以是一场谋杀。并且为了锻炼你的思维能力，请在这段里使用“金橘”“肩关节”和“像素化”这三个词语，使用方式越有创意越好。同时别忘了我们上面探讨过的那些原则哦。

第七步：写作者的困境

我不相信写作者有所谓的“无法创作”的困境。是的，话就撂这儿了。我这么说并不是想蔑视那些处于困境中的作家；仅仅是因为：首先，我从未有过享受它的经验；其次，我有一个理念，如果你拒绝相信某件事的话，它就很难来阻挡你前进的脚步。

那么什么是写作者的困境呢？对我来说，这是个包罗万象的表述。人们这么说只是为了讲得简单些，现代社会追求的就是简单——对于这个词组来说，它把你所有不想做事儿的理由打包起来，打成一个领结，给它们加上这么一个漂亮的名字，这样一来你就可以停止工作去练瑜伽了。请拒绝它的诱惑！你进度迟滞的原因可以有很多种，但当你开始分析它们的时候，你就不会被吓倒，把手往空中一抛，大喊：“困境！我陷入困境了！我感到好无助！”

让我们看看都有哪些原因吧。

如果是因为你不知道自己想写什么东西，那么你该思考一下自己还要不要当作家了。不，我并不是出于无礼才这么说。如果每次别人认真告诉我他们很想写小说（通常他们还会暗示自己写小说很有天赋）但是找不到题材，我都能得到 1 英镑，那我早就能买下游艇或劳力士或加勒比海岛或随便什么值钱的东西了。

> 作为一个小说家，永远不要低估强迫的力量。如果你没有写书的使命感，你就很难让自己的事业成功。

如果你脑海里已经有了一部小说的雏形，但你仍然盯着空白的屏幕或稿纸发呆，不知道第一页究竟该怎么写，那你应该写下“第 N 部小说”然后开始写你脑海中想到的任何东西。我觉得写下“这本小说是关于一个这样的女人……”是一个不错的开端。再给我点时间，我会把我的表达锤炼得更易懂，但对我来说，把古老的公式“主题 + 谁 + 什么 + 哪里 + 为什么 + 如何 = 一个故事”写在即时贴上时刻提醒自己是个不错的主意。如果你知道自己想说什么（做成年人真操蛋、所有的人都是混蛋、牺牲是能得到幸福的，诸如此类），那么把它们诉诸纸面就仅仅是文字的游戏了，你只消把玩各种变量（谁、什么、哪里，等等），直到你找到了合适的排列组合，让你的写作血液沸腾起来。

> 永远不要低估“写下脑海中第一个念头”的强大力量。继续写下去吧！

如果即使你正在努力写，进度还是停滞了（也许是略微歇斯底里地写了十页小说筹划大纲，终于写不下去了），那么请把已经写下的内容打印出来——相信我，这很奏效——然后拿着它坐在地板上，把所有你觉得有潜力的片段或人物或奇趣事件都用笔画下来。如果你喜欢，甚至可以把它剪开，随意拼贴组合；这个做法的目的是抛弃那些不重要的内容，将余下的内容收集起来，然后继续写作或者寻找灵感。

> 永远不要低估凭空创造一个世界和故事所需要的工作量。要是真那么简单的话，不是人人都来写小说了吗？在早期阶段感到灰心丧气、困惑有压力

都是很正常的。

如果你陷入困境是因为你的第一章到第五章写得都很好，但盯着第六章的标题不知道从何下笔，那么请打下“我不知道该怎么处理这一段”，以及自己的任何想法，空出几行，然后开始写你知道怎么写的下一部分——也许是你在计划中已经考虑过的一个场景，请迫不及待地把它先写下来。之后你要处理的就只是如何桥接上下文，而不是跳下航空母舰潜入无边深海。

> 永远不要低估写一本小说有多么耗费精力。请抓住经过你身边的任何漂浮物。如果脑海中是几章之后才会出现的朦胧的场景，也请写下来。至少你仍在写作。这些都是银行里的活期存款。

也别不好意思用一些蹩脚的比喻。没有人会在这个艰苦的时节批评你哦。

如果你身陷困境是因为你的计划文档里没有任何可以拿出来写的场景，那么（在你拍打手腕、折断一两支铅笔之后）好好问问自己为什么没有准备这些场景，然后回归计划文档，把东西补全。如果你找不到任何一点可以让你马上写的内容，那么你的情节线就还需要加工。我真的很想反复强调这点。从头审视你的计划部分——好好看看那些一团乱麻中的间隔语句。“然后她决定这么做……然后他遇到了一场事故……然后她的母亲在厨房的台阶上崴了脚，不得不在那个时刻去医院……然后她的男朋友宣布他被印度果阿的一处度假村聘用了……”你总要有想写的场景，因为你脑海里总会有一些清晰的意象。假如你能好好写这些场景，那么你就会心无旁骛，一气呵成地写下去。

> 永远不要低估创作一部小说有多复杂。请做好会遇到这些难题的准备，然后想方设法找点自己能写的东西。

如果你陷入困境是因为你已经写了三分之一本小说（对于我来说一般是3万字）了，却突然觉得你所写的一切都是垃圾，并且你还觉得接下来要写的一切也都将是垃圾，即使你硬着头皮写完了也很难找到图书经纪人去推销它，即使你找到图书经纪人，他们也无法帮你联系出版社，因为所有人都知道这年头想让书出版可困难了，除非你是真人秀明星，或者隆了南瓜大的乳房……那为什么还要写呢？然后你加入了困境俱乐部。有很多很多的小说家就这么陷入挣扎、陷入等待，最终放弃。在这个时候，你有三个选项：要么你就继续写（最好的选项），要么你就搁置手头的这书，写出点更好的东西（如果有必要的话。要知道重头开始也是会上瘾的，可别总是半途而废），要么你就把所写的一切放进“抽屉”里，直到困境离你而去（别这么干！）。

永远不要低估自己在此刻有多容易放弃。你和成千上万的其他作者都曾放弃过。请和自己立下要完成任务的约定。即使你认为那是垃圾，至少你写成过一部小说，有这样的经历是弥足珍贵的。

最后，假如你陷入了写作者的困境是因为你的确写完了一部小说，以上的所有情况也发生过，但在经历了这一切之后，你根本看不到出版的曙光（而你也没钱去做隆胸手术或情愿在电视真人秀上大出洋相），那么我们的原则仍然是一样的。你要么继续写作，要么放弃写作。啊，听起来可真糟糕。但这就是你所能做的。

永远不要低估写小说的艰难程度。不，这没有

“下井挖矿”那么难，也没有“生死攸关的紧急手术”那么难。但它也不像每天上班打卡那样简单。你没钱赚（在这个阶段），没有截止日期（在这个阶段），没有同僚的喝彩和尊重（在这个阶段），也没有行业内的关系网可以助你一臂之力（在这个阶段）。所能支撑你的仅仅是你自己的渴望和野心、狠心和倔强；而这些品质通常都可能离你而去。

让我们讲明白一件事。不断遇到进度停滞的挣扎状况是很正常的。与其称它为所谓的“困境”，不如说它是某些时时阻碍你前行的合逻辑的原因。然而，如果你的写作生涯中总是遇到这些问题、总是在挣扎，那么也许你的写作者困境（如果一定要用这个词的话）仅仅是老天爷在提醒你明白“其实我没有那么喜爱写小说”的事实。所以，如果你很认真要写小说的话，别让这东西在暗地里侵蚀你。不要养成坏习惯。我认识的所有成功作家本质上都不仅仅只是凭运气。他们总是比和自己天赋相仿的作家写得更多、更勤，这样他们走运的概率才会大大增加。短篇小说也是同样的道理。如果你每周都能写出并寄出一个新故事，那么你受到命运青睐的概率就比某个两个月才寄出一篇短篇小说的作家要大得多。

你总结出规律了吗？能体会到这部分的主题了吗？好吧，如果真要告诉你的话，那就是一句老生常谈的自明之理。要完成一本小说的唯一方法就是：写。

缪斯

说实话，我加上这段只是因为我还想继续侃侃而谈，但或许这一点也确实需要不断强调。唯有在灵感来与不来时都坚持不断写作，你才能保证灵感降临，给予你欢欣。你写得越多，灵感就越可能到来。我以前并不这么认为，但这是真的。这不是说文学领域里存在着什么“伟大文学连续统一体”，所有已得到出版的作者都能在里面徜徉、汲取灵感继续创作。如果真是这样的话，所有的出道作品都会是垃圾，而所有的封笔之作则都会是杰作（情况通常恰恰相反）。我只是说，假如你想做全职作家，而非兼职作家，那么你就要学习街头艺人的刻苦心态。一旦你学到了一些门道，你可以放松一点，因为你知道自己是有本事的。一旦你知道自己是有本事的，面对那些本来让你痛苦的情形你就不会那么痛苦了，因为你知道这都是创作过程中必须经历的。然后，你就可以自由地写作了。

练习

到了这一步，我不介意来点儿纸上谈兵。在我面对面授课时，我会和学生们说：此刻锦囊里已经有了一些写作技巧，也有了许多必做的任务，请来谈谈你们的写作雄心。那么，各位读者，同样的问题，请你们写下来，写几百字——愿意的话可以写更多——聊聊你是谁、你在写作上想达到什么成就。别害羞，除非你是那种什么都往网上发的人，否则没人会看见这些自述。

有一点限制。你要以第三人称来写，就好像你在观察自己一样；写自己抱着电脑在厨房打字，或是坐在公园长椅上，就好像你是自己书中的人物一样。

第八步：真正的难题

（以写作为职业的艺术）

关于写作中的这一步该如何起名我想了很久。毕竟我们之前的内容已经涵盖了许多。我们谈了计划和情节设计、做调研和写开头、人物刻画、动机、对白以及支线情节。我们解析了视角和时间轴，就在之前我们还谈到了作者的困境。

那么接下来我们要谈什么呢？我们的写小说清单里还剩下什么？在“如何构筑文学巨著”和“给你一点小贴士，让你更能脱颖而出”之间是什么？（顺便说一句，你需要说服的首先不是读者本人，而是能把你的作品送到读者跟前的那些人。引起他们的兴趣并不等同于引起读者的兴趣哦。）

最终我觉得只有这个标题才是恰当的，因为到了这一步，你真的得靠自己了。是的，你可以引起作家同僚们的回应，可以参加授课，加入作者圈子，读类似本书的写作教材（你甚至可以在搜索引擎里查找“写小说的公式”——但请别这么做），但那几万字可不会凭空蹦出来，得靠你一字一句去写。而毫无疑问，实践才是真正困难的部分。

对于一个因写作消耗了全部时间精力的职业作家来说（更别提还有出版合同和编辑的压力），可别低估了这些事情对你的损耗，你可能又穷又孤单，没有出版作品的机会，时时刻刻焦虑。

西莉亚·布雷菲尔德在她的杰作《畅销小说》中，列出了那些最常困扰新人小说家的“十个测试”。它们是：电话（别接）、别的重要事物（转移注意力）、小孩（暂时不理他们）、陌生人（别为他们开门）、动物（让它们在你的听力范围之外）、家务（别做）、杂务（交给别人去完成）、答应好的事情（推迟掉）、饥饿（忍着），还有最后的，睡眠（喝很多咖啡）。

如果这些事情当中有任何影响到你的话，你就需要处理它们了。我曾经的“眼中钉”是我的母亲，她住得很远，有时候会来我家住上一个星期。要是正巧碰上我在奋力写作（还挺常见的，毕竟我是职业作家），那我就会十分敏感易怒，听到她的鞋跟在家里踢踏作响，或者当她擅自开门问我要不要喝茶时，我都会特别受不了。要是我有份按部就班的工作，这种情况是不会发生的。我会把她留在家里，让她熨熨衣服。当然了，如果我有任何一份“真正的工作”，我妈也不会“骚扰我”。比如说，我妹妹在加州开了一家科学研究所，我妈给她写一封邮件都得考虑再三，怕打搅了她工作，更别提给她打电话了。

如果你要当作家，你就得预料到人们对你的职业会有误解，觉得它不是个“正经活儿”。生活在这个社会，人们总会觉得那些干了很多事却拿不到报酬的人就是“不干正经事”。人们肯定会觉得，既然你是在家工作，你肯定就不如每天搭巴士或者地铁上班的鲍勃辛苦。对于这种缺乏支持的现状你毫无办法，因为如果你相信人们所说的，那么你所做的事业是有点儿不现实的。你该怎么办呢？很简单。对抗那些试图打搅你的人的最好办法，就是不要在任何程度上同意他们的观点。你会忍不住的，相信我。有的时候，你会觉得很抱歉，觉得自己想写作是件错事儿。如果你这么想了，你就一定会放弃写作。

因此比上述所有做法更为重要的，就是你对待写作的决心要和做任何其他工作一样，绝不可少。尽管高谈阔论文学缪斯、灵感时刻或者其他什么假大空的话语很容易（谈论苦心积虑多年写就的伟大小说是很爽的），但现实就是如果你有成为大众市场作家的运气，能够得到出版，那么你的编辑会希望你在一年内把第二本小说摆上他们的写字台。

我记得是菲利普·普尔曼（注：英国作家，著有《黑暗物质三部曲》）说过12个月并不长，因为你的第一本小说花了你的整个前半生。记住，你不仅仅是用写作的时间来写第一本小说，还有你之前生命里所积攒的所有智慧、精辟美妙的掌故、人物研究、故事情节和绝妙的点子。那么理所当然，为你已经展示出的天赋、想象力和语言掌控能力添加上决心、自律和十足的自信是大有裨益的。

在艾莉森·吉布斯1995年所写的《作家谈写作》里，她访问了一些商业上取得成功的小说家，其中杰弗里·阿切尔所说的话，我认为十分完美地概括了这个问题。他曾经有个当医生的熟人写了本小说，希望能从他那儿得到些反馈。以下是那段故事：

阿切尔读完小说后给的批注是：

> “你是在手术间歇写的吗？”
>
> 医生给他打了电话：“是的，你怎么知道？”
>
> “你看，”阿切尔回答道，“有的章节不错，有的章节很差，有的普普通通……多么不尊重！”
>
> “这是什么意思？”医生感到很吃惊。
>
> “我是说这很不尊重写作，”阿切尔继续说道，“如果我告诉你，我现在要在写作的间歇做手术，你会怎么想？你会觉得很不尊重医术。我也觉得你在手术间歇写作很不尊重。走开吧！”

简单来说，我觉得他的意思是不要用二流的工作态度侮辱读者。那个医生之后听取了他的建议，更加努力地写作，最终出版了自己的书。而这个建议——无论你怎么看待杰弗里·阿切尔——都是有道理的。要想写一本扎实的书，就要花扎实的功夫，要以努力和职业精神去对待写作任务；尊重写作任务，尊重你出书的渴望。要清晰地认识这一点并不容易，不仅仅是因为像西莉亚·布雷菲尔德所提出的那些实际阻碍，更因为有的时候你会缺乏自信，总是反省自身——你怎么知道你就一定能成为小说家？多么自大的想法！

尽管你不能简单地在“作家”栏里打钩，或者直接说服自己克服这些想法，但集中注意力、认真对待写作任务能够在长远的过程中打消这些念头。如果你坚持要把写作当成是其他事务之余的兴趣（工作、家庭责任、娱乐，随便什么），那么这辈子它都将只是个兴趣。是的，也许这样最终你也能写成一部小说，但每有一部小说让写作者赚得盆满钵满，就有几万部小说让写作者颗粒无收。如果这是你想要的结果，那么无所谓。如果有一天你想让写作成为自己的全职工作，那么你必须找到固定的时间和地点去写作；不仅要有空想，也得实干。

杰弗里·阿切尔还曾说过，在他看来在工作之余写成一本小说是不可能的。他的建议是给自己放五六个星期的假，在放假期间全力写书。第一眼看上去这似乎是不可能实现的梦想，但如果你像很多作者一样（比如我）花了几个月计划自己的小说，已经计划到了第 n 层级，那么这么干也不是完全不可能——别忘了，计划是可以在闲暇之余完成的——甚至可以从其他事务里受益。

然而要是这种想法吓退了你，那么你必须在日常生活中找到能够持续写作的时段——最好是一天中你觉得自己灵感最充沛的时间。是的，你必须有极强的自律才能每天在凌晨五点醒来，或者熬夜写作，但假如这是你必须做的，那你就一定要做出牺牲。你小说的优先级越飘忽不定，你就越难在写作时集中精力，而作品的质量也会因此受损。就像读书一样，如果你只是偶尔零星地阅读，每次都尝试回忆起之前读过的部分，那么你对于故事的兴趣和写作进度就会大大减退。理想之中的写作状态是，你早上起床脑子里想的是写书，晚上睡觉前脑子里想的也是写书。

以及，很显然，从早到晚的所有时间都要思考。

练习

这里有一份人物、时间、地点、事件、原因的列表供你练习：

人物：亚历山大

地点：纽约现代艺术博物馆

时间：1999 年 12 月

事件：毒杀

原因：谎言

用它们作为素材，写半个小时以上，看看你能写出什么。

第九步：成功的配方

我们有必要稍作停顿了。到这为止，我觉得我已经讲了所有关于小说创作的内容，是时候让你们真的去写一写了。是的，如果我是你的私人导师，那么也许我们会时常会面，仔细审视读起来不舒服的场景，讨论书里的问题、你个人的信心危机，但因为我并不是你的私人导师，你就只能靠自己了。

我当初就是靠自己的，当我写第一本小说（事实上，我的每本小说，以及每本纪实文学都是这样）的时候，我是与世隔绝地在写作，有一部分原因是出于这份工作的自然属性，还有一部分原因是我不想任何人读到这本书——至少在它完成以前。你可能和我想的不一样——你可能每写一点都想要得到他人的反馈，但我要强烈建议（记住，这只是个人观点）你在创作的过程中抗拒“分享”的冲动，因为最重要的是你自己的创作意象；我认为对于所有创意产业来说，厨子太多都容易煮坏汤。想想艺术吧——一个画家会和别人合作画画吗？递过毛刷，递过颜料盘，再让其他朋友来画架前涂涂抹抹？你可能不同意我的观点，但至少请考虑一下。我的一个编辑朋友曾经经历过类似的情况，最后那本书读起来像是一整个委员会写的。

好了，让我们来谈谈你吧。你的面前有如此艰巨的任务，你需要把上万字打在屏幕或写在稿纸上，还需要运用到之前所说的所有写作概念。当然，在写作乌托邦里，你甚至不需要考虑那些恼人的词汇；由于你读了那么多年的小说，潜意识里自然吸收了所有写小说的规则，在写自己小说的过程中从头到尾你都将自然而然地获得叙述的紧张感。在写作乌托邦里，只有那些希望解构小说的学者和那些希望把作品驳倒的批评家才需要去分析情节发展的过程。

不幸的是，我们之中的大多数人并不是生活在乌托邦里，对于我们大多数人而言，要写一部长篇小说，我们需要更深入的思考，运用更多的技巧，才能最终进入那个自然写作的过程。每有一个不需要思考就能写出伟大小说并获得出版的天才，就有一千个（是的，我知道我又在念叨这事儿了）半途而废的小说家，抽屉里装满未完成的、糊涂的、拖沓的半成品，甚至是水准稀松平常的已经完成的小说（在我看来更为糟糕，因为这样的小说实在是太多了）。

令人忧伤的是，在这些灵感抽屉里，也许会有灵光乍现；那些小说也许有生命力、故事技巧和可读性，只是它们出现在了错误的时间和地点。但残酷的真相是，如果你下网捕捞到了珍贵的初稿，却还是无法引起任何一个图书经纪人的注意力，那么或许你就必须审视并找出自己做错了的地方，或是错误的趋势。

你必须记住一件事：写小说十分困难。就如同一个年轻运动员从立下雄心壮志到赢得奥运金牌，其间要经历千辛万苦一样，从初创的激动（哦，那绝妙的点子！那精彩的第一章！）到有幸写下“全书完”之间，同样要经历千辛万苦。实际去写书——你要摆弄人物、情节和设定，让它们归入正位，让书连贯可读——对于你作为叙事者的技巧提出了很高的要求；你需要知道如何放置元素，如何设计故事，哪些要重点叙写，如何穿针引线。

因此写作的时候细心分析是必须的，写一阵子停下来读一读也是必须的。并且别用敷衍的态度做这件事。我不是说你就得吹毛求疵、小题大做，但你应该从宏观上审视自己所写的内容，问问自己是否做到了我们之前所讲的所有要点。当你做到了，再加上运气、天赋和实干，你也许就能避免那些图书经纪人和出版商在拒绝你时常会提到的问题。比如……

“它就是不够抓我眼球……”

如果你总是在重读自己小说时陷入无精打采的低压槽，那么你的读者也一定会和你一样。所有作者的目标都是让读者深陷书中、无法自拔。世上并不存在达成这一目标的灵丹妙药，但它也不是自然发生的。你必须时时刻刻都记住要去创造**叙述紧张感**的魔力情境，并且把紧张感带给读者。这一原则适用于所有类型的小说，并且由我们曾讨论过的两个元素组成：一、读者要关心你所创造出的人物；二、这些人物必须经历某些人生的挣扎，而非活蹦乱跳地度过幸福的人生。人物就像你手中的牵线木偶，如果你放松了手中的线，那么读者的阅读兴趣也会跟着放松。因此你必须把自己想象成一个操控情感的木偶大师：设定好一轮又一轮的危机和困难，让读者等着你去解除。

“人物总感觉有些不真实……”

如果你的作品受到了这样的批评，那你的写作很可能在**人物动机**方面出了问题。还记得吗？表现你笔下人物的动机是让你的人物总是能表现得像自己的关键所在。这句话的意思是，他们在各种危机和困难面前所做出的反应必须是可信的、易辨识的、一致的。如果你的故事编排得让他们在一点风吹草动面前就惊慌失色，那么你创作的是恼人的**情节剧**，图书经纪人和读者都不会喜欢的。同样的，如果人物的性格太过古怪，古怪到没人能猜出他们下一步要怎么做，那么没有正常人会与这样的人物心灵相通。这不是说人物刻画就一定要脸谱化，但他们一定要具备一些共通的人类情感（当然除非你笔下的都是火星人）。解决动机问题最好的办法是对笔下角色的背景故事熟稔于心；毕竟我们每个人都是之前人生经历的总和。

“有的地方写得不错，但有的地方感觉很平淡……”

我不想反复强调**冲突**，但假如你的写作深陷泥沼，那就开始制造点麻烦吧。数量众多的业余小说家总是无法运用这简单的真理。有时候你感觉作者和笔下的人物情感上都筋疲力尽了，需要躺下来歇一歇，恢复元气。不！假如你看任何一集电视肥皂剧，你会发现里面的人物无时无刻不处在冲突当中，而你也需要竭力做到这点。不是让你写出肥皂剧式的小说，而是因为戏剧性就是冲突，冲突就是戏剧性。只有一种情形下你可以让角色休息，那就是接下来你为他们预备了更大的灾难。对于所有小说而言，这一原则要坚持到最后才能放松。

“这书看起来有些迷失了方向……”

既然我提到了那么多写小说时的技术要求，那么你遇到一些情节漏洞也就毫不稀奇了。即使小说大师也无法在情节设计时做到万无一失；而当你对行为或者角色做出一些微小的改动，你很快就会发现这些改变会引发蝴蝶效应。在写书的时候，一个很简单的补救措施是把之前预想的内容改动一点点，对于你认为需要改动的地方进行修修补补。但请别这么做！没有什么比作者讨人厌地强行插手解围要更显眼了——我希望咱们现在已经学到用出乎意料的事件去修补不稳定的情节有多么不可取了。相信我，即使是你，作者本人，回头读的时候也会感觉到不对劲的。唯一能够解决这种让人头痛的问题的方法就是回头重新修改整个情节线。这也许——肯定会——给你增加很多工作量，但你要记住，你必须做到最好。世上总有书可读，人家没必要非得读你的。

唔……我总是重复强调某些事儿吗？那就对了。

那些对路的故事和讲述者

每个人都有自己喜爱的小说清单——他们认为那些小说震撼人心、感人至深、勾魂摄魄、发人深省——而没有哪两个人的清单会是完全相同的。这是正常的，我们应该为思想和情感的多样性喝彩，但由于我们又在探讨成功的配方，因此还是得看看这些小说的相似之处。思考以下的话：

> “你该写什么？关于这方面的规则很少，而且那些存在的规则也时常被打破——有时候是灾难性地被打破，有时候则是主动大胆地实现突破。但你该

> 从讲故事的原始DNA开始思考。无论成功的故事如何变异，它们共通的部分是什么？显而易见的元素是抓人的故事；充满想象力且风格独特的写作方式；迷人的人物。你的故事不一定需要浓墨重彩的情节，但它必须要从第一页开始就勾人，让读者不停地读下去。你的文风不需要去模仿哪位文学巨匠，但它需要有自己独特的、吸引人的声音，避免一切陈词滥调。人物不需要讨人喜欢，但他们一定要是你希望花时间了解的人：强大，令人印象深刻，散发出人性。”
>
> ——大卫·史密斯《创意写作手册》

别每时每刻都垂头丧气，觉得你得放弃希望、放弃写作，但当你走上了写作的不归路——无论你何时意识到这点——就请开始自我批判，用以上所提及的“要素”来审视自己的小说。不要忽视你脑海中“这里看起来不太对”的声音。情节、人物、动机、剧情反转——如果你手头的哪个方面看起来不太奏效，就改变它；记住，尽管我们之中的很多人不知道我们深爱的那些书为何成功，但我们总能看出那些烂书有何问题。

我们爱的那些书——总能通过口口相传得以热卖

（最好的销售方式），它们一定具备一些成功的要素。或许它们还会具备其他的特质——某些古怪、独特的方面，深深与读者共鸣，或仅仅是别致稀奇，能够使它们脱颖而出。在你自己的作品中做出这样的尝试也是值得的。这儿有一份清单，仅仅是我在扫了一眼自己的书架之后随意快速挑选的一些书籍，在我看来它们具备那样的特质。它们有的颠覆了某种类型和定义，在许多方面彰显出卓越的特质：

尼克·霍恩比的《失恋排行榜》：尽管作者是个男人，但在关于忏悔和情感的话题上却写得非常具有女性视角。这本书在当时十分轰动——男人居然也有感情。天呐！

海伦·菲尔丁的《BJ单身日记》：这本书的成功得益于主角讨人喜欢以及她的悲惨经历。日记体小说在之前已经出现过很多，但菲尔丁的作品是如此新鲜、甜美，又是那么的招人喜爱，男人和女人都无法抗拒。

罗斯·特瑞美的《回家的路》：这本讲述东欧移民心路历程的书是一本大师之作——这本书出版的时候，东欧向英国的移民潮刚刚兴起，社会的空气中弥漫着焦虑的气息。这本书的主人公受到我们社会的排挤，被看作是威胁和不可信任的对象。从他的眼睛里看我们的社会，充满意义，发人深省。

尼古拉斯·埃文斯的《马语者》：永远不要低估一片充满戏剧性、广袤又美丽的自然天地，你可以在其上创造出人类的故事。这本书的第一章是我读过的最抓人的开头之一。从那之后，故事也未曾让我失望。

李·查德的《一枪》：杰克·雷彻（侠探杰克）是此类故事中的典型男主人公——每个男读者都希望成为他，每个女读者都希望勾引他。他有着很强的是非观和（粗糙的）正义感。李·查德笔下的这位复仇天使还有一条制胜法则——他是个一无所有的男人。

伊恩·麦克尤恩的《星期六》：这本书设定在24小时之内，同一个地方（20世纪90年代中期的一个星期六，伦敦中部的反战示威活动），是小说结构的大师级教材，也是展示“一件事能够多么轻易地、戏剧性地塑造、改变人生”这一理念的大师级教材。

科马克·麦卡锡的《路》：麦卡锡的写作风格是如此与众不同，以至于你读完一页或者读到第六页之后会想，“他这么写真的没问题吗”。是的，没问题。黯淡无光又颓美，这本关于无名末世的小说对我来说无懈可击。

爱玛·多诺霍的《房间》：又是一本集齐了天时地利人和的小说，但我认为这本书在哪个时代都可以焕发光彩。本书以一个5岁孩童的视角讲述，写作风格太过别致，任何描述都只是做无用功。更确切地说，都会不可饶恕地泄露情节。我不会那么残忍地对待你的，自己去读吧。

每个人都有属于自己的必读书目；而如何让你的书好到、独特到进入别人的必读书目，这才是难题。因此，请对自己狠一点。如果哪儿读起来太过寻常、松软无力，或者“仅有叙述，没有描写”，那么就返工重做，想想怎么改善。你需要达到“无懈可击”的状态，让自己的作品脱颖而出。

简单地说，重写，重写，重写——不断重写，直到你的作品达到它所能企及的尽善尽美。记住，大师之作几乎不会自然地从作者的笔尖流淌出来，直接成型；写作技巧的很大一部分——就是重写。改编一句名言，“最艰难的写作会成就最轻松的阅读”。如果一本小说在读者看来轻松易读，那么很可能作者在创作中经历了许多艰难的改动。

因此，无论你有多么急迫地想要让自己的作品见诸于世，请千万不要跳过这一步。要想接触到真实的读者，你首先要取悦图书经纪人和出版商，而他们会让重写变得更为复杂。以下这段话是一位读者发布在网络留言板上的，请思考“读者想要的”和“出版商想要的”之间的区别：

> “我想一切都取决于金钱吧！有多少会受到读者喜爱的书无法得到出版？全套丛书、变动的市场、预算缩水，都会影响出版商对于作品和作者的挑选。从我了解的来看，图书经纪人或出版商希望出版那些历经打磨、酝酿了很久的书。每天都有那么多的投稿，你的书必须从第一段开始就抓人。原创的角度、有趣的故事和强大可信的人物都十分重要。如果出版商或图书经纪人要在一个作者身上花钱，他们希望得到不止一本书，并且他们不希望下一本书要等上五年。”

简而言之，你必须把对自己的标准设立到难以置信的高度。准备好去作战吧。

练习

是时候离开一会儿键盘了。现在你能为你的小说所做的最重要的事情就是把它放到一边，并且不管不顾一阵子。也许是一个月，也许是两个月甚至三个月。理想状态下，这样可以让你和小说拉开空间，而这个空间能让你在下次用锐利的眼光审视它时看得更清楚。

当然，在实际操作中这可能很困难。当我写完第一本小说的时候，24 小时之内我就把它打印出来寄给一个图书经纪人了。但我现在说的比我当时做的更重要，因为经验告诉我，如果你用全新的眼光去重读自己的作品，那么你确实能让作品有所提高。

所以请坚强起来，把脑海中的钢笔放下，去做做别的事情，比如制作果酱、给空房间贴墙纸、遛狗、逗邻居的狗，或者草草制定出能让世界和平的宏图大计。做你喜欢的任何事情，但决不许碰那本小说。

第十步：再谈简介

（把碎片灵感揉捏成型）

尽管上一步练习让你随便去做什么别的事情（真的，只是想让你离开已写完的小说罢了），其实你还是应该在这期间写一些有用的东西的。事实上，在小说发酵期间你还可以做不少事情。它们是（不必按照列出的顺序去做）：

· 写简介；

· 写梗概；

· 寻找并调研图书经纪人；

· 写你下一本小说的大纲；

清理你的书桌，清空你的思维，扫除第一本小说的痕迹，在现实和脑海中都贴上一个“第一本小说：书名”的标记。

如果时间允许，和家人好好团聚。（最后一条是可做可不做的，但我强力推荐。）

关于简介的一些思考

就像之前所说的，搞清楚什么是简介（让我把它定义为：描述性或评论性的话语）并不难。在你读过的任何一本书上都有。

一篇简介该有多长？对于一本平装本书而言，大概在 100 到 200 个单词之间。大部分小说初次出版时都是平装本。

注意标点符号。简介对于标点的运用有自己的法则。在这里，夸大其词才是正经事儿——“是的，这本书就是这么神奇！！！”因此平时严加看管的感叹号、省略号和连续感叹号可以得到特赦。

简介需要“钩子”。提出许多问题，但**千万不要**回答它们。

请用上些溢美之词——毫不吝啬地使用它们吧，这是它们的舞台。但请别毫无节制地使用，否则它们又将失去作用。

我现在正式宣布你可以在省略号的地方填上任何顺眼的词语："由一名才华……的作者写就"，"一本……而且……的小说"，"一个包含了……和……的故事"，"讲述得带有……和杰出的……"。（你可以在任何形容词前都加上"十足的""彻底的""全然的"。）

作者越出名，简介需要的空间就越少，因为它会占用书评和更多溢美之词的空间——书评里的溢美之词都是夸你的。这个语境下，"大师"一词十分有分量。

综上所述，我希望你意识到写简介是件很有趣的事儿。现在你名下已经有一部小说，重负已被放下一点儿了。现在你该磨刀亮剑，为自己的作品制造出些声响。当你把自己写的简介放在编辑桌子上时，他们会很感激你的，这是在为他们的工作减负。同时你对自己的书也更有掌控权，它是什么"口味"的，出于什么"初衷"创作的，有什么"调调"，你都可以把控。

和其他事情相比，写简介要来得更为容易。就像很多事情（量子物理学、费马大定理、国际象棋）和接下来这件叫"写梗概"的事相比都更为容易一样。简而言之，请做好心理准备。乐趣到此为止。

"但是为什么一定要写梗概呢？"我听到了你的呼喊。你已经写出一本书了，不是吗？人们就不能去读读它吗？然而，残酷的真相是，他们可没空。（我说的“他们”是指图书经纪人。即使自出版电子书的革命已经开启，至少在我写这本书的时候，图书经纪人还是通往主流出版商的最普遍也最靠谱的渠道，而主流出版商也是初出茅庐的作者最想接触到的。）

这并非不近人情。如果你每天也被主动上门的书籍稿件轰炸，那么你也会想办法节省时间，筛掉不值得出版的书，寻找到真正的宝石。梗概正是为此而设的。将梗概同你精彩的、惊人的、引人入胜的第一章一并阅读，图书经纪人会了解到你深厚的文字功底之下是否配上了合格的情节。

关于理由和原因已经解释得够多了，现在你只要知道，你的确需要写一份梗概，而鉴于你刚刚写了一整本小说，没什么时间比现在更适合写梗概了。所以坐下然后开始写吧。

恼人的梗概……一些提示

大多数图书经纪人和小出版社（大出版社几乎从不接收陌生的作品）都会善良地告知它们需要多长的梗概。大多数情况下，标准是一页或两页 A4 纸（字体 12 号，单倍行距）。如果你有足够的精力又有轻微的受虐倾向，你可以一页版和两页版各写一份。

永远用现在时态写梗概，即使你的小说是用过去时态写的。现在时会给故事前进的动力，读者读的时候会觉得自己在跟随着故事的进度。

开头要写得有气势。前面几句必须抓人，所以要好好琢磨。一开始就把读者的吸引力勾住。你也许可以用简介开场，或是书中开头场景进行的预告。请参考你的大纲。回头看看你起初的写作计划，看看那些带领你写完整本小说的重要步骤。它们会形成你大纲的骨架。

记住，你的梗概必须仅仅描述**主线**情节。你没有必要赘述支线情节里发生了什么。编辑和经纪人会默认你的书有支线情节。除非其中确有影响到结局的内容，可以略微提一下。

让你的梗概主动性更强。让故事里的角色影响事件，而不是让事情无端地发生在他们身上。要把你的主人公写成推动故事发展的人物。

请让你的梗概读起来和原稿一样具有叙述张力。它不该只是一篇简介——泡沫成分严重——它也不该只是原料列表。请在写梗概的时候记住“**展现**而非**讲述**”的原则。

请别尝试向你的读者“推销”你的故事。这是并且仅是简介的任务。请遏制自己想为作品配旁白音轨的冲动。试图写出任何吊人胃口的话语，比如“她的命运是否早已被写在群星之中？”或者“一天能否彻底改变你的一生？”这些都是在设计封面阶段十分有用的素材。

你可以引用那些特别有味道的对白片段。尽管你不该描述整个场景，仍然需要营造一些氛围，让你的人物显得鲜活，而蜻蜓点水般地引用那些精妙的对白能让文字变得亮眼。

不要用块状分段的方式，要用写小说的文章形式写你的梗概。与此相似地，不要让右侧对齐——请让右侧参差不齐。是的，分段制造了许多留白空间，昭示着故事的发生，营造出了引人入胜的“噢，接下来要发生什么呢？”的感觉。

编辑你的梗概，把它晾在那里一会儿，然后回来再编辑一遍。假如你有向 UCAS（英国大学和学院招生服务中心）或其他招生机构写个人陈述的经验，这个过程与之是十分相似的。请让你梗概的每一句都尽善尽美。

把那些不能推动文章发展的被动语气句子一网打尽。不要浪费字数在审问你的故事上：一切会变好吗？这件事能够改变全局吗？这个男人是她的真命天子吗？等等。

如果你能指出小说书名的深意或关联性，也请写在梗概里。它会让编辑发出“啊……原来如此”恍然大悟的感叹。

把结尾也写在梗概里。你写的不是预告——而是专业宣传语。

如果你能够写出一份精彩的梗概，同时又违背以上半数原则，请相信自己的直觉放手去干。我就这么干过。

与其说是被智慧的闪电击中，不如说是到了山穷水尽的地步才另辟蹊径，我第一本小说的梗概写作和上述许多原则大相径庭。它是一封我小说的女主人公朱丽娅给我写的信。“亲爱的琳恩，”它是这么开头的，“你现在过得怎么样？好久没跟你说话了！上帝啊，你不会相信这几个月来发生在我身上的事儿的，你真的不会相信的。你知道理查德出轨了对吧？你肯定知道——我记得卡罗尔跟我说她告诉过你了。那么，如你所知，我把他赶出家门了——我相信你也会这么做的——我当时怒火中烧。然后……”之后我又用同样的聊天语气概述了我第一本小说《朱丽娅获得生命》的情节。我不知道假如我用另一种方式写梗概能不能同样打动图书经纪人——我永远也不会知道这一点了。但我知道的是——并且我希望你也能用同样的思维模式去想事情——当我下笔那么写的时候，我感觉特别棒。我很快就把这篇梗概编辑好了，让我得以忽略上面提出的那些明智的建议，并且在当天就把这篇梗概寄出去了。

练习

这周的练习显而易见。一篇简介，一篇梗概，一个标记清晰的盒子。和爱人喝茶吃蛋糕。这是命令。

第十一步：编辑

首先，一个必要原则。假如你能严格遵守如下两条规则，你将把活儿干得漂亮许多：

第一是将你的小说晾在那儿，时间越久越好：假如你能忍受的话，就从一个月起步。时间越长，效果越好。你得相信我，因为这是真的。这也是为什么你在本书的此处才看到我对于编辑小说的评论，而不是更早，因为就像一块牛排一样，你把创作材料稍微放一放，醒一醒肉，处理起来会更顺滑。

第二是你必须保持无情的完美主义。在数月（或许是数年）给自己打气之后你才找到了写小说的勇气，但此刻你不许充当自己的叛徒。你要无时无刻不提醒自己你没有自己想象中的那么好。因为，说实话，你就是没有啊。假如你遵守了第一条原则，那么你会很容易看出自己写作的不足之处。

有两种大不相同的编辑方式。宏观（顺便说一句，这不是什么受到公认的分类法则——只是我个人的分界罢了）编辑，你需要在此之中对于情节和架构做出大刀阔斧的调整，以及微观编辑，你需要专注于写作风格，一句一句改写。当你的书抵达出版社的时候，他们还会重复这两个步骤。

宏观编辑

就像上述两种原则一样，世界上也有两种小说家。第一种随时将体内的写作开关打开，写作时迅疾如火，害怕一旦停滞就会失去灵感的势头。为了保持势头，他们总是充满激情地喋喋不休“妈的，船到桥头自然直：我尽管写就够了——我总能在最后将之前制造的混乱解决掉的”。这样的小说家之后会遇到很大的宏观难题。而我这么说的用意是：请避免尝试这样写作。假如你能够正确地规划小说，并且熟知大纲，坐下来便能够凭借记忆从头到尾复述，那么你很可能无需经手任何宏观性的编辑，因为那些不稳定因素早已出现，你也早在写书之前就已经把它们解决掉了。

> 我真的必须再三强调拥有一份精雕细琢的一万字的大纲是一件多么宝贵的事情。

因此，你应该在写作的同时对文本进行编辑。这不是说你就该不停地打断自己，失去写作那流动的节奏，而是说如果你觉得有什么地方不对劲，应该立刻停笔。然后思考。在再次动笔之前把问题解决。如果你不这么做的话，有两件事会发生。要么你的天赋会带你渡过难关，一切仍未分崩离析——如果是这样的话，你的宏观编辑会简洁高效——要么你在写作时感知到的那些微小的别扭落实成了障碍，而你需要对构架进行重要改动。我向你保证，没有任何检验清单可以像魔法一样帮助你把这些改动尽快落实。就像织毛衣一样，你需要回到出错的地方，搞清楚为什么出错了，如何修正，然后放手去做。这是一件十分打消斗志的工作。

> 它还会提醒你拥有一份精雕细琢的一万字的大纲是一件多么宝贵的事情。

诚然，即使已经有一份易于理解的大纲摆在眼前，问题也许依然出在你的小说写作技巧上，也就是说即使遵循了大纲，你最终出品的那本书仍然不是你想要它成为的样子。这一次依然没有任何检验清单可以帮助你解决这些问题。你必须在潜移默化中培养感觉、发现、解决这些问题的能力。如果你看不到出错的点，你几乎不可能成功修订你的文本，那么我能给你的唯一建议是听取任何微小的声音、任何“这么写不管用”的低语，不管你要花多少精力才能把这些声音提点出的问题修正。记住，那个声音永远不会骗你。会骗你的声音是“这样就足够好啦”。如果你听取了这一点声音，你的原稿基本上会被图书经纪人退回，他们会叹气，然后想：“唉，有些地方还挺好的，但这个小说家还不够格。下一个！”

微观编辑

啊，这种类型的编辑就容易得多了。当微观编辑时，你需要考虑如下事宜……

编辑并不一定就等同于删减。当我编辑自己的小说时，它们总是会变得更长。这是因为我是个热衷于写对白的作家，而对白（如果节奏得当）总是会把小说的空间拉开。因此我的书里总有让我补充更多细节的余地。我第一本小说的编辑标注是这样的（大概在第 40 页）：“琳恩，我大概能感觉到理查德长什么样，但他究竟长什么样？我还是没读到。”由于我完全沉浸在女主人公的视角里（她和他结过婚，所以她当然早就知道他长什么样了），因此我完全忽视了对理查德的外貌描述。不是说每一章每一段你都得做出这样的描述，类似于“有着炭黑双眼的他是这个社区的顶梁柱”这样的句子就足够了。

但编辑工作大多数时候的确要删减多余。在灵感的激荡中，小说家通常会急于表达自己。但记住，少通常就是多。而如果你是一个好编辑，你会明白把类似“通常”的字删去，这句话会更动听。

像狂热的信徒一样删去类似于“十分”“非常”“尤其”这样的形容词。

警惕“三连形容词”。你可不是芭芭拉·卡特兰（浪漫潇洒女王）。你笔下任何甫一出生便拥有流水般的暗色长发、清澈透明的蓝色大眼睛、舒心温暖又放得开的微笑以及温暖阳光积极的人生态度的人物，都值得去更好的书里做主人公，而不是你的。

留心“二连形容词”，当你脑中能用一个形容词代替的时候，就删去它们。那些饱满的胸部，那些黑色如纽扣般的眼睛，那些棕色皮质手包，那些软绵绵的白云，那些瘦小的老妇人，那些易怒的老男人……

语言务必避免重复。小说里可不能说“特别巨大”这样的话，也不能说“微型的小”或“最无可挑剔完美的”。

请注意自己的口癖，我的常用语是“基本上”“很显然”以及“理所当然的”（你可能已经发现了）。我还总喜欢让我的人物点头。噢，我还总是过度使用——至少别人这么跟我说过——句中破折号。

处理你笔下人物的情感时请务必慎重。在创作的热情来临时，你也许会倾向于写出俗烂的情节和台词：“他怎么能这么对我？怎么能够？他怎么可以这样？上帝啊，他怎么可以这样？他怎么可以来到我面前，做这些残酷的事情，然后把伤心欲绝的我丢在这里？上帝啊，我是说，我知道那只是……但他怎么能做这样的事情？”再说一次，少就是多。

把那些你需要读两遍才能理解的句子重写。当你离开作品超过一个月的时候，你会发现这样的句子有很多。

系统阅读一遍，严查开头和结尾的句子。我是指每章的开头结尾以及每个场景的开头和结尾的句子，亦即任何文字空间的开头和结尾。我刚刚对我的一本书做了这样的检查，发现在区区 40 页里我三次使用“就像我马上会发现的那样……”做结尾。

在你结束了宏观编辑，即将开始微观编辑之前，列一张表，大概留心哪些问题有可能是前一个步骤的漏网之鱼。对于那些会碰上漏网之鱼的地方，要心存警惕。

大致方针

你一定要在写完梗概之后再开始编辑你的小说。（看见了吗？这就是为什么我把编辑这章放在梗概之后。）在将你的杰作蒸馏成一页或是两页的概述的过程中，你会更清楚地看到这本书想取得何种成就。当你做到了这点之后，你会对小说的主题有清晰明确的概念，会更了解你笔下的主人公，以及情节的架构。

最后，你要知道何时停手，这可以让专业人士定夺。假如你在这一阶段的确寻求了外界的帮助，在寻求帮助之前你需要明白自己想从他们那里得到什么。但你必须明白这十分重要。如果有人告诉你：“我觉得这本书的后半部分不够抓人。”你要怎么应对这样的反馈呢？

（A）再问一个人

（B）重写

（C）忽视意想不到的不同意见

记住，当情绪的瓶中精灵被放出来之后，你可就再也无法把他塞回去了哦。

思考如下内容：

假如你决定走A路线，那说明你不是百分之百信任这个唯一评论者的资质。这种情况下，首先应征求多个意见。而且更清楚，当你这样做时，下一步策略是什么。假如你找的第二个人也说了同样的话，你现在总该相信他们了吧？如果他们俩人的意见相反呢？请对自己保持诚实。要么谁都不问，相信自己内心的判断。

假如你选了B路线，你肯定是很相信这位评论者的。那么请你按照他们的意见修改小说。但你要记住，要看出小说的不足之处是很容易的，但让读者说出具体为什么不足就困难得多，而让他们提出整改的方案更是难上加难。

如果你打算走C路线，那么你只是为了增强自信才去寻求意见的；你只是为了确认自己和自己想象的一样好——也就是说你并不想让别人说你不是那么好。如果这会打击到你，那就干脆别寻求意见了。做你自己的编辑，独自前行。

关于版式的小小说教

是的，这是“说教”。但这是我的方式。

如果你是一个天才（并且每个人在看过了你写下的绝妙的半打句子之后都认同你是天才），那么你当然可以以任何自己舒服的方式提交书稿。但对于我们大多数人来说，我们的智慧之光总是深埋又模糊不堪，当提交作品时，我们没有理由忽视写小说的成规。

互联网时代之后，出版业是一片昼夜变换的沙丘，任何人都可以把书往 Kindle 上放（很多人也确实这么做了），现今也有很多不管不顾的无知人群，为了取悦市场而把有瑕疵的作品往网上放，这样的例子屡见不鲜。但在出版业里，表现得专业仍然是很重要的，如果你想被人当成职业作家看待（你当然想了），那么你就该下功夫把你作品的版式弄得跟通用的出版业标准一样。也就是：

当你写任何小说时，需要注意的第一件事是传统的排版形式。注意处理段落首行缩进的问题，适当的地方巧用分割线，双倍行距能让你的阅读更舒适（也便于批注）。关于数字和缩写的使用取决于出版社的风格（也就是说你的出版社会处理这方面的事情）。

页脚也很重要，顾名思义，页脚位于每一页的底端，一般包含了页数、标题和你的名字。噢，千万别忘了字数统计，你该把它放在……结束的地方。

第十二步：把书卖出去

有一件有趣却很少有人真正理解的事："读者"这个词语可以代表很多东西，除非你想单打独斗自费出版，不然读者的存在几乎都会影响你作品的进度——直到你把作品交到你"理想的读者"手里。底下这段话节选自一本叫《书商》的期刊，作者是霍瑞斯·本特：

> 从推销一本书的目的来说，读者可以被定义为：
>
> 图书经纪人：读一份原稿意味着和大名印在第一页的作者进行眼神交流，并且猜测是否有六位数的稿酬出现。
>
> 主任编辑：如果一份原稿在这个人从午餐回到工作岗位后还没有被弄丢的话，就算读过了。

文字编辑：有着只看得见那些不该出现的文字的独特能力。

书商：读书包括看一看简介和封面。

大型连锁书商：读书等于看一看封面。

有时候在假期里，那些职业是卖书的人会发掘“阅读”这一单词的寻常含义。他们回到了办公室，像发现新大陆一般狂热。然后他们又会被别人提醒他们早就“读过”那些他们此刻狂热推崇的对象了，并且之前他们觉得这玩意儿根本不能出版，就又冷静下来了。

霍瑞斯在此处提出了非常重要的观点。简单来说，在书籍出品过程中，你小说的实质内容会从“至关重要”逐渐变为“完全不重要”。尽管看起来很可耻，但那些决定你的书是否能上架的人根本不会读你的书。这是因为——而且这是符合逻辑的——你的书之所以能得到出版，是因为它已经被人认定足够优秀了（从数千竞争者中脱颖而出），才能被出版社考虑。在那以后，都是包装的事情了。

我还应该提一下，在这一步还有其他取得出版的方式，能让达到这艰难一步的路径急剧缩短。它们是“做名人”以及……呃，“做名人”，这里的名人定义十分宽松，你可以星光闪耀或臭名昭著，只要你有名，无论什么原因，你都会“铁板钉钉”地得到出版商的关注。这一类人包括真人秀明星，那些“脑海里有一本书想要写出来”的演员、音乐人、电视主持人，任何行业的英雄，恶人，那些童年受过创伤又勇敢走出来的人，高档次名人、政客、出版商的亲戚，那些患上阿尔茨海默病的知名作家的邻居（时下流行的“和 XX 作家接触的日子”热潮），以及动物明星。

你不是他们其中之一。所以你的书必须比这些人能拿出的任何内容更有料。但请别灰心丧气。你大概会把写作当作自己的事业，而他们并不会。如果他们最终能够做到，也是因为他们配得上。

什么是经纪人，我需要一个吗？

文学经纪人的职责是寻找“稳定”的作家；为这些作家的书寻找出版商，代表他们进行合同谈判，还有与这双向功能相关的无数种任务，比如握住作家的手——至少是比喻上的，有时候还得真的握住。

关于他们的职责，有几点你要牢记：

经纪人是站在你这边的。有些时候我们必须强调这一点。是的，他们通常都和出版商有亲密且持久的关系，有时候他们看起来就像是某个高档俱乐部的会员，而你则找不到加入的方法。但这些都不是真的。他们站在你这边，是因为他们是你的代理人。他们的收入来源于你的稿酬和版税——你付钱给他们，所以他们希望你一切都好。

就英国来说，文学经纪人的佣金通常在你收入的10%到15%之间，而收入的意思就是你靠书籍获得的钱——定金、版税等。

经纪人之间的收费标准当然各有不同，但大部分都会抽取10%的本土收入，并从海外收入里抽取20%（因为这部分钱会和外国的次级经纪人分成），而其他的经纪人则统一收入15%。

身为英国作者经纪人协会（www.agentsassoc.co.uk）会员的经纪人隶属于这个自律组织，遵照职业操守行事。这不是说非会员的经纪人就不好（你得在这行干上至少三年才能申请会员，因此新入行的经纪人不在其中并不代表他们不棒），但假如一个经纪人是会员，你至少心里有底。

几乎所有好的文学经纪人都会免费读你的书。如果某个经纪人要求收取阅读费，我的直觉告诉我还是去找下一位吧。我从早年间积累下了一条我从未有理由去怀疑的原则，那就是除非你是自费出版，在出版过程的任何阶段（除非你觉得有必要雇佣专业的校对、导师或者编辑）你都不该向任何人支付和书籍出版相关的报酬。他的钱应该向你的方向流动才对。

一个文学经纪人几乎总是能为你带来比他们佣金更多的钱。这是一件非常重要的事。要说服自己“我一个人也能搞定”很容易，但除了经纪人是你通向图书编辑的首要道路之外（很多情况下就是唯一道路），他们还对出版合同了如指掌，可以确保你拿到比独自谈判更好的价码。他们还能让你不用和出版商进行令人反感的关于铜臭味的交谈。

文学经纪人这个群体并不恨你。他们也不会一整天只乐呵呵地把原稿扔回泡沫保护信封，随便拒掉然后下班回家。他们渴望的是发掘下一个 J. K. 罗琳、李・查德、E. L. 詹姆斯或者丹・布朗。他们打开你的包裹（或电子邮件）的时候内心的那种小心翼翼的期待，和你把稿件放进信封或者按下“发送”键时的心情是一样的。他们希望你的作品得到出版，并大获成功。这是他们的梦想。不幸的是，这件事比他们希望的要少发生得多，因为就像太阳东升西落一样，他们收到的很多稿件，无论是现实还是虚拟的收件箱里的——抱歉我实话实说——都很糟糕。幸运的是（你必须坚信这点，否则你不该进入写作的世界）你的小说是等待被挖掘的珍宝。因此我就不再唠叨了，我们就谈谈重要的事儿吧，谈谈关于文学经纪人的基础内容，好让我们得到最好的服务……

找到一个文学经纪人——另一个检验清单

我向你保证，在每个新学期的开始，我的小说写作课上总会有学生（通常是好几个）问我“我真的很想知道怎么找到一个经纪人”。他们还都会——有些匆促地——解释他们“当然也很想知道怎么写出最好的小说”，但毫无疑问有些学生来找我的时候已经写了好几本小说了，他们不只想要学习写作技巧，还希望能扩展人际关系网。我认识一些经纪人，想让你的书出版，他们至关重要。所以你要怎么找到一个经纪人呢？

首先，让咱们说清一件事。你将要进入一个竞争十分激烈的行业。记得那个老生常谈的数据吗——75% 的职业演员都在失业？请在读本章的时候牢记这个数据。这就是大多数家长在他们孩子睁着天真无邪的双眼说

“我想当一个演员”时恐惧地把手一抛，经过一阵细细思忖后，试图把孩子的理想往保险业或者零售业管理上引的原因。这也是当我上学时跟老师说“我想当作家”后她扔给我一本皇家海军妇女勤务队征兵小册子的原因。

所以我们把这件事说清楚了吧？毋庸置疑，你要面对的就是这样的未来。很多十分值得读的书在它们作者活着的时候都只能被埋没于荒野，从未出版，从未受到注视，从未被阅读。是的，这不公平。现实就是这么残酷。就像你 1976 年在法国拉罗谢尔饮下的那难喝的鱼肉汤一样，这残酷的现实只能在漫长、苦闷的消化过程中被接受，从你的理智里逐渐消失。

你需要用全然的积极性和“卷起袖管埋头去做”的态度去代替这残酷现实。有这样的积极性，你很快就能适应这个游戏。这一阶段几乎可以说是写作的所有阶段里最捉摸不定的，然而关于如何最大化找经纪人成功率的文章有很多（尤其现在互联网这么发达），只要你有心花时间、花精力去找到这些文章并切实地阅读，你就能得到收获。幸运的是，很多作家并不会这么做，因此你面临的竞争就轻松了一些。

假设你已经做了或将会做这件事情，由于每个经纪人要求的投稿形式都不尽相同，我不可能向你一一赘述它们都是什么，我只能大致说一下你需要注意的地方。

几乎任何时候，你的投稿都应该包含以下内容：

一封简短的信或电子邮件——请勿闲谈，或者加入一些不必要的、不相关的细节；只消说你是谁，你之前的作品是否出版（如果有的话，作品是什么，出版于何种渠道），简单的几句小说介绍——我们一开始就讨论过的“两句话概括主题”——以及，如果可以的话，添上几句你觉得也许可以让你的作品增加出版机会的话语（这就是那些狡猾的名人的优势所在）。

把你小说的前几章，通常是三章，如果有需要的话就打印在A4纸上，版式和标点运用务必专业，双倍行距，字体和大小必须适宜阅读。总是寄给他们前三章——怎么会有人不这么干呢？这是讲故事，不是什么养鱼手册。

封面，写上标题和字数统计，在角落上整洁地写上你的联系方式。

情节梗概。经纪人们对于长度的要求各不相同，但大部分都遵循“少即是多”的原则。就像我们之前探讨过的，你的情节梗概应该本身就是一则文学作品。如果你的那三章抓住了经纪人的注意力，那么梗概就是决定他是否给你打那一通改变你一生电话的决定要素：“写得真好，我能读剩下的部分吗？”

这样就够了，这些就完成了你的投稿。

其他一些你需要考虑的事情

打电话。假如你自信又善于表达，就不要羞于给经纪人打电话，介绍一下你自己，然后问他们是否有兴趣收到你书稿的前三章和梗概。如果谈话进展顺利，他们又喜欢你的提议，他们会在收到投稿时回忆起你的名字的。

社交网络。如果你有机会（比如说交些写作老手的朋友就很不错）让自己得到邀请，去任何文学经纪人可能出现的地方，作家协会的活动、浪漫小说家协会的活动、作家座谈会、专题讨论会、走读学校等，请做好吹嘘自己的准备，永远随身携带名片（很多网站现在都几乎可以免费打印它们）。不要羞于启齿，不敢问别人是否愿意读你的小说。请记住我说过的话——有天赋的新客户是大部分经纪人和出版商的掌上明珠，他们像你一样渴望小说大卖。

小花招。我的朋友简·文翰－琼斯在报纸上看到一篇图书经纪人（还是个挺有名的呢）抱怨的文章，说他痛恨那些给他寄原稿时总是用特别小字体的作家，于是她联系了此人，抓住了他的兴趣。她给他传真了一份问询信（当时大多数人还没开始用电子邮件），开头是：

这个字体对你来说足够大了吗

他当时特别惊喜，以至于马上回复对方，说她可以用加急邮件把整本原稿寄过去，他会在那周结束之前就读完。

很显然，这样的方式不适用于每个人——那些没有活在浪漫喜剧里的人（她的做法是很隐晦的调情）——不要排除这样的方式，需要其他的花招。所有的花招都有适用人群，有的人还很反对它们，但如果你觉得值得尝试的话，就开动你的想象力吧。毕竟你是一个小说家，你有想象力的。

还要告诉你的事

彩票中奖的概率：很低。从废稿堆里被某家大出版社挑出来的概率：更低。通过一个相信你和你的天赋的好经纪人的代理，被某家大出版社相中的概率：还挺高的。

一个无法回避的现实就是，几乎所有作家都需要自己的经纪人。除了那些显而易见的原因（他们会帮你据理力争，为了更好的合同条约而谈判，出售你作品的其他著作权……我们已经讨论过这些了），你还得接受的一点是，大出版社几乎不会通过经纪人以外的途径去找寻新作家。我再说一遍——大出版社几乎不会通过经纪人以外的途径去找寻新作家。

因此，拥有一名文学经纪人能够提高你的作品得到出版的概率就是很合逻辑的了，这是吸引力法则。是的，你也许会听说过这样的言论，“找到一名经纪人比找到出版社还难”，但这里说的出版社只是那种小出版社，对于他们来说经纪人通常不是出版过程中的必需品。这些出版社通常都是从那些初次尝试、无法支付经纪人报酬的作家那里得到投稿的。这也是合逻辑的。假如我是一个想要得到那 15% 佣金的经纪人，我会尽量把我客户的作品推荐给那些大出版社（大出版社通常意味着书的销量将大大提高）。

请尝试任何你能想到的出版渠道（除了自费出版之外，求你啦，那玩意儿又贵又没有意义），但请记住，没有什么魔法子弹能帮助你快速达成这一点。即使现在书籍出版量大爆炸，未出版稿件的数量仍会比得到出版的书籍数量多得多——也许是由于现如今写作的方式发生了变化，写书过程中的体力劳动减少了许多，每个人都开始写一点东西了。以前要不是你出生在富贵家庭（或者是个男人），压根没可能让自己的书得到出版。现在再也不是那样的情况了。

你能做的只是增加自己的成功率而已。这一方面要求你去观察那些能被感知到的人际交往规则，而另一方面——很重要的一部分——意味着你在驾驶一艘小说货轮的时候，就要开始往另一艘上装货。你是一个小说家，所以不要写成一本书后就停止写作——记住，如果你的小说的确大卖，出版社就会想要另一本，而且他们要得很急。你得用人行道艺术家的思路来行事：这个作品被清洗掉了，我还可以画另一个。

经纪人们痛恨的事（对，又一份清单）

在某个小杂志上发表过作品，又喜欢提到自己的母亲、爱人、家附近的女邻居爱死自己作品的作家，都踩了雷区。

简历上无关紧要的部分——除非与故事有关，或者能提高书的销量，否则不要提到你和杰弗里·亚彻在一间牢房里做了两年狱友。啊不，假如你和杰弗里·亚彻在一间牢房里做了两年狱友，不仅要提这事儿，还要**加粗**。但你的游泳执照什么的就别提啦。

任何用不牢固的材质钉在一起、绑在一起、夹在一起、串在一起，变成一团笨拙书页的投稿都要忌讳。尤其忌讳使用丝带。大部分人能够忍受塑料文件夹或者套装书。

花哨或者彩色的字体。

假封面。拜托，别那么自大！

作者们形容自己的作品“幽默”。这可不是你自己能够下的结论。

作者把自己的作品形容为“幽默”，并且说“我妈笑得前仰后合”。

那些寄来不连续的章节的作者，仅仅因为这些章节是“最好的部分”——通常这些部分都要在你勉强读完枯燥的开头之后才会出现。我真的希望你能意识到这种思维方式是多么的有问题。就不说单独把第十七章拎出来读是多么的没有意义了吧，首先你书里的每一部分都得是最好的部分。

那些谎称自己已经写完整本书，却其实并没有完成的作者。

那些说“我知道在作者手册里说了你不接收科幻作

品，但我还是觉得我这本书能替你赚大钱”。

那些很显然一稿多投的作者（稍后就会提到）。有些已经笨到信件开头的称呼都是“亲爱的经纪人”，但假如你做一点点功课，比如“我看到你代理了 XXX 作家（那个经纪人旗下最成功的作家）……”大概会事半功倍。

关于一稿多投

现如今对于这件事的态度，和我刚开始干这行的 20 世纪 90 年代末相比已经转变了不少。在那时，你把一篇材料同时投给多个经纪人，就会被视为大逆不道。这件事并不像听起来那么不可理喻。毕竟，一位声名在外的经纪人是不会向你要阅读费的——由于你的作品有可能给他们带来财富，所以他们会免费读你的小说。然而这意味着他们也会读到很多最终无法得到出版的投稿，因此时间对他们来说是很宝贵的。

时至今日，经纪人们已经意识到了假如一个作者每次只给一个经纪人发稿件，而每个经纪人又要花上三个月的时间回复，那么这个作者在得到出版之前将会浪费大量的时光，甚至会有些心如死灰。因此现在大家已经接受一个作者会将前三章和梗概发给多个经纪人这一事实了。当然，没必要让这些经纪人知道其他也收到投稿的经纪人都是谁。

假如一个经纪人回复了你，并向你索取剩余的原稿，那么他们通常在这时会问你是否已经把原稿给其他经纪人看过了。你这时必须要诚实。如果他们是第一个问的，那你当然要说“还没有”（我们现在指的是全书原稿哦）。但假如你已经给其他经纪人发了全书（顺便说一句，干得好！），那么你应该开诚布公，承认此事。不要担心这会让那个经纪人打退堂鼓——恰恰相反，这很可能让他们更加有兴趣，因为他们会认为自己的本能嗅觉是准确的。如果他们在你承认之后仍想要看原稿，那就发给他们——但记住，假如你告诉了第一个经纪人你只发给他一个人看了，那你在决定发给其他人的时候，一定要给各方都讲清楚。

显然，假如任何经纪人都没有问问题，那么——啊哈——你随自己意愿发送就行了。但可别指望这是常态呀。

关于被拒稿

没有别的办法，接受现实。并且你要理解，当你是一个还未发表作品的新人作家的时候，进入文坛意味着，除非你无比幸运，否则拒稿将会成为你工作中每一天的常态。我知道这听上去很残酷，但这也是现实。有一本小说得到出版也不意味着你就能以此作为终身职业。是的，有一些作家开始写作，第一部作品出版了，之后的作品也顺利出版，从此声名显赫，飞黄腾达。但这不是常态。就像艺术的苍穹里的许多职业一样，你的星星会闪耀也会黯淡，或者再次闪耀在另一个星空，或者——再一次，我知道这很残酷——它会消失遁入黑洞之中。就像流行歌星一样，今天的大人物可能很快就成为明日黄花。

但不要因此就灰心丧气。如果你是一个作家，那么，像我一样，你很可能无法抵制写作的欲望，而一旦你的作品发表之后——无论是多不起眼的渠道——你的武器库里总会增添新的成员；无论你未来的路多么造化弄人，没有人可以夺走你曾经写过的那些书，而它会激励着你创作出更多的作品。你已经进入了一个很多人一辈子都不会进入的世界——你已经向自己证明了你对自己的信念并不是毫无来由。

这一让人舒心的事实会帮助你在今后的黑暗时光里走得更远，会让你的胸中永燃自信之火。然而，你必须理智地分清一些事儿——分清哪些拒稿是因为你的作品不行（假如是这种情况，请尽量吸取各方中肯意见，加以改正），哪些拒稿和你完全没有关系，比如仅仅是因为市场过度饱和、你的作品和该经纪人的客户的作品有利益冲突、经纪人暂时厌烦了你所写的这类题材、你所写类型中的某个作品刚刚被提交给了出版社，或者你和经纪人恨之入骨的姑妈重名。是的——这样的事情真的会发生的……

最后的话（呃，大概吧）

如果你有世界上最坚强的意志力，那么没人能够预测你的作品要多久才能得到出版。对于有些人来说，这一过程发生得很快，对有些人来说则极为缓慢——很多作者要写很多很多书才能卖出去第一本（《浓情巧克力》的作者乔安妮·哈里斯就是著名案例），而有的人却能一夜成名。

对于有些作者来说，他们作品的魅力是如此的巨大，他们的作品一鸣惊人，精妙到每个读者都能被触动心弦。对另一些人来说，仅仅是时机恰当，他们新鲜的声音能够让所有人听到——但却并没有真正别致之处。别让其他人的成功使自己气馁。请记住——普通读者永远需要

“普通”的书，也就是那些与他们喜爱的作品类型完美重叠的书。

不管怎样，你也无法改变这个情况。你所能做的就是坚持下去或者放弃，更重要的是，假如你选择了前者，那么就请不断想方设法让自己的作品被更多的人读到。如果你在第一本小说之后已经尝试尽了《作者和艺术家年册》里所有的可能，那么请听从我的建议，继续坚持写作，你将会写出一本新的小说去打动他们，而这一本——我向你保证——会比第一本更加好。

祝你好运！

电子书革命（关于自主出版，以及其他发表途径）

我把这一部分放在全书的末尾是有意为之的。事实是，至少我从在卡迪夫大学我的课堂里那些学生身上得出的结论是这样的：大部分作家仍然希望以传统方式出版自己的作品。他们必须从其他人的口中得到认可和肯定（当然，直到他们有了忠实的读者军团），那些人懂小说业的行情；这份认可和肯定必须通过某个大出版社花大钱在他们身上来落实——通常这会是**一大笔**钱，比你想象的要多——打造、包装、设计、发行、推广、宣传他们那低调的小说。

这也是我长久以来梦寐以求的。我的理由也很充分。我是一名作家，想把时间花在写作上。我不想做以上提到的任何事情——显而易见——更不想做很多幕后工作，那些由几十甚至几百名专业人士去操作的幕后工作，好让我的书能到达那些忠实读者的手中。

然而现在已经有越来越多的独立作者背离了传统的“经纪人–出版社–经销商”模式，去掉中间人环节，自己包办一切。这种方式叫作自主出版，得益于互联网的出现，这是一场出版业革命。

你肯定会注意到自主出版的。如果你时常在网上阅读关于写作的博客和文章的话，你肯定很难错过这件事。某个人自己设计了封面图片，把原稿放进去，要么靠自己，要么借助某些新兴的电子书创作公司，包装成一本电子书，放在网上。《五十度灰》和它的作者 E.L. 詹姆斯可能是最吸引人眼球的自出版作者了，而这样的事迹肯定会一再发生。

那么你应不应该自主出版呢？我肯定不是回答这个问题的最好人选，因为在网上会有更多信息能够更全面更易理解地回答你的问题，也因为这不是我的领域。对于我来说，除了以上提到的那些例子之外，出版过程中的下一步应该是其他人的职责。我能提供给你的，是向你讲述我自己的电子书出版体验，让你自己决定你该怎么做。

去年我尝试了 Kindle 电子书。几乎我所有的著作都早已被我的那些出版商转制成了电子书，除了一些早期的作品之外。有一些出版社联系我，问我是否愿意让他们把一些著作权之内的作品拿去做促销。促销的意思就是把那些电子书放在网上，前五天免费阅读，之后则以很低的折扣在网上出售——他们说这一做法取得了很好的成效。

我不是很确定。毕竟，我对于写作者的收入还是很上心的。很多人赚得特别少——我自己也在这个阶段待了很多年——而白白把作品拱手相送，看起来像是个只亏不赚的买卖。这里面的信息再清晰不过了：这些作者的辛劳成果应该是免费的。

我仍然是这么觉得的，并且很庆幸那些出版业的巨头在定价问题上齐心协力，电子书也会收钱。然而，我的那些书都已经获得了收入（并且继续获得持续的收入，比如通过图书馆借阅，或是偶得的译本收入）。因此我同意了。任何其他渠道的收入都会是锦上添花。

结果是令人惊叹的。通过在一些通用的媒体平台上进行推广，我们很容易就让这些书进入到电子书网站的“免费”榜单，也许是由于更大的曝光率，实体书销量也水涨船高。因此，我决定把我剩下的两本还没变成电子书的小说，以及一本在我书架上躺了很久的未发表的小说都依法炮制，交给他们放在网上。

再一次地，结果比我想象的要好得多。我的其中一本书，《一日，某日》获得了意想不到的成功，在亚马逊网站上被免费下载了35000次。之后的付费下载结果也十分令人欣喜——足以让我把家人组织起来度个假。至此为止，我很满意。

然而……然而，这仍然不是我个人希望走的道路，或者会立场明确地鼓励你也采用的方式。虽然我对于让出版过程民主化十分支持，也觉得它给予了很多作家希望和个人满足感，令我十分振奋（终于，终于，他们可以把作品摆到读者面前了！），但我仍然不想要把时间花在当一名出版者上，做推广工作，吹嘘自己的书——我只想写作。并且，从我的经验来讲（我承认每个人的经验可能都是不同的），这件事是一件非常耗费时间且打消意志力的工作，你的努力很可能只能换来销量上的涓涓细流，而不是引发海啸。

你仔细想一想，这样的结果也是理所应当的。对我来说，电子书很适合发行，我已经有了一份重版书目录。如果我把我那些放置了12年之久的小说中的一本免费传在网上一周末，虽说我知道有些人也许第一章都读不完（有时候人们对于免费得来的事物反而会特别轻视），但我有信心更多人——至少理论上来说——会被吸引，想读我其他的书——新的旧的，虚构的写实的——而他们会以合理的价格付费下载那些书。

但想想你吧——那个存在于假设中的，我在本书过程中一直试图对话的人——你手头有一本小说，你又听说了E.L.詹姆斯现象，你会想，我也该这么做吗？我也该自主出版一本电子书吗？而这正是我替你担心的地方。你手上只有一本书，就算被下载了几千次吧——为了那宝贵的网络曝光率。然后呢？你没有任何其他的内容可以卖给你的潜在新读者，而等到你终于有了的时候——你的第二本小说，那本匆忙堆砌起来的短篇小说选集——那些读者，相信我，早就没影儿了。事实上，在这个风云变幻的行业有一件事似乎是肯定的，那就是很多电子书读者不再愿意为内容买单了。市面上有那么多免费内容，他们为什么要那么做呢？

因此，我要传达的信息分成两部分。首先，请找专业人士编辑你的作品——不要跳过这一步。假如你热爱语言，求你了，不要用劣质的、语法骇人的文字污染互联网。而我的第二点也很简单——那就是“请小心谨慎出版”。

请思考：

（A）你愿意花很长时间在卖书上而非写书吗？（相信我，美国税务报表简直是一场梦魇……）正如早年那些自主出版作者得在街头游荡，把半打实体书卖给独立书店（连锁书店才不会理他们呢）一样，今天的电子书自主出版者必须非常喜欢做生意；把你的作品推销出去很可能会成为你的全职工作。还是一件结果不明的工作。

（B）你是否确定这会让你高兴？假如自己开设欣欣向荣的电子书小工坊的念头使你兴奋，那么就去做吧——为什么不呢？而且，谁知道呢？只要你击中了足够多读者的兴奋点，你就会得到认可和肯定，并且你可以告诉那些曾否定你的经纪人和出版商：“去跳楼吧！”但你真的需要好好停下来思考思考，因为我已经和许多位自主出版者对话过了，他们的销售业绩很惨淡，收到的好评也很吝啬，因此毫无疑问地，他们也只收获了有限的快乐，毕竟他们取得的成果是那么不尽如人意。也许老旧的真理仍旧起效吧——他们仍然希望封面写有自己名字的书籍出现在一间书店里，书脊上则印上一家声名在外、实力雄厚的出版商的标记。而在我写这本书的时候，自主出版的电子书还不能带给作者们实体书的这种满足感。

（C）假如你仅仅是把自主出版当成是在传统出版之前的过渡阶段的话。让专业编辑来处理你的原稿（求你了，请务必花钱做这事儿），放在网上，尽量不太去管它，把更多的情感和精力灌注在寻找传统发表渠道以及——至关重要的——写下一本书上。

假如我现在才开始决定当一个作家，我会处于怎样的境地呢？我无从得知。但我倾向于认为，假如我没有很快地找到经纪人的话，由于焦躁地想要看到成效，我会很认真地考虑进入自主出版电子书的世界，但仅仅是用（C）的态度去对待这件事。我的主要任务仍然不会变。写下一本书，写下一本书，写下一本书。

你也应该这样。所以你干吗还在这儿读书呢？赶紧回桌子旁写书吧。

出版后记

在作者琳恩看来，不存在所谓的“写作者的困境”——她认为，写作者所面对的问题根本无法用抽象的“困境”一词轻松带过，困难从来都是具体的。而对真正聪明、有恒心的写作者来说，永远不能丢掉写作的主动权：与其等待缪斯的光临，不如主动提笔上阵；与其在“创作的困境”中不可自拔，不如学会对症下药。

成功的小说自有独特的成功配方，但这些配方不一定适用于每一个写作之人。因此，尽管这本书讲的是小说创作的基本技巧，但作者在开头就非常诚恳地告诫我们：“大多数时候，你只会在这本书里发现问题。”所谓打好写作根基的目的，不是让我们轻轻松松就能写成“急就章”，而是拥有真正的“写作者意识”，在写作时

经济预测科学丛书

国际油价波动分析与预测

卢全莹　汪寿阳　著

科学出版社

北　京

内 容 简 介

原油作为一种具有战略资源和金融双重属性的能源，一直与世界经济发展息息相关。随着全球能源转型趋势的加快，金融市场信息传导关系的多样化和复杂化，国际原油价格的影响机理正在发生重要变化。因此，在经济发展、能源转型及安全诉求的大背景下，需要对石油市场的驱动机制进行系统剖析，分析油价系统的演化过程，对石油需求及油价进行精准的预测，特别是分析和预测国际油价的突变点，并在此基础上，研究石油价格机制，测算国际油价的不同定价模式对供需失衡的影响，这是促进我国石油行业长期安全、稳定发展，解决当前原油短期供需失衡矛盾的一个重要课题。

本书对于从事能源金融、经济预测和行业分析等的科研人员、政府有关决策和管理部门的工作人员，以及能源、金融等相关行业从业人员都有很好的参考价值。本书也适合高等院校的管理科学、经济预测、能源金融等专业的师生阅读。

图书在版编目（CIP）数据

国际油价波动分析与预测 / 卢全莹，汪寿阳著. —北京：科学出版社，2021.12

（经济预测科学丛书）

ISBN 978-7-03-051188-1

Ⅰ. ①国… Ⅱ. ①卢… ②汪… Ⅲ. ①国际市场－原油价格－物价波动－研究 Ⅳ. ①F416.22

中国版本图书馆 CIP 数据核字（2021）第 277154 号

责任编辑：郝　悦 / 责任校对：郑金红
责任印制：张　伟 / 封面设计：无极书装

科学出版社 出版
北京东黄城根北街 16 号
邮政编码：100717
http://www.sciencep.com

北京捷迅佳彩印刷有限公司 印刷
科学出版社发行　各地新华书店经销
*
2021 年 12 月第　一　版　开本：720 × 1000　1/16
2021 年 12 月第一次印刷　印张：13 1/4
字数：267 000

定价：158.00 元
（如有印装质量问题，我社负责调换）

总　序

中国科学院预测科学研究中心（以下简称中科院预测中心）是在全国人民代表大会常务委员会原副委员长、中国科学院原院长路甬祥院士和中国科学院院长白春礼院士的直接推动和指导下成立的，由中国科学院数学与系统科学研究院、中国科学院地理科学与资源研究所、中国科学院科技政策与管理科学研究所、中国科学院遥感应用研究所、中国科学院大学和中国科技大学等科研与教育机构中从事预测科学研究的优势力量组合而成，依托单位为中国科学院数学与系统科学研究院。

中科院预测中心的宗旨是以中国经济与社会发展中的重要预测问题为主要研究对象，为中央和政府管理部门进行重大决策提供科学的参考依据和政策建议，同时在解决这些重要的预测问题中发展出新的预测理论、方法和技术，推动预测科学的发展。其发展目标是成为政府在经济与社会发展方面的一个重要咨询中心，成为一个在社会与经济预测预警研究领域中有重要国际影响的研究中心，成为为我国和国际社会培养经济预测高级人才的主要基地之一。

自 2006 年 2 月正式挂牌成立以来，中科院预测中心在路甬祥副委员长和中国科学院白春礼院长等领导的亲切关怀下，在政府相关部门的大力支持下，在以全国人民代表大会常务委员会原副委员长、著名管理学家成思危教授为前主席和汪同三学部委员为现主席的学术委员会的直接指导下，四个预测研究部门团结合作，勇攀高峰，与时俱进，开拓创新。中科院预测中心以重大科研任务攻关为契机，充分发挥相关分支学科的整体优势，不断提升科研水平和能力，不断拓宽研究领域，开辟研究方向，不仅在预测科学、经济分析与政策科学等领域取得了一批有重大影响的理论研究成果，而且在支持中央和政府高层决策方面做出了突出贡献，得到了国家领导人、政府决策部门、国际学术界和经济金融界的重视与高度好评。例如，在全国粮食产量预测研究中，中科院预测中心提出了新的以投入占用产出技术为核心的系统综合因素预测法，预测提前期为半年以上，预测各年度的粮食丰、平、歉方向全部正确，预测误差远低于西方发达国家；又如，在外汇汇率预测和国际大宗商品价格波动预测中，中科院预测中心创立了 TEI@I 方法论并成功地解决了多个国际预测难题，在外汇汇率短期预测和国际原油价格波动等预测中处于国际领先水平；再如，在美中贸易逆差估计中，中科院预测中心提出了计算国际贸易差额的新方法，从理论上证明了出口总值等于完全国内增加值和完全进口值之和，提出应当以出口增加值来衡量和计算一个国家的出口规模和两个国家之间的贸易差额，发展出一个新的研究方向。这些工作不仅为中央和政府高层科学决策提供了重要的科学依据和政策建议，所提出的新理论、新方法和新技术也为中国、欧洲、美国、日本、东南亚和中东等国家和地区的许多研究机构所广泛关注、学习和采用，产生了广泛的社会影响，并且许多预测报告的重要观点和主要结论为众多国内外媒体大量报道。最近几年来，中科院预测中心获得了 1 项国家科技进步奖、6 项省部级科技奖一等奖、8 项重要国际奖励，以及张培刚发展经济学奖和孙冶方经济科学奖等。

中科院预测中心杰出人才聚集，仅国家杰出青年基金获得者就有 18 位。到目前为止，中心学术委员会副主任陈锡康教授、中心副主任黄季焜教授、中心主任汪寿阳教授、中心学术委员会成员胡鞍钢教授、石勇教授、张林秀教授和杨晓光教授，先后获得了有“中国管理学诺贝尔奖”之称的“复旦管理学杰出贡献奖”。中科院预测中心特别重视优秀拔尖人才的培养，已经有 2 名研究生的博士学位论文被评为“全国优秀博士学位论文”，4 名研究生的博士学位论文获得了“全国优秀博士学位论文提名奖”，8 名研究生的博士学位论文被评为“中国科学院优秀博士学位论文”，3 名研究生的博士学位论文被评为“北京市优秀博士学位论文”。

为了进一步扩大研究成果的社会影响和推动预测理论、方法和技术在中国的研究与应用，中科院预测中心在科学出版社的支持下推出这套“经济预测科学丛书”。这套丛书不仅注重预测理论、方法和技术的创新，而且也关注在预测应用方面的流程、经验与效果。此外，丛书的作者们将尽可能把自己在预测科学研究领域中的最新研究成果和国际研究动态写得通俗易懂，使更多的读者和其所在机构能运用所介绍的理论、方法和技术去解决他们在实际工作中遇到的预测难题。

在这套丛书的策划和出版过程中，中国科技出版传媒股份有限公司董事长林鹏先生、副总经理陈亮先生和科学出版社经管分社社长马跃先生提出了许多建议，做出了许多努力，在此向他们表示衷心的感谢！我们要特别感谢路甬祥院士，以及中国科学院院长白春礼院士、副院长丁仲礼院士、副院长张亚平院士、副院长李树深院士、秘书长邓麦村教授等领导长期对预测中心的关心、鼓励、指导和支持！没有中国科学院领导们的特别支持，中科院预测中心不可能取得如此大的成就和如此快的发展。感谢依托单位——中国科学院数学与系统科学研究院，特别感谢原院长郭雷院士和院长席南华院士的长期支持与大力帮助！没有依托单位的支持和帮助，难以想象中科院预测中心能取得什么发展。特别感谢学术委员会前主席成思危教授和现主席汪同三学部委员的精心指导和长期帮助！中科院预测中心的许多成就都是在他们的直接指导下取得的。还要感谢给予中科院预测中心长期支持、指导和帮助的一大批相关领域的著名学者，包括中国科学院数学与系统科学研究院的杨乐院士、万哲先院士、丁夏畦院士、林群院士、陈翰馥院士、崔俊芝院士、马志明院士、陆汝钤院士、严加安院士、刘源张院士、李邦河院士和顾基发院士，中国科学院遥感应用研究所的李小文院士，中国科学院科技政策与管理科学研究所的牛文元院士和徐伟宣教授，上海交通大学的张杰院士，国家自然科学基金委员会管理科学部的李一军教授、高自友教授和杨列勋教授，西安交通大学的汪应洛院士，大连理工大学的王众托院士，中国社会科学院数量经济与技术经济研究所的李京文院士，国务院发展研究中心李善同教授，香港中文大学刘遵义院士，香港城市大学郭位院士和黎建强教授，航天总公司 710 所的于景元教授，北京航空航天大学任若恩教授和黄海军教授，清华大学胡鞍钢教授和李子奈教授，以及美国普林斯顿大学邹至庄教授和美国康奈尔大学洪永淼教授等。

许国志院士在去世前的许多努力为今天中科院预测中心的发展奠定了良好的基础，而十余年前仙逝的钱学森院士也对中科院预测中心的工作给予了不少鼓励和指导，这套丛书的出版也可作为中科院预测中心对他们的纪念！

汪寿阳

2018 年夏

序　言　一

随着能源和环境问题给人类社会发展带来的挑战逐渐加大，气候变化和节能减排问题已经成为全人类需要共同面对的一个难题。2020 年 9 月 22 日，习近平在第七十五届联合国大会上庄严宣告："二氧化碳排放力争于 2030 年前达到峰值，努力争取 2060 年前实现碳中和"[①]，展现了中国作为负责任的大国对建设人类命运共同体的担当，这将在经济、能源和环境方面给中国乃至世界带来深刻的影响与变化。因此，全球不断强化绿色转型目标，不断深入能源革命，石油市场也随之出现了新的结构特征和动态演化规律。

卢全莹博士和汪寿阳教授撰写的这部专著基于全球能源转型背景，系统地分析了原油价格的驱动机理，并在此基础上分别基于变量选择-LSTM 集成模型、区间门限自回归方法等前沿的机器学习和计量模型对原油价格进行了分析与预测。另外，还在重大突发事件冲击的背景下进行了原油价格的预测与分析，也讨论了石油市场供给阻滞对中国宏观经济的冲击效应。此部专著具有如下特色。

选题非常重要，重视理论创新。考虑到全球能源转型趋势下，石油市场呈现出新的结构特征即"旧三角"（中国消费需求的急剧上升，全球重点能源地缘政治事件频发，华尔街金融投机炒作）到"新三角"（经济形势，页岩油，减产协议）的转换[②]，世界石油供需形势新的变化以及全球石油贸易的格局调整，作者系统地构建了国际油价驱动机理和波动特征的分析框架。针对当前石油市场的特点和所处阶段，揭示其规律，探索其机制。

创新研究方法，提升预测精度。作者提出了多种油价预测新模型，例如，引入区间模型弥补点值模型的信息损失；尝试引入贝叶斯网络和幂律分布等方法对拐点出现的概率进行预测；提出了价格拐点预测的新方法。

关注中国特有的问题，重视研究结果的实际应用。作者将研究工作与中国国情紧密结合，将现实决策和未来情景相结合，为国家相关部门的科学决策提供重要的依据和政策建议。

---

① 参见《习近平在第七十五届联合国大会一般性辩论上的讲话（全文）》，https://baijiahao.baidu.com/s?id=1678546728556033497&wfr=spider&for=pc，2021 年 12 月 16 日。

② 2018 年 3 月美国休斯敦剑桥能源周会议期间，在"石油市场展望：一个新三角？"专题讨论中，专家首次提出了"新三角"和"旧三角"的概念，即影响世界石油市场的新的三个主要因素和旧的三个主要因素。

汪寿阳教授的研究团队是国内较早研究能源环境经济与管理问题的研究小组之一，他们围绕人类社会发展所面临的能源和环境管理问题，应用规范的研究范式和先进的科学方法，形成了一系列有重要国际影响的研究成果。因此，我相信这本专著的出版一定能对中国能源环境经济学的研究与发展起到积极的推动作用。同时，也希望汪寿阳教授带领的团队与国内外同行一道为全球应对能源和环境的各种挑战不断地做出新的贡献！

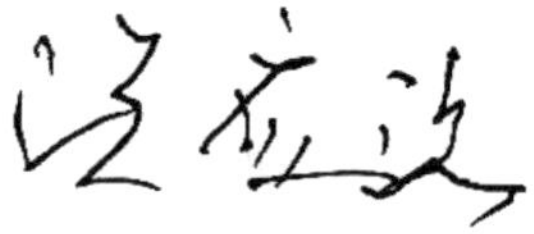

中国工程院院士

西安交通大学管理学院名誉院长、教授

2021 年 12 月

序 言 二

近年来，“黑天鹅”事件（全球贸易争端、全球新型冠状病毒肺炎疫情、极端天气事件等）的频发对国际油价产生了巨大冲击，加剧了投资者对石油市场供应不稳定的担忧。国际能源署（International Energy Agency，IEA）也指出：国际石油市场再次进入了高度不确定性和强波动性时期。当前，国际原油价格的影响机理正在发生重要变化，决定原油价格的核心影响因素也随之改变。因此，在全球能源转型背景下，系统研究国际油价的波动特征、分析并预测油价走势对我国经济社会发展和经济安全，以及企业生产和投资决策等都具有非常重要的现实意义。鉴于国际石油市场“旧三角”时代到“新三角”时代的转换，许多理论问题和分析方法都需要开展创新研究。卢全莹博士和汪寿阳教授撰写的这部专著之理论价值和现实意义就尤为凸显。

这部专著的理论和方法创新包括如下几方面。

在影响机理分析方面，该书对当前石油市场新的结构进行了详细的分析，并基于“新三角”视角，构建了动态贝叶斯结构时间序列模型来考察原油价格的核心影响因素的当期及滞后影响效应。同时，引入三种代表性的特征提取方法：弹性网正则化广义线性模型、针板-套索方法和贝叶斯模型平均方法对油价的核心影响因素进行综合分析并筛选。这为研究油价的影响机理提供了可供借鉴的思路和方法。

在油价预测模型方面，该书基于驱动机理的系统分析，分别建立了原油价格的点值和区间值分析与预测模型。在点值预测部分，构建的变量选择-LSTM 集成模型在预测精度上优于其他基准模型。这也进一步证实了影响机理分析对油价预测的重要性，在预测模型构建之前需要引入适当的变量选择方法提取核心影响因素。该书从供求关系、全球经济、金融市场、技术等方面分析了核心影响因素。此外，该书还构建了油价区间预测模型。现有的油价预测模型之核心是基于点值的输入和输出，这可能会导致大量的波动信息损失。该书构建的带有区间值外生变量的阈值自回归区间（threshold autoregressive interval with interval-valued exogenous variables，TARIX）模型可以有效地解决这一问题，同时捕获价格趋势和波动的非线性特征，这种信息增溢使油价的预测更准确。

在拐点预测方面，该书对原油价格拐点时刻的出现进行了概率推断，基于产品划分模型（product partition model）-K-Means 聚类（PPM-KM）整合模型将原油价格序列分解为突变项（拐点或异常点）和趋势项（正常点），提取并分析原油价格的突变特征和趋势特征。通过将传统的趋势分析和变点分析相结合，完善了价格分析理论。同时，基于贝叶斯网络理论和谷歌搜索指数，预测不同类别突发事件的发生概率及其导致的价格变化。

基于原油价格驱动机理及演化过程的系统性分析，该书针对突发事件导致的供给冲击，以美国对伊朗实施石油制裁为例，构建了一个完整的供给冲击-油价波动-经济影响研究框架以测算世界石油供给阻滞对中国经济的冲击效应，研究结论对我国应对石油安全挑战提供了有借鉴意义的理论依据。

虽然这是一部能源环境经济学领域的专著，但其分析方法，特别是模型构建为研究其他经济问题提供了有价值的研究思路与启示。希望这部专著的出版不仅能促进中国能源经济学的研究与发展，也能对经济分析与预测领域的研究与发展起到积极的推动作用。

汪同三

中国社会科学院学部委员

2021 年 12 月

前　言

随着全球能源转型趋势的加快，金融市场信息传导关系的多样化和复杂化，国际原油价格的影响机理正在发生重要变化。在不同的历史阶段，决定原油价格的核心影响因素的差异也很大。近年来，美国页岩油（致密油）、极端天气、国际贸易冲突等新因素的出现，给国际原油市场的供需及交易带来了巨大的冲击和改变。特别是2014年后，美国页岩油的替代效应显著。“旧三角”时代到“新三角”时代的转换，以及2018年美国政府的一系列针对利益相关国家的贸易摩擦和制裁政策，都对国际原油市场造成了一定程度的冲击。

原油作为一种具有战略资源和金融双重属性的能源，一直与世界经济发展息息相关。特别是，近年来世界石油供需形势出现了新的变化，石油市场呈现出新的结构特征，带动了全球石油贸易的格局调整。作为一种战略物资，石油的流动性不断加强。同时，市场投机行为进一步强化，市场交易力量重新洗牌，石油的金融属性得到了进一步加强。原油作为国际大宗商品的领头羊，它的一举一动都影响着整个商品市场的波动。原油价格的研究主题众多，涉及原油价格波动分析及油价预测，产品及产业链条各环节的定价机制等。随着国际油价与世界各国宏观经济之间关系的日益紧密，国际油价系统的演化过程分析及预测不仅对相关企业的生产和投资决策具有重要指导作用，而且对国家能源安全和经济发展以及节能减排目标的实现也具有特别重要的意义。因此，在经济发展、能源转型及安全诉求的大背景下，需要对石油市场的驱动机制进行系统剖析，分析油价系统的演化过程，对石油需求及油价进行精细及精准的预测，特别是分析并预测国际油价的突变点，并在此基础上，研究石油价格机制，测算国际油价的不同定价模式对供需失衡的影响，这是促进我国石油行业长期安全、稳定发展，解决当前原油短期供需失衡矛盾的一个重要课题。

为此，本书针对现阶段全球能源转型趋势下，国际石油市场再次进入高度不确定性和强波动性的时期，以石油市场供需平衡及供应安全稳定为目标，以需求侧精细化分析和预测为突破口及分析基础，以市场导向的需求侧管理策略为手段，提出解决石油市场供需失衡的应对策略。首先，考虑到全球能源转型趋势下，石油市场呈现出新的结构特征即“旧三角”到“新三角”的转换，世界石油供需形势新的变化，全球石油贸易的格局调整，构建国际油价系统驱动机理的分析框架，分析国际石油市场的新的结构特征；其次，在驱动机理分析的基础上，研究原油价格波动特征、波动风险及演化规律，特别是在油价高度不确定性和强波动性时期出现的突变点及突发事件的系统研究；再次，基于多源信息融合技术，加入网络搜索数据，搭建前沿分析预测模型库，通过对变量和模型的选择和集成，对油价系统的演化进行分析及预测，重点突破油价突变点推断及预测的理论难题；最后，分析突发事件导致的世界石油市场供需冲击所带来的价格波动及对中国经济发展的影响，为完善我国能源价格机制及构建我国能源预测预警平台提供理论依据。

本书主要研究内容与研究框架结构安排如下。

第 1 章：绪论。该章主要介绍原油市场研究的背景与意义，并在此基础上介绍本书的研究内容与研究框架以及主要创新点与研究特色。

第 2 章：理论概述。考虑到文献中关于原油市场的综述多是以定性分析为主，并未从文献计量分析视角全面、系统地分析研究的规模变化及趋势特征，该章首先基于文献计量方法对原油市场的研究概况、知识网络、高贡献的国家和科研机构、核心作者进行了分析；其次，在现有研究的基础上对原油市场理论发展进行了梳理和综述；最后，从定性和定量的综合角度对原油市场研究的热点进行了总结。

第 3 章："新三角"视角下的原油价格驱动机理分析。在总结前人文献的基础上构建了价格驱动机理研究框架。特别地，从行为金融理论出发，引入网络搜索数据，这在一定程度上考虑了投资者情绪对原油市场的影响，以探究网络搜索数据对原油价格走势的可预测性。基于数据分析领域新出现的贝叶斯结构时间序列（Bayesian structural time series，BSTS）模型，通过对 31 个影响因素进行滞后处理，将影响因素扩充为 415 个，构建了动态贝叶斯结构时间序列（dynamic Bayesian structural time series，DBSTS）模型来考察核心影响因素的当期及滞后影响效应，分析并预测新结构下的原油价格。首先，运用卡尔曼滤波方法对原油月度价格进行分解；其次，通过针板回归方法提取油价的核心影响因素，分析新形势下的原油市场；最后，在分析的基础上，通过贝叶斯模型平均（Bayesian model average，BMA）方法来预测未来的油价走势，并与其他常用的预测方法的结果进行比较。其中，针板先验（spike-slab prior，SSP）被首次应用到原油价格核心影响因素的提取中，该模型能很好地解决变量稀疏性问题，避免胖回归。

第 4 章：基于变量选择-LSTM 集成模型的原油价格分析及预测。首先，通过深入探究现阶段原油市场新的影响机理，分析影响油价的核心因素，从原油价格的数据特点和数据结构出发，选取三种代表性的特征提取方法：弹性网正则化广义线性模型（elastic-net regularized generalized linear model，GLMNET）、BMA 方法和针板-套索（spike-slab LASSO，SSL）方法对核心影响因素进行评估和筛选，并比较分析不同模型的筛选结果。其次，将特征提取方法与新的机器学习方法长短期记忆网（long short-term memory，LSTM）模型相结合构建一个集成预测研究框架。最后，选择随机游走（random walk，RW）模型、自回归移动平均（autoregressive moving average，ARMA）模型、多层感知（multilayer perceptron，MLP）模型、Elman 神经网络（Elman neural network，ENN）模型、极限学习机（extreme learning machine，ELM）模型、小波神经网络（wavelet neural network，WNN）模型、径向基神经网络（radial basis function neural network，RBFNN）模型和广义回归神经网络（general regression neural network，GRNN）模型来进行结果比较。同时，利用均方根误差（root mean square error，RMSE）、平均绝对百分比误差（mean absolute percentage error，MAPE）、方向对称性（directional symmetry，DS）等模型评价指标对不同结果进行了对比分析。

第 5 章：基于区间门限自回归方法的原油价格分析及预测。现有的多数油价预测模型的核心是基于点值的输入和输出，这可能会导致波动信息的损失。该章基于 Sun 等（2018a）的研究，提出带有区间值外生变量的阈值自回归区间（threshold autoregressive interval with interval-valued exogenous variables，TARIX）模型来分析和预测区间值的原油价格以弥补点值预测的信息损失。与基于点数据的方法相比，TARIX 模型同时捕获了价格趋势和波动的非线性特征，这种信息增溢可以使预测更准确。此外，该章在变量选择的基础上进一步分析了几种区间值影响因素和点值阈值变量，包括供求、库存、投机因素、货币市场、股票市场、商品市场、技术指标和搜索查询数据。

第 6 章：重大突发事件冲击背景下的原油价格分析及预测。该章通过构建 GSI-BN 研究框架分析历史突发事件以及其对油价的影响，预测未来突发事件的概率及油价的走势。重大突发事件的冲击效应测算及价格拐点预测一直是学术界特别关心的热点和难点问题之一。本章提出了一个新的研究框架 GSI-BN 来分析重大突发事件对原油市场的冲击效应并预测不同事件发生时油价的走势。首先，基于谷歌搜索指数（Google search index，GSI）构建突发事件的网络舆情关注度指标，确定不同种类的突发事件的时间窗。其次，引入贝叶斯网络（Bayesian network，BN），将突发事件简化到拓扑网络图上，细分突发事件并挖掘事件及其背后的条件概率，分析突发事件影响机制并预测其发生概率。最后，基于情景预判分析和预测不同情景下突发事件所导致的油价走势。

第 7 章：原油价格拐点贝叶斯统计概率推断。该章对国际原油价格拐点分析及统计推断进行了研究。首先，将幂律分布引入到原油价格拐点的分析中，基于贝叶斯统计的思想，以比较符合描述突变规律的泊松分布、幂律分布、对数-正态分布三种分布为先验分布，构建了国际原油价格拐点推断模型。其次，基于基本统计分析的思想和产品划分模型（product partition model，PPM）来定义突变点，分别对原油价格的历史突变点进行识别和分析。在基于 PPM 定义突变点时，构建了产品划分模型（product partition model）−K-Means 聚类（PPM-KM）国际原油价格拐点分析集成模型。最后，在两种突变点定义和三种概率分布模型下，分别对原油价格的突变规律进行模拟计算并比较分析，通过比较分析给出了下次原油价格拐点出现时间的概率预测。

第 8 章：石油市场供给阻滞对中国宏观经济的冲击效应测算。该章针对原油市场的供给侧冲击分析，构建了一个完整的供给冲击（supply stock）−油价波动（price volatility）−经济影响（economics impact）（SS-PV-EI）研究框架，以测算供给侧冲击对中国经济的影响。首先，利用 PPM-KM 模型和历史事件分析法提取并分析历史突变点，筛选出供给冲击事件；其次，基于时变参数随机波动率向量自回归（time-varying parameter stochastic volatility vector autoregression，TVP-SV-VAR）模型估算出供给冲击对油价的时变弹性及脉冲响应结果；再次，运用情景分析方法结合历史事件分析设立美国对伊朗制裁可能导致的供给缺口情景及相应的油价区间；最后，基于混频数据抽样自回归（mixed data sampling autoregressive，MIDAS-AR）模型和非线性自回归分布滞后（nonlinear autoregressive distributed lag，NARDL）模型分别测算和分析四种情景下世界原油供给冲击对中国经济的非对称影响。

第 9 章：总结与展望。首先，归纳和总结了本书第 3～8 章的主要研究工作及结论；其次，对本书研究工作中存在的不足进行了分析；最后，对未来值得进一步研究的问题作了展望。

本书的研究工作得到了国家自然科学基金委员会青年基金研究项目（72103185）和基础科学研究中心项目（71988101）、中国科学院国家数学与交叉科学中心和中国科学院预测科学研究中心的支持。作者表示感谢！作者还要感谢中国社会科学院学部委员汪同三教授、国务院发展研究中心李善同教授、中国科学院大学经济与管理学院院长洪永淼院士、北京理工大学魏一鸣教授、西安交通大学郭菊娥教授、香港城市大学黎建强教授、西安电子科技大学经济与管理学院执行院长柴建教授和中国科学院预测科学研究中心杨翠红教授等的指导、支持与帮助！作者也特别感谢科学出版社经管分社马跃社长和责任编辑徐倩！

由于作者的学识有限，书中难免存在不足和疏漏。诚恳地欢迎广大读者提出宝贵意见，以便将来再版时改进与完善。

卢全莹　汪寿阳

2021 年 7 月

目　录

图 目 录

表 目 录

第1章 绪　论

随着全球能源转型趋势的加快，金融市场信息传导关系的多样化和复杂化，国际原油价格的影响机理也在发生重要变化。原油作为一种具有战略资源和金融双重属性的能源，一直是世界经济发展的主要推动力。准确地分析不同历史阶段原油价格的核心影响因素、原油系统的演化路径并预测油价的走势，不仅对相关企业的生产与投资决策具有重要指导作用，而且对社会经济的发展、国家能源安全和节能减排目标的实现也具有重要意义。1.1 节分析了原油市场的研究背景与意义；1.2 节概括了本书的研究内容与研究框架；1.3 节归纳了本书的主要创新点与研究特色。

1.1 研究背景与意义

1.1.1 研究背景

《世界能源发展报告（2018）》指出，“全球能源正在向高效、清洁、多元化的特征方向加速转型推进，全球能源供需格局正进入深刻调整的阶段”，同时，还指出，“虽然全球能源结构正在转型，石油仍是主要的化石燃料”。国际能源署（International Energy Agency，IEA）发布的《世界能源展望 2018——能源分析的金色标准》报告中指出，“石油市场正在进入再次出现不确定性和波动的时期。能源与地缘政治间的联系正在逐步加强且变得更加复杂，这成为影响能源安全的一个主要因素。近期强劲的石油需求与新项目的短缺不匹配，有可能导致 21 世纪 20 年代石油市场急剧收紧”。

随着全球能源转型趋势的加快，金融市场信息传导关系的多样化和复杂化，国际原油价格的影响机理也在发生变化。在不同的历史阶段，决定原油市场价格走势的影响因素的差异也很大。近年来，美国页岩油（致密油）、俄乌争端、新能源兴起、极端天气频发、国际贸易冲突等新影响因素的出现，给国际原油市场的供需及交易带来了巨大的冲击和改变。特别是 2014 年后美国页岩油的替代效应显著，“旧三角”（中国消费需求的急剧上升，全球重点能源地缘政治事件频发，华尔街金融投机炒作）时代到“新三角”（经济形势，页岩油，减产协议）时代的转换，以及 2018 年美国政府的一系列针对利益相关国家的贸易摩擦和制裁政策，都对国际原油市场造成了一定程度的冲击。

原油作为一种具有战略资源和金融双重属性的能源，一直与世界经济发展息息相关。特别是，近年来世界石油供需形势出现了新的变化，石油市场呈现出新的结构特征，带动了全球石油贸易的格局调整。作为一种战略物资，石油的流动性不断加强。同时，市场投机行为进一步强化，市场交易力量重新洗牌，石油的金融属性得到了进一步加强。原油作为国际大宗商品的“领头羊”，它的一举一动都影响着整个商品市场的波动。原油价格的研究主题众多，涉及原油价格波动分析及预测，产品及产业链条各环节的定价机制等。随着国际油价与世界各国宏观经济之间关系的日益紧密，国际原油价格的演化过程分析及预测不仅对相关企业的生产和投资决策具有重要指导作用，而且对国家的能源安全和经济发展以及节能减排目标的实现也具有特别重要的意义。因此，在经济发展、能源转型及安全诉求的大背景下，需要对石油市场的驱动机制进行系统剖析，分析油价系统的演化过程，对石油需求及油价进行精细及精准的预测，特别是分析并预测国际油价的突变点，并在此基础上，研究石油价格机制，测算国际油价的不同定价模式对供需失衡的影响，这是促进我国石油行业长期安全、稳定发展，解决当前原油短期供需失衡矛盾的一个重要课题。

1. 化石能源仍将是未来二十年拉动世界经济的主要能源，石油仍占主导地位

2018 年《bp 世界能源展望》预计，石油、天然气和煤炭仍将是未来二十年拉动世界经济的主要能源，占 2040 年能源供应总量的 75%以上。到 2040 年，石油、煤炭、天然气和非化石燃料将各自提供给全球约 25%的能源，全球能源结构将呈现最为多元化的态势。其中，石油需求持续增加（年均 0.5%），并趋于稳定。天然气需求增长将快于煤炭并成为全球第二大能源。可以看出，虽然全球能源结构正在改变，但是石油在化石燃料中仍占据主导地位。石油和天然气合起来占世界能源的一半以上。美国能源信息署（Energy Information Administration，EIA）发布的 *International Energy Outlook 2018* 也指出，2025 年全球石油需求将每天增加 100 万桶，石油需求将会有一个中期的增长。非常保守地预测，2040 年石油需求将达到高峰。短期内旺盛的石油需求与新项目的短缺之间的不匹配，可能导致 20 世纪 20 年代石油市场的大幅紧张，供应短缺。

2. 世界多变的政治格局直接影响原油价格

（1）中东地区。中东地区不安的政治格局会对原油市场有较大的影响。首先，中东地区原油储量庞大。其中，截至 2018 年，沙特阿拉伯探明的原油储量高达 2660 亿桶，占世界总储量的 15.7%，日均产量约 1200 万桶；另外，伊朗、伊拉克和科威特的储量也分别高达 1578 亿桶、1431 亿桶和 1015 亿桶。其次，中东地区的原油产量及出口量巨大，世界各大原油消费国对其依存度很高。2017 年 1 月的

OPEC 月报显示，中东地区的日均产量约为 2485 万桶，约占世界总供给量的25.8%。最后，中东地区剩余产能也很大，对油价调控能力很强。沙特阿拉伯被誉为“世界油市的中央银行”，拥有的剩余产能最大，可以对世界原油市场进行调控。综上所述，如果中东地区局势发生动荡，将对世界原油市场产生较大的影响。例如，2011 年的利比亚战争使得利比亚的原油供应近乎停止，石油的供给冲击引起油价飙升。沙特阿拉伯为了弥补利比亚产生的供给缺口及时提高产能，平衡供需，稳定了油价。2018 年开始的贸易摩擦，以及 2018 年 6 月美国政府持续加大对伊朗的经济制裁，使得国际油价大幅下跌。

（2）美国。美国对国际原油市场的影响主要分为四个方面：首先，美国原油消费量巨大，2016 年美国原油消费量已居世界第一，日消费量约 1963.1 万桶即71.65 亿桶/年，2019 年消费量达到 2070 万桶/天。其次，美国进口量很大，进口量约945.0 万桶/天，在很大程度上影响着原油市场的供需格局。再次，美国在世界能源政治格局中一直占据重要地位，为了保证石油美元的霸主地位，一直利用各种手段影响油价。最后，北美页岩油开采技术的提高增加了美国石油的供给，美国已实现能源的自给自足。2019 年，美国石油日产量为 1236 万桶。IEA 2019 年 9 月 12 日发布的月度报告显示，2019 年 6 月，美国一度超越沙特阿拉伯，成为全球最大原油出口国，日均出口量超过 300 万桶。美国在影响国际油价方面有多种方式：第一，美国具有完备的战略和商业储备体系，并依托 IEA 构建了战略储备联合动用机制。第二，美国构建了先进的能源金融市场机制，其石油期货价格引领世界石油市场。第三，美国具有实力强大的跨国石油公司以及众多中小石油公司，促进了石油产业的发展。

3. 国际油价的剧烈波动影响中国经济及相关用油行业发展

2017 年，中国的石油需求同比增长 5.5%至 1177 万桶/天。2018 年，尽管美国与中国发生了激烈的贸易战，以及中国国内经济增长放缓，但全球最大的石油进口国中国的各大炼油厂的吞吐量在 9 月增加到创纪录的 1244 万桶/天。CNBC（consumer news and business channel，消费者新闻与商业频道）报道称，尽管中国的经济增长在 2018 年第三季度放缓至全球金融危机以来的最低水平，但炼油厂吞吐量数据表明，中国的石油需求增长仍会持续。虽然华盛顿和北京之间持续的贸易紧张局势可能在短期内削弱中国的石油需求，但从长期需求来看其仍将与中国的经济保持同步增长，预计未来几年每年增长率将超过 6%。而且，正是这种可预见的增长，将使中国进口更多的原油，包括在持续的贸易紧张局势消退后，中国可能会更多地依赖从美国页岩油生产商那里进口轻质原油。未来对外国石油的依赖与国家安全之间的相关性将成为中国政府最大、最复杂的问题之一。国家能源安全将越来越多地决定政府的外交政策，因为它既有自己在亚太地区的核心利益，又要因为石油问题而延伸到非洲及其他地区。正是中国原油的高对外依存度，使得国际油价的波动直接影响着中国经济的发展及相关用油行业的发展。一方面，国际油价的波动会导致中国能源消费和价格结构的变化；另一方面，交通行业作为能耗增速最快的行业，其低碳化发展与国内成品油价格机制有着直接关系，国际油价的剧烈波动直接影响节能减排进程（王群伟等，2010；廖华和魏一鸣，2012；张国兴等，2014，2015；周鹏等，2014；魏一鸣等，2017；范英，2018；陈诗一和林伯强，2019；范英和衣博文，2021）。

4. 世界石油消费中心转向亚洲新兴市场，中国上海原油期货定价将影响世界石油市场

2017 年，中国首次超过美国成为全球第一大原油进口国。原油作为全球最重要的能源之一，在国际大宗商品市场一直占据关键位置。纽约商品交易所和伦敦洲际交易所的西得克萨斯中质（West Texas intermediate，WTI）原油和北海布伦特（Brent）原油期货是当今世界交易量最大的两个原油期货品种，也成为指导全球原油现货交易定价的重要基准。2018 年 3 月中国版的原油期货推出后表现强劲，仅日均成交量一项指标而言，就仅次于 WTI 和 Brent 原油期货，跃居亚洲原油期货合约交易量第一位，并跻身全球前三名。

但石油人民币仍处在初级阶段，石油人民币体系的建立需要完善的期货交易、定价权等金融体系支撑。因此，构建成熟的区域性乃至全球性的石油期货交易中心是建立石油人民币体系的必要条件。石油不仅是能源，也是一种货币形式。因此，中国在实现石油人民币定价权的过程中应储备石油这种具有金融和战略双重属性的物资，当美元指数波动时可以抵御上升的进口成本，降低风险。美国打压国际油价的核心本质是控制美国产能受限时相关产业的能源战略需求成本。

1.1.2　研究意义

正如华盛顿智库布鲁金斯学会曾表示，未来中国政治和经济环境的诸多不确定因素中，“有一件事是显而易见的：不管中国经济发展的速度如何，中国必须解决其对自然能源和资源的快速增长的需求。而石油将排在这份亟须解决名单的首位”。综上所述，在全球能源转型趋势下，分析原油市场的驱动机理，对油价系统的演化进行分析及预测，特别是分析供需冲击及国际原油价格突变点问题，研究目前的石油价格演化机制，测算目前国际原油不同定价模式对供需失衡的影响具有重要的理论和现实意义。

1. 全球能源转型趋势下，原油市场的驱动机理分析

国际原油市场的日趋多样性和复杂性导致原油价格的影响机理也在逐渐发生变化，油价的驱动机制出现了明显的时变性。因此，分析不同阶段影响原油价格

的核心因素对准确地分析和把控油价走势具有重要的作用。特别是，原油市场结构的变化导致了油价的剧烈跳跃性和波动性，因此产生了结构性的突变点。此外，网络搜索数据作为反映人类行为的指标逐渐受到关注，利用文本挖掘等方法可以及时分析投资者对市场的关注度及相应的情绪变化。近年来，越来越多的研究者和市场投资者开始关注油价的驱动机理及核心影响因素的变化问题，并利用大数据分析方法研究人类行为对原油市场的影响。

2. 全球能源转型趋势下，原油价格系统的演化分析及预测

随着影响原油市场的核心驱动因素的变化及不确定时期的来临，原油价格系统出现了时变和突变演化特征。国际油价分析与预测一直是世界各国、石油企业及市场投资者关注的焦点问题，也由此产生了众多的原油价格预测模型，如传统的计量方法、系统动力学模型、人工智能方法、TEI@I 分解集成预测方法等。随着原油价格数据复杂性的提升和原油价格影响因素多样性的增加，单一的预测模型已经不能较好地预测原油价格变化的趋势，分解集成方法等混合模型被证明能更好地分析预测原油价格。

3. 全球能源转型趋势下，原油市场突发事件的分析及预测

拐点预测一直是预测领域的难题之一。石油价格拐点的出现往往是由重大突发事件所导致的供需冲击传导到价格所引起的。全球能源转型趋势下，伴随着周期的不确定性。美国页岩气的崛起、世界贸易摩擦及 2020 年初突发的新型冠状病毒肺炎（简称新冠肺炎）疫情对国际原油市场产生了重大冲击，带来了市场结构的变革。准确分析历史突发事件，特别是价格拐点的分析及预测对国家能源预测预警系统的构建及投资决策都具有至关重要的作用。

4. 全球能源转型趋势下，原油市场供需冲击及经济影响

突发事件的不断出现，给国际原油市场的供需及交易带来了连续的冲击，导致短期油价剧烈波动，进而影响全球经济的发展。不同供需冲击导致的国际原油价格上涨幅度大小不同，油价上涨对中国经济发展及相关行业的影响也不同。分析供需冲击对油价的影响，进而测算不同冲击情形下对中国经济发展的影响，能够为国家能源安全战略及经济发展规划的制定提供一定的借鉴。

1.2　研究内容与研究框架

本书针对现阶段全球能源转型趋势下，国际石油市场再次进入高度不确定性

和强波动性的时期，以石油市场供需平衡及供应安全稳定为目标，以需求侧精细化分析和预测为突破口及分析基础，以市场导向的需求侧管理策略为手段，提出解决石油市场供需失衡的应对策略。首先，考虑到石油市场呈现出新的结构特征，世界石油供需形势新的变化，全球石油贸易的格局调整，构建国际油价系统驱动机理的分析框架，分析国际石油市场新的结构特征；其次，在驱动机理分析的基础上，分析国际原油价格波动特征、波动风险及系统的演化规律，特别是对在油价高度不确定性和强波动性时期出现的突变点及突发事件进行系统研究；再次，基于多源信息融合技术，加入网络搜索数据，搭建前沿的分析预测模型库，通过变量和模型的选择与集成，对油价系统的演化进行分析及预测，重点突破油价突变点推断预测理论难题；最后，分析突发事件导致的世界石油市场供需冲击所带来的价格波动，以及对中国经济发展的影响，为完善我国能源价格机制及构建我国能源预测预警平台提供理论依据。

本书主要研究内容与研究框架结构安排如下。

第 1 章：绪论。本章主要介绍了原油市场研究的背景与意义，并在此基础上介绍了本书的研究内容与研究框架以及主要创新点与研究特色。

第 2 章：理论概述。考虑到文献中关于原油市场的综述多是以定性分析为主，并未从文献计量分析视角全面、系统地分析研究的规模变化及趋势特征，该章首先基于文献计量方法对原油市场的研究概况、知识网络、高贡献的国家和科研机构、核心作者进行了分析；其次，在现有研究的基础上对原油市场理论发展进行了梳理和综述；最后，从定性和定量的综合角度对原油市场研究的热点进行了总结。

本书针对全球能源转型趋势下，原油市场呈现出的新的结构特征及核心影响因素的变化，将在第 3 章剖析原油价格的驱动机理及价格演化过程。

第 3 章：“新三角”视角下的原油价格驱动机理分析。在总结前人文献的基础上构建了价格驱动机理研究框架。特别地，从行为金融理论出发，引入网络搜索数据，这在一定程度上考虑了投资者情绪对原油市场的影响，以探究网络搜索数据对原油价格走势的可预测性。基于数据分析领域新出现的贝叶斯结构时间序列（Bayesian structural time series，BSTS）模型，通过对 31 个影响因素进行滞后处理，将影响因素扩充为 415 个，构建了动态贝叶斯结构时间序列（dynamic Bayesian structural time series，DBSTS）模型来考察核心影响因素的当期及滞后影响效应，分析并预测新结构下的原油价格。首先，运用卡尔曼滤波方法对原油月度价格进行分解；其次，通过针板回归（spike-slab regression，SSR）方法提取油价的核心影响因素，分析新形势下的原油市场；最后，在分析的基础上，通过贝叶斯模型平均（Bayesian model average，BMA）方法来预测未来的油价走势，并与其他常用的预测方法的结果进行比较。其中，针板先验（spike-slab prior，SSP）被首次应用到原油价格核心影响因素的提取中，该模型能很好地解决变量稀疏性问题，避免胖回归（fat regression）。

本书将基于“新三角”视角下的石油市场的驱动因素机理的探究剖析，在第 4～5 章分别用点值模型和区间模型对原油价格系统的演化进行分析和预测。

第 4 章：基于变量选择-LSTM 集成模型的原油价格分析及预测。首先，通过深入探究现阶段原油市场新的影响机理，分析影响油价的核心因素，从原油价格的数据特点和数据结构出发，选取三种代表性的特征提取方法：弹性网正则化广义线性模型（elastic-net regularized generalized linear model，GLMNET）、BMA 方法和针板-套索（spike-slab LASSO，SSL）方法对核心影响因素进行评估和筛选，并比较分析不同模型的筛选结果。其次，将特征提取方法与新的机器学习方法长短期记忆网（long short-term memory，LSTM）模型相结合构建一个集成预测研究框架。最后，选择随机游走（random walk，RW）模型、自回归移动平均（autoregressive moving average，ARMA）模型、多层感知（multilayer perceptron，MLP）模型、Elman 神经网络（Elman neural network，ENN）模型、极限学习机（extreme learning machine，ELM）模型、小波神经网络（wavelet neural network，WNN）模型、径向基神经网络（radial basis function neural network，RBFNN）模型和广义回归神经网络（general regression neural network，GRNN）模型来进行结果比较。同时，利用均方根误差（root mean square error，RMSE）、平均绝对百分比误差（mean absolute percentage error，MAPE）、方向对称性（directional symmetry，DS）等模型评价指标对不同结果进行了对比分析。

第 5 章：基于区间门限自回归方法的原油价格分析及预测。现有的多数油价预测模型的核心是基于点值的输入和输出，这可能会导致波动信息的损失。该章基于 Sun 等（2018a）的研究，提出带有区间值外生变量的阈值自回归区间（threshold autoregressive interval with interval-valued exogenous variables，TARIX）模型来分析和预测区间值的原油价格以弥补点值预测的信息损失。与基于点数据的方法相比，TARIX 模型同时捕获了价格趋势和波动的非线性特征，这种信息增溢可以使预测更准确。此外，该章在变量选择的基础上进一步分析了几种区间值影响因素和点值阈值变量，包括供求、库存、投机因素、货币市场、股票市场、商品市场、技术指标和搜索查询数据。

在探究剖析原油价格的核心影响因素时，发现原油价格系统的演化在不确定时期具有时变和突变特征。突发事件一直是引起油价短期波动的主要原因，但对于突发事件的研究还相对较少，特别是关于油价拐点的预测一直是学术界及市场投资者关注的热点问题，也是预测领域的难题。因此，本书在第 6～7 章试图对石油市场的重大突发事件进行分析，提出拐点预测的新的研究框架。

第 6 章：重大突发事件冲击背景下的原油价格分析及预测。该章通过构建 GSI-BN 研究框架分析历史突发事件以及其对油价的影响，预测未来突发事件的概率及油价的走势。国际原油市场再次进入强不确定时期，这对油价的分析预测提出了新的挑战。首先，基于谷歌搜索指数（Google search index，GSI）构建突发事件的网络舆情关注度指标，确定不同突发事件的时间窗。其次，引入贝叶斯网络（Bayesian network，BN），将突发事件简化到拓扑网络图上，细分突发事件挖掘事件及其背后的条件概率，分析突发事件影响机制并预测其发生概率。最后，基于情景预判分析和预测不同情景下突发事件所导致的油价走势。

第 7 章：原油价格拐点贝叶斯统计概率推断。该章对国际原油价格拐点分析及统计推断进行研究。首先，将幂律分布引入到原油价格拐点的分析中，基于贝叶斯统计的思想，以比较符合描述突变规律的泊松分布、幂律分布、对数-正态分布三种分布为先验分布，构建了国际原油价格拐点推断模型。其次，基于基本统计分析的思想和产品划分模型（product partition model，PPM）来定义突变点，分别对原油价格的历史突变点进行识别和分析。在基于 PPM 定义突变点时，构建了产品划分模型（product partition model）-K-Means 聚类（PPM-KM）国际原油价格拐点分析集成模型。最后，在两种突变点定义和三种概率分布模型下，分别对原油价格的突变规律进行模拟计算并比较分析，通过比较分析给出了下次原油价格拐点出现时间的概率预测。

基于第 3～7 章对原油价格系统驱动机理及演化过程的深入研究，特别是对突发事件导致的供给冲击的分析，本书在第 8 章以美国对伊朗实施石油制裁为例，测算世界石油供给阻滞对中国宏观经济的冲击效应。

第 8 章：石油市场供给阻滞对中国宏观经济的冲击效应测算。该章针对原油市场的供给侧冲击分析，构建了一个完整的供给冲击（supply stock）-油价波动（price volatility）-经济影响（economics impact）（SS-PV-EI）研究框架，以测算供给侧冲击对中国经济的影响。首先，利用 PPM-KM 模型和历史事件分析法提取并分析历史突变点，筛选出供给冲击事件；其次，基于时变参数随机波动率向量自回归（time-varying parameter stochastic volatility vector autoregression，TVP-SV-VAR）模型估算出供给冲击对油价的时变弹性及脉冲响应结果；再次，运用情景分析方法结合历史事件分析给出美国对伊朗制裁可能导致的供给缺口情景及相应的油价区间；最后，基于混频数据抽样自回归（mixed data sampling autoregressive，MIDAS-AR）模型和非线性自回归分布滞后（nonlinear autoregressive distributed lag，NARDL）模型分别测算和分析四种情景下世界原油供给冲击对中国经济的非对称影响。

第 9 章：总结与展望。首先，归纳和总结了本书第 3～8 章的主要研究工作及结论；其次，对本书研究工作中存在的不足进行了分析；最后，对未来值得进一步研究的问题作了展望。

为了便于从总体上展示本书的写作思路与结构，图 1.1 给出了本书研究的具体框架图。

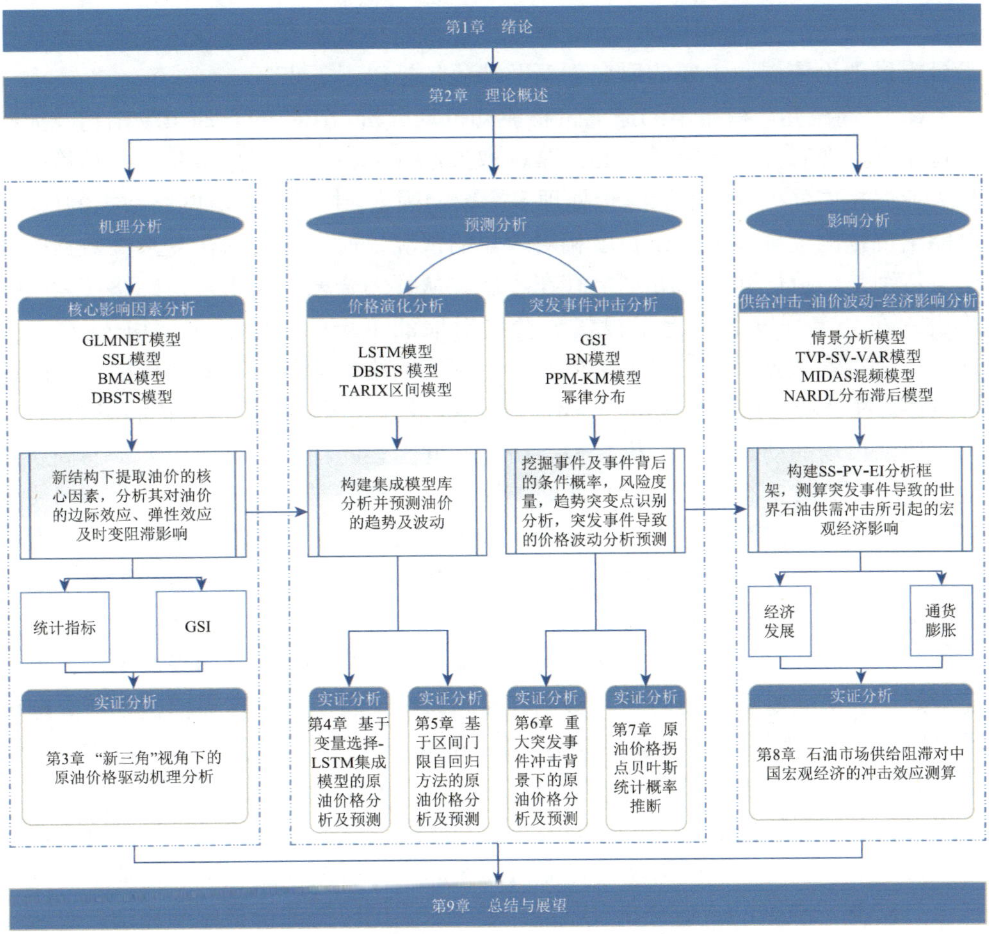

图 1.1 研究框架图

1.3 主要创新点与研究特色

首先，考虑到全球能源转型趋势下，石油市场呈现出新的结构特征，世界石油供需形势新的变化，全球石油贸易的格局调整，本书构建国际石油市场驱动机制及影响机理的分析框架，在全球能源转型趋势下，分析国际石油市场的新的结构特征。其次，分析国际原油价格波动特征、波动风险及演化规律，特别是对在油价高度不确定性和强波动性时期出现的突变点及突发事件进行系统研究。同时，基于多源信息融合技术，搭建前沿分析预测模型库并进行选择和集成，构建石油消费及价格分析预测模型框架，对油价进行分析及预测，重点突破突变点推断预测难题。最后，分析突发事件导致的世界石油市场供需冲击所带来的价格波动，以及对中国经济发展的影响，为完善我国能源价格机制及构建我国能源预测预警平台提供理论依据。主要的研究创新及特色包括以下五点。

（1）“新三角”视角下的原油价格驱动机理分析。在新的石油市场结构及大数据背景下，现有变量选择及核心因素提取方法（如格兰杰因果检验、协整检验、相关或偏相关分析等）不能综合处理多个影响因素。同时，随着网络数据的应用，可能出现预测变量多但数据长度相对较短的情况，而现有方法在复杂大数据的处理，特别是稀疏性问题的处理上存在不足。从行为金融理论出发，网络搜索数据的引入在一定程度上考虑了投资者情绪对原油市场的影响。本书引入 Google Trends 等搜索数据，以刻画人类的行为，探究网络搜索数据对原油价格走势的可预测性。在“新三角”的视角下，本书通过提取并分析原油价格的核心影响因素，构建原油市场的动态机制分析模型，研究不同因素的动态影响效应。本书创新性地构建了 DBSTS 模型来考察核心影响因素的当期及滞后影响效应，并利用该模型对新结构下的原油市场进行了分析。首先，通过卡尔曼滤波方法对原油月度价格进行分解。其次，基于 SSR 方法提取油价的核心影响因素，分析新形势下的原油市场。最后，通过 BMA 方法来预测未来的油价走势，并与其他主流的预测方法进行比较。其中，SSP 被首次应用到原油价格核心影响因素的提取中，该模型能很好地解决变量稀疏性问题，避免胖回归。结果表明，全球原油供求和金融市场仍然是影响油价的主要因素。Google Trends 可以在一定程度上反映原油价格的变化。页岩油产量对油价的影响逐渐增大，但影响还相对较小。此外，DBSTS 模型可以识别历史数据中的转折点（如 2008 年金融危机），且具有较好的短期预测能力。

（2）基于驱动机理的原油价格点值和区间值分析及预测。第一，基于变量选择-LSTM 集成模型的点值分析及预测。近年来，国际原油价格剧烈波动，数据特征也随之变得复杂，应用传统的计量经济模型对原油价格进行预测已不能完全反映其走势，相较于机器学习算法，预测偏差随之变大。现阶段发展的集成预测模型可以较好地集成这两类模型的优点，具有更好的预测优势。首先，本书选取三种有代表性的特征提取方法：GLMNET、BMA 方法和 SSL 方法对核心影响因素进行评估和筛选，并比较分析不同模型的筛选结果。其次，将特征提取方法与新的 LSTM 模型相结合构建集成预测研究框架。最后，将 RW 模型、ARMA 模型、MLP 模型、ENN 模型、ELM 模型、WNN 模型、RBFNN 模型和 GRNN 模型与本书构建的集成模型的预测结果进行比较。同时，利用 RMSE、MAPE、DS 等模型评价指标对不同结果进行了对比分析。实证结果表明，变量选择-LSTM 集成模型在水平和方向预测精度上均优于基准方法。第二，基于区间门限自回归方法的原油价格区间值分析及预测。现有的油价预测模型的核心是基于点值的输入和输出，这可能会导致波动信息的损失。为了解决这一问题，本书基于 Sun 等（2018a）的研究，提出 TARIX 模型来分析和预测区间值原油价格。与基于点数据的方法相比，TARIX 模型同时捕获了价格趋势和波动的非线性特征，这种信息增溢可以使预测更准确。此外，在变量选择的基础上进一步分析了几种区间值影响因素和点值阈值变量，包括供求、库存、投机因素、货币市场、股票市场、商品市场、技术指标和搜索查询数据。实证结果表明，具有适当阈值变量的 TARIX 模型优于其他区间预测模型，即包含外生变量的自回归条件区间（autoregressive conditional interval with exogenous variables，ACIX）模型、包含外生变量的中心半径自激阈值自回归（center-radius self-exciting threshold autoregression with exogenous variables，CR-SETARX）模型、包含外生变量的自回归（autoregression with exogenous variables，ARX）模型和包含外生变量的向量自回归（vector autoregression with exogenous variables，VARX）模型。在预测原油价格时，油价区间信息比油价水平信息更有价值，这与原油市场价格变动的事实相一致。

（3）重大突发事件冲击背景下的原油价格分析及预测。国际原油市场再次进入强不确定时期，这对油价的分析及预测提出了新的挑战。传统的分析方法不能有效地对原油价格的突变点进行分析。第一，本书基于 PPM-KM 整合模型将原油价格序列分解为突变项（拐点或异常点）和趋势项（正常点），提取并分析原油价格的突变特征和趋势特征。通过将传统的趋势分析和变点分析相结合，完善价格分析理论。从趋势特征和结构特征两方面分析与提取原油价格的突变点，完善原油价格系统的变点研究，并分析及预测油价走势。第二，本书将油价突发事件简化成拓扑网络图，基于贝叶斯网络理论，通过细分突发事件，进而挖掘事件及事件背后的条件概率；同时，利用贝叶斯网络方法预测不同类别突发事件的发生概率。第三，通过情景预判分析不同情景下突发事件所导致的价格变化。结果表明，首先，随着 OPEC（Organization of the Petroleum Exporting Countries，石油输出国组织）致力于减产计划，全球石油需求走高。飓风对价格的影响相较于往年逐渐变小。其次，金融危机对原油市场的影响是全面的，只有一部分是通过原油需求冲击影响价格的。最后，战争和 OPEC 会议都是短暂的供给冲击，更多的是反映了市场的预期。因此，它们可能并不会造成供给侧冲击，传导到价格时不会导致较大的价差。

（4）原油价格拐点时刻贝叶斯统计概率推断。首先，将幂律分布引入到原油价格拐点的分析中，基于贝叶斯统计的思想，以比较符合描述突变规律的泊松分布、幂律分布、对数-正态分布三种分布为先验分布，构建了国际原油价格拐点推断模型。其次，基于基本统计分析的思想和 PPM 来定义突变点，分别对原油价格的历史突变进行识别和分析。在基于 PPM 定义突变点时，构建了 PPM-KM 国际原油价格拐点分析集成模型。最后，在两种突变点定义和三种分布模型下，分别对原油价格的突变规律进行模拟计算并比较分析，通过比较分析给出了下次原油价格拐点出现时间的概率预测。结果表明，1986～2015 年共发生 37 次显著的油价突变。在不同的时点，市场供需结构的失衡、突发地缘政治事件、美元指数震荡、全球经济发展情况分别成为油价突变的主因。概率密度值的结果表明，在不同时间间隔下，幂律分布的概率值较指数分布和对数-正态分布而言更大，对密集的阵发事件和不活跃的偶发事件都赋予了较高的概率。本书认为国际原油月度价格拐点的时间间隔服从幂律分布的假设是合理的。但由于数据量较少，假设检验的结果不是十分稳定，该幂律分布模型需进一步被实证和检验。

（5）石油市场供给阻滞对中国宏观经济的冲击效应测算。本书针对原油市场的供给侧冲击分析，构建了一个完整的 SS-PV-EI 研究框架以测算供给侧冲击对中国经济的影响。首先，利用 PPM-KM 模型和历史事件分析法提取并分析历史突变点，筛选出供给冲击事件。其次，基于 TVP-SV-VAR 模型估算出供给冲击对油价的时变弹性及脉冲响应结果。再次，运用情景分析方法结合历史事件分析设立美国对伊朗制裁可能导致的供给缺口情景及相应的油价区间。最后，基于 MIDAS-AR 模型和 NARDL 模型分别测算与分析四种情景下世界原油供给冲击对中国经济的非对称影响。结果表明，历史突发事件约为 42 次，其中由供给冲击所引起的油价突变为 19 次。世界石油供给下降 1%，国际油价将上涨 0.25%～0.45%。当伊朗制裁等突发事件引起供给侧冲击时，不同情景下国际油价将可能上涨 2%～100%。国际油价波动对中国经济的发展存在非对称影响。油价上涨对经济的影响程度要大于油价下降对经济的影响程度。不同情景下，将导致中国 GDP 放缓 0.04%～4.17%，CPI 上涨 0.14%～6.92%。国际油价大幅飙升将对我国经济产生负面影响。

第2章　理论概述

原油市场的重要性及战略性仍不可改变，驱使相关研究层出不穷。由于原油的重要性，油价的研究一直是学者关注的热点问题，并因此出现了大量的具有理论及实际应用价值的研究成果。本章结构安排如下：2.1 节基于文献计量方法进行定量分析。考虑到原油市场的综述是以定性分析为主，并未从文献计量视角全面、系统地分析研究的规模变化及趋势特征，本书基于文献计量方法对原油市场的研究概况、文献分布、高贡献的国家和科研机构、高被引期刊、高产作者及共被引、研究热点动态演化进行了识别和分析。2.2 节对原油市场理论进行梳理并综述。在现有文献的基础上对原油市场的理论发展进行分析和梳理。2.3 节对原油市场的整体研究进行了总结。通过文献计量和理论梳理的分析结果，从定性和定量的综合角度对原油市场研究的热点问题进行了总结。

2.1　基于文献计量方法的研究现状分析

考虑到国际原油价格研究领域的综述性文章是以定性分析为主，缺乏对该领域知识结构及动态演化的分析和探索。本节基于文献计量对原油市场的相关研究进行定量分析，揭示科学活动发展规律。基于文献计量的方法，利用基本的统计分析及 CiteSpace 软件对作者、机构、国家间合作及文献共被引进行分析及知识图谱的汇总，以分析原油市场的研究现状。特别地，基于知识图谱分析重要的节点及网络的聚类结果可以较为清晰地量化原油市场的研究问题，以帮助相关研究者更快速地了解该领域的知识基础、发展动态、演化路径及热点问题。具体分析方法如下。

1. 社会网络分析

社会网络分析法是指通过计算某研究领域的发文国家、研究机构、作者、期刊、关键词及文献本身等的关联，分析并挖掘研究对象隐含的信息，并将这些研究对象之间的内在关系进行可视化处理，以反映该研究领域的研究发展趋势、研究结构与特征。社会网络分析是强调（学术或作者）关系（节点间路径）的研究，通过映射学术（研究者间）的关联，突出节点在关系网络中的位置，从而构建关键节点。（Chen，2014；Zupic and Čater，2015）

2. 共被引分析

共被引是指两篇文献共同出现在第三篇施引文献的参考文献目录中，则这两篇文献形成共被引关系。两篇文献的共被引文献数量则反映出这两篇文献的共被引强度。通过作者、期刊、文献等多角度来发掘所研究文献包含的信息之间的网络关系和联系密切度。通过共被引的聚类通常可以挖掘目标文献集的研究主题等内容，使研究人员更好地理解特定领域的知识结构、关系网络和演进过程。共被引网络中聚类的位置及其关联性，展现了 Science Mapping 领域的知识结构（intellectual structure），使读者可以整体了解某一领域的全貌。（Chen，2014）

3. 中心性分析

中心性是指网络研究的中介中心地位，定义了网络中每个节点的介数中心性。它度量网络中最短路径数目的百分比。高中介中心性值可以检测潜在的、革命性的科学出版物。（Brandes，2001）

4. 突发性分析

突发性趋势研究可以捕捉某一研究领域内一篇文献被引次数飙升的时间段，而这也往往意味着该文献引领了这一领域新一轮的研究趋势。突发性检测可以确定在给定频率函数时，短时间间隔内是否在统计上具有显著的波动。（Chen，2014）

2.1.1　数据收集

本节的文献数据来源于 Web of Science 数据库，选取 Web of Science 核心合集（包含 SCI、SSCI、CPCI-S、CCR-EXPANDED、IC），搜索的关键词为“Oil Price”或“Oil Prices”且除匿名的作者，搜索 1980～2019 年发表的原油价格方面的文献。数据选取的时间是 1980 年 1 月 1 日至 2019 年 12 月 27 日[①]。同时，为了检索结果更加契合研究主题，保证文献准确性，本书进行人工二次筛选，选取“Economics”“Energy Fuels”“Environmental Studies”“Environmental Sciences”“Business Finance”“Business”“Management”等 10 个主要类别，去掉“Letter、News Item、Meeting Abstract、Reprint、Retracted Publication”等文献类型，共计得到 1348 篇。

① 本章写作完成时间为 2020 年 1 月。

2.1.2 文献数量及被引频次

论文的发表情况被认为是衡量学科发展水平和科技产出的一项重要指标，也是对科研成就与贡献的度量（邱均平，2007；李雪蓉等，2016）。本节通过分析一段时间内期刊发表的文章及文章被引频次，揭示原油价格研究的整体趋势。图2.1展示了文章发表数量及被引频次。从图2.1可以看出，原油价格研究的文章数量呈增长趋势。20世纪70年代开始的3次石油危机，引发了全球学者对石油市场的探索。从2008年金融危机后，原油价格的研究成果出现了大量的增长，2008年发表文章的数量达31篇，2019年发表文章数量达到最高为167篇，从1980年（8篇）到2019年（167篇）实现了近20倍增长，体现出学术界对原油市场的高度关注。此外，文章的被引次数也呈现迅速增长趋势。从1980年的2次到2019年的6872次，被引频次在39年间实现了3435倍增长。

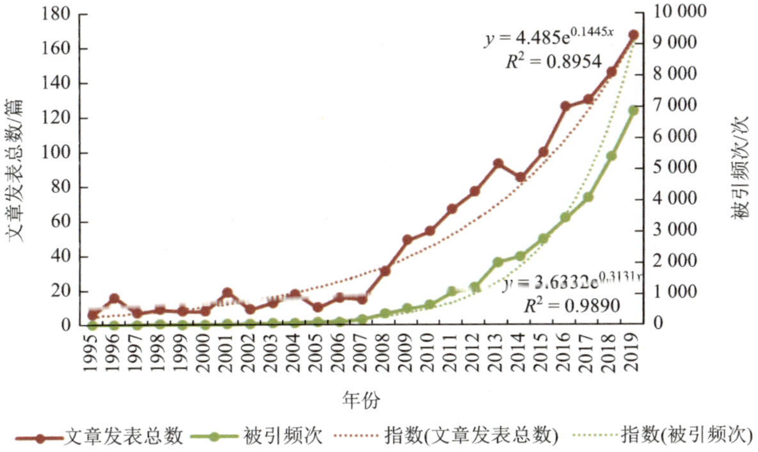

图2.1 原油价格文章发表数量及被引频次

通过对发文量和被引频次数量曲线进行拟合发现，二者均呈现近乎指数增长，曲线拟合的 R^2 分别为0.8954和0.9890，说明近年来学术界对于原油市场的研究数量一直呈增长趋势，证明该研究领域的重要性。随着原油金融属性和政治属性的凸显，石油市场成为全球金融系统必要的一部分。石油不仅是商品，也是大国博弈的战略资源。

2.1.3 国家/地区分析

国家/地区的社会环境决定了热点主题的出现和发展（Chen and Wu，2017）。

从表 2.1 可以看出，美国的原油价格研究发文数量最多，为 351 篇，占总文献比重的 26.039%；第二名是中国，发文量为 226 篇，占比 16.766%；第三名是法国，发文量为 89 篇，占比 6.602%。从被引次数来看，排名前三为美国、中国、法国和澳大利亚，其中法国和澳大利亚并列第三。

表 2.1　排名前 10 的国家/地区

序号	国家	发文量/篇	占比	被引次数/次
1	美国	351	26.039%	306
2	中国	226	16.766%	224
3	法国	89	6.602%	82
4	澳大利亚	88	6.528%	82
5	英国	87	6.454%	76
6	加拿大	65	4.822%	61
7	西班牙	64	4.748%	61
8	土耳其	64	4.748%	64
9	德国	54	4.006%	50
10	意大利	49	3.635%	47

图 2.2 是以介数中心性为排序指标时的聚类。紫色圈代表着高中心性，红色圈代表着高突现性，圆圈的大小代表了发文量。与发文量的排名相比，结果不同的是，按中心性排名时最高的国家是法国（Cluster#8），中心性为 7；第二名是美国（Cluster#30），中心性为 6；第三名是英国（Cluster#8），中心性为 5；中国（Cluster#9）位列第七，中心性为 3。

图 2.3 是引用突发性最强的三个国家/地区。从图 2.3 可以看出，美国在 1996～2010 年的被引次数出现了突增，中国台湾地区的突发性时间是 2008 年金融危机开始到 2013 年，南非的突发性时间是 2014～2015 年。

2.1.4　活跃机构分析

研究机构的分布在一定程度上反映了该研究的空间分布特点。原油市场研究领域的高产量机构主要来自中国。表 2.2 汇总了 TOP10 的高产机构。其中，来自中国的高产机构最多，共 4 个。值得注意的是，中国科学院在该研究领域发文量排名全球第一；湖南大学与法国的蒙彼利埃高等商学院并列第二。排名第六位的中国科学院大学下属于中国科学院。可见，中国科学院在原油市场研究领域是世界上最高产的机构。

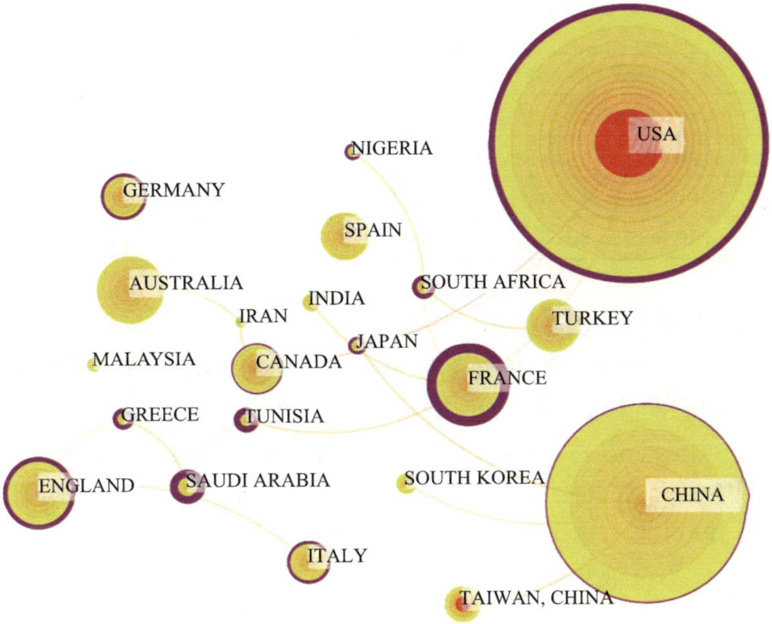

图 2.2　作者所属国家/地区

USA 为美国；CHINA 为中国；FRANCE 为法国；AUSTRALIA 为澳大利亚；ENGLAND 指英国；CANADA 为加拿大；SPAIN 为西班牙；TURKEY 为土耳其；GERMANY 为德国；ITALY 为意大利；TAIWAN，CHINA 为中国台湾；SOUTH AFRICA 为南非；SOUTH KOREA 为韩国；TUNISIA 为突尼斯；GREECE 为希腊；JAPAN 为日本；NIGERIA 为尼日利亚；MALAYSIA 为马来西亚；INDIA 为印度；IRAN 为伊朗；SAUDI ARABIA 为沙特拉阿伯

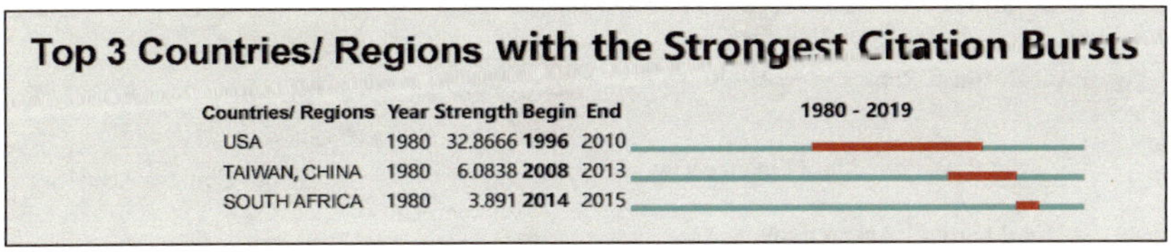

图 2.3　引用突发性排名前三的国家/地区

表 2.2　原油价格研究领域的高产机构

序号	机构英文名称	机构中文名称	国家	文献数/篇	占比
1	Chinese Academy of Sciences	中国科学院	中国	42	3.16%
2	Hunan University	湖南大学	中国	21	1.558%
2	Montpellier Business School	蒙彼利埃高等商学院	法国	21	1.558%
4	University of Navarra	西班牙纳瓦拉大学	西班牙	20	1.484%
5	Deakin University	迪肯大学	澳大利亚	19	1.409%
6	University of Chinese Academy of Sciences	中国科学院大学	中国	19	1.409%

续表

序号	机构英文名称	机构中文名称	国家	文献数/篇	占比
7	University of Pretoria	比勒陀利亚大学	南非	19	1.409%
8	Beijing Institute of Technology	北京理工大学	中国	16	1.187%
9	Federal Reserve System	美国联邦储备系统	美国	16	1.187%
10	IPAG Business School	法国 IPAG 高等商学院	法国	16	1.187%

从图 2.4 和表 2.3 可以看出，中心性排名最高的是中国科学院（Cluster#8），中心性为 10；并列第二的是比勒陀利亚大学（Cluster#1）、新加坡国立大学（Cluster#4）和德雷塞尔大学（Cluster#2），中心性均为 7；并列第五的是蒙彼利埃高等商学院（Cluster#1）和香港城市大学（Cluster#8），中心性均为 6；并列第七的是北京理工大学（Cluster#2）和剑桥大学（Cluster#6），中心性均为 5；并列第九的是法国 IPAG 高等商学院（Cluster#1）和南京理工大学（Cluster#3），中心性均为 4。综上，不论是发文量还是中心性，中国科学院一直排名第一。

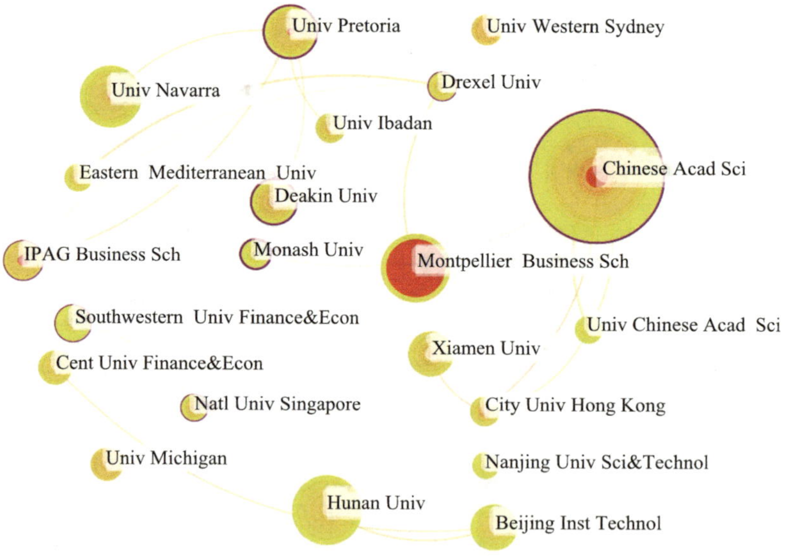

图 2.4　机构合作网络

Chinese Acad Sci 为中国科学院；Univ Pretoria 为比勒陀利亚大学；Natl Univ Singapore 为新加坡国立大学；Deakin Univ 为迪肯大学；Montpellier Business Sch 为蒙彼利埃高等商学院；City Univ Hong Kong 为香港城市大学；Beijing Inst Technol 为北京理工大学；IPAG Business Sch 为法国 IPAG 高等商学院；Nanjing Univ Sci & Technol 为南京理工大学；Hunan Univ 为湖南大学；Univ Navarra 为西班牙纳瓦拉大学；Univ Chinese Acad Sci 为中国科学院大学；Cent Univ Finance & Econ 为中央财经大学；Drexel Univ 为德雷塞尔大学；Univ Michigan 为密歇根大学；Univ Western Sydney 为西悉尼大学；Univ Ibadan 为伊巴丹大学；Xiamen Univ 为厦门大学；Monash Univ 为蒙纳士大学；Eastern Mediterranean Univ 为东地中海大学；Southwestern Univ Fiance & Econ 为西南财经大学

表 2.3 原油价格研究领域的高产机构的中心性排名

序号	机构英文名称	机构中文名称	国家	中心性
1	Chinese Academy of Sciences	中国科学院	中国	10
2	University of Pretoria	比勒陀利亚大学	南非	7
2	National University of Singapore	新加坡国立大学	新加坡	7
2	Drexel University	德雷塞尔大学	美国	7
5	Montpellier Business School	蒙彼利埃高等商学院	法国	6
5	City University of Hong Kong	香港城市大学	中国	6
7	Beijing Institute of Technology	北京理工大学	中国	5
7	University of Cambridge	剑桥大学	英国	5
9	IPAG Business School	法国 IPAG 高等商学院	法国	4
9	Nanjing University of Science and Technology	南京理工大学	中国	4

注：由于剑桥大学节点的大小小于图 2.4 的节点阈值（发文量：Threshold=30，Note size=10。被引用次数：Threshold=8，Note size=170），因此未显示在图 2.4 中

图 2.5 是引用突发性最强的五个机构。从图 2.5 可以看出，中国科学院在2008～2009 年的被引次数出现了突增，说明中国科学院在金融危机时期的油价研究中扮演着重要角色；法国 IPAG 高等商学院、比勒陀利亚大学和加拿大中央银行的被引次数突增时期是 2014～2015 年；蒙彼利埃高等商学院的突发性强度最大为 6.1959，突发时期是 2017～2019 年。

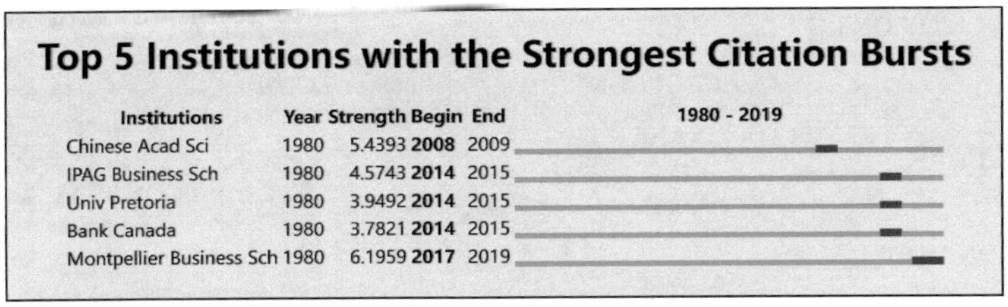

图 2.5 引用突发性排名前 5 的机构

Bank Canada 为加拿大中央银行

2.1.5 高被引期刊分析

从高被引期刊来看，原油价格研究领域的高被引期刊主要来自经济学、金融学领域。表 2.4 给出了样本区间排名前十的高被引的期刊，图 2.4 是被引期刊的共引网络的结果。从表 2.4 和图 2.6 都可以看出，被引用量排名第一的是能源研究领域的国际权威期刊 *Energy Economics*。

表 2.4　原油价格研究领域的高被引期刊

序号	期刊	被引次数/次	影响因子	JCR 分区	国家
1	*Energy Economics*	875	4.151	Q1	荷兰
2	*Journal of Econometrics*	626	1.949	Q1	荷兰
3	*Energy Policy*	613	4.880	Q1	英国
4	*Econometrica*	610	4.281	Q1	美国
5	*Journal of Political Economy*	541	6.342	Q1	美国
6	*American Economic Review*	535	4.097	Q1	美国
7	*Journal of Monetary Economics*	435	2.444	Q1	荷兰
8	*Energy Journal*	425	2.456	Q1	美国
9	*Review of Economics and Statistics*	400	3.636	Q1	美国
10	*Journal of Finance*	384	6.201	Q1	美国

注：影响因子为 2020 年公布的信息

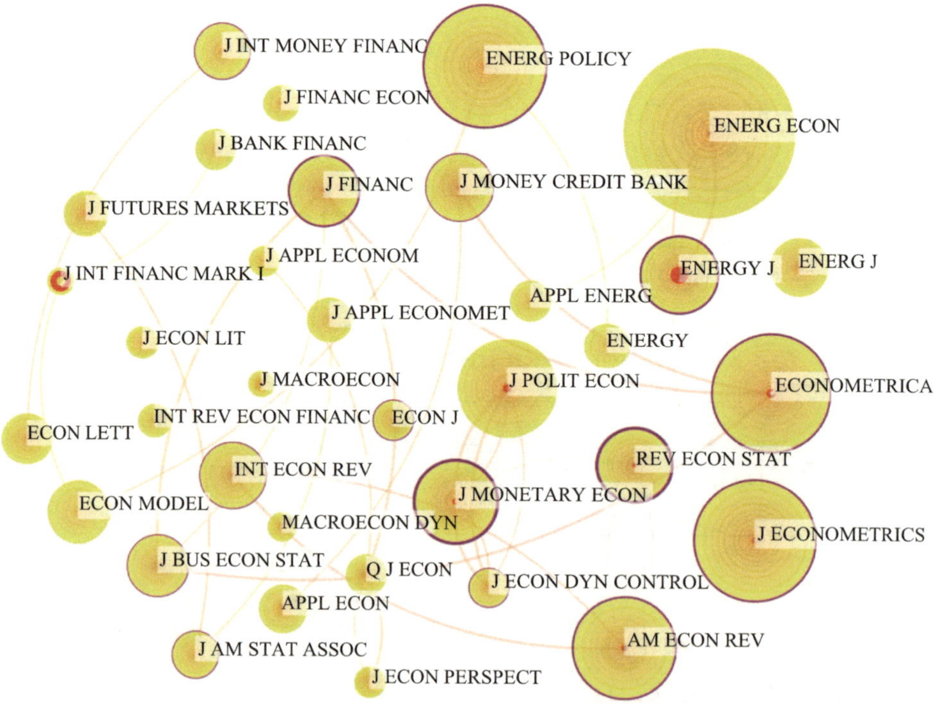

图 2.6　期刊共引网络

CiteSpace 软件输出图例默认为期刊缩写形式

图 2.6 被引期刊的共引网络的结果表明，*Energy Economics* 的中心性排名仍然是最高的。图 2.7 突发性排名前 25 的被引期刊出现了不同的结果，突发次数排名

最高的是 *Brookings Papers on Economic Activity*，突发性为 27.2035，突发性时间段为 2000～2012 年；第二个是 *Energy Journal*，突发性为 18.9218，突发性时间段为 1994～2011 年，突发性的持续时间最长。同时，从突发性的时间节点可以看出，大部分期刊的最早的突发性时间是 1994 年。

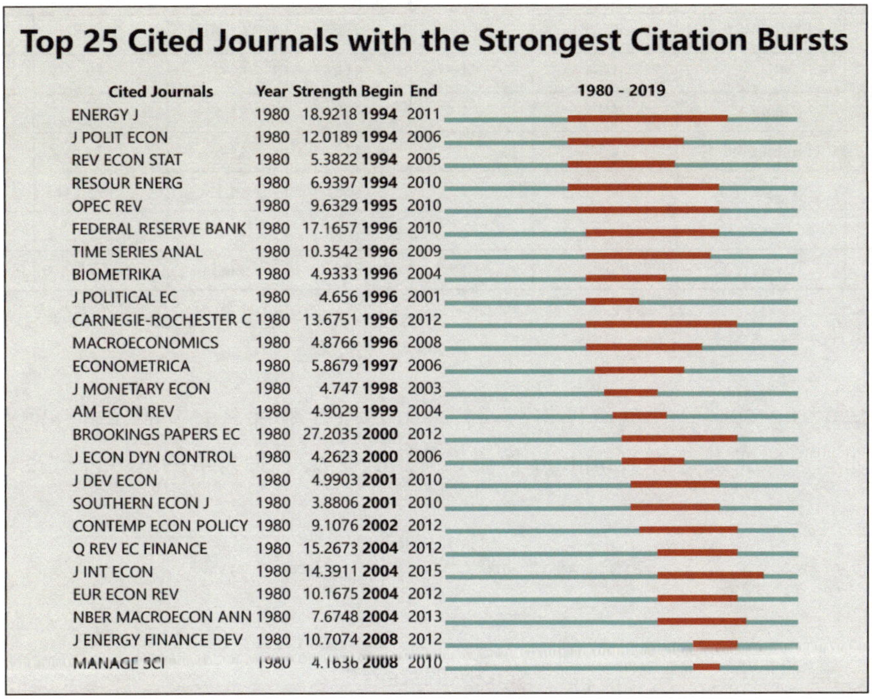

图 2.7 突发性排名前 25 的被引期刊

CiteSpace 软件输出图例默认为期刊缩写形式

2.1.6 高产作者及共被引分析

本书的数据集中，共涵盖了 2137 位学者。表 2.5 列出了原油价格研究领域最高产的前十位作者。在 1980 年至 2019 年，总发文量最多的作者是来自美国宾夕法尼亚大学的 Kilian 教授，共发表 17 篇文章，共被引 2129 次，H 指数最高为 16。H 指数第二高的是来自澳大利亚悉尼大学的 Ratti 教授，平均每篇被引次数达到了 52.73 次。中国最高产作者分别是中国科学院大学的汪寿阳研究员（14 篇），平均每篇被引 51.29 次；北京航空航天大学的范英教授（14 篇），平均每篇被引 58.21 次；湖南大学的张跃军教授（14 篇），平均每篇被引次数为 33.43 次。从表 2.5 可以看出，高产作者主要集中在中国和美国。

表 2.5　原油价格研究的高产作者

序号	作者	国家	文献数/篇	被引次数/次	篇均被引次数/次	单篇最高被引次数/次	H 指数
1	Kilian L	美国	17	2129	125.24	953	16
2	Gupta R	南非	16	276	17.25	89	8
3	Ratti R A	澳大利亚	15	791	52.73	429	13
4	Wang S Y	中国	14	718	51.29	289	7
5	Fan Y	中国	14	815	58.21	239	12
6	Zhang Y J	中国	14	468	33.43	128	8
7	Hammoudeh S	美国	13	412	31.69	177	8
8	Narayan P K	澳大利亚	13	860	66.15	192	11
9	de Gracia F P	西班牙	12	424	35.33	161	7
10	Tiwari A K	印度	12	246	20.5	65	7

注：国家为该作者最近发表的文章的第一单位所在的国家。本章所用的 H 指数是基于所检索到的 1348 篇文章，并不代表该作者的全部文章

从图 2.8 作者合作网络图可以看出，共被引次数排名前五的学者分别为来自美国加利福尼亚大学的 Hamilton 教授、美国宾夕法尼亚大学的 Kilian 教授、加拿

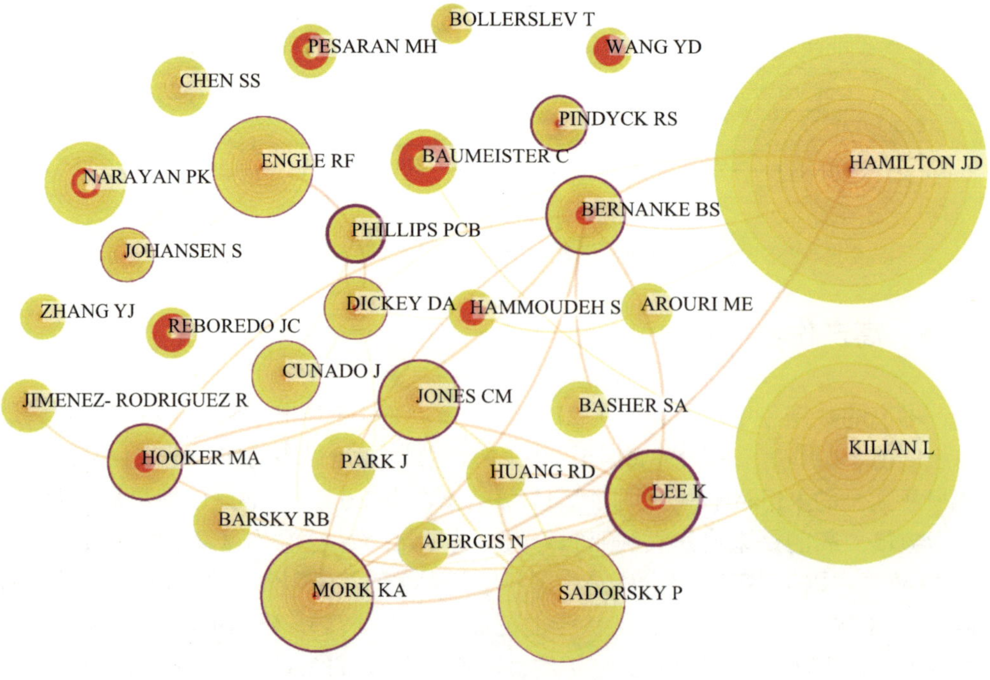

图 2.8　作者合作网络

大约克大学的Sadorsky教授、美国范德堡大学的Mork教授、美国纽约大学的Engle教授。

2.1.7 研究主题动态演化分析

为了更加准确地展示原油价格领域的研究主题随时间的变化情况，清晰地再现原油价格领域不同的研究趋势随时间的动态演进，本书进一步分析了共被引聚类的时间线（time-line）所获取的数据（图 2.9）。由图 2.9 可以看出，排名前 18 的原油市场研究热点关注长期均衡水平（long-term average）、工业 PPI（industrial PPI）、制造业指数（manufacturing index）、实际有效汇率（real effective exchange rate）、石油价格危机（oil price crises）、中国股票市场（China stock market）、石油价格的影响（oil price effect）、经济政策的不确定性（economic policy uncertainty）、原油价格分析（crude oil price analysis）、商品市场（commodity market）、Kilian 经济指数（Kilian economic index）、技术指标（technical indicator）、

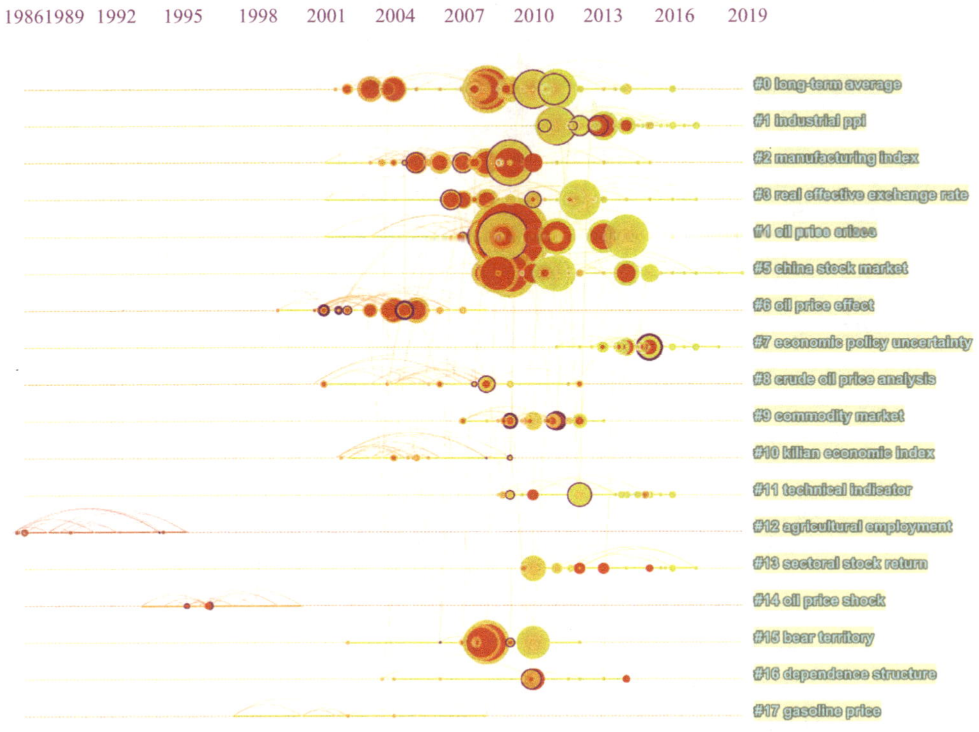

图 2.9 1980～2019 年原油价格研究领域共被引聚类时间线

软件中不区分大小写

农业就业（agricultural employment）、行业股票回报（sectoral stock return）、油价冲击（oil price shock）、熊市（bear territory）、相关结构（dependence structure）、汽油价格（gasoline price）。另一个有趣的发现是，2008 年金融危机期间的关注热点最多，特别是石油市场冲击和不确定性以及对宏观经济的影响是自 2008 年金融危机至 2019 年学者一直关注的热点问题。此外，近年来随着原油金融属性的凸显，原油市场与股票市场、商品市场、汇率市场的联动性也是学者关注的重要问题之一。

图 2.10 列举了突发性最高的 25 篇文章。一篇文章的被引用量突增意味着该文章曾经或正受到该学术领域的特别关注，很有可能对该领域产生特殊贡献（Chen et al.，2014）。因此，本书选取其中突发性最强的 5 篇文章进行具体分析，这其中不包含综述类文献，因为综述类文献不影响研究主题的特征（Kim and Chen，2015）。

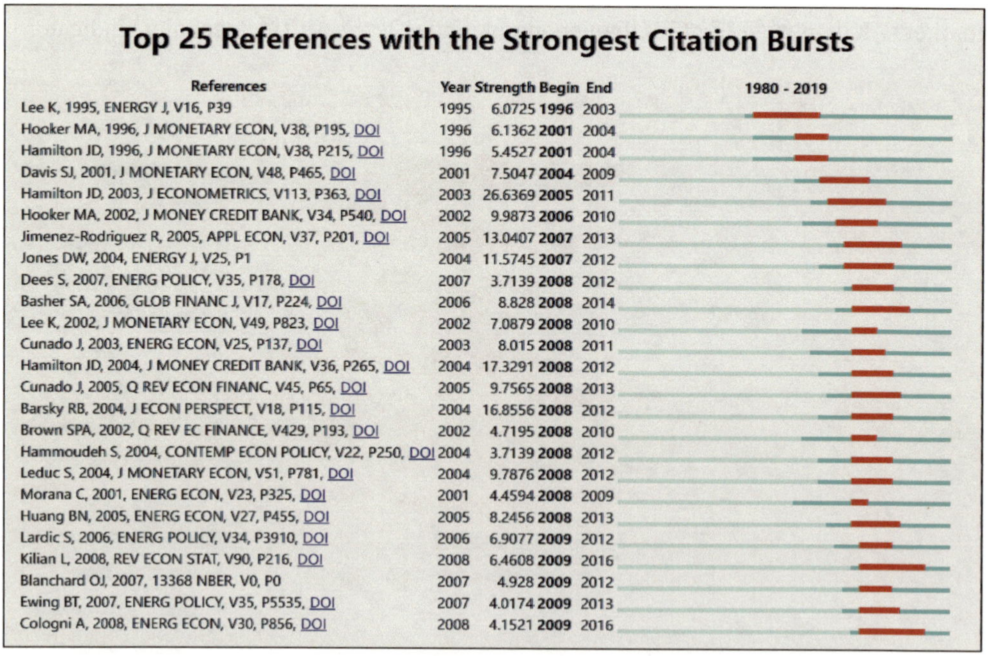

图 2.10　突发性排名前 25 的被引文献

CiteSpace 软件输出图例默认只输出第一作者，且不能输出西班牙姓氏的特殊符号

2003 年 Hamilton 教授发表在 *Journal of Econometrics* 上的论文（Hamilton，2003），以 26.6369 的突发性排名第一。此篇论文采用了一种灵活的方法来描述石油价格变化与 GDP 增长之间的非线性关系。论文证实了二者之间非线性特征

的存在，与文献中早先的观点一致——油价上涨比油价下跌更重要，如果油价上涨只是纠正了早些时候的下跌，那么它的预测性明显更差。此外，此篇论文利用石油供应中的外部干扰作为工具变量对线性函数形式进行估计。此篇论文在发表两年后（2005 年）就开始出现被引用的突增，一直持续到 2011 年，说明研究学者一直关注油价和 GDP 之间的非线性关系。

突发性排名第二的是 2003 年 Hamilton 教授和 Herrera 教授合作发表的“Comment：oil shocks and aggregate macroeconomic behavior：the role of monetary policy”（Hamilton and Herrera，2004）。此篇论文质疑了 Bernanke 等（1997）的论文中提出的“货币政策可以用来消除油价冲击带来的任何衰退后果”的结论，并主要从两方面对这一结论提出了质疑。首先，作者质疑了美联储是否真的有权力实施这样的政策。例如，他们认为，相对于 1974 年的水平，额外的货币创造不太可能成功地将联邦基金利率下调 900 个基点。其次，他们指出，Bernanke 等（1997）所认为的石油危机的影响比其他研究者所估计的要小得多，这主要是由于他们选择的滞后时间比其他研究人员所用的滞后时间要短。

突发性排名第三的是 Barsky 教授和 Kilian 教授合作发表的“Oil and the macroeconomy since the 1970s”（Barsky and Kilian，2004），突发性为 16.8556。油价上涨被认为是经济衰退、过度通胀、生产率下降和经济增长放缓的原因。在此篇文章中，作者回顾了支持这种观点的论据。首先，他们强调了在解释宏观经济波动时，在确定油价冲击的核心作用时存在的一些概念上的困难，并追溯了观点支持者的论点是如何随着这些困难而演变的。其次，他们质疑这样一种观点即至少就美国宏观经济而言，主要油价波动可以被视为外生因素。他们研究了导致许多经济学家将石油市场建模中的核心作用归因于外部政治事件的证据，并提出了支持从宏观经济变量到石油价格的“反向因果关系”的论据。最后，尽管最近的几次油价冲击都与美国经济的滞胀无关，但石油冲击假说继续流行的一个主要原因是，人们认为只有石油价格冲击才能解释美国 20 世纪 70 年代的滞胀。他们证明了事实并非如此。

突发性排名第四的是 Jiménez-Rodríguez 和 Sánchez 教授发表的论文“Oil price shocks and real GDP growth：empirical evidence for some OECD countries”，该论文的突发性是 13.0407。他们采用线性和非线性模型进行多元 VAR 分析，评估了石油价格冲击对主要工业化国家的实际经济活动的影响。他们发现了石油价格对实际 GDP 非线性影响的证据。特别是，油价上涨对 GDP 增长的影响比油价下跌的影响更大，而在多数情况下后者在统计上并不显著。在石油进口国中，除日本外，石油价格上涨对所有国家的经济活动都有负面影响。此外，石油冲击对 GDP 增长的影响在样本中的两个石油出口国之间存在差异，英国受到油价上涨的负面影响，而挪威则从中受益。（Jiménez-Rodríguez 和 Sánchez，2005）

突发性排名第五的是 Jones 教授等发表的“Oil price shocks and the macroeconomy：what has been learned since 1996”，突发性是 11.5745。他们研究了 1996 年以来，油价冲击的宏观经济后果的理论和实证研究的发展，当时美国能源部主办了一个研讨会，总结了对这一主题的理解。主要有四个观点：第一，理论和实证分析指出，为了应对冲击，部门内部和部门间会进行重新分配，对油价的涨跌产生不对称的影响。第二，在后油价冲击时期，货币政策和油价冲击之间对衰退的责任划分，严重倾向于油价冲击。第三，参数统计技术已经确定了从 20 世纪 40 年代末到 2001 年第三季度期间，L 价格冲击和 GDP 之间的稳定的、非线性的关系。第四，石油价格冲击对 GDP 的影响的大小源自在 VAR 模型中 GDP 方程中石油价格冲击的脉冲响应函数，弹性约为–0.05～–0.06，持续期两年，冲击阈值价格变化超过三年来的最高点。（Jones et al.，2004）

从 25 篇突发性最强的文献的整体情况可以看出，将近 1/2 的文章突发性起始时间是 2008 年金融危机的时候，这也再一次说明石油市场的研究在 2008 年金融危机期间引起了学术界最为强烈的关注。根本原因可能是石油市场在金融危机的前后出现了显著的不同。同时，在金融危机期间，原油所具备的双重属性使其受到的冲击联动着国家经济发展、股票市场、货币市场、商品市场等。所以，突发性出现了显著的增长。

2.2　原油市场理论发展及热点问题

基于 2.1 节文献计量的分析结果及回顾的代表性的研究成果，本节对原油市场研究领域的理论发展进行回顾和综述，主要分为以下几方面。

2.2.1　经济周期分析

石油经济周期的分析是以经济理论为基础的（Zhang Y J and Zhang L，2015；Baumeister and Kilian，2016；Kilian and Vigfusson，2017；汪同三，2009；何小明等，2011；柴建等，2016；姬强和范英，2017）。长期以来，石油价格冲击一直被视为影响美国经济衰退的主要原因。Kilian 和 Vigfusson（2017）研究了油价的冲击对经济衰退影响的程度，特别是石油价格上涨可能在放大石油价格冲击的影响方面发挥的作用，并通过构建非线性模型分析了石油价格和美国实际 GDP 增长之间的潜在不对称性和其他非线性关系。Baumeister 和 Kilian（2016）探讨了 2014 年 6 月全球原油价格（以及美国汽油价格）对美国实际 GDP 增长的影响。结果表明，通过提高私人的实际消费和非石油相关的商业投资，以及出台额外的刺激计划，实际 GDP 增长约 0.9 个百分点，这反映了石油贸易逆差的减少。然而，这种刺激效应在很大程度上被石油行业的实际投资大幅减少所抵消。因此，自 2014 年 6 月以来的净刺激已接近于零。美国经济的反应与 1986 年油价下跌后的情况没有本质上的不同。就像现在一样，美国经济的反应与石油价格冲击的标准经济模型是一致的。Zhang Y J 和 Zhang L（2015）采用动态自回归系数的马尔可夫机制转换模型，探讨了金融危机后 Brent 原油和 WTI 原油的价格机制。通过分析两种基准原油价格之间异常价差的原因，发现 Brent 原油和 WTI 原油价格均有 3 个主要机制：Brent 原油有急剧下降、小幅下降和急剧上升 3 种状态，而 WTI 原油有急剧下跌、相对稳定和急剧上升 3 种状态。与此同时，Brent 原油和 WTI 原油的典型价格机制分别是金融危机后“急剧上升”和“相对稳定”的机制。

2.2.2 原油价格波动分析

价格波动是市场的基本特征，基于计算波动所利用的信息集的不同，可以分为两大类：基于历史信息的波动及基于市场预期的波动（Ji and Fan，2012；Wang et al.，2016a；柴建等，2011；周德群等，2013；王奇珍和王玉东，2018；张大永和姬强，2018）。波动模型可以更好地捕捉长记忆和结构突变的波动特征，波动模型包括广义自回归条件异方差（generalized autoregressive conditional heteroskedasticity，GARCH）模型（Morana，2001；Yang et al.，2002；Sadorsky，2006；Agnolucci，2009）和 GARCH 族类模型，如成分 GARCH（component generalized autoregressive conditional heteroskedasticity，CGARCH）模型（Baillie et al.，1996a；Engle and White，1999；Cont，2001）、部分集成的 GARCH（fractionally integrated generalized autoregressive conditional heteroskedasticity，FIGARCH）模型（Baillie et al.，1996b；Kang et al.，2009；Wei et al.，2010；Chkili et al.，2014）、非参数 GARCH 模型（Hou and Suardi，2012）和混合记忆 GARCH（mixture memory generalized autoregressive conditional heteroskedasticity，MMGARCH）模型（Klein and Walther，2016）。上述 GARCH-type 模型通常为单变量模型，Wang 等（2016a）通过揭示能源市场之间的关系，认为多变量 GARCH-type 模型的表现更好。

2.2.3 原油价格影响因素分析

（1）供给和需求。供求变化一直是影响油价长期走势的根本因素。Hamilton（2009a）分析了油价的驱动因素，认为 2007～2008 年油价上涨的主要原因是全球对生产的需求。Kilian（2009）建立了一个结构 VAR 模型来解释全球原油价格波动，理解美国经济对油价波动的反应；将原油价格分解为原油供给冲击、全球工业商品需求冲击和全球原油市场需求冲击三部分。但近年来，随着替代能源的发展，全球原油供需结构发生了变化。Kilian（2017）认为美国页岩油产量的增加不仅降低了世界其他国家对石油的需求，降低了 Brent 原油价格，还导致其他国家减少石油进口，降低了全球石油需求。

（2）全球经济的发展。全球经济的发展实际上是供求关系的表现（Doroodian and Boyd，2003；Sadorsky，1999；Barsky and Kilian，2001）。Kilian 和 Hicks（2013）通过修正实际 GDP 增长预测，直接衡量了全球需求冲击。结果表明，2003 年至 2008 年期间的预测意外主要与新兴经济体的意外增长有关（同时，主要工业化经济体的 GDP 加权预测意外也小得多），市场一再被这种增长的力度所震惊。这些意外与实际油价在 12 至 16 个月后达到峰值时的“驼峰”形反应有关。全球实体经济活动一直被认为对油价变化有重要影响。Özbek 和 Özlale（2010）研究了全球经济和油价的趋势与周期分解的关系。他们发现，经济冲击对油价走势有持久的影响，而油价走势被认为主要是由供给侧驱动的。

（3）金融因素。除了商品属性外，原油还具有金融属性。油价的长期走势是由实体经济的供需关系决定的，这体现了原油的商品属性；而短期波动则是市场预期和投机交易决定的，这体现了其金融属性。金融因素主要包括投机因素、汇率等一些金融指标，它们将股票市场和货币市场与原油价格联系起来（Narayan et al.，2010；Cifarelli and Paladino，2010；Reboredo，2012；Zhang，2013；姬强和范英，2017；黄晓薇等，2014；余乐安等，2018）。Kilian 和 Murphy（2014）通过库存数据建立了一个结构模型来估计石油价格的投机成分，发现在 1979 年、1986 年和 1990 年等早期石油价格冲击时期，投机成分起到了重要作用。Sari 等（2010）估计了四种贵金属（金、银、铂、钯）、汇率和原油现货价格之间的联动和信息传递。投资者可以通过投资贵金属、石油和欧元来分散投资风险。

（4）技术因素。裂解价差是指原油与成品油间的价差，它反映了原油市场与成品油市场之间的供求关系（Wang et al.，2016b；Murat and Tokat，2009）。Murat 和 Tokat（2009）以 RW 模型为基准，将裂解价差期货与原油期货进行对比，发现裂解期货对原油现货价格走势的预测与对原油期货的预测一样好。Baumeister 等（2018）选择裂解价差作为预测原油价格的变量之一，研究表明裂解价差是一个有效的预测因素。

（5）搜索数据（search data）的引入。近些年来，随着全球经济发展和大量网络数据的涌现，在考虑传统的统计指标的同时，研究者开始利用大数据优化原有的经济指标，构建新的预测指标体系。部分学者采用搜索数据预测了不同国家的失业率，实证均取得了较好效果（McLaren and Shanbhogue，2011；Edelman，2012；Vicente et al.，2015）。在国际油价的市场分析中，越来越多的研究者也开始考虑将搜索数据作为一种反映市场情况的金融变量（张文等，2012；Li et al.，2015；李新和张珣，2016；Yu et al.，2019）。Scott 和 Varian（2014，2015）利用贝叶斯时间序列模型分别对美国的失业津贴和零售额进行了预测，将搜索引擎数据（Google Trends 和谷歌相关数据）作为预测因变量，取得了很好的预测效果，有效地解决了变量和模型选择的不确定性问题。在 SSP 和马尔可夫链蒙特卡罗（Markov chain Monte Carlo，MCMC）算法的帮助下，该模型很好地解决了变量稀疏性问题，避免了伪预测变量的出现。不同于以往的变量选择方法，当存在多个影响因素时，该模型可以包含尽可能多的预测变量，特别是当观察数据的长度少于预测变量个数时。

（6）突发事件一直是短期油价波动的主驱动力（Zhang et al.，2009；张珣等，2009；Lin and Tamvakis，2010；Yu et al.，2016）。Zhang 等（2009）首次提出将经验模态分解（empirical mode decomposition，EMD）方法应用到油价波动及突发事件分析中，并以海湾战争和伊拉克战争为例，分析了突发事件对原油价格的影响。Demirer 和 Kutan（2010）利用事件分析法研究 OPEC 会议和美国战略石油储备报告对原油市场现货和期货的影响。结果表明，OPEC 减产声明对原油市场的影响是非对称性的且对长期的城市期货合约的影响会逐渐减弱。Fan 和 Xu（2011）通过对油价序列进行内生性确定的断裂检验，将 2000～2010 年的油价波动分为四个阶段；结果表明，结构断裂是存在的。在不同的结构时期，油价的主要驱动因素及其影响存在显著差异。美国“9·11”事件和伊拉克战争对油价形成了显著冲击。柴建等（2014）基于 PPM 对国际原油季度价格及相关影响变量的突变进行了识别和分析，但在模型阈值的设置上存在改进空间。Chai 等（2018a）改进了 PPM 模型阈值设置的主观性。在 PPM 的基础上，结合聚类算法 K-Means，建立了 PPM-KM 整合模型，并根据突变点可能的概率分布函数对其进行贝叶斯统计推断，预测突变点出现的概率。Chai 等（2018b）提出原油价格精细预测框架，通过 PPK-KM 方法筛选突变点后对数据进行状态分类，分别筛选“高波动”“低波动”油价状态下的核心影响因素。结果表明，OPEC 减产计划和美国页岩油产量是影响油价的主要因素；并进一步通过情景设定，考察 2016 年底 OPEC 停产协议的实施效果。

2.2.4 供需基本面冲击分析

虽然突发事件包括全球金融危机、飓风、利比亚战争、OPEC 减产等，但突发事件对原油价格的影响最终都是通过供需基本面的冲击传导到价格中的（Hamilton，2003，2009b；Kilian，2008a；Kolodzeij and Kaufmann，2014；Mohaddes and Pesaran，2016；Baumeister and Hamilton，2019；Gong et al.，2020）。

（1）供给冲击对油价的影响。Hamilton（2003）最早研究了供需对原油价格的冲击。Huntington（2018）回顾并更新 Hamilton（2003）、IEA 和 EIA 等的研究，以确定与石油供应冲击有关的具体事件。石油供应冲击导致石油产量下降，引起全球油价上涨。OPEC 成员国或波斯湾地区的石油供应中断，可能对原油价格产生异乎寻常的巨大影响，因为这种中断可能升级为这些动荡地区内部更广泛的中断。结果表明，如果 OPEC 和波斯湾原油生产突然大幅中断，将造成全球石油供应减少 10%，通胀调整后的原油价格将上涨 35%～43%。Caporin 等（2019）研究了页岩油产量上升与 WTI-Brent 原油价格的关系。结果表明，在页岩油产量有限的第一阶段，油价对页岩油有反应，反之亦然。2014 年 10 月之后，情况正好相反，随着 WTI 和 Brent 原油价格的变化，页岩油产量也发生了变化。

（2）需求冲击对油价的影响。Kilian（2009）运用 SVAR（structural vector autoregression，结构向量自回归）模型区分了供给冲击和需求冲击，将实际的油价分解成原油供给冲击、对全球工业商品总需求的冲击，以及全球原油市场特定的需求冲击。Cashin（2014）对全局向量自回归（global vector autoregression，GVAR）模型的广义脉冲响应施加符号约束，估计 1979 年第二季度至 2011 年第二季度期间 38 个国家供需变化对油价冲击的影响。结果表明，经济因素驱动的供给冲击与全球经济活动驱动的需求冲击是不同的，进口国/出口国的经济反应也是有差异的。供给驱动的油价激增将导致进口国长期经济下滑，但对资源富足的出口国的影响是正向的。Kolodzeij 和 Kaufmann（2014）运用协整模型重新讨论关于石油需求冲击的重要性和 Kilian（2009）报告的供应冲击的不重要性的结论。他们调查了全球实际经济活动的代理和干散货海运成本。通过分析这些成本与油价之间的关系，干散货海运成本可以表示任何比运输成本更大的成本，干散货海运成本变量的意义至关重要，因为运输成本出现在 Kilian 估算的等式的两边，直接作为干散货海运成本，也是衡量石油价格的一部分。Kolodzeij 和 Kaufmann（2014）还研究了用 OPEC 和非 OPEC 产量的总和来代表石油供应的影响，因为 OPEC 和非 OPEC 可能使用不同的标准来选择产量。最后，Kolodzeij 和 Kaufmann（2014）研究了 Kilian 在模型中使用供应的一阶差，而其他变量都使用水平表示。结果表明，OPEC 和非 OPEC 国家使用不同的标准来设定产量，OPEC 产量的减少（增加）会提高（降低）油价。脉冲响应函数表明，干散货海运成本与油价的正相关关系仅仅代表了高油价对运输成本的影响。敏感性分析表明，这些差异是由以下因素造成的：将运输成本包括在石油价格的衡量中，将 OPEC 和非 OPEC 产量相加，并使用非常长的滞后期来估计 VAR。这些结果表明，关于需求冲击的重要性和供应冲击的不重要性的结论，与世界石油市场的许多经验发现一致的替代规范相比并不稳健。

2.2.5 原油价格预测研究方法

1. 计量理论模型

原油价格预测的第一类预测方法是以传统计量为理论基础的油价预测（Drachal，2016；Wang et al.，2016b；洪永淼，2016）。Kilian（2009）利用 VAR 模型将原油价格的结构性分解为四个部分：OPEC 国家的政治事件驱动的石油供应冲击，其他石油供给冲击，对工业商品需求的总冲击，以及针对原油市场的需求冲击。他量化了冲击的规模和时间，以及它们对石油实际价格的动态影响。Wang 等（2016a）使用马尔可夫转换多机制波动模型来预测原油的波动性。该模型不仅能捕捉到多尺度、长时间记忆和结构断裂的程式化事实，而且在参数化过程中更加简洁，在波动中允许存在数百个区制。结果表明，马尔可夫转换多机制波动模型比传统的 GARCH-Class 模型更适合于预测石油数据。样本外预测结果表明，马尔可夫转换多机制波动模型比流行的 GARCH-Class 模型或历史波动模型能产生更准确的波动性预测。此类方法的优点是在模型构建时有较强的经济理论作为支撑，但缺点是预测精度较差。

2. 智能算法模型

原油价格预测的第二类方法是以神经网络、小波分析、支持向量机（support vector machine，SVM）等方法为代表的智能算法（Zhang et al.，2008；He et al.，2010a；Xiong et al.，2013；Wang et al.，2018；Yu et al.，2019；牛东晓等，2001，2007；梁强等，2005；洪永淼和汪寿阳，2021）。de Souza e Silva 等（2010）运用小波方法和隐马尔可夫模型（hidden Markov model，HMM）预测未来原油价格的变动。首先，采用小波分析来消除高频价格波动，这可以被认为是噪声。其次，HMM 被用于预测未来几天累积的价格回报的概率分布。最后，从这个分布中，推断出未来的价格趋势。研究结果表明，该方法对于参与原油市场的代理商来说可能是一个有用的决策支持工具。Zhao 等（2017）提出了一种新的深度学习算法，结合了两种技术的优点。一种是先进的深度神经网络模型，该模型被称为叠加去噪的自动编码器（stacked denoising autoencoder，SDAE），用于模拟石油价格的非线性和复杂关系及其因素。另一种是一种强大的集合方法，叫作引导聚合（袋装），它生成多个数据集来训练一组基本模型（SDAEs）。在实证研究中，Zhao 等（2017）对 WTI 原油价格进行了调查，并将 198 个经济指标作为外生变量。该方法是在一些相互竞争的方法上进行测试的，并且显示了卓越的预测能力。随着神经网络等智能算法的不断发展，为了提高预测精度，越来越多的研究者开始将这些机器学习方法引入到油价预测中。

3. 混合模型

原油价格预测的第三类方法是混合（hybrid）预测（钱学森等，1990；汪应洛，1998；顾基发和唐锡晋，2006；顾基发等，2007；余乐安等，2006；闫妍等，2007；汪寿阳等，2007，2008；许伟等，2011；许利枝和汪寿阳，2014；Tang et al.，2012；Zhang et al.，2015；汤铃等，2016；洪永淼和汪寿阳，2020；洪永淼，2021；汪同三，2021）。虽然智能算法在预测精度方面存在很大优势，但是其经济解释能力相对传统的计量经济学方法较差，因为智能算法更多的是以数据结构本身为出发点，并不会太多地考虑到经济理论。随后，为了将传统的计量方法和智能算法的各自优势相结合，同时，考虑到油价时间序列数据自身的非线性和时变的数据特征，混合预测方法被提出。例如，汤铃等（2016）基于数据特征驱动分解集成方法论，讨论了复杂时间序列预测技术研究中的混合预测建模方法。Zhang 等（2015）将 EEMD（ensemble empirical mode decomposition，集合经验模态分解）方法、GARCH 方法和 LSSVM-PSO（least square support vector machine together with the particle swarm optimization，最小二乘支持向量机与粒子群优化算法）方法相结合对油价进行了预测。Chai 等（2018b）提出精细预测的分析框架对油价进行分析和预测。首先，其利用 PPM-KM 方法剔除影响油价的突变点；其次，利用时变转移概率马尔科夫区制转换（time-varying transition probability Markov regime switching，TVTP-MRS）方法将油价序列分为“急剧上升”和“波动上升”两种状态序列，在两种状态下利用 BMA 方法分别提取影响油价的核心因素；最后，构建时变参数结构时间序列模型（time-varying parameter structure time series model，TVP-STSM）对油价进行分解和预测。

4. 区间模型

原油价格预测的第四类方法是区间方法。之前的预测方法大多仅采用点值原油收盘价进行建模，这种方法的缺点是，有潜在的信息损失，例如，波动率信息。各种新的数据类型，如区间值数据激发了人们对区间数据建模和预测过程的研究热情（Billard and Diday，2000，2003；Arroyo and Maté，2009；Maia and de Carvalho，2011；Yang et al.，2012；Xiong et al.，2015；He et al.，2021；韩艾等，2009）。例如，Sun 等（2018a）提出阈值自回归区间（threshold autoregressive interval，TARI）模型对原油现货价格进行预测。Sun 等（2018b）将二元经验模态分解（bidimensional empirical mode decomposition，BEMD）、区间 MLP（multilayer perceptron^{interval}，

MLP^{I}）和区间指数平滑法（holt^{interval}，Holt^{I}）三种方法整合，提出了一种区间分解集成学习方法来预测区间值原油价格。

通过对现有的文献进行梳理，发现在油价影响因素分析及油价预测方面，集成预测建模已经成为一种趋势。同时，搜索数据作为一种新的影响因素被考虑到预测分析体系中。另外，区间数据建模也是油价预测领域的一个新的分支。

2.2.6 原油市场对宏观经济的影响分析

原油市场的冲击对经济发展的影响主要涵盖以下几方面：原油价格对国民收入、通胀、投资与消费、财政或货币政策、经济发展的非对称影响等（He et al.，2010a；Kilian and Vigfusson，2011；Zhang，2013；Wu and Zhang，2014；Nusair，2016；Pan et al.，2017，Wang et al.，2017；史丹，2000；肖龙阶和周德群，2010；张斌和徐建炜，2010；魏一鸣等，2008）。Hamilton（2003）通过文献综述对原油价格波动与经济的关系提供了明确的理论总结和显著证据。他指出，原油价格波动主要通过对消费者和企业支出的影响传导到经济。Oladosu 等（2018）利用 meta 分析法研究并总结出美国 GDP 的石油价格弹性全部估值位于–0.124～0.017，并应用 meta 回归模型得出美国 GDP 的油价弹性平均值为–0.020%。结果表明，油价对发达经济体的正负效应并不完全明朗。Gong 和 Lin（2018）利用 TVP-VAR-SV 模型研究了原油供给和需求冲击对中国经济的时变效应。张大永和曹红（2014）从短期和长期角度出发，研究国际油价变化对中国的经济增长的影响。结果表明，短期中，二者关系是单向的，油价上涨导致中国经济增长；长期中，通过引入非对称协整模型发现国际油价与中国宏观经济存在非对称性，且正向冲击和负向冲击作用相异，即油价上涨对经济的影响程度远远高于油价下跌时的影响。值得注意的是，油价上涨促进宏观经济增长的作用机制主要是受到经济增长惯性的影响，只有一小部分影响来源于油价本身的波动。而油价下跌未必会给宏观经济带来负向冲击，这取决于所研究对象对石油的依赖程度。

2.3 本 章 小 结

本章首先基于文献计量分析方法，从文献数分布、国家/地区、机构、高被引期刊、高产作者及共被引、研究热点动态演化等 7 个方面对原油市场研究领域进行了统计分析和文献信息挖掘，详细地分析该领域的发展现状和动态演化路径。其次，基于文献计量的分析结果并结合前人的研究现状，对石油市场理论研究现状进一步进行梳理，从经济周期、原油价格的波动、影响油价的主要因素、原油市场供需基本面冲击、油价预测研究方法及原油市场对宏观经济的影响 6 个方面进行了系统全面的总结。通过定性分析和定量分析相结合，对目前该领域研究工作进行梳理和归纳，进而发现热点研究问题。本章详细清晰的综述为本书第 3 章至第 7 章的研究问题的创新提供了可靠的理论支持。最后，从计量理论模型、人工智能技术和综合集成方法 3 个方面对油价预测方法进行了详细的评述，这也为本书第 3 章至第 7 章的方法创新提供了理论支撑。

通过对 1980～2019 年原油市场研究领域的重要理论和实践贡献进行详细的梳理和归纳，在研究综述的基础上，本书发现了该领域的热点问题及现有研究的几点不足：首先，在全球能源转型趋势下，原油市场出现了新的结构变化，原油市场的驱动机制及影响油价的核心因素发生了改变。同时，搜索数据是反映投资者情绪的重要指标。其次，随着原油市场再次进入高度不确定性和强波动性时期，原油市场的重大突发事件分析，特别是拐点分析及预测难题一直是学术界关心的热点问题之一。再次，随着预测方法的不断更新，基于数据结构的集成预测方法是现今原油价格预测领域普遍认可的研究方法。最后，现有的价格预测模型的核心是基于点值的输入和输出，这可能会导致波动信息的损失。为了解决这一问题，区间模型成了预测领域的一个新的分支。

第3章　“新三角”视角下的原油价格驱动机理分析

原油在能源消费中的重要性及战略性仍不可替代，驱使相关研究层出不穷。美国页岩油、俄乌争端、新能源兴起、极端天气、国际贸易冲突等新影响因素的不断出现，给国际原油市场的供需及交易带来了连续的冲击。本章针对原油市场呈现出的新的结构特征及核心影响因素的变化，在总结前人文献的基础上绘制油价驱动机理框架图。特别地，从行为金融理论出发，引入网络搜索数据，这在一定程度上考虑了投资者情绪对原油市场的影响，以探究网络搜索数据对原油价格走势的可预测性。通过深入剖析现阶段原油市场新的驱动机理，分析影响原油价格的核心因素。

基于数据分析领域新出现的模型——BSTS 模型，通过对 31 个影响因素进行滞后处理，将影响因素扩充为 415 个，构建 DBSTS 模型来提取核心影响因素，考察其当期及滞后影响效应，并利用该模型对目前的原油市场重新进行分析和预测。首先，本章利用卡尔曼滤波方法对原油月度价格进行分解；其次，通过 SSR 提取油价的核心影响因素，分析原油市场新的驱动机制；最后，通过 BMA 方法来预测未来的油价走势，并与其他主流的预测方法相比较。其中，SSP 被首次应用到原油价格核心影响因素的提取中，该方法很好地解决了变量稀疏性问题，避免了胖回归。

本章主要包括以下内容：3.1 节引言；3.2 节 BSTS 模型；3.3 节数据描述；3.4 节实证分析；3.5 节本章小结。

3.1　引　　言

2014 年以来，国际原油价格经历了自 2018 年金融危机以来最大的波动。石油市场呈现出新的特征，对全球经济发展、国家战略安全、投资者情绪都产生了重大影响。特别是，作为主要替代能源的美国页岩油产量对油价的宏观经济影响显著（Kilian，2017）。2014 年，美国页岩油生产商抢夺市场份额，导致全球原油供需平衡发生变化。根据 EIA 的统计，美国页岩油产量将从 2017 年的 496 万桶/天增加到 2022 年的 559 万桶/天。此外，地缘政治事件、贸易摩擦，以及 OPEC 的协议均造成了石油价格的波动。石油市场的内外部环境不断变化，影响因素变得多样化、复杂化。因此，有效地获取油价核心影响因素和油价分析预测变得越来越困难。以往关于原油价格预测的文献较多，预测结果表明原油价格预测对建模样本数据频率和数据区间的选择是敏感的（Yu et al.，2015；Zhang and Wei，2011）。原油作为一种战略资源，在国家能源安全中发挥着至关重要的作用。同时，随着原油金融属性的逐步增强，原油价格的波动势必会影响石油公司的收益和投资者的行为。因此，系统地分析复杂的国际石油市场特征，对准确把握国际油价的新趋势至关重要。

2004 年至 2014 年被认为是全球的又一轮高油价时代。在此期间，中国石油消费需求的飙升、全球重要能源地缘政治事件及华尔街的投机和金融炒作被认为是影响原油价格涨跌的“旧三角”。但随着新的石油时代到来，美国页岩油等替代能源成为影响国际油价的新的指标。2018 年 3 月，美国休斯敦剑桥能源周会议上，名为“石油市场展望：一个新的三角？”的专题讨论中认为，全球经济发展、美国石油产量及维也纳联盟（OPEC 与非 OPEC 国家协调减产协议）是现阶段影响油价的“新三角”。

本章在前人的研究基础上，将更加深入地剖析石油市场、分析各种势力对油价主体的影响力变动。特别地，在影响因素的选择过程中加入 Google Trends 指标，利用搜索数据优化原有的经济指标，构建新的预测指标体系。同时，对 31 个影响因素进行滞后处理，将预测因子扩充为 415 个，构建 DBSTS 模型来考察核心影响因素的当期及滞后影响效应，并利用该模型对目前的原油市场重新进行分析和预测。首先，本章利用卡尔曼滤波方法对原油月度价格进行分解，不同于其他分解方法，该方法可以加入回归成分；其次，在前人研究的基础上，通过 SSR 方法提取油价的核心影响因素，分析新形势下的原油市场；最后，通过 BMA 方法来预测未来的油价走势，并与其他主流的预测方法结果进行比较。本章引入的新的方法将为国际油价的分析和预测提供一种新的框架和视角，为能源安全策略的制定起到很好的指导及借鉴作用。本章的研究框架图如图 3.1 所示。

通过第 2 章对相关文献的梳理，我们发现在油价预测方面，集成预测方法已经成为一种趋势。同时，搜索数据作为一种新的影响因素被考虑到预测分析体系中。本章基于 BSTS 模型，通过对影响因素进行滞后处理，构建 DBSTS 模型对国际油价进行分析和预测。BSTS 模型通过将三种方法整合到一个预测系统中，有效地改进了之前变量选择方法的局限。Scott 和 Varian（2014，2015）利用 BSTS 模型分别对美国的失业津贴和零售额进行了预测，将搜索引擎数据（Google Trends）作为预测因变量，取得了很好的预测效果，有效地解决了变量和模型选择的不确定性问题。在 SSP 和 MCMC 算法的帮助下，该模型很好地解决了变量稀疏性问题，避免了伪预测变量的出现。不同于以往的变量选择方法，当存在多个影响因素时该模型可以包含尽可能多的预测变量，特别是当观察数据的长度少于预测变量个数时。表 3.1 总结了前人的代表性研究及其方法，并与本章引入的在数据分析领域新出现的前沿模型 BSTS 模型进行了对比分析。

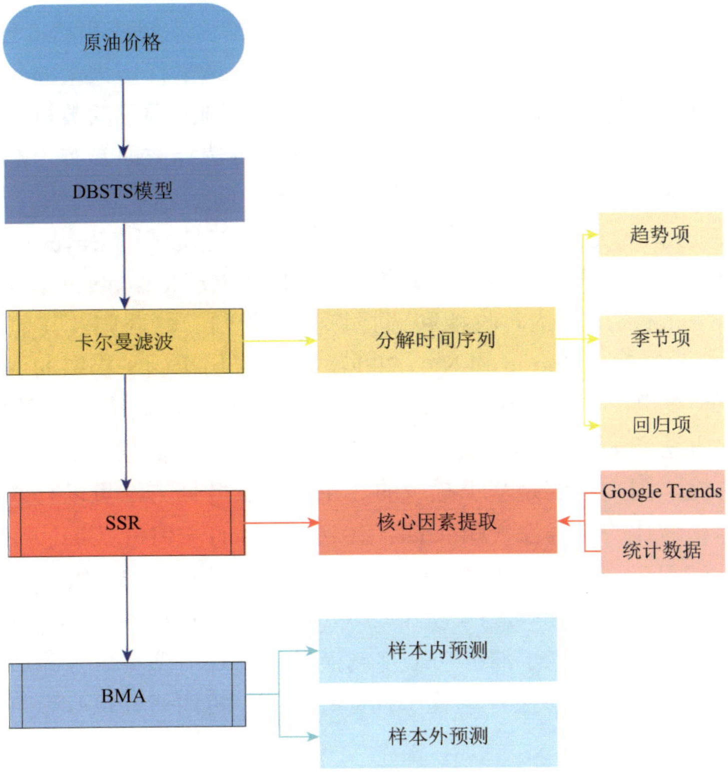

图 3.1 新市场结构下的驱动因素机理分析

表 3.1 代表性研究的数据特征对比

模型及方法	GSI	稀疏性	突变点	时变特征	趋势分解	非线性
DBSTS 模型	√	√	√	√	√	√
Chai 等（2018a）	×	×	√	√	√	√
Zhao 等（2017）	√	×	×	×	×	√
Zhang 等（2015）	×	×	×	√	√	×
Wang 等（2017）	×	×	×	√	×	×
Tang 等（2012）	×	×	×	×	√	√
Yu 等（2016）	×	×	×	×	√	√
Charles 和 Darné（2017）	×	×	√	×	×	√
Li 等（2015）	√	×	×	×	×	×

本章的研究框架为油价的分析和预测做出了一些主要的贡献。首先，提出了

一种新的混合模型——DBSTS 模型，用于核心影响因素提取和油价分析及预测。与其他预测方法不同的是，该方法通过控制潜在变量来保留大量的预测因子（自变量），从而可以保留更多的预测信息。特别是，当预测因子的数量大于时间序列的长度时，存在稀疏性问题。其次，该方法在变量选择方面具有一定的优越性。变量选择方法主要分为四种：显著性检验（向前、向后逐步回归法）；赤池信息准则（Akaike information criterion，AIC）和贝叶斯信息准则（Bayesian information criterion，BIC）；主成分分析或因子分析模型；LASSO（least absolute shrinkage and selection operator，最小绝对收缩和选择算法）回归、岭回归及其他惩罚性模型（Castle et al.，2009）。Boivin 和 Ng（2006）讨论了用于因子提取的主成分因子分析模型。一般来说，在构建因子时根据数据的属性对数据进行加权可以改进预测。然而，这些方法，如 LASSO 回归和主成分分析方法，都忽略了预测变量的不确定性和动态性，因为它们是基于频域的。相反，贝叶斯方法可以有效地提高后验系数的选择和估计的准确性（Drachal，2016；Naser，2016；Chai et al.，2018a）。例如，Naser（2016）和 Drachal（2016）都采用了基于贝叶斯动态模型选择（dynamic model selection，DMS）和动态模型平均（dynamic model average，DMA）框架进行油价预测。最后，建立了油价动态预测模型。通过对变量进行滞后处理，将影响因素的数量扩大到 415 个，构建 DBSTS 模型，进而研究核心影响因素的时变性和滞后效应。

3.2 BSTS 模型

2012 年，Scott 和 Varian 提出了一种贝叶斯变量选择及预测的新方法——BSTS 模型，该模型可以有效地应用到时间序列的短期预测（特别是实时预测）中。不同于其他预测技术，此预测方法可以通过控制潜变量保留大量的预测因子，特别是，当预测因子的个数大于时间序列的长度时。所以，该方法能够有效地解决稀疏性问题。BSTS 模型由三个模型组成：基本的结构时间序列模型（包含卡尔曼滤波方法）、SSR 模型和 BMA 模型。首先，基本的结构时间序列模型将目标序列分解为趋势项、季节项和其他成分。不同于其他分解方法，它可以在此基础上增加回归成分和干预成分，将其扩展为复杂结构时间序列模型。其次，通过引入 SSR，有效地解决了变量稀疏性问题，避免了胖回归。最后，通过 BMA 方法，在考虑模型不确定性的基础上，从大量的线性模型组合中计算并比较各变量的后验包含概率，更加直观地得到每个变量在回归模型中的贡献率，从而将确定的变量和模型进行平均并预测。

BSTS 模型是一个模型的集成系统，将三种方法整合到一个模型系统中，模型系统包含两个成分，即时间序列成分和回归成分。时间序列成分用于计算数据里的一般趋势和季节成分，回归成分用于计算自变量对因变量的影响。同时，在整个系统模型的作用下，BSTS 模型可以识别时间序列中的转折点。

3.2.1　基本的结构时间序列模型

观测方程：

$$y_t = Z_t'\alpha_t + \varepsilon_t, \quad \varepsilon_t \sim \text{i.i.d.}N(0, H_t) \tag{3.1}$$

转换方程：

$$\alpha_{t+1} = T_t\alpha_t + R_t\eta_t, \quad \eta_t \sim \text{i.i.d.}N(0, Q_t) \tag{3.2}$$

写成状态空间形式模型：

$$\begin{aligned} y_t &= \mu_t + \gamma_t + \beta' X_t + \varepsilon_t \\ \mu_t &= \mu_{t-1} + \delta_{t-1} + u_t \\ \delta_t &= \delta_{t-1} + \upsilon_t \\ \gamma_t &= -\sum_{s=1}^{S-1} \gamma_{t-s} + \omega_t \end{aligned} \tag{3.3}$$

其中，y_t 为 t 时刻观察数据；α_t 为潜变量的一个向量；Z_t, T_t 和 R_t 为结构参数；$\eta_t = (u_t, \upsilon_t, \omega_t)$ 为包含高斯随机噪声独立成分；Q_t 为常数对角矩阵，包含对角成分 $\sigma_u^2, \sigma_\upsilon^2, \sigma_\omega^2$；$H_t$ 为一个常数；ε_t 为随机误差项。该模型包含趋势、季节和回归成分。其中，局部的线性趋势由当期的水平项 μ_t 和当期斜率 δ_t 组成，δ_{t-1} 是 μ 在 $t-1$ 期到 t 期的增加值，所以它可以被当作在 t 时期的斜率；季节成分 γ_t 可以被看作是一组 $S-1$ 个虚拟变量，其动态系数在 S 个季节循环后，和的期望为 0；X_t 代表回归成分，包含所有的预测因子，$\sigma_\varepsilon^2, \sigma_u^2, \sigma_\upsilon^2, \sigma_\omega^2$ 代表方差；β 是回归系数。

3.2.2　基于 SSR 的变量选择

SSR 是一种贝叶斯回归技术，在贝叶斯线性回归的基础上将回归系数的先验设置为 SSP 以引出稀疏性。SSP 本质上是一个二分量的高斯混合模型，它可以直接对变量的零或非零属性建模，从而使指示变量的后验概率可以直接提供判断的肯定程度的估计。George 和 McCulloch（1997）以及 Madigan 和 Raftery（1994）将针板方法应用于模型选择中。在 SSR 中所有变量都有同等被估计的可能性，根据回归系数建立分布，可将系数的先验分布、条件分布及后验分布相结合。通过

MCMC 抽样算法重复抽样拟合后验分布，最后得到解释变量及其系数和被解释变量的分布。

SSP 的一般形式如下：

$$p(\beta,\gamma,\sigma^{-2}) = p(\beta_\gamma|\gamma,\sigma^{-2})p\left(\sigma^{-2}|\gamma\right)p(\gamma) \tag{3.4}$$

SSP 的针的部分（spike component）是边缘分布 $p(\gamma)$ 在 0 处的点质量， $p(\gamma)$ 是正定的，是一个独立 Bernoulli 分布：

$$\gamma \sim \prod_{j=1}^{K} \pi_j^{\gamma_j}(1-\pi_j)^{1-\gamma_j} \tag{3.5}$$

其中，π_j 为回归模型中包含 j 个自变量的概率。因为先验信息通常是不可获得的，所以为了方便计算，设置所有的 π_j 等于相同的数量 π 。此时可以较容易地从期望的非零系数导出常用的先验包含概率。如果 K 中的 k 个系数被期望是非零的，则在先验中设 $\pi = k/K$ 。

SSP 的板的部分（slab component）是非零系数值的先验，令 b 表示回归系数 β 先验期望值的一个矢量， Ω^{-1} 表示一个先验精确度矩阵，是对称的矩阵。当 $\gamma_j = 1\Omega_\gamma^{-1}$ 时，表示为 Ω^{-1} ，则条件共轭正态-逆 Gamma 先验分布被用来表示条件共轭 Slab 先验 $p(1/\sigma^2|\gamma)$ 和 $p(\beta_\gamma|\sigma,\gamma)$ ：

$$\beta_\gamma|\gamma，\sigma^2 \sim N\left(b_\gamma,\sigma^2\left(\Omega_\gamma^{-1}\right)^{-1}\right)，\frac{1}{\sigma^2} \sim \Gamma\left(\frac{\mathrm{df}}{2},\frac{\mathrm{ss}}{2}\right) \tag{3.6}$$

为了方便计算，设 $b=0$ ， Ω^{-1} 和 $X^{\mathrm{T}}X$ 成比例，公式（3.6）中是 Zellner 的 g 先验（Zellner's g-prior；Liang et al.，2008；Chipman et al.，2001；Zellner，1986）。因为 $X'X/\sigma^2$ 是协方差的总 Fisher 信息，所以参数化 $\Omega^{-1} = \kappa(X'X)/n$ 是合理的，这可以解释为从 κ 个观察量中获得的平均信息。因为自变量 $X'X$ 可能不是满秩的，即预测变量（自变量）的个数大于观察值的个数，这意味着 γ 和 $p(\beta_\gamma|\sigma,\gamma)$ 的一些值是不适当的。此时我们可以通过对 $X'X$ 的对角线进行平均来恢复适当性，则

$$\Omega^{-1} = \frac{\kappa}{n}\left[\omega X'X + (1-\omega)\mathrm{diag}(X'X)\right] \tag{3.7}$$

df 和 ss 的值需要被计算，这个可以从回归的 R^2 统计量中推导得到， df 等于观察值的数量， $\mathrm{ss} = \mathrm{df}(1-R^2)s_y^2$ ， s_y 表示因变量的边际标准差。

3.2.3　基于 BMA 的预测模型

BMA 方法由 Leamer 提出，可以解决模型不确定性问题（Leamer，1978）。

BMA方法的基本思想是对每个模型不完全接受也不完全否定，假设每个模型的先验概率，通过提取数据集中包含的信息，根据模型对因变量的接受能力对各模型的先验概率进行更新，从而得到后验概率。将贝叶斯推断与SSP结合是一个在空间时间序列回归模型中实现模型平均的有效方法。因为SSP能够有效解决稀疏性问题，避免产生胖回归和伪回归。在BSTS模型中，我们将从模型参数的后验分布中提取参数的估计值，后验分布的每一个参数都可以和数据结合，从而获得对特定提取的 y 的预测。通过多次提取可以获得预测值 y 的后验分布的估计（Volinsky，2020；Madigan and Raftery，1994）。模型的参数估计是基于MCMC技术，具体的参数设置和计算步骤参见Scott 和Varian（2014）的研究。

3.2.4 模型预测及评价准则

$\tilde{y}$ 的后验预测分布为

$$p(\tilde{y}|y)=\int p(\tilde{y}|\phi)p(\phi|y)\mathrm{d}\phi \tag{3.8}$$

后验预测分布的模拟一般是通过从 a_n 开始向前迭代方程（3.1）和迭代方程（3.2），参数序列是 $(\phi,\alpha)_0,(\phi,\alpha)_1,\cdots$，因为在不同次数的蒙特卡罗抽样中 β 的成分都是0，后验预测分布的结果自动地考虑了稀疏性和模型的不确定性，从而受益于BMA方法。

此预测方法可以从后验预测分布 $p(\tilde{y}|y)$ 中产生一个样本，如生成它们的均值（$E(\tilde{y}|y)$ 的蒙特卡罗估计）。多变量也同样适用，但首选是避免描述统计，而是使用图形方法，如直方图、内核密度估计。

在预测方法评价中，预测性能是非常重要的评价指标（Clements and Smith，2000；Diebold and Mariano，1995；Diebold et al.，1998）。为了进一步验证DBSTS方法的优点和预测性能，我们将其与最简单的也是应用比较广泛的基准模型进行比较，例如，差分自回归移动平均（autoregressive integrated moving average，ARIMA）模型、ETS指数平滑（ETS exponential smoothing，ETS）模型、Naïve Forecast和RW模型[参见Drachal（2016）和Naser（2016）的研究]。本章分别给出了ETS模型、Auto ARIMA模型、Naïve Forecast、RW和AR(1)结果。具体形式的Auto ARIMA将从100多个ARIMA模型中确定，利用信息选择（AIC、BIC、AICc）方法来确定最准确的Auto ARIMA阶数（Hyndman and Khandakar，2008；Hyndman，2019）。

为了评价预测性能，本章使用了两种不同类型的预测评价标准：准确性评价和统计检验。预测精度的评估准则包括RMSE和MAPE，具体如下：

$$\mathrm{RMSE}=\sqrt{\frac{1}{T_f}\sum_{t=T_e+1}^{T}(y_t-\hat{y}_t)^2} \tag{3.9}$$

$$\mathrm{MAPE}=\sqrt{\frac{1}{T_f}\sum_{t=T_e+1}^{T}\left|\frac{y_t-\hat{y}_t}{y_t}\right|} \tag{3.10}$$

其中，T_e 为训练集；T_f 为预测集；全样本是 $T=T_e+T_f$。

DW（Diebold and Mariano）检验（Diebold and Mariano，1995）被用来检验两个相互竞争的模型。原假设是模型 A 的预测精度不大于模型 B（即模型 A 的预测误差大于或等于模型 B 的预测误差）。DM 检验如下：

$$S_{\mathrm{DM}}=\frac{\bar{g}}{\sqrt{\hat{V}_{\bar{g}}/T}} \tag{3.11}$$

其中，$\bar{g}=\frac{1}{T}\sum_{t=1}^{T}g_t$ 为预测误差损失（$g_t=e_{A,t}^2-e_{B,t}^2$）；$\hat{V}_{\bar{g}}=\gamma_0+2\sum_{l=1}^{\infty}\gamma_l$（$\gamma_l=\mathrm{cov}(g_t,$ $g_{t-l})$）。S_{DM} 通过对模型进行单侧检验，确定模型的优越性。

3.3　数据描述

3.3.1　统计数据

本章选取 WTI 原油价格代表国际油价。WTI 原油价格被普遍视为石油定价的基准。通过文献梳理，我们可以发现，影响油价走势的因素主要包括供需基本面、经济发展、地缘政治、金融市场和技术创新等。供需关系是影响油价的基本面因素（需求端指北美洲、亚太、欧洲三大消费地区，供给端则是中东、中亚-俄罗斯、北美洲、拉丁美洲等生产地区）。全球经济的发展是通过供需关系的需求端，进而来影响原油价格的。地缘政治因素是指能源地缘政治及主要产油国政局的稳定性。金融市场因素是指投资者对油价走势的心理预期，同时投机和金融炒作会加剧这种预期，导致油价剧烈波动。技术创新因素是指从长期来看，原油替代品的价格一直小于油价。当油价一直高于原油替代品的价格，原油将逐渐被替代。相反，如果原油价格低于每桶石油的生产、运输和消费的平均成本，生产商会失去生产动力。综合考虑影响原油市场的内部和外部因素，本章分别从供给、需求、库存、投机因素、货币市场、股票市场、商品市场、技术指标等 8 个方面进行分析（Wang et al.，2017；Ratti and Vespignani，2013；Chang and Lee，2015；Zhang，2013；Chai et al.，2011；Lizardo and Mollick，2010；姬强等，2016）。考虑到数据的可获得性，本章最终在八大类中共选取了 30 个影响国际油价的统计指标。具体的变量描述见图 3.2 原油市场驱动机理图及表 3.2 变量描述及数据来源。①

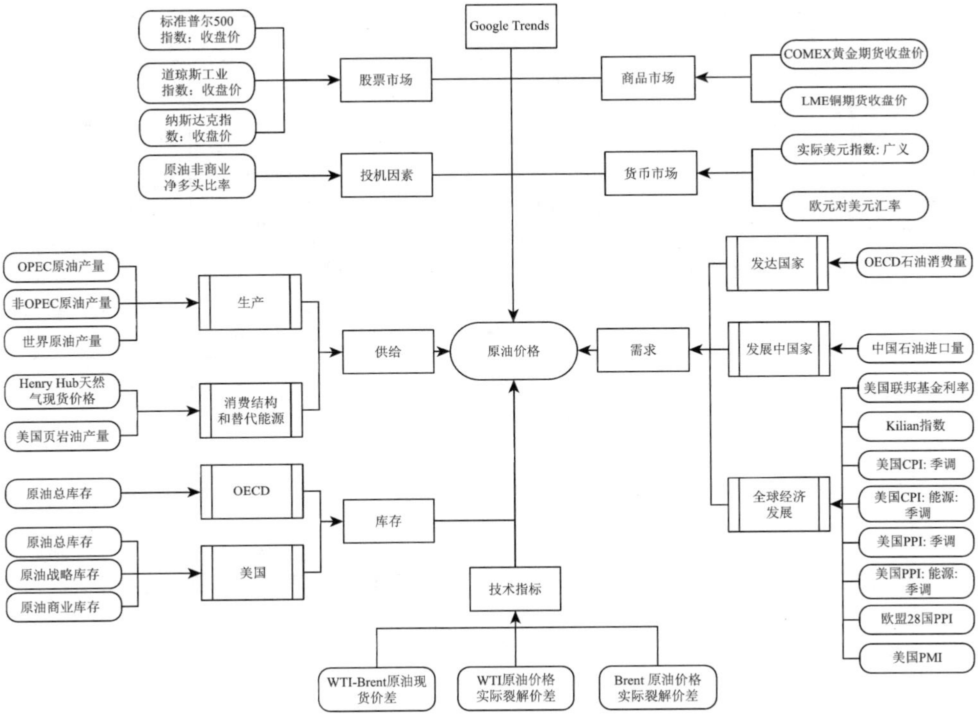

图 3.2　原油市场驱动机理图

COMEX 为纽约商业交易所；LME 为伦敦金属交易所（London Metal Exchange）；CPI 为消费者物价指数（consumer price index）；PPI 为生产价格指数（producer price index）；PMI 为采购经理指数（purchasing managers' index）

表 3.2　变量描述及数据来源

一级指标	二级指标	变量	单位	标记	数据来源
因变量		WTI 原油现货价格	美元/桶	*Y*	EIA
供给	生产	OPEC 原油产量	千桶/天	*X*1	EIA
		非 OPEC 原油产量	千桶/天	*X*2	EIA
		世界原油产量	千桶/天	*X*3	EIA
	替代能源	Henry Hub 天然气现货价格	美元/百万英热[1)]	*X*4	EIA
	消费结构	美国页岩油产量	百万桶/天	*X*5	EIA

① 本章写作完成时间为 2018 年 6 月。

续表

一级指标	二级指标	变量	单位	标记	数据来源
需求	发达国家	OECD 石油消费量	千桶/天	*X*6	EIA
	发展中国家	中国石油进口量	万吨	*X*7	Wind
	全球经济发展	美国联邦基金利率		*X*8	美联储
		Kilian 指数		*X*9	Kilian 个人主页
		美国 CPI：季调	1982～1984 年 = 100	*X*10	Wind
		美国 CPI：能源：季调	1982～1984 年 = 100	*X*11	Wind
		美国 PPI：季调	1982 年 = 100	*X*12	Wind
		美国 PPI：能源：季调	1982 年 = 100	*X*13	Wind
		欧盟 28 国 PPI	2015 年 = 100	*X*14	Wind
		美国 PMI		*X*15	Wind
库存	OECD	OECD 原油总库存	百万桶	*X*16	EIA
	美国原油库存	美国原油总库存	百万桶	*X*17	EIA
		美国原油战略库存	百万桶	*X*18	EIA
		美国原油商业库存	百万桶	*X*19	EIA
投机因素		原油非商业净多头比率		*X*20	CFCT
货币市场		实际美元指数：广义	1973 年 3 月 = 100	*X*21	美联储
		欧元对美元汇率		*X*22	美联储
股票市场		标准普尔 500 指数：收盘价	点	*X*23	Wind
		道琼斯工业指数：收盘价	点	*X*24	Wind
		纳斯达克指数：收盘价	点	*X*25	Wind
商品市场		COMEX 黄金期货收盘价	美元/盎司 2)	*X*26	Wind
		LME 铜期货收盘价	美元/吨	*X*27	Wind
技术指标		WTI-Brent 原油现货价差（Baumeister et al.，2018）		*X*28	EIA
		WTI 原油价格实际裂解价差		*X*29	EIA
		Brent 原油价格实际裂解价差		*X*30	EIA
搜索数据		Google Trends		*X*31	Google Trends

注：CFCT 为美国商品期货交易委员会（U.S. Commodity Futures Trading Commission）

1）1 英热 = $1.055\ 06\times10^3$ 焦耳

2）1 盎司 = 28.349 523 克

3.3.2　搜索数据

搜索数据作为一种信息获取指标，影响着投资者情绪。Google Trends 通过分析全球 Google 搜索引擎的搜索结果，可以提供某一搜索关键词各个不同时期下的搜索频率及相关统计数据。Google Trends 使用采样方法和结果来计算，每天都有几个百分点的变化。Query Index 是基于查询份额的，即在一个特定的地理区域内，搜索词的总查询量除以该区域在被检查的时间段内的查询总数。在指定的时间段内，最大的查询份额被规范化为 100，并且被检查的初始日期的查询份额被规范化为 0。本章在 Google Trends 搜索引擎下搜索关键词“crude oil price”，区域设定为全球，获取相关的搜索量数据。从图 3.3 原油价格和 Google Trends 图可以看出，Google Trends 的搜索数据与 WTI 原油现货价格的走势基本一致，可能存在 1～2 个月的滞后期，且在油价波动幅度大时，Google Trends 的值会变大。

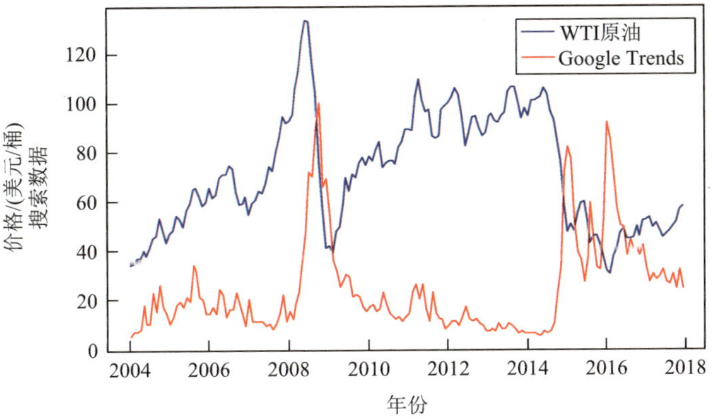

图 3.3　原油价格和 Google Trends 图

由于 Google Trends 数据最早是 2004 年 1 月开始的，所以本章数据的样本区间为 2004 年 1 月至 2017 年 12 月。为保证数据的平稳性以及消除异方差性，所有数据均取对数处理。同时，为了进一步发现核心变量和油价的真正领先或滞后关系，本章将所有数据分别取 1～12 阶的滞后期，将解释变量扩充到 415 个。在油价系统中，存在一定的时间滞后效应。油价不仅受同时期各因素的影响，也受各种因素过去某些时期及自身过去值的影响。通过引入滞后变量考虑了时间因素的作用，将原 BSTS 模型扩充为含有滞后解释变量的 DBSTS 模型。

3.4 实证分析

3.4.1 模型估计

本章使用 R 软件包“bsts”中默认的先验分布，根据公式（3.3）获取时间序列的各个成分。首先，以随机虚拟变量的形式对局部线性趋势模型（trend）和局部线性趋势加季节成分模型（trend and seasonal）等进行了比较。图 3.4 展示了两个模型一步向前预测的累积绝对误差（上方是累积绝对误差的变化，下方是油价原始序列的走势），不仅展示了哪个模型在整体数据预测方面表现得最好，还突出了局部数据

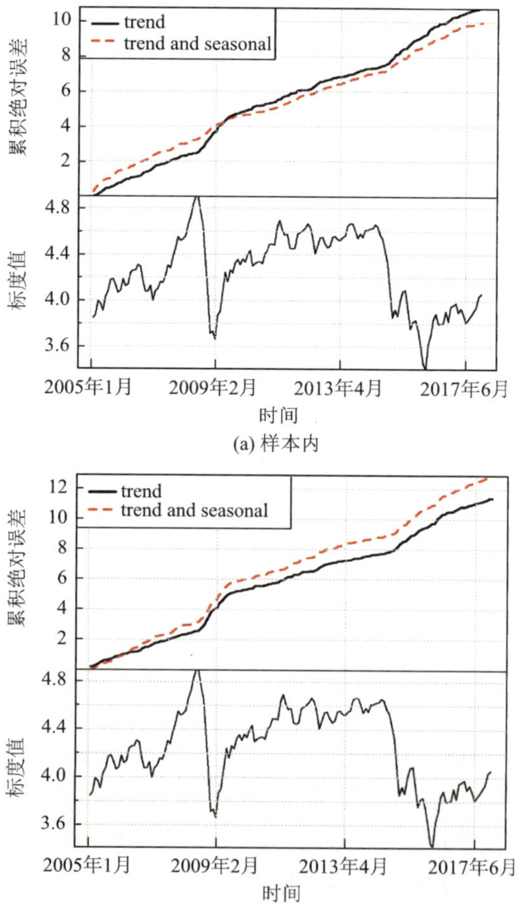

(a) 样本内

(b) 样本外

图 3.4　样本内和样本外[cutpoints（切割点）= 40]一步向前预测的累积绝对误差比较

区域在哪里预测得特别好或坏，因为它展示了数据样本在每个时间段的累积绝对误差。图 3.4 显示，样本内预测时，2005～2008 年，包含局部线性趋势项的 BSTS 模型的累积绝对误差小，表现更优；2009～2017 年包含局部线性趋势加季节成分项的 BSTS 模型的累积绝对误差小，表现更优。但是在进行样本外预测时，2005～2006 年，包含局部线性趋势加季节成分项的 BSTS 模型的累积绝对误差略小于包含局部线性趋势项的 BSTS 模型，表现更优；2007~2017 年包含局部线性趋势项的 BSTS 模型的累积绝对误差小，表现更优。这可能是由于原油价格原始序列的季节性不是特别明显。接下来，本章将进一步构建带有自变量的 BSTS 模型。

在构建最优 BSTS 预测模型之前，本章首先要利用 BSTS 模型中包含的 SSR 模型从 415 个变量中筛选出核心影响因素。利用公式（3.2）和公式（3.3），可以计算出各个变量的后验包含概率以及最优模型包含的变量个数。通过强加给系数为 0 的变量一个正向概率，不同于概率密度，这是对系数施加一个密度约束条件方程，并基于蒙特卡罗模拟估计边缘包含概率。本章设定 MCMC 的迭代次数为 1000，舍掉前 100 次迭代结果。图 3.5 是模型包含不同变量个数出现的频数，图 3.6 展现了各个回归变量的包含概率，白色柱表明是正向的关系，黑色柱表明是负向的关系，灰色柱表明是不确定的正负关系。

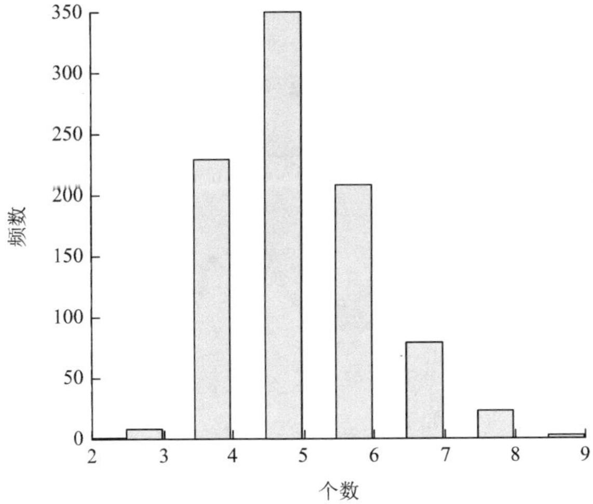

图 3.5　模型个数的后验分布

从图 3.5 我们可以看出，尽管有 415 个变量可供选择，预测因子的平均值和中位数（包括截距项）都在 5 左右，即包含 5 个变量的回归模型出现的频数最高，在第 95 位百分位数时是 7 个变量，MCMC 样本中最大的模型包含 9 个预测因子。从图 3.6 可以看出，后验包含概率大于 0.05 的变量分别为原油价格滞后项、美国 PPI:

能源：季调及其滞后项、实际美元指数：广义、美国原油商业库存、LME 铜期货收盘价及其滞后项、美国 CPI：能源：季调滞后项、Google Trends（*Y*(1)、*X*13、*X*21、*X*19、*X*27、*X*11(5)、*X*13(5)、*X*13(3)、*Y*(3)、*X*11(3)、*X*11(2)、*X*27(4)、*X*11(4)、*X*27(3)、*X*31、*X*13(4)）。图 3.7 展示了具有最高边际包含概率的标准化变量，以及变量之间的正负关系。从图 3.7 中我们可以看到各个解释变量与原油价格走势的情况。

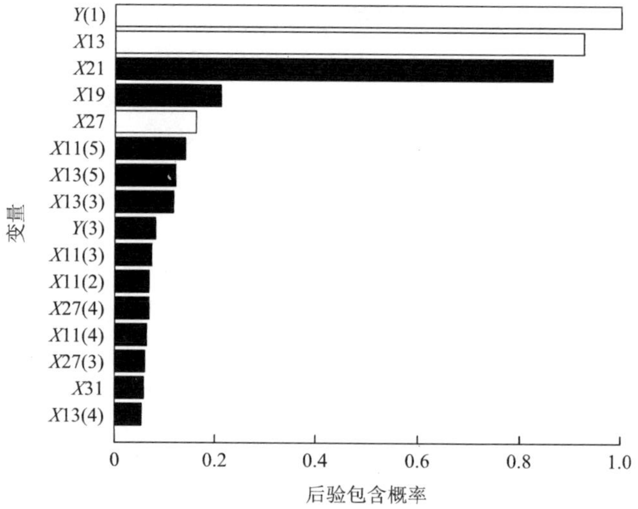

图 3.6　所有变量的后验包含概率

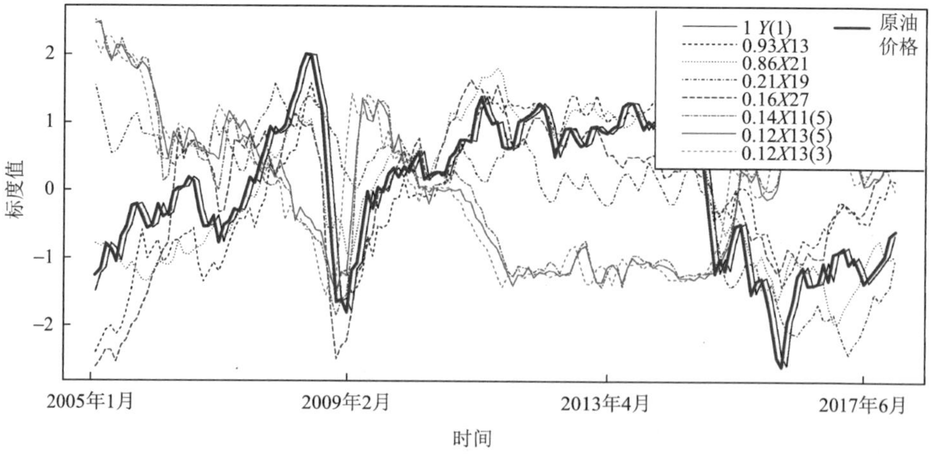

图 3.7　边际包含概率排名前八的标准化变量

因此，综合图 3.5 和图 3.6 的结果，后验包含概率最大的前 5 个变量分别为原油价格的一阶滞后项、美国 PPI：能源：季调、实际美元指数：广义、美国原油商业库存、LME 铜期货收盘价。同时，原油价格的一阶滞后项、美国 PPI：能源：季调和 LME 铜期货收盘价三个因素对原油价格的影响是正向的，而实际美元指数：广义和美国原油商业库存对原油价格的影响是负向的。

排名第一的是原油价格的一阶滞后项，其包含在所有模型中，即当期油价受上一期油价的影响。说明油价的变化是一个动态的过程，油价的变动存在时间滞后效应，当期的油价不仅受到同期因素的影响，也受到上一期价格的影响。部分学者曾采用油价的滞后项度量其对油价的影响，因为自回归（autoregression，AR）过程能在一定程度上抵消其他市场因素的影响（Valadkhani and Smyth，2017）。在本章中可将其看作度量地缘政治等事件信息的影响。

排名第二的是美国能源类生产价格指数（美国 PPI：能源：季调），其代表的是经济发展水平，经济向好会导致需求增加，需求增加会导致油价上升。美国能源类生产价格指数代表了美国能源行业的发展情况，油价上涨，会推动生产价格指数上升（Hamilton，2009b；Barsky and Kilian，2001）。

排名第三的是实际美元指数：广义，其代表的是货币市场对油价的影响。美元指数是用来衡量美元对一揽子货币的汇率变化程度，它对油价的影响是负向的。国际原油市场交易以美元计价，但各消费国是使用本国的货币购买原油产品。理论上，美元贬值，以其他货币计价的油价上涨，原油的需求上升。首先，美元贬值会降低原油生产国或输出国的购买力。其次，美元贬值导致石油消费国的购买力上升，因为用本国货币计价的原油变得相对便宜。而美元贬值不会对美国及与美元汇率挂钩的国家的购买力产生影响。因此，就全球市场而言，美元贬值将导致全球原油需求增加。最后，美元贬值代表全球经济向好，原油价格上涨；相反，美元升值，原油价格下跌（Lizardo and Mollick，2010）。

排名第四的是美国原油商业库存，它对油价的影响也是负向的。库存对石油价格的影响主要表现在两方面：一是库存作为供应和需求之间的缓冲带，对稳定油价有积极作用，当产量超过当期消费量时，库存增加；当消费量超过当期产量时，供应缺口可通过减少库存得到补偿；二是由于库存可同时满足当期和未来需求，因此其变化方向会影响石油现货和期货的价差，是原油价格的指示器。商业性原油库存的变动影响着原油价格的变动方向，且与国际油价的关系是负向的（Hamilton and Herrera，2004；Bu，2014）。

排名第五的是 LME 铜期货收盘价，其代表的是商品市场。铜的需求量与经济发展正相关，原油的供需反映了全球的经济形势，即油价的涨跌反映了经济发展的快慢。另外，就通胀的角度而言，铜有抵御通货膨胀的避险功能，而国际油价与通胀水平关系密切。所以，从长期来看，铜价与油价具有正向关系。很多研究表明，原油市场与金属市场存在显著的双向价格溢出效应。特别是在金融危机后，为了分散风险，投资者开始在原油市场与金融市场进行组合投资，两个市场跨市交易的联动性增强，两个市场波动的交互影响更加明显（Ji and Fan，2012；Sadorsky，2014）。

综合分析这五个核心的影响因素可以看出，供需基本面（全球经济发展水平、库存）、金融市场（货币市场、商品市场）对国际原油价格的影响最大。这再次证明原油不仅具有商品属性，其金融属性也越来越强。

从核心影响因素的提取结果可以看出，首先，全球经济发展是影响石油消费和价格的基石，为“新三角”最重要的一角。其次，维也纳联盟（OPEC 与非 OPEC 减产协议）是“新三角”的又一角。自 2014 年下半年国际油价断崖式下跌以来，石油市场一直处于供过于求的状态。最后，美国石油产量，特别是页岩油产量的增加作为“新三角”中的另一角，但目前相较于“旧三角”及“新三角”的前两个因素表现还不明显。IEA 报告估算结果显示，2023 年全球石油日需求量将增加 690 万桶到 1.047 亿桶；全球石油日产量将增加 640 万桶到 1.07 亿桶；美国页岩油产量的增加量将占全球增加量的 60%。

全球石油市场不同的发展阶段，影响市场和价格的因素不同。当市场处于供不应求或类似特征时，一些因素的影响较为突出；相反，当市场处于供过于求的过剩状态时，另一些因素的影响会更为突出。所以，考虑到近年来原油市场新的结构化及搜索数据对油价的影响，本章在提取出的 5 个核心影响因素的基础上，加入 Google Trends 和美国页岩油产量两个变量构建新的 DBSTS 模型（表 3.3 和表 3.4）。

表 3.3　DBSTS 模型估计结果（5 个核心影响因素）

系数	均值	标准误	均值包含概率	标准误包含概率	变量包含概率
Y(1)	0.434 60	0.068 32	0.434 60	0.068 32	1.000 00
*X*21	–0.544 75	0.163 59	–0.546 58	0.160 79	0.996 67
*X*19	–0.443 53	0.143 33	–0.447 50	0.137 64	0.991 11
*X*27	0.206 92	0.066 26	0.210 43	0.061 05	0.983 33
*X*13	0.407 38	0.153 64	0.420 46	0.137 32	0.968 89
大小					
最小值	1/4 分位数	中位数	均值	3/4 分位数	最大分位数
4.00	5.00	5.00	4.94	5.00	5.00
残差标准误	0.061 519 14				
预测标准误	0.087 385 68				
R^2	0.963 689 9				
相对拟合优度	0.060 779 91				

表 3.4 加入 Google Trends 和美国页岩油产量的 DBSTS 模型（7 个核心影响因素）

系数	均值	标准误	均值包含概率	标准误包含概率	变量包含概率
*X*19	–0.455 97	0.107 12	–0.455 97	0.107 12	1.000 00
Y(1)	0.432 71	0.065 99	0.432 71	0.065 99	1.000 00
*X*21	–0.490 85	0.142 05	–0.496 43	0.132 80	0.988 76
*X*27	0.185 99	0.064 43	0.191 00	0.057 49	0.973 78
*X*13	0.382 70	0.142 27	0.395 54	0.125 84	0.967 54
*X*31	–0.031 78	0.029 91	–0.053 71	0.018 23	0.591 76
*X*5	–0.000 17	0.002 85	–0.022 80	0.026 04	0.007 49
大小					
最小值	1/4 分位数	中位数	均值	3/4 分位数	最大值
4.00	5.00	6.00	5.529	6.00	7.00
残差标准误	0.058 322 85				
预测标准误	0.080 906 83				
R^2	0.967 364 9				
相对拟合优度	0.194 228 6				

从表 3.3 和表 3.4 的估计结果可以看出，包含 7 个核心影响因素的 DBSTS 模型的各个预测因子的包含概率及模型的 R^2 和相对拟合优度提高了，一步向前预测标准误和残差标准误变小了。Google Trends 变量的后验包含概率为 0.591 76，对油价的弹性效应影响是–0.031 78。美国页岩油产量的后验包含概率和对油价的弹性效应都相对较小，分别是 0.007 49、–0.000 17。Google Trends 代表的是市场关注度，当网络对油价的关注度上升，意味着市场交易者对油价的关注更高，此时油价一定处于剧烈波动的状态。特别是在有突发的地缘事件发生时，交易者会更加关注油价的波动情况。可见，信息在传递时间对市场的影响中扮演了重要的角色，这可以用行为金融理论进行解释，搜索数据反映了市场参与者的心理，影响油价波动。

美国页岩油产量对油价的影响较小，原因可能是在本章构建的 DBSTS 系统模型中美国页岩油产量变量相较代表全球经济发展和原油供需的变量对油价的影响较小，因为美国虽然一直大力推动页岩油的发展，增大本国石油产量，但基本是供国内使用，尚不具备大量出口的能力。美国页岩油产量目前对油价的影响还相对较小，未来对油价的影响程度将取决于其是否能克服产能瓶颈。

图 3.8 和图 3.9 是 BSTS 模型各个状态的后验分布及模型的后验状态图。图 3.8 展示了每个时间点上 BSTS 模型各个状态的后验分布（趋势、季节、回归）。相对于趋势成分和季节成分，回归成分的波动更明显。从趋势成分和回归成分中我们可

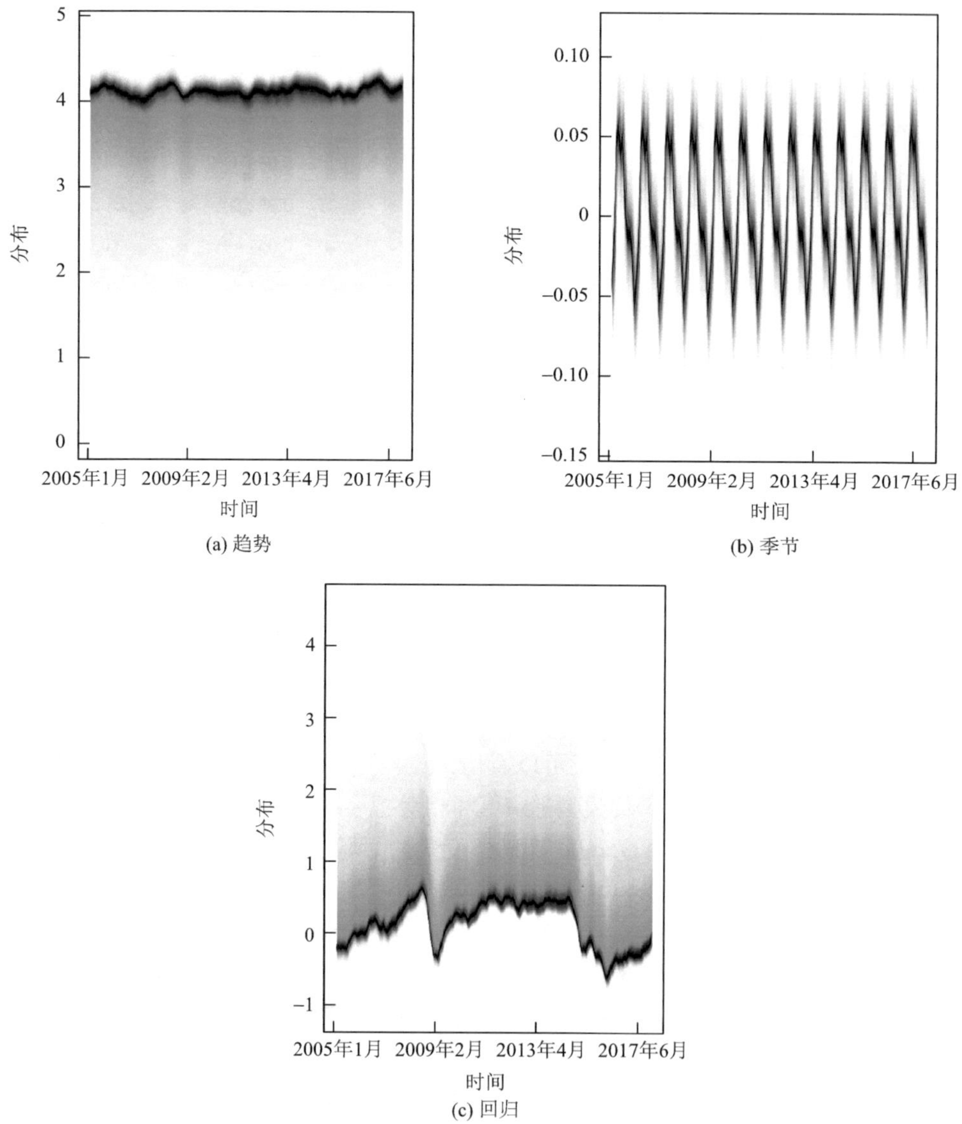

图 3.8 BSTS 模型各个状态的后验分布

以看出，原油价格在 2008～2009 年和 2014～2015 年有两次明显的转折点。其中，回归成分的两个转折点在 2008 年 7 月和 2014 年 9 月。此外，值得注意的是，时间序列模型在这两个时间段的累积绝对误差都出现了跳跃。2008 年美国次贷危机全面爆发，金融危机不断加剧，各国紧急出台的救市措施均未能起到稳定市场的作用。2008 年下半年油价的突变主要是因为金融危机不断加剧。国际原油严重供过于求是 2014～2015 年油价持续下跌的主要原因。2014 年 9 月，全球经济走弱，美元指数走强，美国原油库存增加，OPEC 坚持不减产，这导致油价在 2014 年 11 月跌至 80 美元/桶以下。2015 年 7 月，受希腊债务危机愈演愈烈、中国股市崩盘、伊朗核问题全面协议达成等金融市场动荡影响，国际油价持续下跌。

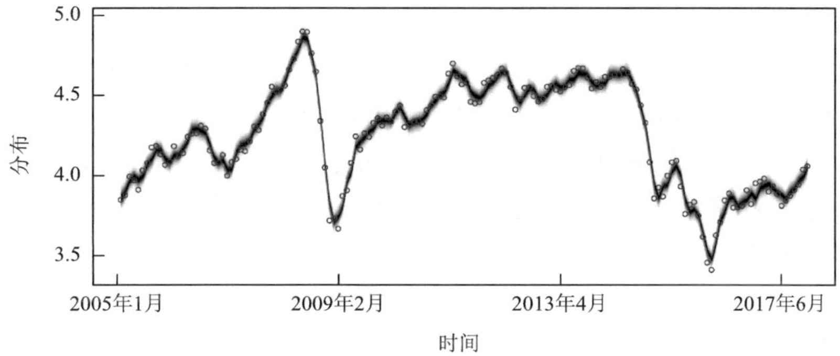

图 3.9 模型的后验状态图

蓝色表示实际数据

图 3.9 是各个成分组合后的模型的后验状态，代表缺乏观测变量噪声的时间序列数据的平滑值。每个点的后验均值是黑色的，距离中值每 1%分位数的阴影略浅，直到第 99 个百分位数和第 1 个百分位数被涂成白色。图 3.10 为在给定完整数据的情况下，绘制的残差的后验分布[即在时间上向前看和向后看（looking forward and backward）]。

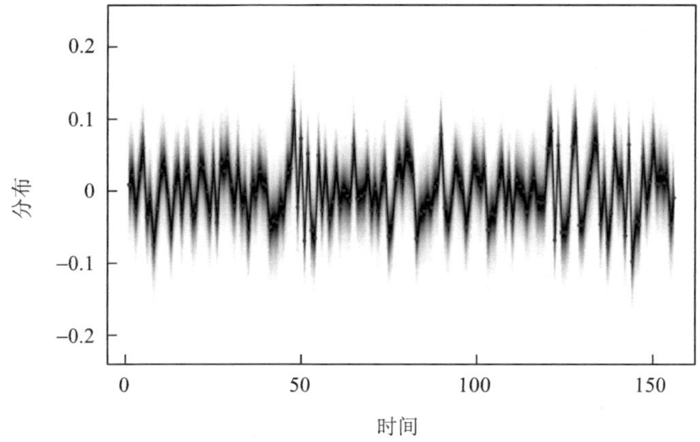

图 3.10 模型的残差图

以上结果进一步展现了本章构建的基于 DBSTS 模型的油价分析及预测模型的两个优点。

第一，在经济衰退期开始时（转折点附近）纯粹的时间序列模型产生了较大的误差，而包含解释变量的结构时间序列模型的累积绝对误差仍然保持大致不变的速度。也就是说此期间使用 DBSTS 模型通常会比纯时间序列模型具有稍低的累积误差。

第二，另一个值得注意的是这里描述的技术可能有助于解决转折点问题，从卡尔曼滤波分解后的趋势项和回归项中能看出有转折点存在。学术界普遍认为，预测经济时间序列中最具挑战性的问题之一是预测转折点。图 3.8 的回归成分在 2008 年 7 月和 2014 年 9 月有两个明显的转折点。此外，Google Trends 变量的引入，为分析石油市场的驱动机制提供了新的指标，说明搜索数据会在一定程度上影响石油市场价格的变化。

3.4.2 预测精度评价

1. 样本内预测

BSTS 模型的样本内误差是作为卡尔曼滤波器的副产品计算出来的。在这个意义上，样本内误差是“样本内”运行卡尔曼滤波器的参数值从它们的后验分布中提取出来的完整的数据。根据 MCMC 迭代中的参数，每个“误差”都是所观察到的 y_t 和它的期望之间的差值，给定数据到 t–1。其中，本章利用 2004 年 1 月至 2017 年 11 月的数据，建立了预测 2017 年 12 月提前一步的模型。

2. 样本外预测

样本外误差通过指定“cutpoints”参数来计算。如果提供了 cutpoints，那么一个单独的 MCMC 过程使用的数据样本只到 cutpoints。然后运用卡尔曼滤波对剩余的数据进行分解，从而再次计算 y_t 和它的期望之间的差值（给定数据到 t–1）。但是参数估计是使用截止到切点的数据。本章考虑到经验数据的频率和 BSTS 模型适合短期预测特别是实时预测（nowcasting）的性能特征（Scott and Varian，2014，2015），将 cutpoints 分别设置为 147、150、153 和 155，这对应于样本外步长 $h=9$、6、3 和 1（单位：步）（Yu et al.，2015；Xiong et al.，2013；Song et al.，2011），即样本内使用的数据是 2005 年 1 月至 2017 年 12 月，样本外预测期分别为 2017 年 4 月至 2017 年 12 月、2017 年 7 月至 2017 年 12 月、2017 年 10 月至 2017 年 12 月和 2017 年 12 月。图 3.11 显示了 $h=9$、6、3 和 1 的样本外预测误差。图 3.11 是一步向前预测而不是预测误差。

从表 3.5 样本内预测和表 3.6 样本外预测的表现结果可以看出，本章构建的 DBSTS 模型在所有条件下都优于基准模型。例如，DBSTS 模型的 RMSE 是 0.0815，比其他基准模型要小。因此，该方法可以应用于油价的短期预测。由于 ARIMA 等预测方法的函数形式是相对固定的，因此对于结构不同的经济时间序列，函数形式固定的预测方法并不理想，尤其是当影响因素较多时。

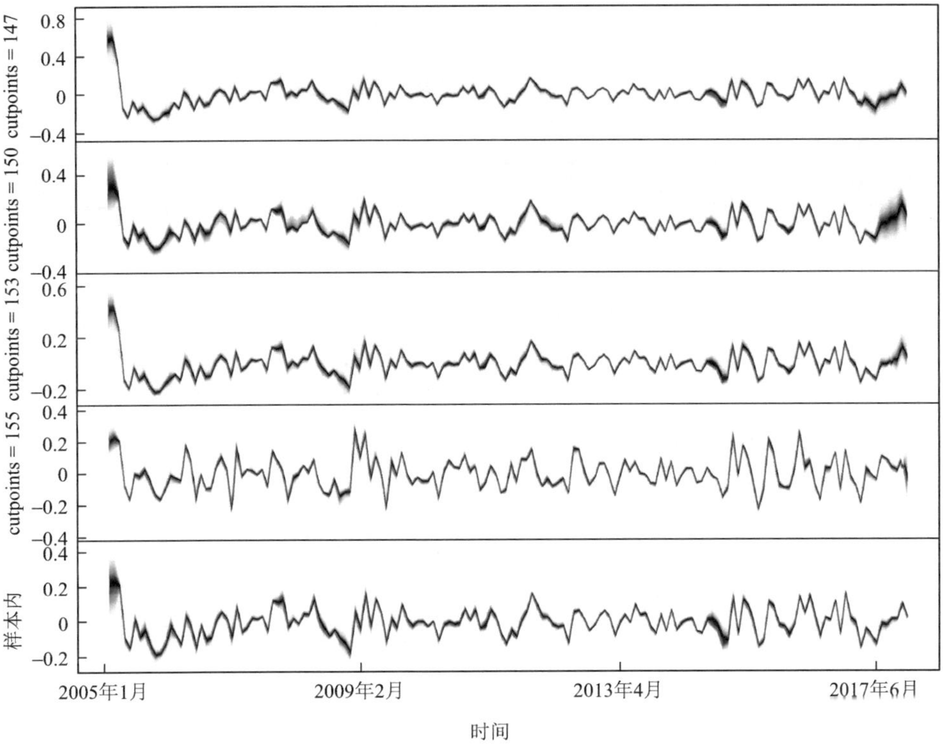

图 3.11　模型的样本外预测误差

表 3.5　样本内预测表现：一步向前预测

项目	DBSTS	ETS(A, A_d, N)[1]	Auto ARIMA	Naïve Forecast	RW	AR(1)
RMSE	0.0815（1）[2]	0.0860（3）	0.0831（2）	0.0899（5）	0.0902（6）	0.0893（4）
MAPE	1.5300（1）	1.5967（3）	1.5507（2）	1.5977（4）	1.6011（5）	1.6059（6）

1）A 表示 additive（加法）；A_d 表示 additive damped（加法阻尼）；N 表示 none（无）
2）括号中的数字表示模型预测精度的大小排序

表 3.6　样本外预测表现：*h* 步向前预测

步长	项目	DBSTS	ETS(A, A_d, N)	Auto ARIMA	Naïve Forecast	RW	AR(1)
$h=1$	RMSE	0.0078（1）	0.0167（3）	0.0113（2）	0.0217（6）	0.0204（5）	0.0161（4）
	MAPE	0.1923（1）	0.4108（4）	0.2775（2）	0.5336（6）	0.5032（5）	0.3960（3）

续表

步长	项目	DBSTS	ETS(A, A_d, N)	Auto ARIMA	Naïve Forecast	RW	AR(1)
$h=3$	RMSE	0.0606（1）	0.0897（2）	0.1076（4）	0.1157（6）	0.1148（5）	0.0960（3）
	MAPE	1.1236（1）	1.9625（2）	2.3771（4）	2.5846（6）	2.5644（5）	2.1245（3）
$h=6$	RMSE	0.0857（1）	0.2328（6）	0.1862（5）	0.1551（3）	0.1560（4）	0.1108（2）
	MAPE	1.7470（1）	5.2033（6）	4.1794（5）	3.3287（3）	3.3500（4）	2.3034（2）
$h=9$	RMSE	0.0588（1）	0.1186（6）	0.1006（5）	0.0815（4）	0.0804（3）	0.0699（2）
	MAPE	1.2993（1）	2.2009（6）	1.9059（5）	1.6139（4）	1.5977（2）	1.6019（3）

表 3.7 样本内 DM 检验和表 3.8 样本外 DM 检验的结果表明，DBSTS 模型并不明显优于使用 DM 测试的基准模型。但是，DBSTS 模型在方法上与基准模型不同。我们应该更加关注模型的不同预测因子和后验预测概率（Drachal，2016；Naser，2016）。通过以上分析，我们得到了更多影响油价的核心预测指标的信息。此外，从卡尔曼滤波分解后的趋势成分和回归成分中可以看出转折点。

表 3.7　样本内 DM 检验：一步向前预测

模型	DM 检验	p 值
ETS	−0.7708	0.2210
Auto ARIMA	−0.2888	0.3866
Naïve Forecast	−1.1521	0.1255
RW	−1.4253	0.0781
AR(1)	−1.0921	0.1382

表 3.8　样本外 DM 检验：*h* 步向前预测

步长	模型	统计值	p 值
$h=3$	ETS	−1.141 6	0.185 9
	Auto ARIMA	−1.449 1	0.142 2
	Naïve Forecast	−1.618	0.123 5
	RW	−1.609 6	0.124 4
	AR(1)	−1.333 9	0.156 9
$h=6$	ETS	−2.114 7	0.044 1*
	Auto ARIMA	−1.838 6	0.062 7
	Naïve Forecast	−1.376 9	0.113 5
	RW	−1.388	0.111 9
	AR(1)	−0.643 99	0.274 0

续表

步长	模型	统计值	p 值
$h=9$	ETS	–1.499 5	0.086 1
	Auto ARIMA	–1.300 3	0.114 9
	Naïve Forecast	–1.044 7	0.163 3
	RW	–1.029 3	0.166 7
	AR(1)	–0.949 55	0.185 1

*表示在 95%显著水平下

3.4.3 结果分析

首先，应用卡尔曼滤波的分解方法，从趋势成分和回归成分中可以看出原油价格出现了两个明显的转折点，2008 年的金融危机和 2014 年国际原油严重的供应过量。其次，BMA 方法提取的核心影响因素表明，供需基本面（全球经济发展水平、库存）、金融市场（货币市场、商品市场）对国际原油价格的影响最大。这再次证明原油不仅具有商品属性，其金融属性也越来越强。最后，DBSTS 模型在所有条件下都优于基准模型。由于 ARIMA 等预测方法的函数形式是相对固定的，对于结构不同的经济时间序列，函数形式固定的预测方法并不理想，尤其是当影响因素较多时。因此，DBSTS 方法可以较好地应用于油价的短期预测。另外，DBSTS 模型在方法上与基准模型不同。我们应该更加关注模型的不同预测因子和后验预测概率。通过以上分析，我们得到了更多影响油价的核心预测指标的信息。此外，从卡尔曼滤波分解后的趋势成分和回归成分中可以看出转折点。

3.5 本章小结

自 2004 年以来，油价波动剧烈，油价的影响因素已经不仅是供求关系。新能源的崛起、贸易摩擦等事件对原油价格产生了重大影响。与此同时，全球经济的好转，美国石油产量尤其是页岩油产量的大幅增长，以及维也纳联盟被认为是决定当前国际油价走势的三大新因素。因此，在全球能源转型趋势下，分析原油市场的新结构特征及核心影响因素是现今原油市场研究的热点问题之一。

本章在 BSTS 模型的基础上，引入滞后变量和 Google Trends 变量，将自变量扩展到 415 个，建立了 DBSTS 模型。BSTS 模型包括三种贝叶斯技术：基本的结构时间序列模型（包含卡尔曼滤波方法）、SSR 模型和 BMA。其中，SSP 被首次应用到原油价格核心影响因素的提取中，该模型能有效地解决变量稀疏性问题，避免胖回归。

首先，利用卡尔曼滤波方法对原油月度价格进行分解，将数据分解成趋势项、季节项和回归项。不同于其他分解方法，该方法可以引入回归成分。结果表明，相较于趋势成分和季节成分，回归成分的波动更明显。特别是，从趋势成分和回归成分中可以看出，在2008～2009年和2014～2015年原油价格出现了两个明显的转折点，对应着历史上的突发事件是2008年金融危机和2014年国际原油供需关系出现严重的供应过量。在经济衰退期开始时（拐点附近），不包含解释变量的单变量时间序列模型产生了较大的累积绝对误差，而包含解释变量的结构时间序列模型的累积绝对误差仍然保持大致不变的速度。使用包含自变量的模型通常会比不包含解释变量的单变量时间序列模型具有稍低的累积绝对误差。该方法的另一个优势是有助于解决转折点问题。因为学者普遍认为，经济时间序列预测中最具挑战性的问题之一是预测转折点。

其次，利用SSR方法提取了石油价格的核心影响因素。由于不同历史阶段市场供求关系的不同，因此影响油价的核心因素也不同。在所有模型中，包含五个自变量的 DBSTS 模型出现的频数最高。后验包含概率最高的五个变量是原油价格的一阶滞后项、美国 PPI：能源：季调、实际美元指数：广义、美国原油商业库存、LME铜期货收盘价。可以看出，近年来，全球经济发展和库存（原油市场供求）以及商品市场和货币市场（金融市场）已经成为影响油价变化的主要因素。然而，随着“新三角”时代的到来和网络数据的应用，搜索数据和美国页岩油产量已经成为当前阶段的新的主要因素。因此，本章在五个核心影响因素的基础上，加入这两个因素，构建了一个新的DBSTS模型。

Google Trends代表的是市场关注度，关注度上升，意味着市场交易者对油价的关注增加，油价一定处于剧烈波动的状态，特别是在有突发的地缘事件发生时。这可以用行为金融理论进行解释，搜索数据反映了市场参与者的心理预期，影响油价波动。美国页岩油产量目前对油价的影响较小，未来对油价的影响程度将取决于其能否克服产能瓶颈。随着数据量的增大，越来越多的数据带来了胖回归，即变量的稀疏性问题。这为模型变量的选择和模型的不确定性带来了挑战，SSR方法在解决该问题时具有一定的优势。

最后，利用BMA方法对石油价格进行了预测。本章比较了DBSTS模型与其他基准模型的预测精度。结果表明，DBSTS模型的预测能力比基准模型好，特别是在短期预测方面。DM检验的结果显示，没有证据表明DBSTS模型明显优于基准模型。这是因为 DBSTS 模型在方法上本就与基准模型不同，该模型可以通过不同的预测因子和后验预测概率得到更多的信息。

第4章 基于变量选择-LSTM集成模型的原油价格分析及预测

本章首先基于“新三角”视角下原油价格驱动机理分析，从原油价格的数据特点、数据结构出发，选取三种代表性的特征提取方法：GLMNET、BMA 方法和 SSL 方法对核心影响因素进行评估和筛选，并比较分析不同模型的筛选结果。其次，将特征提取方法与新的 LSTM 模型相结合构建集成预测研究框架。最后，选择 RW 模型、ARMA 模型、MLP 模型、ENN 模型、ELM 模型、WNN 模型、RBFNN 模型、GRNN 模型与本章构建的集成模型进行比较。同时，利用 RMSE、MAPE、DS 等评价指标对不同结果进行对比分析。实证结果表明，变量选择-LSTM 集成模型在水平和方向预测精度上均优于基准方法。

本章主要包括以下内容：4.1 节主要对相关研究进行简单介绍；4.2 节介绍了基于变量选择-LSTM 集成模型的框架并对模型方法的构建进行了详细的介绍；4.3 节利用构建的集成预测模型对原油价格进行预测，同时与传统的单一基准模型和其他综合集成基准模型进行了比较；4.4 节对本章进行了小结。

4.1 引　　言

原油是国家的战略资源也是重要的大宗商品，油价涨跌是全球经济发展的“晴雨表”，准确地分析和预测油价的走势对国家战略储备、企业的生产与投资决策等都具有十分重要的意义。原油具有战略资源和金融双重属性，一方面，对金融市场和实体经济都有重要的影响，各国央行和政府将油价作为评估宏观经济风险和进行宏观经济预测的关键变量之一；另一方面，相关贸易部门和企业常依赖对石油价格的预测进行贸易，投资者也会根据油价预测来进行资产配置。然而，随着市场间的联动、世界经济及能源的不确定性，影响石油价格的因素也变得多样化，难以主观地指出哪几个因素对油价的影响占主导作用，若将所有可能的影响因素都加入现有的油价预测模型中，可能会导致过拟合问题，从而影响预测结果。

随着金融市场信息传导关系的逐渐多样化和复杂化，国际原油价格的影响机理在发生变化。在不同的历史阶段，决定原油市场价格走势的影响因素也在发生变化（Hamilton，2009b）。特别是，近年来世界石油供需形势出现了新的变化，石油市场呈现出新的结构特征，带动了全球石油贸易的格局调整。作为一种战略物资，石油的流动性不断加强（Ratti and Vespignani，2013）。同时，市场投机行为进一步强化，市场交易力量重新洗牌，石油的金融属性得到了进一步加强（Ji and Fan，2012；Wang and Wu，2012；Narayan et al.，2015）。随着国际油价与宏观经济之间影响的日益紧密，国际原油价格波动分析不仅会对企业的生产与投资决策起到十分重要的作用，而且对国家安全和经济发展、节能减排也具有重要的意义。正是由于原油的重要性，国际油价的预测研究一直是学术界、企业家及政府关注的热点问题，因此也出现了大量具有理论及实际应用价值的研究成果。

随着数据量的激增和影响因素的复杂化，传统的计量经济模型对油价的预测误差较大，精度不高。机器学习预测方法在处理非线性问题和短期预测等方面表现出了优越性，其预测效果优于传统方法。近年来，支持向量机、人工神经网络（artificial neural network，ANN）、遗传算法（genetic algorithm，GA）和小波分析等方法被引入到石油价格预测中（Xiong et al.，2013；Zhao et al.，2017）。例如，Xiong 等（2013）提出了一种综合模型 EMD-FNN-SBM，该模型是 EMD、前馈神经网络（feedforward neural network，FNN）建模框架并结合了基于 slope 的方法（slope based method，SBM）。结果表明，采用多输入多输出（multiple-input multiple-output，MIMO）策略的模型预测精度最高。Zhao 等（2017）提出了用于石油价格预测的叠加去噪自编码模型，实验结果证明了该方法的有效性和鲁棒性。

在过去的几十年里，越来越多的因素和模型被引入，大量研究验证得出引入几个不同的因素可以提高石油价格预测精度。但许多研究者总是直接选择一般的因素和模型，而不考虑哪些指标才是真正的核心变量。特别是，随着数据和量化指标的扩展，变量选择变得越来越重要。近年来，一些论文开始在预测前提取核心因素。虽然在一些机器学习方法中存在变量选择过程，但它们都嵌套在预测中，只是为了保证模型的鲁棒性（Drezga and Rahman，1998；May et al.，2008；Korobilis，2013；Huang et al.，2014；Chai et al.，2018a；Zhang et al.，2019）。通过文献回顾可以发现，较少文献在预测前对变量进行了筛选。例如，Chai 等（2018a）在建立预测模型之前，采用 BMA 方法对油价影响变量的选择进行了研究。Zhang 等（2019）在预测变量多但数据相对较少的情况下，使用弹性网络模型和 LASSO 收缩两种方式准确筛选出了影响油价的主要因素。首先，从变量选择的角度研究了影响油价预测的主要因素。其次，使用多种稳健性检验方法综合验证了弹性网络模型和 LASSO 收缩方法预测油价的准确性与稳健性。结果表明，LASSO 收缩和弹性网络模型样本外预测结果要优于其他常用的油价预测模型。投资者若基于这两种方法的预测结果进行资产配置，可获得比使用其他油价预测模型更为可观的收益。

基于此，本章提出了一种新的变量选择-机器学习集成模型的原油价格预测方法。本章将变量选择结合机器学习构建一个研究框架对原油价格进行预测。首先，在变量选择过程中，介绍了三种具有不同优势的数据特征提取方法：GLMNET、BMA 方法和 SSL 方法对核心影响因素进行评估和筛选。其中，SSP 被首次应用到原油价格的核心影响因素的提取中，该模型能有效解决变量稀疏性问题，避免胖回归。其次，将特征提取方法与一种新的 LSTM 方法相结合构建集成预测研究框架。最后，选择 RW 模型、ARMA 模型、MLP 模型、ENN 模型、ELM 模型、WNN 模型、RBFNN 模型和 GRNN 模型与本章构建的变量选择-机器学习集成预测模型进行比较。同时，利用 RMSE、MAPE、DS 等评价指标对不同结果进行了对比分析。具体的研究框架图如图 4.1 所示。

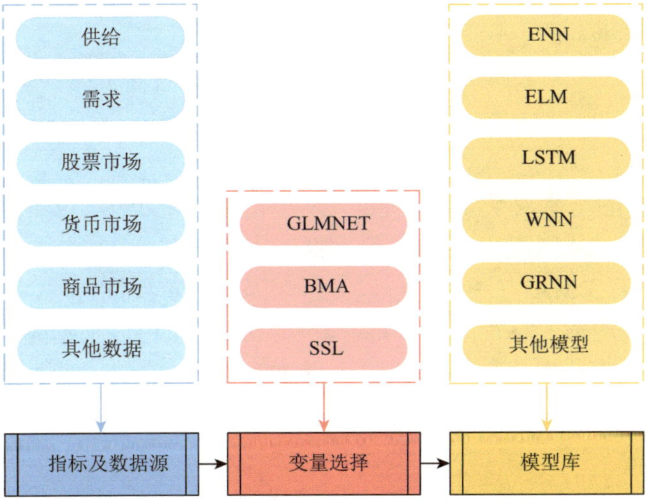

图 4.1　变量选择-LSTM 集成模型研究框架

4.2　模 型 建 立

4.2.1　GLMNET

Zou 和 Hastie（2005）提出了变量选择的弹性网络方法，认为该方法是处理多重共线性和变量筛选的最佳收缩方法，因为其损失精度不太大。仿真结果表明，弹性网在预测精度方面优于 LASSO。与 LASSO 类似，弹性网在自动选择变量和连续收缩的同时，还可以选择一组相关的变量。一方面达到岭回归的目的——对重要特征进行选择；另一方面，可以去除对因变量影响较小的特征，特别是当样本容量 n 小于预测因子个数 p 时，具体公式参考 Zou 和 Hastie（2005）的研究。

本章选取了 GLMNET 方法，GLMNET 是一个通过惩罚极大似然来拟合广义线性模型的包，在正则化参数 λ 的网格上计算套索或弹性网惩罚的正则化路径。该算法速度极快，能充分利用输入矩阵 X 的稀疏性，适用于线性、逻辑、多项式、泊松和 Cox 回归模型，它也适用于多响应线性回归。

$$\min_{\beta_0,\beta}\frac{1}{N}\sum_{i=1}^{N}\omega_i l\left(y_i,\beta_0+\beta' x_i\right)+\lambda\left[(1-\alpha)\|\beta\|_2^2/2+\alpha\|\beta\|_1\right] \tag{4.1}$$

公式（4.1）是覆盖整个范围的 λ 的值的网格，$l(y,\eta)$ 是对观测值 i 的负对数似然贡献。例如，对于高斯分布，它是 $\frac{1}{2}(y-\eta)^2$。弹性网惩罚被 α 控制，并缩小了 LASSO（默认值 α=1）和岭回归（默认值 α=0）之间的差距。调优参数 α 控制惩罚的总体强度。

4.2.2　BMA

BMA 方法的基本思想是每个模型不是完全被接受的，也不是完全被否定的（Leamer，1978）。BMA 方法通过设置不同的先验概率分布，将主观信息与模型和数据信息相融合。BMA 方法不但可以对影响因素的重要性排序，而且可以计算出相应系数的后验均值、标准差等指标。利用 MCMC 可以根据先验信息估计出模型的权值分布（Godsill，2001；Green，1995）。MCMC 方法克服了 BIC 法、AIC 法和 EM 法的不足。具体公式参考 Bernardo 等（1999）、Raftery 等（1997）和 Leamer（1978）的研究。

基于此，本章利用 MCMC 模拟方法进行 BMA 计算，根据先验信息进行模型的权重分配。MCMC 方法具有以下三个优点：①在不同的条件概率分布下不需改变运算法则；②全面地考虑了 BMA 的权重和方差的后验分布；③能处理 BMA 中相关性很高的参数。

假设 y 是预测变量，$M=\{m_1,m_2,\cdots,m_k\}$ 为所有可能的模型集合，$p(m_k)$ 为模型 m_k 的先验概率，θ_k 为模型 m_k 的参数，σ_k 为模型 m_k 的方差，$p(\theta_k|m_k)$ 是参数的先验密度，$D=(y_1,y_2,\cdots,y_T)'$ 为给定样本数据，y_T 表示 T 时刻的观察值，$p(D|m_k)$ 为边际似然，在给定样本数据 D 的情况下考虑模型的不确定性，y 的后验分布为

$$p(y|m_1,m_2,\cdots,m_k,D)=\sum_{k=1}^{K}p(y|m_k,D)p(m_k|D) \tag{4.2}$$

$p(m_k|D)$ 是后验概率，代表每个预测模型描述实际过程的概率；$p(y|m_k,D)$ 是

在给定数据和模型的情况下，预测变量 y 的后验分布。通过贝叶斯定理可以求出模型 m_k 的后验概率是

$$p(m_k|D)=\frac{p(m_k)p(D|m_k)}{\sum_{j=1}^{K}p(m_j)p(D|m_j)} \tag{4.3}$$

模型 m_k 的边际似然为 $p(D|m_k)$：

$$p(D|m_k)=\int p(D|\theta_k,m_k)p(\theta_k|m_k)\mathrm{d}\theta_k \tag{4.4}$$

其中，$p(\theta_k|m_k)$ 为在给定模型 m_k 下参数 θ_k 的先验密度；$p(D|\theta_k,m_k)$ 为在给定模型 m_k 下，数据 D 的似然函数。对公式（4.4）两边同时取期望，则满足最小均方差的组合预测值为

$$E_{\mathrm{BMA}}(y|D)=\sum_{k=1}^{K}p(m_k|D)E\left[p_k(y|m_k,D)\right]=\sum_{k=1}^{K}w_k m_k \tag{4.5}$$

公式（4.5）表示以模型的后验概率 $p(m_k|D)$ 为权重（$w_k=p(m_k|D)$）对所有可能的模型预测值 $E(y|m_k,D)$ 进行加权平均。

4.2.3　SSL 模型

虽然模型平均被认为是一种处理变量选择和假设检验任务的方法，但只有在贝叶斯环境下可以这么认为，因为模型概率是必需的。最近 Ročková 和 George 引入了一种新的自适应惩罚函数，超越了基于完全贝叶斯针板（Bayes spike and slab）函数的可分离惩罚框架（Ročková and George，2018）。SSL 模型通过不可分的贝叶斯惩罚函数，可以借用坐标间的强度，适应集合稀疏信息，实现多重调整。同时，它使用了一个含有递增 Spike 惩罚函数 λ_0 的拉普拉斯混合序列，并将 λ_0 固定在一个小的常数上。它不同于 LASSO 方法，LASSO 是一个具有递增惩罚函数 λ 的单独的拉普拉斯先验序列。此外，它为 SSL 先验重新部署了贝叶斯变量选择的期望最大化算法过程（the expectation-maximization approach to Bayesian variable selection，EMVS；一个有效的 EM 算法用于贝叶斯模型的扩展与高斯 Spike-slab 混合）（Ročková and George，2018）。通过阈值自动变量选择可以减少有偏的估计，而且能够更快地收敛。第 3 章对 SSP 做了介绍，这里不再赘述，具体公式参考 Ročková 和 George（2018）的研究。

4.2.4　LSTM 模型

LSTM 最初是由 Hochreiter 和 Schmidhuber（1996）引入的，是一类特殊的递归

神经网络（recurrent neural network，RNN）。其主要目标是对长期依赖关系进行建模，并确定时间序列的最佳时滞。我们从基本的 RNN 开始介绍，然后介绍 LSTM 模型。

RNN 是一种深度神经网络结构，在时间维度上具有较深的结构，因此被广泛应用于时间序列建模。传统神经网络的假设是输入向量都是相互独立的，导致其不能充分利用序列信息。相比之下，RNN 模型增加了一个由时间序列的序列信息生成的隐藏状态，其输出依赖于隐藏状态。图 4.2 是将一个 RNN 模型展开成了一个完整的网络。

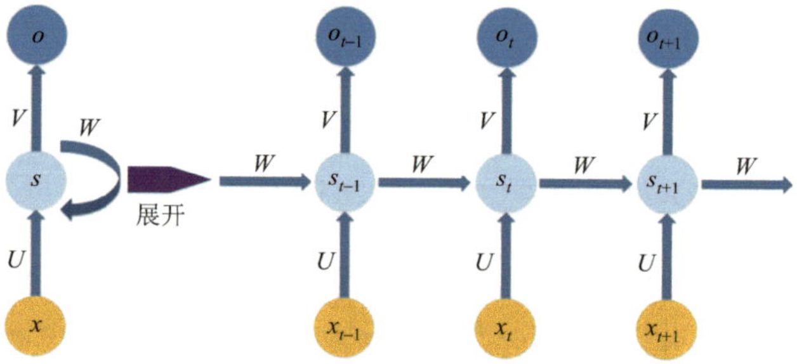

图 4.2　RNN 结构

在图 4.2 中，x_t 表示在时间 t 时的输入向量；s_t 表示在时间 t 时的隐藏状态，由输入向量和前一个隐藏状态决定。隐藏状态 s_t 的确定如下所示：

$$s_t = f\left(Ux_t + Ws_{t-1}\right) \tag{4.6}$$

其中，$f(\cdot)$ 为激活函数。有许多激活函数种类，如 ReLU 和 Sigmoid 函数。初始隐藏状态 s_0 一般初始化为 0。o_t 为输出向量，$o_t = f(Vs_t)$。U 和 V 分别为隐含层和输出层的权值。W 为隐藏状态的转移权值。

虽然 RNN 能很好地模拟时间序列数据，但由于存在消失梯度问题，长期依赖关系难以建立，而 LSTM 是一种利用存储单元解决消失梯度的有效方法。一个记忆细胞由输入门、遗忘门、输出门和一个自递归神经元四个单元组成（图 4.3）。

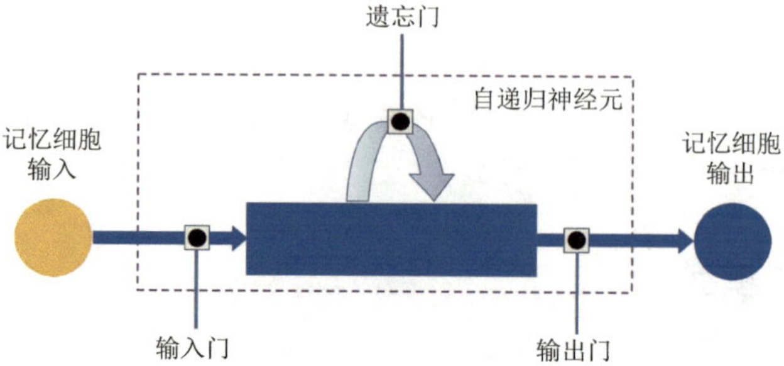

图 4.3　LSTM 存储单元的体系结构

该门限控制相邻的内存单元之间的相互作用。输入信号是否能改变存储单元的状态由输入门控制。输出门可以控制存储器单元的状态，从而决定是否改变其他存储器单元的状态。另外，遗忘门限可以选择性地记住或忘记它之前的状态。

图 4.4 展示了 LSTM 网络中展开的模块，它描述了如何更新每个门的值。其中，x_t 表示记忆单元的输入向量；$W_i,W_f,W_c,W_o,U_i,U_f,U_c,U_o$ 和 V_o 都是权值矩阵；b_i,b_f,b_c 和 b_o 均为阈值向量；i_t 和 $\tilde{C}_t$ 分别表示输入门限和记忆单元的候选状态的值；f_t 和 C_t 分别是遗忘门限和记忆单元状态的值；o_t 和 h_t 分别是输出门限和记忆单元的值，具体如下：

$$i_t = \sigma\left(W_i x_t + U_i h_{t-1} + b_i\right) \tag{4.7}$$

$$\tilde{C}_t = \tan h\left(W_c x_t + U_c h_{t-1} + b_c\right) \tag{4.8}$$

$$f_t = \sigma\left(W_f x_t + U_f h_{t-1} + b_f\right) \tag{4.9}$$

$$C_t = i_t \times \tilde{C}_t + f_t \times C_{t-1} \tag{4.10}$$

$$o_t = \sigma\left(W_o x_t + U_o h_{t-1} + V_o C_t + b_o\right) \tag{4.11}$$

$$h_t = o_h \times \tan h(C_t) \tag{4.12}$$

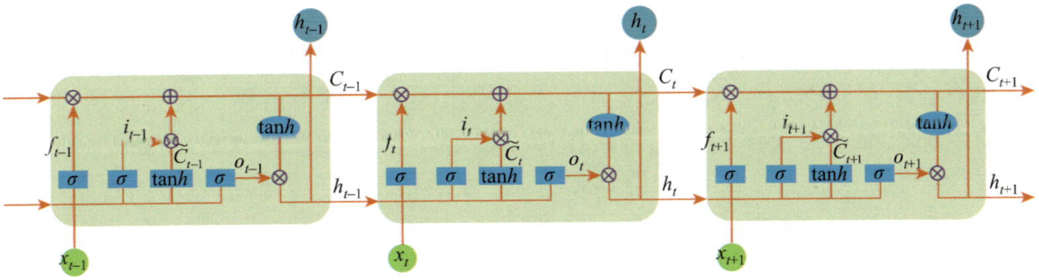

图 4.4　LSTM 中的重复模块包含四个交互层

LSTM 神经网络的体系结构包括隐含层的数量和延迟的数量，分别表示样本内数据集和样本外数据集。目前，还没有选择延迟和隐藏层数量的经验法则。在本章中，通过试错法将隐藏层数量和延迟数量分别设置为 5 和 4。采用反向传播（back propagation，BP）算法对 LSTM 神经网络和 MLP 神经网络进行训练。收敛速度由学习速度控制，这是一个随时间递减的函数。学习率、批量值和 epoch 值分别为 0.05、60 和 1000。学习率是关于时间的减函数，用以控制收敛速度。当 epoch 值和学习率设置为 1000 和 0.05 时可以实现训练集的收敛性，一旦收敛，实证结果将趋于稳定，可以参考 Hochreiter 和 Schmidhuber（1996）的研究。

4.3 实证分析

在本节中，我们将变量选择-LSTM 集成学习方法和一些基准模型的预测性能进行比较。首先，4.3.1 节对所选数据和指标进行描述，4.3.2 节对三种特征提取方法筛选的核心影响因素的结果进行了比较分析，4.3.3 节给出了预测精度比较的结果。最后，相关结果的经济分析见第 4.3.4 节。

4.3.1 数据描述及指标选取

分析总结相关研究（Hamilton，2009a，2009b；Kilian and Murphy，2014；Wang et al.，2017；Zhang et al.，2017）后，本章从供给、需求、库存、股票市场、货币市场、技术等方面选取了 30 个变量作为初始特征变量。因为 WTI 价格被普遍视为石油定价的基准，本章选取 WTI 原油现货价格（月度）作为因变量。考虑到记录页岩油产量数据最早的时间是 2000 年，本章所选样本区间是 2000 年 1 月至 2017 年 12 月[①]。为保证数据的平稳性及消除异方差性，我们使用了数据的对数收益率。以产量、能源消费结构和替代资源成本作为相关变量来衡量供给指标。需求指标包括发达国家需求、中国需求和全球经济发展，是衡量全球实际经济活动的指标。同时，我们选择 OECD 原油总库存、美国原油库存（总库存、战略库存和商业库存）作为库存指标。另外，从投机因素、货币市场、股票市场、商品市场中选取相关变量作为金融因素指标。最后，我们计算了 WTI-Brent 原油现货价差、WTI 原油价格实际裂解价差和 Brent 原油价格实际裂解价差作为技术指标。每个变量及其对应的数据的具体来源及描述见表 4.1。

表 4.1　变量描述及数据来源

一级指标	二级指标	变量	单位	标记	数据来源
因变量		WTI 原油现货价格	美元/桶	Y	EIA
供给	产量	OPEC 原油产量	千桶/天	X_1	EIA
		非 OPEC 原油产量	千桶/天	X_2	EIA
		世界原油产量	千桶/天	X_3	EIA
	替代资源成本	Henry Hub 天然气现货价格	美元/百万英热	X_4	EIA
	能源消费结构	美国页岩油产量	百万桶/天	X_5	EIA

① 本章写作完成时间为 2018 年 6 月。

续表

一级指标	二级指标	变量	单位	标记	数据来源
需求	发达国家需求	OECD 石油消费量	千桶/天	X_6	EIA
	中国需求	中国石油进口量	万吨	X_7	Wind
	全球经济发展	美国联邦基金利率		X_8	美联储
		Kilian 经济指数		X_9	Kilian 个人主页
		美国 CPI：季调	1982～1984 年＝100	X_{10}	Wind
		美国 CPI：能源：季调	1982～1984 年＝100	X_{11}	Wind
		美国 PPI：季调	1982 年＝100	X_{12}	Wind
		美国 PPI：能源：季调	1982 年＝100	X_{13}	Wind
		欧盟 28 国 PPI	2015 年＝100	X_{14}	Wind
		美国 PMI		X_{15}	Wind
库存	经合组织成员国库存	OECD 原油总库存	百万桶	X_{16}	EIA
	美国原油库存	美国原油总库存	百万桶	X_{17}	EIA
		美国原油战略库存	百万桶	X_{18}	EIA
		美国原油商业库存	百万桶	X_{19}	EIA
投机因素		原油非商业净多头比率		X_{20}	CFCT
货币市场		实际美元指数：广义	1973 年 3 月＝100	X_{21}	美联储
		欧元对美元汇率		X_{22}	美联储
股票市场		标准普尔 500 指数：收盘价	点	X_{23}	Wind
		道琼斯工业指数：收盘价	点	X_{24}	Wind
		纳斯达克指数：收盘价	点	X_{25}	Wind
商品市场		COMEX 黄金期货收盘价	美元/盎司	X_{26}	Wind
		LME 铜期货收盘价	美元/吨	X_{27}	Wind
技术	价差（Baumeister et al.，2018）	WTI-Brent 原油现货价差		X_{28}	EIA
		WTI 原油价格实际裂解价差		X_{29}	EIA
		Brent 原油价格实际裂解价差		X_{30}	EIA

4.3.2　核心因素分析

在筛选统计数据时，为了保证数据的平稳性，本章对 30 个统计指标进行对数收益率处理。表 4.2 是核心因素的提取结果。从表 4.2 可以看出，GLMNET 方法选择的变量最多（18 个变量），分别是非 OPEC 原油产量、美国页岩油产量、美国联邦基金利率、Kilian 经济指数、美国 CPI：季调、美国 PPI：能源：季调、欧盟 28 国 PPI、美国 PMI、OECD 原油总库存、美国原油战略库存、美国原油商业库存、原油非商业净多头比率、实际美元指数：广义、COMEX 黄金期货收盘价、LME 铜期货收盘价、WTI-Brent 原油现货价差、WTI 原油价格实际裂解价差、Brent 原油价格实际裂解价差；然后是 BMA 方法（11 个变量）；最后是 SSL 方法，其包含的变量最少（8 个变量）。同时，SSL 方法选择的变量是 BMA 方法的一个子集，而 BMA 方法选择的变量是 GLMNET 方法选择的变量的一个子集。

表 4.2　核心因素的提取结果

特征提取方法	选择的变量
GLMNET	X_2、X_5、X_8、X_9、X_{10}、X_{13}、X_{14}、X_{15}、X_{16}、X_{18}、X_{19}、X_{20}、X_{21}、X_{26}、X_{27}、X_{28}、X_{29}、X_{30}
SSL	X_{13}、X_{14}、X_{15}、X_{20}、X_{21}、X_{27}、X_{29}、X_{30}
BMA	X_{13}、X_{14}、X_{15}、X_{16}、X_{18}、X_{19}、X_{20}、X_{21}、X_{27}、X_{29}、X_{30}

综合考虑三种方法的变量选择结果，总结如下。

从供给方面来看，GLMNET 方法选择了非 OPEC 原油产量和美国页岩油产量，这表明随着 OPEC 产量的减少，非 OPEC 国家的生产能力在逐渐增加。特别是近年来，美国页岩油产量已成为影响油价走势的重要因素。根据 IEA 的报告，到 2023 年，全球石油日产量预计将增加 640 万桶，至 1.07 亿桶，而美国页岩油产量的增加量将占全球增加量的 60%。同时，2017 年美国的石油产量位居世界第一。

从需求来看，全球经济发展仍然是原油价格上涨的主要动力。具体地说，三种方法都选择了美国 PPI：能源：季调、欧盟 28 国 PPI 和美国 PMI 这三个因素。原油是工业、农业、交通运输的重要原料，也是中下游能源、化工产品的主要母产品。因此，原油在生产生活资料价格中占有极其重要的地位。例如，石油价格继续大幅下跌，必然会降低整个国家的物价水平。此外，这将对货币波动产生更大的负面影响，使货币由扩张转为收缩。

在库存方面，GLMNET 方法和 BMA 方法均选择了 OECD 原油总库存、美国原油战略库存和美国原油商业库存三个指标作为原油供求平衡的指示器。此外，商业库存对油价的影响要大得多。当油价未来预期的价格远高于现货价格时，石油公司将增加商业库存，刺激现货价格上涨，从而缩小价差。当未来预期的价格低于现货价格时，石油公司将减少商业库存，现货价格降低，从而与期货价格形成合理的价差。

从投机方面看，原油非商业净多头比率与油价之间存在正相关关系（Sanders et al.，2004）。随着原油市场和股票市场的关联逐渐加强，套期保值在推动市场交易中发挥的作用将越来越重要（Coleman，2012）。

从货币市场看，实际美元指数：广义指标被提取出来。美元指数是衡量美元对一篮子货币汇率变化程度的指标。如果美元继续下跌，以美元计价的石油产品的实际收入将下降，这将导致原油价格上涨。

从商品市场看，LME 铜期货收盘价指标被选择。铜作为大宗商品，具有抵抗通货膨胀的作用，而国际油价与通货膨胀水平关系密切。从长期趋势来看，二者之间的影响不断加强。

从技术指标看，三个方法都选择了 WTI 原油价格实际裂解价差和 Brent 原油价格实际裂解价差。此外，GLMNET 方法还选择了 WTI-Brent 原油现货价差，价差是判断原油市场是否趋紧的一个指标。价差的扩大，意味着全球供需可能会达到一个平衡。受到美国页岩油革命的影响，2015 年前后的原油价差趋势出现了显著的差异。自 2014 年以来，美国页岩油产量大幅飙升。然而，由于石油禁运，美国多余的原油无法出口，导致美国库欣原油库存大幅增加。这一阶段的价差主要受 WTI 原油价格的影响，价差与油价走势的相关性不强。2015 年底美国解除石油出口禁令后，油价价差与油价走势的相关性明显增强。在石油出口禁令解除后，WTI 原油价格不再仅受美国国内供求关系的影响。在此期间，Brent 原油和 WTI 原油的价格更为一致，导致价差收窄。此外，2015 年以后，两者的一致性显著提高。

综上所述，三个模型都选择了的指标是美国 PPI：能源：季调、欧盟 28 国 PPI 和美国 PMI（全球经济发展）；原油非商业净多头比率（投机因素）；实际美元指数：广义（货币市场）；LME 铜期货收盘价（商品市场）；WTI 原油价格实际裂解价差和 Brent 原油价格实际裂解价差（技术）。

4.3.3　预测性能比较

为了验证本章所提出的变量选择-机器学习集成方法的预测能力，本章选择了 9 个基准模型，包括 7 个多变量模型：MLP、RBFNN、GRNN、ENN、WNN、ELM 和 LSTM，以及 2 个单变量模型 RW 和 ARMA。在本章中，MLP 输出层神经元个数为 1，训练阶段的迭代次数为 10 000 次，隐含层神经元个数通过试错法确定为 11。通过试错法，将 LSTM 隐含层数和延迟数分别设置为 5 和 4，输出层神经元个数为 1，采用 BP 算法训练 LSTM 神经网络的结构，将学习速率、批量大小和 epoch 数量分别设置为 0.05、60 和 1000。收敛速度由学习速度控制，这是一个随时间递减的函数。当 epoch 的数量和学习速率设置为 1000 和 0.05 时可以实现训练集的收敛性，实证结果将趋于稳定，可以实现训练集数据的收敛。当参数组合发生变化时，一旦收敛，实验结果将趋于稳定。所有的模型都是通过 Matlab 2017b 软件实现的。

本章从水平预测和方向预测两个方面，将提出的变量选择-机器学习集成方法的预测性能与其他基准模型进行比较。首先，RMSE、MAPE、DS 被用来评价样本内和样本外的预测性能（Yu et al.，2008，2016；Drachal，2016；Mostafa and El-Masry，2016）。具体结果见表 4.3。

表 4.3　预测性能表现

种类	模型	样本内 $h=1$			样本外 $h=1$		
		RMSE	MAPE	DS	RMSE	MAPE	DS
单变量模型	RW	4.89%	4.02%	49.42%	5.74%	5.19%	48.84%
	ARMA	4.01%	3.54%	55.81%	4.87%	4.53%	53.49%
无变量选择	MLP	3.49%	2.68%	65.70%	4.62%	3.07%	62.79%
	RBFNN	3.56%	2.33%	66.28%	4.51%	2.91%	60.47%
	GRNN	3.36%	2.37%	66.86%	4.48%	2.85%	62.79%
	ENN	2.93%	1.79%	69.19%	3.61%	2.21%	67.44%
	WNN	2.39%	1.61%	70.35%	3.44%	1.78%	67.44%
	ELM	2.26%	1.52%	71.51%	3.11%	1.63%	69.77%
	LSTM	2.21%	1.35%	72.67%	3.17%	1.56%	69.77%
GLMNET	MLP	3.58%	2.17%	66.86%	4.49%	2.82%	60.47%
	RBFNN	3.36%	2.18%	69.17%	4.29%	2.72%	65.12%
	GRNN	3.13%	2.01%	68.60%	4.23%	2.56%	67.44%
	ENN	2.05%	1.38%	74.42%	3.18%	1.99%	69.77%
	WNN	1.95%	1.29%	75.58%	2.98%	1.82%	72.09%
	ELM	1.83%	1.26%	77.33%	2.93%	1.48%	69.77%
	LSTM	1.88%	1.17%	78.49%	2.76%	1.43%	74.42%
SSL	MLP	3.02%	2.11%	66.28%	4.12%	2.74%	65.12%
	RBFNN	2.59%	1.72%	69.77%	3.57%	2.43%	67.44%
	GRNN	2.57%	1.65%	70.35%	3.42%	2.23%	65.12%
	ENN	1.74%	0.92%	76.16%	2.89%	1.41%	72.09%
	WNN	1.63%	1.02%	78.49%	2.91%	1.45%	74.42%
	ELM	1.57%	0.95%	80.23%	2.62%	1.31%	72.09%
	LSTM	1.48%	0.85%	80.81%	2.45%	1.02%	76.74%

续表

种类	模型	样本内 $h=1$			样本外 $h=1$		
		RMSE	MAPE	DS	RMSE	MAPE	DS
BMA	MLP	2.81%	1.97%	70.93%	3.92%	2.64%	67.44%
	RBFNN	2.25%	1.66%	75.00%	3.41%	2.23%	72.09%
	GRNN	2.05%	1.52%	74.42%	3.18%	2.09%	69.77%
	ENN	1.28%	0.95%	78.49%	2.43%	1.01%	76.74%
	WNN	1.21%	0.92%	82.56%	2.08%	1.05%	74.42%
	ELM	1.29%	0.78%	83.72%	2.13%	0.91%	76.74%
	LSTM	1.12%	0.74%	84.88%	2.04%	0.83%	81.40%

其次，为了对本章提出的变量选择-机器学习集成方法的预测性能进行统计检验，本章采用 DM 检验和 PT（Pesaran and Timmermann）检验两种方法。DM 检验是将 RMSE 作为其损失函数，并将每个模型与 RW 进行比较。PT 检验用于检查真实值和预测值的方向移动是否相同。换句话说，它检查预测值的涨跌如何跟随时间序列的实际涨跌而变化。两个检验的原假设是，所研究的模型没有预测油价的能力，具体结果见表 4.4。

表 4.4　DM 和 PT 统计检验

类型	模型	样本内 $h=1$		样本外 $h=1$	
		DM	PT	DM	PT
单变量模型	RW	—	1.025	—	0.984
	ARMA	-2.053^{*}	2.178^{*}	-1.784^{*}	1.946
无变量选择	MLP	-7.107^{**}	3.372^{**}	-6.543^{**}	2.521^{*}
	RBFNN	-7.314^{**}	3.451^{**}	-6.745^{**}	2.873^{**}
	GRNN	-7.943^{**}	3.233^{**}	-7.153^{**}	3.084^{**}
	ENN	-8.017^{**}	5.484^{**}	-7.491^{**}	4.141^{**}
	WNN	-7.462^{**}	4.177^{**}	-6.897^{**}	3.052^{**}
	ELM	-7.516^{**}	4.635^{**}	-6.983^{**}	3.314^{**}
	LSTM	-8.214^{**}	4.464^{**}	-7.635^{**}	3.633^{**}
GLMNET	MLP	-8.425^{**}	3.951^{**}	-7.849^{**}	4.687^{**}
	RBFNN	-7.566^{**}	4.130^{**}	-6.951^{**}	3.892^{**}
	GRNN	-7.847^{**}	4.478^{**}	-7.283^{**}	4.174^{**}
	ENN	-8.362^{**}	5.632^{**}	-7.719^{**}	3.952^{**}

续表

类型	模型	样本内 $h=1$		样本外 $h=1$	
		DM	PT	DM	PT
GLMNET	WNN	−8.891**	4.655**	−8.206**	5.613**
	ELM	−7.195**	4.553**	−6.618**	2.370**
	LSTM	−7.219**	4.468**	−6.806**	2.855**
SSL	MLP	−7.873**	4.021**	−7.194**	3.324**
	RBFNN	−8.129**	5.566**	−7.506**	4.068**
	GRNN	−7.502**	5.171**	−6.904**	3.281**
	ENN	−7.604**	5.044**	−6.816**	3.693**
	WNN	−8.138**	4.936**	−7.728**	3.586**
	ELM	−8.608**	6.052**	−7.893**	5.024**
	LSTM	−7.672**	6.843**	−7.015**	4.338**
BMA	MLP	−7.748**	5.167**	−7.296**	4.844**
	RBFNN	−8.424**	5.023**	−7.693**	4.463**
	GRNN	−8.795**	6.431**	−8.334**	5.572**
	ENN	−7.796**	6.082**	−7.258**	5.185**
	WNN	−8.013**	7.690**	−7.374**	5.641**
	ELM	−8.507**	7.724**	−7.867**	6.030**
	LSTM	−9.304**	8.035**	−8.746**	6.544**

注：表中的值是计算后的 DM 和 PT 统计数据

*和**分别表示在 5%和 1%显著性水平下拒绝原假设

第 3 章已经介绍了 RMSE、MAPE 及 DM 检验方法，因此本章只介绍 DS 及 PT 检验，如下：

$$\mathrm{DS}=\frac{1}{T}\sum_{i=1}^{T}d_i\times 100\%,\quad d_i=\begin{cases}1, & (x_i-x_{i-1})(\hat{x}_i-x_{i-1})\geqslant 0\\ 0, & 其他\end{cases}\tag{4.13}$$

其中，T 为观察点个数；x_i 和 $\hat{x}_i$ 分别为 i 时刻的真实值与预测值。方向预测精度值越高，预测性能越好。

PT 统计量用来检验预测模型的方向预测能力（Pesaran and Timmermann，1992）。PT 统计的原假设 H0 为假设真实值与预测值的运动趋势是相互独立的。在原假设条件下，PT 统计量渐近地服从 $N(0,1)$，具体公式如下：

$$S_{\mathrm{PT}}=\left[\frac{P_*(1-P_*)}{T}\right]^{-0.5}(\hat{P}-P_*)\tag{4.14}$$

其中，$\hat{P}=\frac{1}{T}\sum_{t=1}^{T}H_t\left[(\hat{x}_{t+1}-\hat{x}_t)(x_{t+1}-x_t)\right]$ 为依据趋势移动正确预测的比例项；$P_*=p_1\hat{p}_1+(1-p_1)(1-\hat{p}_1)$ 为实际运动趋势与预测的运动趋势相互独立的成功比率，$p_1=\frac{1}{T}\sum_{t=1}^{T}H_t\left[(x_{t+1}-x_t)\right]$，$\hat{p}_1=\frac{1}{T}\sum_{t=1}^{T}H_t\left[(\hat{x}_{t+1}-\hat{x}_t)\right]$；$H(z)$ 是 Heaviside 函数，如果 $z\leqslant 0$，那么 $H(z)=0$，否则 $H(z)=1$。S_{PT} 值和相应的 p 值可以基于统计视角评估模型的方向预测能力。

比较表 4.3 的预测结果，我们可以得出几个有趣的结论：①不论是样本内预测还是样本外预测，本章所提出的变量选择-机器学习集成方法在训练集和测试集水平精度（RMSE、MAPE）及 DS 均优于单变量模型和未提取核心因素的模型。②在变量选择-机器学习集成模型中，BMA-LSTM 集成模型表现得最好，然后是 SSL-LSTM 和 GLMNET-LSTM。例如，在样本内提前一步预测时，BMA-LSTM 集成模型的样本内预测的 RMSE、MAPE、DS 分别为 1.12%、0.74%、84.88%，相比于 RW 分别提高了 3.77 个百分点、3.28 个百分点和 35.46 个百分点，相较于无变量选择的 LSTM 模型分别提高了 1.09 个百分点、0.61 个百分点和 12.21 个百分点。③在样本外提前一步预测时，BMA-LSTM 集成模型的 RMSE、MAPE、DS 分别为 2.04%、0.83%、81.40%，相比 RW 模型分别提高了 3.7 个百分点、4.36 个百分点和 32.56 个百分点，相较于无变量选择的 LSTM 模型分别提高了 1.13 个百分点、0.73 个百分点和 11.63 个百分点。首先，变量选择-机器学习集成模型的预测精度相较于单变量模型和无变量选择的机器学习模型显著提高了；其次，BMA 选择的核心变量个数在 3 个变量选择模型中不是最多的也不是最少的，说明核心变量的个数也会影响预测结果（Boivin and Ng，2006）。

根据表 4.4 统计检验的结果可以看出：①在样本内提前一步预测中，变量选择-机器学习集成模型的 DM 检验结果均小于–7.219，这就意味着本章所提出的方法的预测性能在 99%的置信水平下优于其他所有的基准模型，可能的原因是变量选择-机器学习集成模型显著地提高了模型的预测性能。②在样本外提前一步预测中，变量选择-机器学习集成模型的 DM 检验结果均小于–6.806，这表明 3 个变量选择-机器学习集成模型与其他 2 个单变量模型的预测性能在 99%的置信水平下好于无变量选择的机器学习模型。③无论是在样本内提前一步预测还是在样本外提前一步预测，在 3 个变量选择-机器学习集成模型的预测性能比较下，BMA-LSTM 集成模型预测性能表现都是最好的，接下来依次是 SSL-LSTM 和 GLMNET-LSTM，这表明本章提出的基于变量选择-机器学习的集成研究框架显著地提高了集成机器学习方法的预测性能。

PT 检验结果中也可以得到几个有趣的结论：①在样本内提前一步预测中，本章所提出的变量选择-机器学习集成方法的 PT 检验结果均在 99%的置信水平下拒绝了真实值与预测值的运动趋势是相互独立的假设，也就意味着本章提出的变量选择-机器学习方法是方向预测性能最好的，也可以看出 ARMA 的方向预测性能是最差的。②在样本外提前一步预测中，集成方法预测结果的 PT 检验值显著大于单变量模型，这就意味着集成方法的方向预测能力要优于单变量模型的预测性能，主要的原因是变量选择-机器学习集成思想显著提升了单变量模型的方向预测性能。③在样本内和样本外提前一步预测中，从变量选择-机器学习集成方法的 PT 检验结果可以看出，BMA-LSTM 的方向预测精度是最高的，接下来依次是 SSL-LSTM 和 GLMNET-LSTM，这主要得益于变量选择-机器学习集成方法的方向预测能力。

4.3.4　结果分析

变量选择的结果表明，GLMNET 方法选择的变量最多（18 个变量），然后是 BMA 方法（11 个变量），最后是 SSL 方法，其包含的变量最少（8 个变量），三种方法选择的核心影响因素是包含关系。三种方法都选择了的指标是美国 PPI：能源：季调、欧盟 28 国 PPI 和美国 PMI（全球经济发展）；原油非商业净多头比率（投机因素）；实际美元指数：广义（货币市场），LME 铜期货收盘价（商品市场）；WTI 原油价格实际裂解价差和 Brent 原油价格实际裂解价差（技术）。综上，首先，供需仍是决定油价的基本面；其次，随着原油市场和股票市场的关联逐渐加强，套期保值在推动市场交易中发挥着越来越重要的作用。从技术层面看，WTI-Brent 原油现货价差是判断原油市场是否趋紧的一个指标。价差的扩大，意味着全球供需可能会达到一个平衡。

预测性能结果表明，不论是在样本内预测还是在样本外预测，本章所提出的变量选择-机器学习集成方法在训练集和测试集水平精度（RMSE、MAPE）及 DS 均优于单变量模型和未进行核心因素提取的模型。这也进一步说明，在预测前选择影响油价核心影响因素的重要性。

4.4　本 章 小 结

本章提出了一种将变量选择和机器学习方法相结合的集成模型框架来预测油价，并将其预测性能与其他常用的基准预测方法（RW、ARMA、MLP、RBFNN、GRNN、ENN、WNN、ELM、LSTM）进行了比较。首先，从新市场结构下原油价格的数据特点、数据结构出发，选取三种代表性的特征提取方法：GLMNET、BMA 和 SSL 方法对核心影响因素进行评估和筛选。其次，将变量选择-机器学习集成模型的预测结果和未进行变量筛选的预测结果进行对比，比较各个模型的预测性能。具体来说，本章的主要贡献如下。

在预测前引入变量选择方法。在此过程中，比较了三种具有不同代表性的变量选择方法，并从供求、货币市场、商品市场、技术等方面进行了文献回顾，分析了核心影响因素。实证结果表明，SSL 方法选择的变量是 BMA 方法的一个子集，而 BMA 方法选择的变量是 GLMNET 方法的一个子集。三个特征提取模型都选择了的指标是美国 PPI：能源：季调、欧盟 28 国 PPI 和美国 PMI（全球经济发展）；原油非商业净多头比率（投机因素）；实际美元指数：广义（货币市场）；LME 铜期货收盘价（商品市场）；WTI 原油价格实际裂解价差和 Brent 原油价格实际裂解价差（技术）。

基于 3 个变量选择方法和 9 个基准预测模型，测试本章构建的变量选择-机器学习集成预测框架的性能。结果表明：①不论是样本内预测还是样本外预测，本章所提出的变量选择-机器学习集成方法在训练集和测试集水平精度（RMSE、MAPE）及 DS 均优于单变量模型和未进行核心因素提取的模型。②首先，在变量选择-机器学习集成模型中，BMA-LSTM 集成模型表现得最好，然后是 SSL-LSTM 和 GLMNET-LSTM。这说明变量选择-机器学习集成模型预测精度相较于单变量模型和无变量选择的机器学习模型显著提高了；其次，BMA 选择的核心变量个数在 3 个变量选择模型中不是最多的也不是最少的，说明核心变量的个数也会影响预测结果。③统计检验的结果表明，不论是在样本内提前一步预测还是在样本外提前一步预测中，BMA-LSTM 集成模型的方向预测精度和水平预测精度都是最好的，接下来依次是 SSL-LSTM 和 GLMNET-LSTM。这表明本章提出的基于变量选择-机器学习的集成研究框架显著地提高了油价的预测性能。

第 5 章　基于区间门限自回归方法的原油价格分析及预测

现有油价预测模型的核心是基于点值的输入和输出，这可能会导致波动信息的损失。本章基于 Sun 等（2018a）的研究，提出 TARIX 模型来分析和预测区间值原油价格，以解决波动信息损失这一问题。与基于点值的预测方法相比，TARIX 模型同时捕获了价格趋势和波动的非线性特征，这种信息增溢可以使预测更准确。此外，本章在变量选择的基础上进一步分析了几种区间值影响因素和点值阈值变量，包括供求、库存、投机因素、股票市场、货币市场、商品市场、技术指标和 Google Trends 搜索数据。实证结果表明，具有适当阈值变量的 TARIX 模型优于其他预测模型（ACIX 模型、CR-SETARX 模型、ARX 模型和 VARX 模型）；在预测原油价格时，油价区间信息比油价水平信息更有价值，这与原油市场价格变动的事实相一致。

本章主要包括以下内容：5.1 节简单进行了文献回顾；5.2 节介绍了 TARIX 区间模型构建；5.3 节介绍了区间数据的构建和基本统计分析的结果；5.4 节是区间模型的预测结果；5.5 节对本章进行了小结。

5.1　引　　言

预测原油价格是一项重要而又具有挑战性的工作，现有的文献大多采用点值数据作为样本输入和输出数据。原油价格点值预测的方法大致分为两类：水平模型和波动模型。①水平模型，为了提高预测精度，通常选定有影响力的点值因素，分析它们对点值原油价格的影响，如供应和需求（Ye et al.，2005；Dees et al.，2007；Kilian，2008a；Baumeister and Kilian，2012）、投机因素（Zagaglia，2010；Haugom et al.，2014；Chai et al.，2018a）和经济政策的不确定性（Antonakakis et al.，2014；Atalla et al.，2016；Hong et al.，2016；Degiannakis and Filis，2017）。研究者考察了 RW 与 RW 有/无漂移（Zeng and Swanson，1998）、VAR 模型（Kilian and Vega，2011；Heath，2019）、向量误差修正模型（vector error correction model，VECM）（Murat and Tokat，2009；Xiong et al.，2015）和因子增广向量自回归（factor-augmented vector autoregression，FAVAR）模型（Zagaglia，2010）。②波动模型可以更好地捕

捉长记忆和结构突变的波动特征，波动模型包括 GARCH 模型（Morana，2001；Yang et al.，2002；Sadorsky，2006；Agnolucci，2009）及其变形，如 CGARCH 模型（Baillie et al.，1996b；Engle and White，1999；Cont，2001）、FIGARCH 模型（Baillie et al.，1996a；Kang et al.，2009；Wei et al.，2010；Chkili et al.，2014）、非参数 GARCH 模型（Hou and Suardi，2012）和 MMGARCH 模型（Klein and Walther，2016）。上述 GARCH-type 模型通常为单变量模型，但 Wang 等（2016a）通过揭示能源市场之间的关系，认为多变量 GARCH-type 模型表现得更好。

可以看出，之前的预测方法大多仅采用点值原油价格进行建模。这种方法的缺点是有潜在的信息损失，例如，波动率信息。各种新的数据类型，如区间值数据激发了人们对区间数据建模和预测过程的研究热情（Billard and Diday，2000，2003；Arroyo and Maté，2009；Maia and de Carvalho，2011；Xiong et al.，2015；Yang et al.，2012）。一个常规的实值区间观测可以由给定时间段内原油的最高价和最低价组成，从而产生一组有序的数字。这是一种优势，因为最高价和最低价之间的范围对于测量波动很重要（Alizadeh et al.，2002；Hu et al.，2015；Xiong et al.，2017）。与点值时间序列（point time series，PTS）数据相比，区间值时间序列（interval time series，ITS）数据包含了油价的变异性和不确定性（Neto and de Carvalho，2008；Xiong et al.，2015；Yang et al.，2016）。我们举例说明点值在一个给定的时间建模时对于处理可变性和不确定性的困难。例如，在 2008 年 8 月和 9 月 WTI 原油价格的中点是 115.46 美元/桶和 104.55 美元/桶，但是最高价格分别是 128.60 美元/桶和 130.00 美元/桶。尽管 2008 年 8 月的价格水平高于 9 月，但区间值显示，9 月的波动性明显更大。区间观察值包括更多有价值的信息，例如，趋势和波动之间的关系，这对建立模型和预测原油价格很重要（Chou，2005；Zhang et al.，2008；Brownlees and Gallo，2010；He et al.，2010b）。因此，在原油价格的建模和预测中，利用其相关的区间值信息，可以得到更准确的预测。

本章基于 Sun 等（2018a）开发的阈值自回归区间（threshold autoregressive interval，TARI）模型，提出了 TARIX 模型对原油现货价格进行预测。TARIX 模型本质上是对具有点值外生变量的经典阈值模型的区间推广（Sun et al.，2019；Qiao et al.，2019），与以往基于单变量或二元点值的建模方法相比，具有一定的优势。首先，TARIX 模型通过将区间数据作为随机集来推断单个阈值模型中的区间建模过程。在一个不可分割的集合实体中，使用 D_K 距离来测量两个区间之间的距离，这样可以包含更多的信息。其次，TARIX 模型还具有捕获由供需基本面和库存方面的点值阈值变量确定的区间值原油价格非线性特征的优势（Lin and Tamvakis，2010）。例如，美国页岩油产量被视为一个供应指标，用来反映石油市场消费结构变化和替代成本的影响。特别是 2014 年以后，原油的主要影响因素是不断变化的（Kilian，2017）。最后，TARIX 模型的第三个优势是考虑了各种区间值外生因素，包括投机因素、金融市场和技术（Wang et al.，2011；Chai et al.，2011，2018a；Yu et al.，2016）。例如，在本章中，我们选择原油非商业净多头比率作为投机的衡量指标，因为它被认为是 2008 年金融危机期间影响石油价格波动的主要驱动因素（Juvenal and Petrella，2015）。本章的具体研究框架如图 5.1 所示。

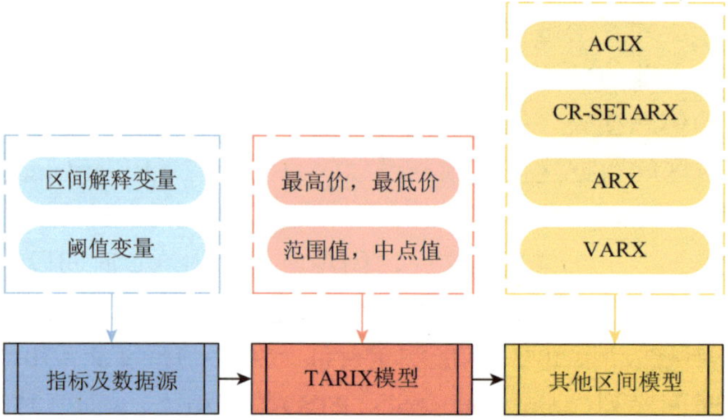

图 5.1　TARIX 模型研究框架图

本章研究工作的三个主要贡献如下：首先，本章提出了 TARIX 模型分析区间原油价格的内在机制，并对区间原油价格进行了预测。由于 TARIX 模型的特性，原油价格的非线性特征和转换机制得到了很好的表征，并包含了更多的信息，因此，区间时间序列模型被应用于原油价格的建模和预测中。其次，将区间值网络搜索数据（如 Google Trends）添加到相关的区间值解释变量中。投资者对原油价格的关注、兴趣和看法为预测提供了有价值的信息，而搜索数据可以衡量在给定的时间段内，油价的公共关注度（Da et al.，2011；Li et al.，2017；Qadan and Nama，2018）。最后，与现有的其他带有解释变量的时间序列模型，如 ARX 模型、VARX 模型、ACIX 模型和 CR-SETARX 模型相比较，TARIX 模型为区间时间序列数据提供了更准确的样本外预测。

5.2　模型建立

本章构造了一个区间值原油价格 Y_t 来获取水平信息（如两个边界）和波动信息，$Y_t=\left[Y_{L,t},Y_{R,t}\right]$，其中，$Y_{L,t}$ 和 $Y_{R,t}$ 表示一个交易周的对数最小和对数最大价格，$Y_{r,t}$ 表示波动率的度量。遵循 Sun 等（2018a）提出的区间建模方法 TARI 模型。扩展的区间包括反向区间（即下界比上界大），这在预测中出现的可能性很大。例如，如果我们取区间之间的 Hukuhara 差分，即：$\Delta Y_t \equiv Y_t - Y_{t-1} = \left[Y_{L,t} - Y_{L,t-1}, Y_{R,t} - Y_{R,t-1}\right]$，然后在给定的时间段内预测$\Delta Y_t$，保留区间有时可能在没有任何参数限制的情况下出现。

通过分析原油价格的最高价、最低价、中点值（midpoint）和范围值（range），我们发现中点值和范围值的表现不一致。因此，本章基于 TARI 模型进一步提出了 TARIX 模型。

5.2.1　区间门限自回归模型

在本节中，首先基于 Sun 等（2018a）提出的 TARI 模型，构建 TARIX 模型：

$$Y_t = Z_t'\theta_1 I(q_t \leqslant \gamma) + Z_t'\theta_2 I(q_t > \gamma) + u_t,\ \ t = 1,\cdots,T \tag{5.1}$$

其中，$\left\{Y = \left[Y_{L,t}, Y_{R,t}\right]\right\}_{t=1}^{T}$为随机区间过程；$Z_t = \left([1,1], I_0, Y_{t-1},\cdots,Y_{t-p}, X_t',\cdots, X_{t-s}'\right)'$包含外生的区间变量$X_t = \left(X_{1t},\cdots,X_{qt}\right)'$；$\theta_i = \left(\alpha_{0i},\beta_{0i},\beta_{1i},\cdots,\beta_{pi},\delta_{0i}',\cdots,\delta_{si}'\right)'$（$i=1,2$）；$q_t$为点值的外生或内生区间变量；$u_t = \left[u_{L,t}, u_{R,t}\right]$为区间值的残差；$I_0 = \left[-\dfrac{1}{2},\dfrac{1}{2}\right]$为常数单位区间，$\alpha_{0i} + \beta_{0i}I_0 = \left[\alpha_{0i} - \dfrac{1}{2}\beta_{0i}, \alpha_{0i} + \dfrac{1}{2}\beta_{0i}\right]$（$i=1,2$）；$\gamma$为未知的尺度区间参数。假设$\{u_t\}$为区间鞅差分序列（martingale difference sequence，MDS），则$E\left(u_t \middle| I_{t-1}\right) = [0,0]$。

本节构造了一个油价的月度对数区间值$\left[Y_{L,t}, Y_{R,t}\right]$，$Y_{L,t}, Y_{R,t}$分别为 WTI 在一个月内的最低价和最高价，为了同时捕捉区间值石油价格过程中趋势和波动的变化，我们在实证研究中使用 TARIX(*p*,*s*)模型：

$$\Delta Y_t = \Delta Z_t'\theta_1 I(q_t \leqslant \gamma) + \Delta Z_t'\theta_2 I(q_t > \gamma) + u_t \tag{5.2}$$

其中，$\Delta Y_t = Y_t - Y_{t-1} = \left[Y_{L,t} - Y_{L,t-1}, Y_{R,t} - Y_{R,t-1}\right]$为$Y_t$和$Y_{t-1}$的 Hukuhara 差分（Hukuhara，1967），$\Delta Z_t = \left([1,1], I_0, \Delta Y_{t-1},\cdots,\Delta Y_{t-p}, \Delta X_t',\cdots,\Delta X_{t-s}'\right)'$是$Z_t$和$Z_{t-1}$的 Hukuhara 差分。

该模型是目前流行的点值门限自动回归模型的区间推广。根据点值阈值变量q_t是小于还是大于阈值参数γ，将区间值原油价格分为两种状态。在 5.4 节中，我们将从供需基本面和全球经济发展两方面考虑q_t的不同选择。例如，如果我们选择石油消费作为阈值变量，这意味着在不同的石油消费情况下，原油市场具有不对称特征。显然，当供过于求时，价格容易下降，因此q_t也可以作为一个内生变量，$q_t = Y_{m,t-1} - Y_{m,t-2}$可以作为衡量非对称反应的油价水平和波动的指标。例如，如果选择原油价格日收益率的中点作为阈值变量，则表明不同的原油价格历史信息会导致不对称的原油市场特征。当原油价格的对数收益率小于γ时，原油价格处于一种状态；相反，原油价格可能会变成另一种状态。

TARIX(p,s)模型可用于捕获原油中众所周知的典型经验特征事实。例如，$\theta_{1,i}>0(i=1,2)$意味着在t时的一个很宽的间隔可能会在下一个时间段内跟随另一个很宽的间隔，这是一种称为波动率（或范围）聚类的现象。随着石油市场金融特征的增强，投机因素是引起价格波动的主要影响因素。随着交易技术的扩散，反馈交易的增加可能会从基本面上引起油价的波动。此外，Google Trends 指标在一定程度上可以代表投资者情绪对油价的影响。

考虑到区间具有高、低值属性，或具有中点值、范围值等性质，我们可以推导出一些经典的点值门限自回归模型，并将点值外生变量作为特例。我们推导 TARIX 模型中Y_t的高值和低值：

$$\Delta Y_{L,t}=\Delta Z'_{L,t}\theta_1 I(q_t\leqslant\gamma)+\Delta Z'_{L,t}\theta_2 I(q_t>\gamma)+u_{L,t} \tag{5.3}$$

$$\Delta Y_{R,t}=\Delta Z'_{R,t}\theta_1 I(q_t\leqslant\gamma)+\Delta Z'_{R,t}\theta_2 I(q_t>\gamma)+u_{R,t} \tag{5.4}$$

其中，$\Delta Z_{L,t}=\left(1,-\dfrac{1}{2},\Delta Y_{L,t-1},\cdots,\Delta Y_{L,t-p},\Delta X'_{L,t},\cdots,\Delta X'_{L,t-s}\right)'$；$\Delta Z_{R,t}=\left(1,-\dfrac{1}{2},\Delta Y_{R,t-1},\cdots,\Delta Y_{R,t-p},\Delta X'_{R,t},\cdots,\Delta X'_{R,t-s}\right)'$。为了计算简单，我们推导点值模型的中点值公式：

$$\Delta Y_{m,t}=\Delta Z'_{m,t}\theta_1 I(q_t\leqslant\gamma)+\Delta Z'_{m,t}\theta_2 I(q_t>\gamma)+u_{m,t} \tag{5.5}$$

其中，$\Delta Z_{m,t}=\left(1,0,\Delta Y_{m,t-1},\cdots,\Delta Y_{m,t-p},\Delta X'_{m,t},\cdots,\Delta X'_{m,t-s}\right)'$；$u_{m,t}$为MDS，那么$E\left(u_{m,t}\mid I_{t-1}\right)=0$是确定的，则必然得到$E\left(u_t\middle|I_{t-1}\right)=[0,0]$。中点值公式可以用来预测区间原油价格的走势。通过取两个边界之间的差分，得到 TARIX(p,s)的范围值模型：

$$\Delta Y_{r,t}=\Delta Z'_{r,t}\theta_1 I(q_t\leqslant\gamma)+\Delta Z'_{m,t}\theta_2 I(q_t>\gamma)+u_{r,t} \tag{5.6}$$

其中，$\Delta Z_{r,t}=\left(1,0,\Delta Y_{r,t-1},\cdots,\Delta Y_{r,t-p},\Delta X'_{r,t},\cdots,\Delta X'_{r,t-s}\right)'$；$u_{r,t}$为 MDS，那么$E(u_{r,t}\mid I_{t-1})=0$，则必然得到$E\left(u_t\middle|I_{t-1}\right)=[0,0]$。这个差分（或范围）模型可以提供一个替代的动态范围模型，并将得到一个满意的经济解释（Chou，2005）。我们的区间建模方法的主要优点是使用区间数据来估计模型，它比差分或范围值的数据包含更多的信息，允许我们获得更有效的估计，即使我们最终关心的是不同的模型。本章提出的 TARIX 模型考察了宏观经济发展（如美国能源 CPI）与油价之间的关系，结果表明，范围值模型能够捕捉到原油价格趋势和波动的变化。随着金融危机的到来，由于宏观经济的水平和波动性都会影响油价，因此它们会导致油价冲击传导的不对称性。

5.2.2　模型估计和假设

在本小节中，最小 D_K 距离被引入到 TARIX 模型的估计中（Sun et al.，2018a）。为了估计模型（5.2）中的参数向量 $\rho \equiv (\theta_1', \theta_2', \gamma)'$，在参数空间 Θ 中我们最小化下面的目标函数：

$$Q_T(\rho) = \sum_{t=1}^{T} D_{K,t}^2\left(\Delta Y_t, \Delta \hat{Y}_t(\rho)\right) \tag{5.7}$$

其中，$\Delta \hat{Y}_t(\rho) \equiv \Delta Z_t'\theta_1 I(q_t \leqslant \gamma) + \Delta Z_t'\theta_2 I(q_t > \gamma)$ 为拟合区间；$D_K^2(A,B)$ 为两个区间 A 和 B 之间的距离；D_K 距离为 Körner 提出的（Körner，1997；Körner and Näther，2002）一个随机集合的特殊例子；观测区间 ΔY_t 和拟合区间 $\Delta \hat{Y}_t$ 的 D_K 距离表示为

$$\begin{aligned} D_K^2\left(\Delta Y_t, \Delta \hat{Y}_t\right) &= \int_{(u,\upsilon)\in s^0}\left[s_{\Delta Y_t}(u) - s_{\Delta \hat{Y}_t}(u)\right]\left[s_{\Delta Y_t}(\upsilon) - s_{\Delta \hat{Y}_t}(\upsilon)\right]\mathrm{d}K(u,\upsilon) \\ &= \left\langle s_{\Delta Y_t - \Delta \hat{Y}}, s_{\Delta Y_t - \Delta \hat{Y}}\right\rangle_K = \left\| Y_t - \Delta \hat{Y}_t \right\|_K^2 = \left\| u_t \right\|_K^2 \end{aligned} \tag{5.8}$$

其中，单位空间 $s^0 = \left\{u \in R^1, |u| = 1\right\} = \{1, -1\}$；$K(u,\upsilon)$ 为在 s^0 上的一个对称的正定权函数，以此确保 $D_K^2\left(\Delta Y_t, Z_t'(\gamma)\rho\right)$ 是一个用于区间的度量指标；$\langle \cdot,\cdot \rangle$ 为 s^0 中的内积，服从核函数 $K(u,\upsilon)$。

最小 D_K 距离 ρ 的估计 $\hat{\rho}$ 是

$$\hat{\rho} = \arg\min_{\rho} Q_T(\rho) \tag{5.9}$$

因此，通过最小化 D_K 距离下均方误差（mean squared error，MSE）得到 $\hat{\rho}$。在大多数情况下，γ 是未知的，所以我们遵循 Sun 等（2018a，2019）的方法，使用两步估计。步骤一：对于给定的 γ，我们最小化式（5.5）中 TARIX 模型残差的平方和，得到其估计量 $\hat{\rho}(\gamma)$。步骤二：γ 的估计量是使 $Q_T(\rho)$ 最小的值，即 $\hat{\gamma} = \arg\min_{\rho\in\Theta} Q_T(\rho)\big|_{\rho=\hat{\rho}(\gamma)}$。$\rho$ 的估计量为 $\hat{\rho} = \hat{\rho}(\hat{\gamma}) = \left(\hat{\theta}_1', \hat{\theta}_2', \hat{\gamma}\right)$。

5.2.3　比较模型

为了体现 TARIX 模型的优点，本章引入了 ACIX、CR-SETARX、ARX 和 VARX 四种模型，以进行提前一步预测分析比较。近年来，这四种模型已被广泛用来预测石油价格或股票价格（Sun et al.，2018a；Yang et al.，2012；Neto and de Carvalho，2008）。

ACIX 模型被认为是 ARMA 模型包含外生变量的区间形式：

$$\Delta Y_t = \alpha_0 + \beta_0 I_0 + \Delta Z_t'\theta + u_t \tag{5.10}$$

其中，$\Delta Y_t = Y_t - Y_{t-1}$，$Y_t = \left[Y_{L,t}, Y_{R,t}\right]$；$Z_t = \left(\Delta Y_{t-1}, \cdots, \Delta Y_{t-p}, \Delta X_t', \cdots, \Delta X_{t-s}'\right)'$；$\theta = \left(\beta_1, \cdots, \beta_p, \delta_0', \cdots, \delta_s'\right)'$；$I_0 = \left[-\frac{1}{2}, \frac{1}{2}\right]$和$\alpha_0 + \beta_0 I_0$为常数区间截距项。$D_K$距离被用于 ACIX 模型的估计。

另一个区间模型是 CR-SETARX 模型，区间的中点值和范围值如下：

$$\Delta Y_{m,t} = \Delta Z_t'\theta_1 I\left(\Delta Y_{m,t-1} \leqslant \gamma_m\right) + \Delta Z_t'\theta_2 I\left(\Delta Y_{m,t-1} > \gamma_m\right) + u_{m,t} \tag{5.11}$$

$$Y_{r,t}^c = \Delta Z_t'\Phi_1 I\left(\Delta Y_{r,t-1}^c \leqslant \gamma_R\right) + \Delta Z_t'\Phi_2 I\left(\Delta Y_{r,t-1} > \gamma_R\right) + u_{r,t} \tag{5.12}$$

其中，$\Delta Z_t = \left(1, \Delta Y_{m,t-1}, \cdots, \Delta Y_{m,t-p}, \Delta X'_{m,t}, \cdots, \Delta X'_{m,t-s}, \Delta Y_{r,t-1}, \cdots, \Delta Y_{r,t-p}, \Delta X'_{r,t}, \cdots, \Delta X'_{r,t-s}\right)'$；$\theta_i = \left(\mu_i, \alpha_{i,1}, \cdots, a_{i,p}, \beta_{i,1}, \cdots, \beta_{i,p}\right)$；$\Phi_i = \left(\lambda_i, \varphi_{i,1}, \cdots, \varphi_{i,p}, \phi_{i,1}, \cdots, \phi_{i,p}\right)$；$u_{m,t}$和$u_{r,t}$为残差。

第三个模型是油价高低值（中点和范围值）的二元 ARX 模型，我们将 ARX 模型考虑如下：

$$\Delta Y_{L,t} = \alpha_0 + \sum_{i=1}^{p} \alpha_{1i} \Delta Y_{L,t-i} + \sum_{i=1}^{s} \delta_{0s}' \Delta Y'_{L,t-s} + u_{L,t} \tag{5.13}$$

$$\Delta Y_{R,t} = \beta_0 + \sum_{j=1}^{p} \phi_{1j} \Delta Y_{R,t-j} + \sum_{i=1}^{m} \delta_{0m}' \Delta Y'_{R,t-m} + u_{R,t} \tag{5.14}$$

第四个模型是 VARX 模型，如下：

$$\Delta Y_t = \Gamma_i \Delta Z_t + u_t \tag{5.15}$$

其中，$\Delta Y_t = \left(\Delta Y_{L,t}, \Delta Y_{R,t}\right)$；$\Delta Z_t = \left(\Delta Y_{t-1}, \cdots, \Delta Y_{t-p}, \Delta X_t', \cdots, \Delta X_{t-s}'\right)$；$\Gamma = \left(\beta_1, \cdots, \beta_p, \delta_0', \cdots, \delta_s'\right)$为未知的参数；$u_t$为二变量点值扰动。

为了比较预测结果，本章考虑了基于区间值的准则和点值的准则两种评价类型。基于区间值的准则包括：基于间隔的平均距离误差（ω_1和ω_2）、测量实际区间和预测区间的非重叠面积（ω_{NDS1}和ω_{NDS2}）和非效率（non-efficiency，ω_e）：

$$\omega_1 = \frac{\sum_{t=T_e+1}^{T_e+T_f} \sqrt{\left|Y_{m,t} - \hat{Y}_{m,t}\right|^2 + \left|Y_{r,t} - \hat{Y}_{r,t}\right|^2}}{T_f} \tag{5.16}$$

$$\omega_2 = \frac{\sum_{t=T_e+1}^{T_e+T_f} D_K(Y_t, \hat{Y}_t)}{N} \tag{5.17}$$

$$\omega_{\text{NDS1}} = \frac{1}{T_f} \sum_{t=T_e+1}^{T_e+T_f} \frac{\omega(Y_t \cup \hat{Y}_t) - \omega(Y_t \cap \hat{Y}_t)}{\omega(Y_t \cup \hat{Y}_t)} \tag{5.18}$$

$$\omega_{\text{NDS2}} = 2 - \frac{1}{T_f}\sum_{t=T_e+1}^{T_e+T_f}\frac{\omega(Y_t) - \omega(\hat{Y}_t)}{R(Y_t \cup \hat{Y}_t)} \tag{5.19}$$

$$\omega_e = 1 - \frac{1}{T_f}\sum_{t=T_e+1}^{T_e+T_f}\frac{\omega(Y_t \cap \hat{Y}_t)}{\omega(Y_t)} \tag{5.20}$$

其中，T_e 为训练集，T_f 为预测集，$T = T_e + T_f$；$\omega(\cdot)$ 为区间的宽度；$R(\cdot)$ 为代表区间的范围值；$\cap$ 为交集；$\cup$ 为并集。具体来说，ω_1 评估 $\hat{Y}_t$ 和 Y_t 的中点值和范围值之间的预测误差，ω_2 中 D_K 距离是 $\hat{Y}_t$ 和 Y_t 更一般的距离度量，ω_{NDS1} 和 ω_{NDS2} 用于观察规则的区间值，即左界比右界小。为了有效起见，假定在这两个准则中没有负的奇异值，利用这两个准则来衡量 $\hat{Y}_t$ 和 Y_t 相对于它们的并集的不重叠面积。在上述标准中，数值越小表示预测得越好。

基于点值的预测评价准则包括点值过程 $Y_{L,t}$、$Y_{R,t}$、$Y_{m,t}$ 和 $Y_{r,t}$ 的均方根预测误差（root mean squared forecast error，RMSFE），分别为

$$\omega_L = \sqrt{\frac{1}{T_f}\sum_{t=T_e+1}^{T_e+T_f}\left[\widehat{Y_{L,t}} - Y_{L,t}\right]^2} \tag{5.21}$$

$$\omega_R = \sqrt{\frac{1}{T_f}\sum_{t=T_e+1}^{T_e+T_f}\left[\widehat{Y_{R,t}} - Y_{R,t}\right]^2} \tag{5.22}$$

$$\omega_m = \sqrt{\frac{1}{T_f}\sum_{t=T_e+1}^{T_e+T_f}\left[\widehat{Y_{m,t}} - Y_{m,t}\right]^2} \tag{5.23}$$

$$\omega_r = \sqrt{\frac{1}{T_f}\sum_{t=T_e+1}^{T_e+T_f}\left[\widehat{Y_{r,t}} - Y_{r,t}\right]^2} \tag{5.24}$$

以上模型可以预测未来的任意周期数，本章的实证分析主要集中在一步向前预测上。

5.3　数　　据

5.3.1　数据描述

本章使用 EIA 发布的周度 WTI 原油现货价格点值（Yu et al.，2015，2019；Chai et al.，2018a，2018c），构建区间值月均原油价格 $Y_t = \left[Y_{L,t}, Y_{R,t}\right]$。也就是说，本章使用一个月内的周度价格的对数最小值 $Y_{L,t}$ 和对数最大值 $Y_{R,t}$ 形成一个月度的区间值

价格观察值Y_t。数据跨度为2004年1月到2017年12月[①]。区间数据Y_t由两个属性决定，即中点值$\left(Y_{m,t}=\frac{1}{2}\left(Y_{L,t}+Y_{R,t}\right)\right)$和范围值$\left(Y_{r,t}=\frac{1}{2}\left(Y_{R,t}-Y_{L,t}\right)\right)$，分别用来衡量石油价格的水平和波动。值得注意的是，信息增溢是在区间值观测中获得的，因为区间数据可以同时捕获给定时期内价格的趋势和波动信息。

图5.2绘制了月度区间石油价格和相应的点值数据，包括观察到的月度价格（高价、低价）和月度价格的中点值及范围值。首先，我们观察到$Y_{r,t}$过程中出现了较大的峰值，这表明在2008年至2009年下半年，受金融危机的影响，原油价格波动性（范围值）上升，原油价格趋势（中点值）急剧下降。其次，油价趋势表现出波动性。最后，有迹象表明月度价格的左右端点值$Y_{L,t}$与$Y_{R,t}$高度相关。

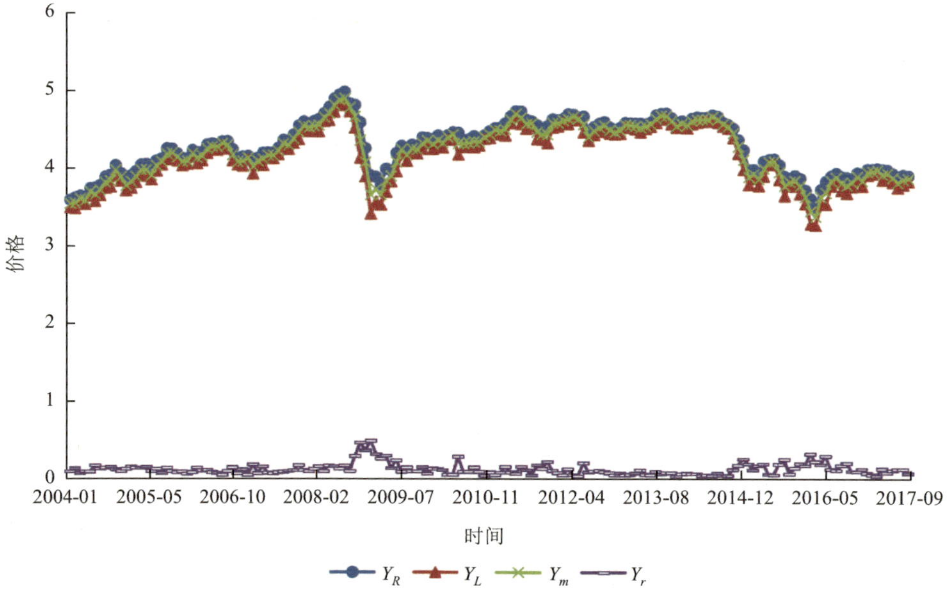

图5.2　WTI原油现货价格的高价、低价、中点值和范围值

表5.1统计特征的总结进一步表明，与点值过程（两个边界和$Y_{m,t}$）相比，区间时间序列包含更多关于油价波动的信息。首先，在一个月内的波动$Y_{r,t}$样本均值大约是月度最高价一阶差分序列（$DY_{R,t}$）样本均值的36倍，是月度最低价一阶差分序列（$DY_{L,t}$）样本均值的33倍。其次，波动区间的标准差小于最高、最低和平均价格的变化。最后，$Y_{r,t}$的范围值比它的两个边界值有更高的偏度和峰度。

① 本章写作完成时间为2018年8月。

表 5.1　基本统计描述

项目	$Y_{R,t}$	$Y_{L,t}$	$Y_{m,t}$	$Y_{r,t}$	$DY_{R,t}$	$DY_{L,t}$
均值	4.272 765	4.148 685	4.210 725	0.124 080	0.003 476	0.003 715
中位数	4.292 968	4.178 352	4.241 062	0.102 800	0.007 072	0.012 973
最大值	4.978 869	4.806 477	4.892 305	0.488 248	0.235 890	0.272 388
最小值	3.488 598	3.265 378	3.376 988	0.035 222	–0.355 600	–0.478 472
标准差	0.331 161	0.356 447	0.342 095	0.072 987	0.084 599	0.107 199
偏度	–0.157 703	–0.271 203	–0.211 187	2.109 133	–0.971 275	–1.009 328
峰度	–0.966 593	–0.898 006	–0.967 527	6.254 135	3.417 881	2.852 177

注：$DY_{L,t}=Y_{L,t}-Y_{L,t-1}$，$DY_{R,t}=Y_{R,t}-Y_{R,t-1}$

通过 ADF 检验，我们注意到原始的点值时间序列（$Y_{L,t},Y_{R,t}$）在 5%的显著性水平下不能拒绝原假设（H0：序列存在单位根），而一阶差分序列（$DY_{L,t},DY_{R,t}$）显著拒绝原假设。这表明这些高价和低价在水平上是不稳定的，但在一阶差分后是稳定的。

5.3.2　阈值变量

虽然影响石油价格的因素很多，但油价的变化主要受供需基本面影响（Chai et al.，2011；Yu et al.，2019）。在本小节中，考虑到数据的可得性及第 3 章原油市场的影响机理分析结果，本章从供需基本面、库存等考虑 9 个变量作为点值阈值变量（表 5.2）。

表 5.2　阈值变量及其描述

一级指标	二级指标	变量	单位	标记	数据来源
因变量		WTI 原油现价	美元/桶	Y	EIA
供给	产量	OPEC 原油产量	千桶/天	X_{OP}	EIA
		世界原油产量	千桶/天	X_{WP}	EIA
	能源消费结构	美国页岩油产量	百万桶/天	X_{TP}	EIA
需求	发达国家需求	OECD 原油消费量	千桶/天	X_{OC}	EIA
	全球经济发展	美国 CPI：季调	1982～1984 年 = 100	X_{CPI}	Wind
		美国 CPI：能源：季调	1982～1984 年 = 100	X_{CPIE}	Wind
		美国 PPI：季调	1982 年 = 100	X_{PPI}	Wind
		美国 PPI：能源：季调	1982 年 = 100	X_{PPIE}	Wind
库存	经合组织成员国库存	OECD 原油库存	百万桶	X_{OI}	EIA

供给与需求：从长期来看，石油价格主要由供需基本面决定。许多影响因素通过改变供给和需求或人们对供求的看法来影响油价（Kilian，2008b）。首先，石油生产是油价最重要的影响因素之一，因为它直接关系到供应。OPEC 拥有世界上大部分的原油储量，OPEC 的产量和价格政策对全球原油供应和价格有显著的影响（Lin and Tamvakis，2010）。因此我们选择世界原油产量（X_{WP}）和 OPEC 原油产量（X_{OP}）作为原油产量的阈值变量。此外，能源消费结构也是一个供给因素，本章选择美国页岩油产量（X_{TP}）作为阈值变量，X_{TP} 代表了消费结构和替代成本的变化（Kilian，2017）。除供应外，原油需求还受到原油消费、全球经济发展水平、经济结构变化和全球能源发展的影响（Kilian，2009；Chai et al.，2018a），我们选择 OECD 原油消费量（X_{OC}）和全球经济发展水平指标，包括美国 CPI：季调（X_{CPI}）、美国 CPI：能源：季调（X_{CPIE}）、美国 PPI：季调（X_{PPI}）、美国 PPI：能源：季调（X_{PPIE}）。

库存：在短期内，库存是供应和需求的指示器。当库存增长超过预期，表明市场供应充足时，油价有可能下跌。当库存下降超过预期，表明需求已经超出供应，油价将上涨（Chai et al.，2018b）。本章选择 OECD 原油库存（X_{OI}）作为一个阈值变量。

5.3.3　区间解释变量

原油的区间价格受许多区间解释变量的影响，包括投机因素、货币市场、股票市场、商品市场、技术指标，以及 Google Trends 等（Pan et al.，2014；Wang，2016b；Chai et al.，2018b；Yu et al.，2019）。尤其是 Google Trends，提供了有关投资者情绪和对石油市场关注的宝贵信息。表 5.3 描述了区间解释变量。

表 5.3　区间解释变量及其描述

一级指标	二级指标	变量	单位	标记	数据来源
投机因素		原油非商业净多头比率		$S_t = [S_{L,t}, S_{R,t}]$	CFCT
货币市场		实际美元指数：广义	1973 年 3 月 = 100	$\mathrm{DI}_t = [\mathrm{DI}_{L,t}, \mathrm{DI}_{R,t}]$	美联储
股票市场		道琼斯工业指数	点	$\mathrm{DJ}_t = [\mathrm{DJ}_{L,t}, \mathrm{DJ}_{R,t}]$	Wind
商品市场		LME 铜期货收盘价	美元/吨	$\mathrm{CF}_t = [\mathrm{CF}_{L,t}, \mathrm{CF}_{R,t}]$	Wind
技术指标	价差	WTI-Brent 原油现货价差（Baumeister et al.，2018）		$\mathrm{PS}_t = [\mathrm{PS}_{L,t}, \mathrm{PS}_{R,t}]$	EIA
Google Trends				$\mathrm{GT}_t = [\mathrm{GT}_{L,t}, \mathrm{GT}_{R,t}]$	EIA

对表 5.3 中的区间解释变量的经济解释如下。

投机因素：投机因素被认为是影响石油价格波动的主要驱动因素（Zhang et al.，2018）。从 2007 年到 2008 年，在市场投机活动的驱动下，石油价格上涨（Juvenal and Petrella，2015）。因此，我们考虑用原油非商业净多头比率的区间值变量（$S_t = \left[S_{L,t}, S_{R,t}\right]$）来描述石油市场的投机行为。

货币市场：由于国际原油价格是以美元计价的，美元汇率将直接影响油价的变化。许多研究表明，石油市场和商品市场之间有着密切的联系（Zhang et al.，2008；Ji and Guo，2015）。为了表示这一点，本章选取实际美元指数：广义（$\mathrm{DI}_t = \left[\mathrm{DI}_{L,t}, \mathrm{DI}_{R,t}\right]$）作为反映货币市场的指标。

股票市场：随着石油金融属性的增强，石油价格的波动将不可避免地导致石油公司成本的变化，从而影响股票收益，导致整个股票市场的变化（Chai et al.，2018a）。我们选择道琼斯工业指数（$\mathrm{DJ}_t = \left[\mathrm{DJ}_{L,t}, \mathrm{DJ}_{R,t}\right]$）来代表股票市场效应。

商品市场：油价上涨容易导致通货膨胀，而金属，尤其是贵金属，被认为具有良好的保值功能。石油和金属市场之间的关系已经开始引起研究人员的注意（Zhao et al.，2017）。在本章中，选择伦敦金属交易所的 LME 铜期货收盘价（$\mathrm{CF}_t = \left[\mathrm{CF}_{L,t}, \mathrm{CF}_{R,t}\right]$）作为商品市场因素。

技术指标：裂解价差被用来描述技术的影响。这背后的原因是，除了一般的商品属性，原油也有战略物资属性。在美国和一些欧洲国家，原油是加热燃料的来源。当气候变化造成异常天气时，燃油需求在短期内会增加，原油等油品价格也会上涨。价差被定义为原油与成品油之间的价差，以反映两个市场的供需状况。Baumeister 等（2018）将裂解价差作为预测原油价格的变量之一时，发现与无变化的预测相比，裂解价差有显著的改善。因此，本章选择 WTI-Brent 原油现货价差（$\mathrm{PS}_t = \left[\mathrm{PS}_{L,t}, \mathrm{PS}_{R,t}\right]$）来描述技术影响。

Google Trends：最近关于油价分析和预测的研究建立了带有搜索数据的模型（Li et al.，2015；Yu et al.，2019）。在本章研究中，我们将 Google Trends（$\mathrm{GT}_t = \left[\mathrm{GT}_{L,t}, \mathrm{GT}_{R,t}\right]$）作为第 6 个区间解释变量纳入模型。我们在 Google Trends 搜索引擎中搜索“Crude Oil”关键字，区域设置为 global。将搜索数据标准化为 0～100，消除尺度的影响。

5.4　实证分析

5.4.1　预测性能比较

我们根据数据的长度将样本分成两个子集：第一个子样本是 2004 年 1 月至

2016 年 12 月的数据，用于估计模型参数；第二个子样本是 2017 年 1 月至 2017 年 12 月的数据，作为测试预测精度的测试集。表 5.4 和表 5.5 为不包含区间解释变量和包含区间解释变量的预测结果。

表 5.4　预测结果比较（不包含区间解释变量）

模型	ω_1	ω_2	ω_{NDS1}	ω_{NDS2}	ω_e	ω_L	ω_R	ω_m	ω_r
模型 1*	0.041 50	0.010 36	0.546 75	0.550 23	0.394 40	0.038 07	0.040 06	0.037 12	0.024 45
ACIX	0.049 86	0.015 85	0.561 29	0.561 29	0.425 53	0.053 60	0.040 84	0.044 63	0.033 36
CR-SETARX	0.070 01	0.023 59	0.548 42	0.548 42	0.487 73	0.060 60	0.043 13	0.043 49	0.059 16
ARX	0.052 13	0.017 09	0.548 17	0.548 17	0.407 10	0.056 90	0.036 88	0.043 44	0.040 59
VARX	0.049 23	0.015 63	0.552 71	0.552 71	0.419 38	0.053 36	0.040 52	0.044 43	0.032 90
模型 2**	0.044 19	0.011 08	0.515 49	0.515 49	0.283 69	0.037 65	0.039 48	0.034 93	0.032 76
模型 3	0.052 83	0.016 96	0.579 86	0.579 86	0.445 85	0.054 67	0.043 53	0.046 41	0.033 95
模型 4	0.051 00	0.016 18	0.567 32	0.567 32	0.430 59	0.054 26	0.041 26	0.045 21	0.033 45
模型 5***	0.048 85	0.015 67	0.555 31	0.555 31	0.417 26	0.053 63	0.040 08	0.044 30	0.033 36
模型 6	0.052 78	0.016 95	0.578 09	0.578 09	0.444 22	0.054 89	0.043 26	0.046 42	0.033 87
模型 7	0.054 27	0.017 64	0.582 33	0.582 33	0.453 58	0.056 53	0.043 53	0.047 42	0.034 44
模型 8	0.053 30	0.017 21	0.580 45	0.580 45	0.447 33	0.055 76	0.043 10	0.046 85	0.033 96
模型 9	0.053 43	0.017 23	0.579 85	0.579 85	0.448 08	0.055 88	0.042 98	0.046 85	0.034 07
模型 10	0.085 42	0.060 44	0.719 61	0.851 63	1.751 80	0.111 15	0.080 99	0.094 84	0.043 00
模型 11	0.070 42	0.031 61	0.695 46	0.704 44	0.608 39	0.079 63	0.056 46	0.066 22	0.038 89

注：（1）ω_1 和 ω_2 为基于间隔的平均距离误差，可直接对预测区间进行整体评价；ω_{NDS1} 和 ω_{NDS2} 测量实际区间和预测区间的非重叠面积；ω_e 用于测量预测结果的非效率；ω_m、ω_r、ω_L 和 ω_R 是中点值、范围值及一个区间的左端点和右端点的均方根预测误差。这些测量值越小，预测结果就越好

（2）模型 1 到模型 11 代表油价对数收益率的中点值，油价对数收益率的范围值，X_{OP}、X_{WP}、X_{TP}、X_{OC}、X_{CPI}、X_{CPIE}、X_{PPI}、X_{PPIE}、X_{OI} 分别作为阈值变量的 TARIX 模型

*、**和***表示预测精度（从大到小）排名前 3 的模型

表 5.5　预测结果比较（包含区间解释变量）

项目	ω_1	ω_2	ω_{NDS1}	ω_{NDS2}	ω_e	ω_L	ω_R	ω_m	ω_r
模型 1*	0.043 64	0.011 79	0.544 96	0.567 39	0.434 94	0.041 98	0.041 85	0.040 01	0.024 97
ACIX	0.052 40	0.017 43	0.600 26	0.600 26	0.465 32	0.055 42	0.044 78	0.047 58	0.033 16
CR-SETARX	0.101 74	0.063 30	0.702 47	0.733 31	0.732 39	0.110 73	0.078 12	0.090 31	0.064 06
ARX	0.062 45	0.027 33	0.582 45	0.590 98	0.459 17	0.073 07	0.052 29	0.060 40	0.039 41
VARX	0.076 91	0.037 32	0.662 28	0.668 50	0.560 45	0.088 87	0.054 97	0.069 94	0.047 72
模型 2****	0.048 19	0.014 44	0.598 81	0.600 03	0.408 71	0.044 75	0.047 16	0.043 52	0.029 66

续表

项目	ω_1	ω_2	ω_{NDS1}	ω_{NDS2}	ω_e	ω_L	ω_R	ω_m	ω_r
模型 3	0.170 52	0.182 43	0.992 24	1.299 26	2.162 73	0.180 01	0.165 55	0.171 85	0.038 71
模型 4	0.050 59	0.016 67	0.587 49	0.587 49	0.453 05	0.054 31	0.043 22	0.046 18	0.033 27
模型 5	0.110 68	0.093 29	0.845 00	0.951 77	1.184 81	0.125 79	0.120 43	0.121 96	0.033 99
模型 6	0.054 97	0.022 30	0.594 08	0.597 58	0.506 98	0.061 07	0.053 72	0.054 78	0.035 05
模型 7***	0.047 06	0.013 80	0.531 17	0.531 17	0.393 24	0.048 83	0.037 93	0.040 25	0.034 16
模型 8	0.057 20	0.025 55	0.608 54	0.614 91	0.548 49	0.065 91	0.057 91	0.059 51	0.035 06
模型 9**	0.046 84	0.015 37	0.521 67	0.521 67	0.400 41	0.051 51	0.041 08	0.043 33	0.034 23
模型 10	0.064 22	0.026 91	0.684 18	0.687 17	0.579 94	0.067 31	0.060 45	0.061 63	0.034 30
模型 11	0.063 25	0.024 96	0.692 29	0.692 29	0.569 36	0.063 72	0.058 58	0.058 60	0.035 28

*、**、***和****表示预测精度（从大到小）排名前 4 的模型

从表 5.4 和表 5.5 中，我们观察到模型 1（即在公式（5.2）中 $q_t = \Delta Y_{m,t}$）在所有模型中始终表现最好，优于 ACIX、CR-SETARX、ARX 和 VARX 模型。首先，与线性区间模型相比，如表 5.4 所示，由 ω_L 测得的改进范围为 1.53%～2.25%。表 5.5 中模型 1 的 ω_1 是 0.043 64，小于 ACIX 模型的 0.052 40，这就强调了获取区间原油价格非线性动态特征的必要性。其次，与 CR-SETARX 模型相比，模型 1 的 ω_L 改进幅度可达 6.88%（表 5.5）。与其他模型测量的 ω_{NDS1} 和 ω_{NDS2} 相比，TARIX 模型的预测覆盖率显著增加，与 CR-SETARX 模型相比尤其显著。可能的原因是，相比于二变量点值建模，模型 1 在将区间数据作为随机集处理和有效利用区间中包含的丰富信息方面很吝啬。这与 Sun 等（2018a）的研究结果一致。最后，在基于区间的条件下，模型 1 和 ACIX 模型的表现优于其他基于点的模型，如 VARX 模型和 ARX 模型。这说明基于点值的模型可能会丢失一些潜在的信息，这也暗示了在区间建模中有效利用信息的重要性。

选取不同的阈值变量的 TARIX 模型预测结果分析如下。首先，表 5.4 显示模型 1 在所有 TARIX 模型中产生的预测误差最小。这意味着当原油价格区间中点值 $\Delta Y_{m,t}$ 达到一个阈值时，原油区间价格可能会从现有的价格机制转向一个新的价格机制。直观而言，作为切换状态的良好指示器，$\Delta Y_{m,t}$ 可以评估区间原油价格走势的变化。石油市场有自己的价格机制，当历史价格趋势上升时，原油产量将增加，产量增加将导致当前油价上升。Chai 等（2011）研究了油价滞后项的上涨如何通过当前 OPEC 原油产量对油价产生积极影响。其次，模型 2（即在公式（5.2）中 $q_t = \Delta Y_{r,t}$）在大多数情况下预测误差是第二小的。$\Delta Y_{r,t}$ 反映了低波动期和高波动期之间的动态不对称，反映了区间原油价格波动的变化。已有研究表明，油价具

有不同的波动周期。例如，Zhang Y J 和 Zhang L（2015）将 Brent 原油价格周期分解为急剧下降、小幅下降和急剧上升三个阶段，而 WTI 原油价格则分别为急剧下跌、相对稳定和急剧上升三个阶段。这样，模型 1 和模型 2 被认为优于其他对比模型。对于包含区间解释变量的 TARIX 模型，也可以得到类似的结果，如表 5.5 所示。这些结果表明，内生性阈值变量可能是导致不同区制下原油价格趋势和波动幅度变化的主要驱动因素。这清楚地证明了石油市场的区制转换具有显著的趋势性和波动性，进一步证实了以往文献的研究结论（Wang et al.，2016b）。

除了模型 1 和模型 2 外，需求指标对于 TARI 模型和 TARIX 模型都是合适的阈值变量。第一，模型 5（即在公式（5.2）中 $q_t = X_{\mathrm{OC}}$）是表 5.4 中预测精度排在第 3 位的模型。阈值变量 X_{OC} 反映了 OECD 原油消费量，其是影响世界石油供应和价格的重要因素。作为最大的原油消费群体，OECD 成员国对原油的消费增长可能引发油价上涨，而油价上涨将影响原油消费，这种关系是双向的。因果关系的方向可能是从价格到生产和消费，也可能是从生产到消费，再从消费到价格（Gately and Huntington，2002）。第二，如表 5.5 所示，模型 9（即在公式（5.2）中 $q_t = X_{\mathrm{PPIE}}$）和模型 7（即在公式（5.2）中 $q_t = X_{\mathrm{CPIE}}$）的预测精度仅次于模型 1。已有研究表明，石油价格与宏观经济之间存在显著的非线性关系（He et al.，2010a）。我们的结果也表明，这两个代表美国宏观经济发展的变量，是导致价格机制变化的重要阈值变量。美国经济复苏导致油价飙升，当经济繁荣时，油价就会高；相反，经济衰退会带来更低的油价。第三，与供给和库存指标相比，需求指标更适合作为阈值变量，因为需求是影响原油市场的主要驱动因素。第四，在这一时期，美国页岩油生产作为替代产品还未优于原油生产。从长期来看，页岩油资源会从供给增长和价格传递两个方面降低原油价格，2014 年之后也是如此（Kilian，2017）。美国页岩油革命在一定程度上抑制了 OPEC 的原油产量。在短期内，随着美国页岩油产量的增加和技术的进步，页岩油成本持续下降，WTI 和 Brent 基准原油价格之间的差距也将越来越大。从历史趋势来看，2010 年以来，WTI 原油现货价格与 Brent 原油现货价格存在较大差距，Brent 原油价格长期高于 WTI 原油价格。Tappata（2009）论证了更高的生产成本意味着更高的预期市场价格。此外，Baumeister 和 Kilian（2016）还指出，页岩油资源将从长期供应增长和价格两个方面传导到价格，降低原油价格。直观地说，页岩油作为一种替代能源，可能导致价格变化。

本章通过改变样本长度来测试参数估计和预测评估的稳健性。稳健性检验的模型采用 2008 年 6 月至 2016 年 12 月的数据进行估计，采用 2017 年 1 月至 2017 年 12 月的数据进行预测。因为全球金融危机始于 2008 年 6 月，并从金融市场扩散到商品市场，因此选择它作为分界点。表 5.6 为鲁棒检验预测结果比较（包含区间解释变量）。从表 5.6 我们可以看到，在金融危机之后的数据中，模型 1、模型 2、模型 7 和模型 9 仍然优于其他的 TARIX 模型以及基于点值的模型。这是因为石油占美国能源需求的很大一部分，而成品油的价格会随着石油价格的变化而变化。

表 5.6　鲁棒检验预测结果比较（包含区间解释变量）

模型	ω_1	ω_2	ω_{NDS1}	ω_{NDS2}	ω_e	ω_L	ω_R	ω_m	ω_r
模型 1*	0.052 01	0.018 30	0.571 83	0.618 44	0.548 45	0.049 52	0.056 62	0.051 61	0.025 71
ACIX	0.063 06	0.025 73	0.681 85	0.684 28	0.578 83	0.064 89	0.059 57	0.059 77	0.035 00
CR-SETARX	0.124 04	0.098 86	0.789 70	0.855 42	0.904 97	0.134 99	0.109 08	0.118 32	0.065 18
ARX	0.084 76	0.046 97	0.754 81	0.815 76	0.826 78	0.094 47	0.074 03	0.082 06	0.043 32
VARX	0.103 05	0.067 79	0.769 16	0.810 83	0.793 79	0.117 87	0.079 03	0.095 65	0.060 70
模型 2**	0.052 75	0.016 86	0.591 52	0.596 58	0.442 97	0.046 04	0.051 54	0.045 52	0.035 56
模型 3	0.057 87	0.024 23	0.620 07	0.632 51	0.545 54	0.062 69	0.057 68	0.057 63	0.035 06
模型 4	0.058 16	0.023 80	0.632 81	0.646 57	0.549 72	0.062 88	0.056 22	0.057 01	0.035 04
模型 5	0.105 35	0.081 11	0.852 89	0.946 16	1.198 61	0.120 94	0.106 48	0.112 16	0.040 10
模型 6	0.057 87	0.024 23	0.620 07	0.632 51	0.545 54	0.062 69	0.057 68	0.057 63	0.035 06
模型 7***	0.056 01	0.019 46	0.634 38	0.634 38	0.505 34	0.056 00	0.050 15	0.050 12	0.035 43
模型 8	0.057 91	0.023 69	0.629 88	0.642 15	0.547 29	0.062 33	0.056 53	0.056 87	0.035 01
模型 9****	0.056 72	0.020 57	0.633 48	0.633 48	0.513 05	0.056 86	0.052 62	0.051 77	0.035 82
模型 10	0.069 69	0.032 52	0.702 00	0.716 80	0.633 17	0.073 93	0.067 48	0.068 57	0.035 12
模型 11	0.057 80	0.021 59	0.652 44	0.653 71	0.529 31	0.059 50	0.053 13	0.053 56	0.035 35

注：样本分为两个子集，即第一个子样本（2008 年 6 月至 2016 年 12 月）用于估计，第二个子样本（2017 年 1 月至 2017 年 12 月）用于预测

*、**、***、****表示预测精度（从大到小）排名前 4 的模型

5.4.2　结果分析

综上所述，实证结果表明，TARIX 模型，特别是以对数中点为阈值的 TARIX 模型，比其他对比的区间模型的样本外预测效果更好。作为阈值变量，需求指数对石油价格有很大影响，这一发现与原油市场的部分研究结论是一致的。自 2004 年以来，国际原油价格波动剧烈，供需基本面不能完全解释油价波动。随着石油期货市场的发展，投机行为会导致油价波动。而全球经济的发展和其他大宗商品的影响都增加了油价波动的不确定性。尽管各种市场因素对油价的短期运行具有重要影响，但供需基本面因素可以决定油价的长期运行机制。最后，区间解释变量的加入可以提高预测效果。

5.5 本 章 小 结

本章首先将一种新的TARIX模型应用于区间油价预测。与基于点值的方法相比，基于区间的方法的一个主要优点是，它捕获了同一时期内，如2008年全球金融危机期间的趋势和波动的非线性变化。此外，预测区间中包含的信息可以使预测者获得更有效的参数估计，从而提高预测精度。实证结果表明，具有合理阈值变量的TARIX模型优于其他竞争模型，包括线性ACIX模型、ARX模型、VARX模型和非线性CR-SETARX模型。其中，除对数中点外，需求指标作为阈值变量对油价有显著影响。这是因为这些TARIX模型能够捕捉到石油市场的非对称效应。

本章的实证结果中几个有趣的结论：首先，TARIX模型能够捕捉到原油价格的非线性和区间特征，这表明原油价格的潜在结构可能受到政策变化、金融危机等因素的影响。其次，区间模型可以利用样本的信息增溢，分析和预测原油价格走势和波动率的变化。因此，与其他点值模型相比，该方法可以提高预测精度。最后，基于经济学理论和原油市场的特征，我们确定了阈值变量和解释变量。特别地，阈值变量是由变量选择而不是主观假设决定的。基于经济理论和评价标准，我们可以选择合适的阈值变量。同时，我们加入了Google Trends作为搜索热度信息，它可以反映人类的行为特征。

第6章　重大突发事件冲击背景下的原油价格分析及预测

本章提出了一个新的研究框架 GSI-BN 来分析重大突发事件对原油市场的冲击效应并预测不同事件发生时油价的走势。首先，基于 GSI 构建突发事件网络舆情关注度指标，确定不同种类的突发事件的时间窗。其次，引入贝叶斯网络，将突发事件简化到拓扑网络图上，细分突发事件并挖掘事件及其背后的条件概率，分析突发事件影响机制并预测其发生概率。最后，基于情景预判分析和预测不同情景下突发事件所导致的油价走势。实证结果表明：当供给和需求的月均增速都较高时，供需仍处于均衡状态，油价处于低价格区间的概率最大；当供给冲击较大，需求处于正常水平增速时，油价处于中低价格区间的概率最大；需求侧方面，当金融危机发生时，原油消费量的次月增速绝对值在中速增长区间的概率最大；供给侧方面，两种或三种突发事件同时发生是小概率事件。此外，随着 OPEC 致力于减产，全球石油需求走高；飓风对价格的影响相较于往年逐渐变小；金融危机对原油市场的影响是全面的，只有部分影响会通过需求冲击传导到价格；战争和 OPEC 会议都是短暂的供给冲击，更多的是反映了市场的预期，二者传导到价格时，不会产生较大的价差。本章为研究突发事件对原油市场的冲击效应及油价拐点提供了一个新的视角和方法。

本章主要包括以下内容：6.1 节介绍相关研究背景；6.2 节是 GSI-BN 研究框架的建立；6.3 节为实证分析；6.4 节对本章进行小结。

6.1　引　　言

波谲云诡的国际形势及多变的全球市场环境，伴随着一系列的“黑天鹅”“灰犀牛”事件。重大突发事件的冲击效应测算及价格拐点预测一直是学术界特别关心的热点和难点问题之一。IEA 发布的《世界能源展望 2018——能源分析的金色标准》报告中指出，“石油市场正在进入再次出现不确定性和波动的时期。能源与地缘政治间的联系正在逐步加强且变得更加复杂，这成为影响能源安全的一个主要因素”。近年来，美国页岩油产量增加、俄乌争端、新能源兴起、极端天气频发、国际贸易冲突等新影响因素的出现，给国际原油市场的供需及交易带来了巨大的冲击和改变。特别是 2014 年后美国页岩油的替代效应显著，原油市场“旧三角”时代到“新三角”时代的转换（Lu et al.，2020），2018 年美国政府的一系列针对利益相关国家的贸易摩擦和制裁政策，2019 年底暴发的全球公共卫生安全事件——新冠肺炎疫情等都对国际油价及全球经济产生了绝对的冲击。因此，在经济发展、能源转型及安全诉求的大背景下，本章对原油市场的重大突发事件进行深入的分析并对油价拐点进行预测，这将对国家乃至世界能源安全应急预警起到一定的借鉴作用，从而降低突发事件带来的损失。

突发事件具有突发性、随机性与不确定性（Geske，1979：邵帅等，2021），它是短期油价波动的一个主要驱动力。突发事件会对石油的短期供需造成冲击，增加市场的不确定性，从而导致油价的波动性加强（Yu et al.，2016；Fan and Xu，2011；Lin and Tamvakis，2010；Demirer and Kutan，2010；Zhang et al.，2008；周德群等，2013）。Zhang 等（2008）利用 EMD 方法分析了海湾战争及伊拉克战争等突发事件对原油价格的影响。Zhang 等（2009）进一步利用 EMD-事件分析方法分析了原油市场的重大极端事件，研究结果表明，极端事件的总影响只包含在一个或几个主导模态中，但次级模态提供了有关后续因素的有价值的信息；对于影响持续时间不同的重叠事件，其影响被分离并位于不同的模态中。

另外，随着行为金融学的发展，越来越多的实验结果表明，人类的决策在很大程度上受到情感的影响（Nofsinger，2005）。在原油市场的研究中，投资者关注度对原油价格的变化也有显著的影响（Brandt and Gao，2019；Zhao et al.，2017；Li et al.，2015；李新和张珣，2016）。投资者根据互联网的新闻及搜索的相关信息调整投资交易策略从而影响油价的趋势（Guo and Ji，2013；张跃军和李书慧，2020）。Li 等（2015）基于 Google Trends 指标构建了网络搜索指数，利用广义动态因子模型研究其与原油现货和期货价格的关系，并分析了原油价格的拐点。Ji 和 Guo（2015）认为 GSI 可以更加客观地确定突发事件的窗口，并利用 AR-GARCH 模型分析了不同事件引起的市场异常收益。结果表明，油价对不同石油事件的响应存在明显的差异。全球金融危机的累积异常收益表现出先下降后逆转再上升的趋势，而其他石油相关事件诱发的累积异常收益表现出更强的持续性效应。全球金融危机对油价回报的影响是显著负面的，而利比亚战争和飓风的影响是显著正面的。然而，不同的 OPEC 产量声明导致的油价上涨程度是不一样的。张跃军和李书慧（2020）基于 BEKK-GARCH 模型研究了投资者关注度对原油现货和期货市场的波动溢出效应，结果表明，在 5% 显著水平下，投资者关注度对国际原油市场收益率有单向波动溢出效应；投资者关注度对原油现货市场的冲击强度大于对期货市场的冲击强度。

综上，目前关于石油市场的重大突发事件的相关研究还相对比较局限。首先，已有的研究对于突发事件的准确刻画及事件种类的细分都没有给出明确的定义。研究多采用事件分析方法，通过引入虚拟变量分析事件的影响，但此方法不能对事件的种类进行区分和量化。其次，对原油价格拐点的预测一直是各界关注的热点问题之一。但目前关于价格拐点的研究多是基于历史事件分析，鲜有文献对突发事件引起的价格拐点进行预测。Chai 等（2018a）基于基本统计分析和 PPM-KM 模型两种方法对油价拐点进行了定义和识别，并首次引入幂律分布对油价拐点的出现概率进行了预测。

首先，本章首次引入贝叶斯网络模型进行原油价格拐点的分析及预测研究，该方法相较于传统的预测方法具有独特的优势：即使不是所有的证据变量都能被观测到，但仍然可以通过计算后验条件概率对目标变量进行可靠预测。然而，大多数传统的预测方法不能做到这一点。其次，本章基于 GSI 指标对原油市场中不同种类的重大突发事件进行刻画和细分。因此，本章提出了 GSI-BN 研究框架。具体而言：首先，基于 GSI 构建突发事件网络舆情关注度指标，确定不同种类突发事件的时间窗。其次，基于贝叶斯网络理论，将突发事件简化到拓扑网络图上，细分突发事件并挖掘事件及其背后的条件概率，预测不同类别突发事件的发生概率。最后，基于情景预判分析和预测不同情景下突发事件所导致的油价走势。

本章研究主要的贡献及创新点包括：①就研究视角而言，本章提出的 GSI-BN 研究框架为重大突发事件冲击效应测算及油价拐点预测提供了一种新的研究思路和视角，不仅对能源安全策略的制定具有指导意义，而且有助于避免原油市场小概率事件发生带来的重大损失，使决策者在不确定的世界中占得先机。此外，该研究框架也为研究重大突发事件对金融市场和其他商品市场的冲击效应及拐点预测提供了可行的方法。②就数据指标而言，考虑到投资者关注度对原油价格的显著影响，本章基于 GSI 网络搜索数据对突发事件及其种类进行了刻画和细分。通过深入剖析“黑天鹅”“灰犀牛”等不同突发事件的规律，将搜索数据和统计数据相结合来分析导致原油市场供需冲击的代表性事件，并确定不同事件的时间窗及其出现频次。③就模型方法而言，首次引入贝叶斯网络模型分析突发事件对原油市场的冲击效应，提出了一个新的研究框架 GSI-BN（图 6.1）来分析和挖掘不同类型突发事件背后的机制及其对原油市场波动的影

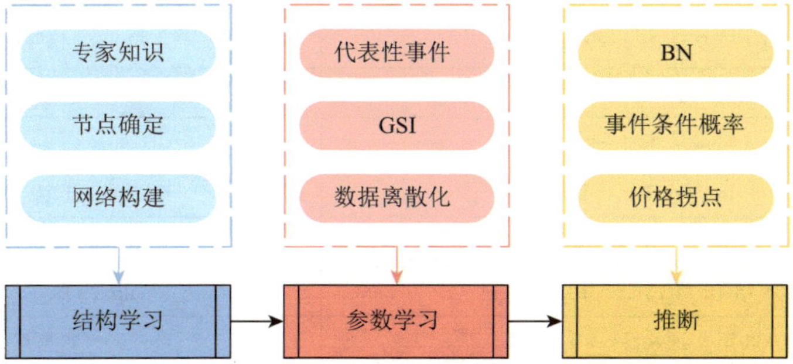

图 6.1　GSI-BN 研究框架

响。此外，根据预测的不同突发事件的出现概率，来预测油价的波动区间及其相应的概率。

6.2　GSI-BN 研究框架

6.2.1　基于 GSI 突发事件的识别与因果分析

根据文献总结及相关事件的分类，本章选取飓风（供给冲击）、金融危机（需求冲击）、利比亚战争（供给冲击）和 OPEC 会议（供给冲击）4 个代表性的突发事件，采用 Google Trends 搜索数据构建相应突发事件的网络舆情关注度指标 GSI（Guo and Ji，2013；Ji and Guo，2015）。

1. 飓风

飓风作为最常见的季节性极端天气，影响原油供给侧的稳定性。飓风可能会影响墨西哥湾的海上原油生产，使相关原油供应商、炼油厂和石油运输的供应系统受到影响。本章对 2004～2020 年期间影响较大的 12 个飓风进行总结，如表 6.1 所示。风暴是否在墨西哥湾沿岸登陆决定了飓风是否会对石化行业生产造成影响。由图 6.2 飓风的网络关注度可以看出，2017 年的 Harvey 及 2005 年的 Katrina 的关注度最高，两次飓风期间当周的 WTI 原油现货价格涨幅分别为 2.10%和 0.90%。不同于 2005 年的表现，2017 年油价上涨的原因是以下因素综合导致的：首先，随着技术的不断进步，短期造成的供应短缺相较于往年能快速恢复；其次，OPEC 致力于减产，全球需求基本走高。

表 6.1　2004～2020 年影响较大的飓风

影响时间	飓风名称
2004 年 8 月 10 日～8 月 15 日	Charley（查利）
2004 年 9 月 2 日～9 月 24 日	Ivan（伊凡）
2004 年 9 月 13 日～9 月 29 日	Jeanne（珍妮）
2005 年 7 月 4 日～7 月 13 日	Dennis（丹尼斯）
2005 年 8 月 23 日～8 月 31 日	Katrina（卡特里娜）
2005 年 9 月 18 日～9 月 26 日	Rita（丽塔）
2005 年 10 月 15 日～10 月 25 日	Wilma（威尔玛）
2008 年 9 月 6 日～9 月 15 日	Gustav（古斯塔夫）
2008 年 9 月 1 日～9 月 14 日	Ike（艾克）

续表

影响时间	飓风名称
2015 年 6 月 12 日～6 月 21 日	Bill（比尔）
2017 年 8 月 17 日～9 月 3 日	Harvey（哈维）
2018 年 9 月 3 日～9 月 8 日	Gordon（戈登）

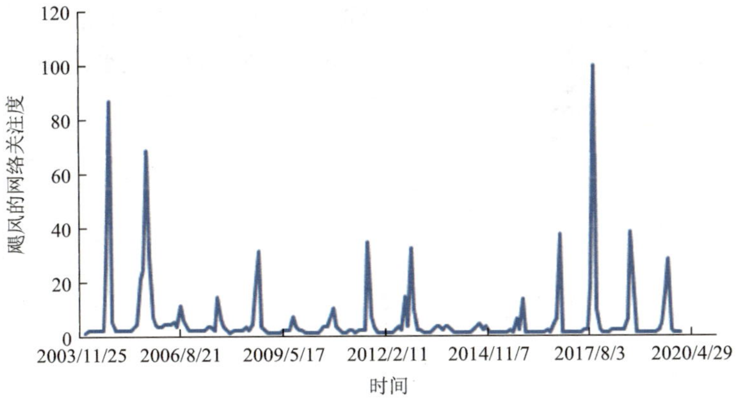

图 6.2　飓风的网络关注度

2. 金融危机

2008 年全球金融危机对全球的金融体系产生了巨大的冲击。2008 年 12 月 WTI 原油价格从 2008 年 7 月最高点 145.31 美元/桶跌至 30.28 美元/桶。从图 6.3 也可以看出，2008 年 10 月金融危机的网络关注度出现大幅跳跃，一直持续到 2009 年初，

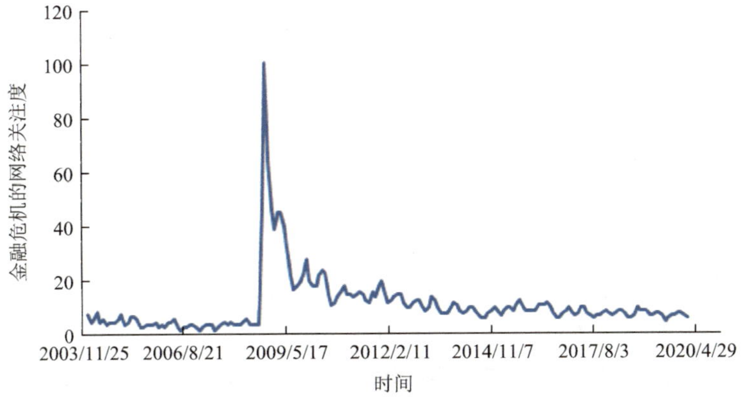

图 6.3　金融危机的网络关注度

随后呈现震荡下落的走势，最后趋于平稳，市场恐慌情绪缓解。金融危机通过影响全球经济金融系统进而引起需求侧的疲软，从而导致价格的降低（Zhang et al., 2009）。

3. 利比亚战争

地缘政治事件一直是影响原油价格剧烈波动的突发事件之一，本章选取利比亚战争作为代表地缘政治事件的指标。2011 年利比亚战争导致其石油产量锐减，中断的石油供应导致当年 Brent 油价在短期暴涨 20%左右。由图 6.4 可以看出，在战争发生期间，其网络关注度很高，但战争前后的关注度几乎是 0，说明此类突发事件的市场关注度仅限于事件发生期间，关注度十分集中。

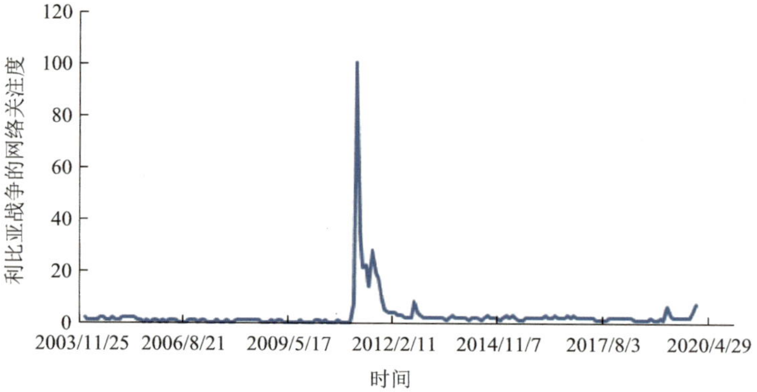

图 6.4　利比亚战争的网络关注度

4. OPEC 会议

OPEC 会议通过讨论世界石油市场的发展前景，对市场需求进行预判，从而使成员国达成一致的产量决定。每次会议公布的产量数据会对油价产生消息面的影响，这种影响一般都是瞬时的。所以，此类事件最终不一定会对石油市场基本面产生冲击效应。图 6.5 是 OPEC 会议的网络关注度变化趋势。

6.2.2　贝叶斯网络模型

贝叶斯网络模型又称信度网（belief network，BN），由美国加利福尼亚大学 Pearl 教授首次提出（Pearl，1998；Huang and Darwiche，1996）。它是由概率论和图论组成的理论模型，不仅利用概率论的相关知识研究变量间的相互依赖或独立关系，还运用图论表示各个节点之间的连通和分隔关系。贝叶斯网络用以计算多个变量间的联动概率，有助于解释数据之间的内在联系。

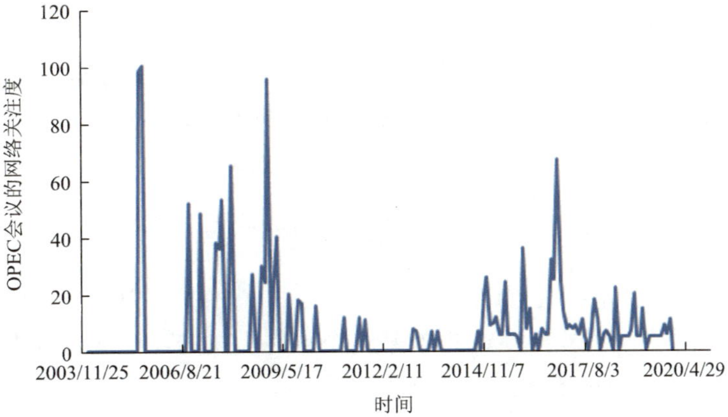

图 6.5　OPEC 会议的网络关注度

贝叶斯网络模型是一个非循环的有向图即有向无环图（directed acyclic graph，DAG），而且每个节点都具有各自的属性。它可以简洁地表示为给定随机变量 $X=\{X_1,X_2,\cdots,X_n\}$ 之间的概率依赖关系。作为一个有向无环图 $G=(V,A)$，每个节点 $v_i \in V$ 对应一个随机变量 X_i，A 是一个弧（边）的集合（Nagarajan et al., 2013）。

贝叶斯网络模型的构成可表示为 $B=\{G,\Theta\}$，G 为有向无环图，代表贝叶斯网络结构，Θ 为参数，表示变量之间的条件概率。基于贝叶斯网络的马尔可夫特性，它满足下面关于 X 的联合分布的因式分解条件：

$$P(X_1,X_2,\cdots,X_n)=\prod_{j=1}^{n}P\left(X_j\middle|\mathrm{pa}(X_j),\theta_j\right) \tag{6.1}$$

其中，$\mathrm{pa}(X_j)=\left\{X_i : X_i \to X_j \in E\right\}$ 为 X_j 父节点的集合；θ_j 对定义 X_j 条件概率分布（conditional probability distribution，CPD）的参数进行编码。因此，公式（6.1）的概率形式如下：

$$P(X_1,X_2,\cdots,X_n)=P(X_1)P(X_2|X_1)P(X_3|X_2,X_1)\cdots P\left(X_n\middle|X_1,X_{1:n-1}\right) \tag{6.2}$$

根据网络结构中节点变量属性的不同，贝叶斯网络可以分为离散型贝叶斯网络和连续型贝叶斯网络（高斯贝叶斯网络）。对于连续数据，我们假设 X_i 服从多元高斯分布；对于离散数据，我们假设每个 X_j 都是一个具有 r_j 级的因子。两种模型最大的区别是离散型贝叶斯网络中的数据是离散化的，模型没有指定具体的分布类型，会造成一定的信息损失。但连续型贝叶斯网络假设变量之间的依赖关系是线性的（或者说每个变量都有高斯分布），所有随机变量的联合概率分布是服从多元正态分布的。由于连续型贝叶斯网络的假设限制及本章的数据呈现出离散性特征，本章针对离散情况进行分析。

本章结合贝叶斯定理，对 X 表达式进行推导，如下所示。

设 $X_1,X_2,\cdots,X_n$ 是一组互斥事件，它们的并集是样本空间 S，即其中必定至少有一个事件出现，则对任意一个变量 X 有如下的表达式：

$$p(X_k|X)=\frac{p(X_k)p(X|X_k)}{\sum_{j=1}^{n}p(X_j)p(X|X_j)} \tag{6.3}$$

其中，X_k 为查询变量；X 为证据变量。由公式（6.3）可以看出，一个事件的出现的概率是由事件 $X_1,X_2,\cdots,X_n$ 中的某几个事件引发的，由此可以看出贝叶斯定理经常被用于求解因果概率。

1. 学习

贝叶斯网络模型的估计被称作学习，包括结构学习和参数学习。一般来说，有三种不同的方法来构建贝叶斯网络：①贝叶斯网络的节点、结构和参数由相关领域的专家系统通过特定知识决定。早期多采用此方式，适用复杂性不高、变量不多且变量之间关系较清晰的问题。②贝叶斯网络的节点由相关领域专家知识确定，通过大量的训练数据学习结构和参数。适用于变量间有相对明显的依赖关系，但依赖程度不清晰的问题。③贝叶斯网络的节点和结构由专家知识确定，利用机器学习方法从数据中学习网络参数。适用于数据量较大的问题。

结构学习算法可以归纳为三种：基于约束（constraint-based）的算法、基于分数（score-based）的算法和混合算法。基于约束的算法是通过分析贝叶斯网络的马尔可夫性所带来的概率关系，并通过条件独立检验来学习网络结构，然后再构造一个满足相应的 d-分离语句（d-separation statements）的图，从而学习网络结构。由此产生的模型通常被解释为因果模型，即从观察数据中学习（Pearl，1988）。基于分数的算法为每个候选贝叶斯网络分配一个分数，并尝试用启发式搜索算法最大化它。例如，贪婪的搜索算法（greedy search algorithm）、遗传算法（genetic algorithm）和模拟退火算法（simulated annealing algorithm）。混合算法是基于约束的算法和基于分数的算法的结合，可以弥补它们的缺点，并在各种情况下产生可靠的网络结构。这个家族最有名的两个成员是 Friedman 等（1999）提出的稀疏候选（sparse candidate，SC）算法和 Tsamardinos 等（2006）提出的 max-min 爬山（max-min hill-climbing，MMHC）算法（Nagarajan et al.，2013）。

利用数据对局部分布函数的参数进行估计，可以实现对全局分布参数的估计，即通过参数学习给出变量在贝叶斯网络结构上的联合概率分布。这样的两步算法的优点是它一次只考虑一个局部分布函数，不需要明确地对全局分布函数进行建模。另一个优点是可以处理高维模型（Scutari，2010）。

2. 推断

概率推理有不同的类型，包括从结果到原因的诊断推理，从原因到结果的预测推理（本章的推理类型），以及具有相同结果但原因不同的因果关联推理（Korb and Nicholson，2010）。推理方法包括精确推理和近似推理。本章采用逻辑抽样算法（一种近似推理）进行预测。更多关于贝叶斯网络的理论可以进一步参考 Lauritzen（1996）、Spirtes 等（2000）、Koller 和 Friedman（2009）的研究。

综上，本章中原油市场突发事件的贝叶斯网络的节点和结构由专家知识确定，网络的参数是利用机器学习方法从数据中学习得到的。同时，选取逻辑抽样算法进行预测。

6.3 实证分析

6.3.1 变量描述及数据来源

基于 6.2 节的分析，我们选取飓风（极端天气导致的供给冲击）、金融危机（需求冲击）、利比亚战争（地缘政治导致的供给冲击）、OPEC 会议（供给冲击）等代表性突发事件，建立原油市场突发事件的贝叶斯网络结构来解释并量化突发事件与油价的关系，进而预测原油价格的变化。本节根据不同指标的历史变化趋势和特点以及历史突发事件发生时搜索数据的变化区间，选取了不同的离散区间。其中价格、供给和需求数据是实际统计数据，代表性突发事件选取了 Google Trends 搜索数据。由于不同的 GSI 指标的特点是不同的，本章根据不同的历史突发事件发生时期其搜索指标的表现确定它们的离散状态。数据的样本区间为 2004 年 1 月至 2020 年 1 月[①]，具体的指标及离散化结果如表 6.2 所示。

表 6.2　变量离散化结果

变量		指标选取	离散区间	数据来源
查询变量	价格（P）	Brent 原油价格价差绝对值	low（低）：$P1(0, 4]$ medium-low（中低）：$P2(4, 10]$ medium-high（中高）：$P3(10, 15]$ high（高）：$P4(15, +\infty)$	EIA
证据变量	供给（S）	OPEC 石油产量月均增速绝对值	low：(0, 1.5] medium（中）：(1.5, 3] high：(3, $+\infty$)	EIA

① 本章写作完成时间为 2022 年 2 月。

续表

变量		指标选取	离散区间	数据来源
	需求（D）	OECD 消费量月均增速绝对值	low：(0, 2.5] medium：(2.5, 3.5] high：(3.5, +∞)	EIA
	极端天气（H）	hurricane（飓风）	yes（是）：[11, 100] no（否）：[0, 10]	Google Trends
	经济金融（F）	financial crisis（金融危机）	yes：[22, 100] no：[0, 21]	Google Trends
	地缘政治（W）	Libya war（利比亚战争）	yes：[14, 100] no：[0, 13]	Google Trends
	OPEC 会议（O）	OPEC announcement（OPEC 声明）	yes：[13, 100] no：[0, 12]	Google Trends

6.3.2　网络结构分析

根据相关领域专家知识构建贝叶斯网络节点和结构，如图 6.6 所示。图 6.6 清晰地描述了原油价格与突发事件的因果关系，有向边表示了节点间关系的方向。包含所有节点的联合概率分布表示为

$$P(H,F,W,O,S,D) \\ = P(H)P(F)P(W)P(O)P(S|H,W,O)P(D|F)P(P|S,D) \tag{6.4}$$

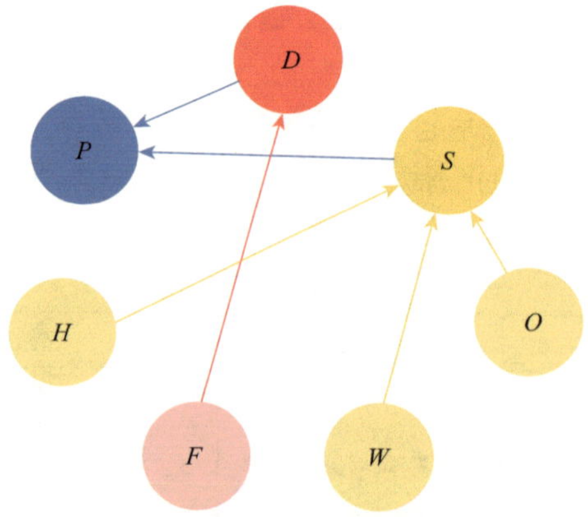

图 6.6　原油市场突发事件贝叶斯网络

在贝叶斯网络结构确定后，本章采用最大似然估计（maximum likelihood estimation，MLE）算法进行参数学习，估计各节点的条件概率从而获得概率分布

表。节点的条件概率表反映了父节点将因果关系传播到子节点及其对应节点的强度。从图 6.6 可以看出，H、F、W、O 是父节点，其余的为子节点。

本章以 S、D 和 P 为例，详细阐述其定量因果关系。根据贝叶斯网络的估计结果，进一步分析说明父节点的变化趋势对子节点价格、供需的具体影响，结果见图 6.7。

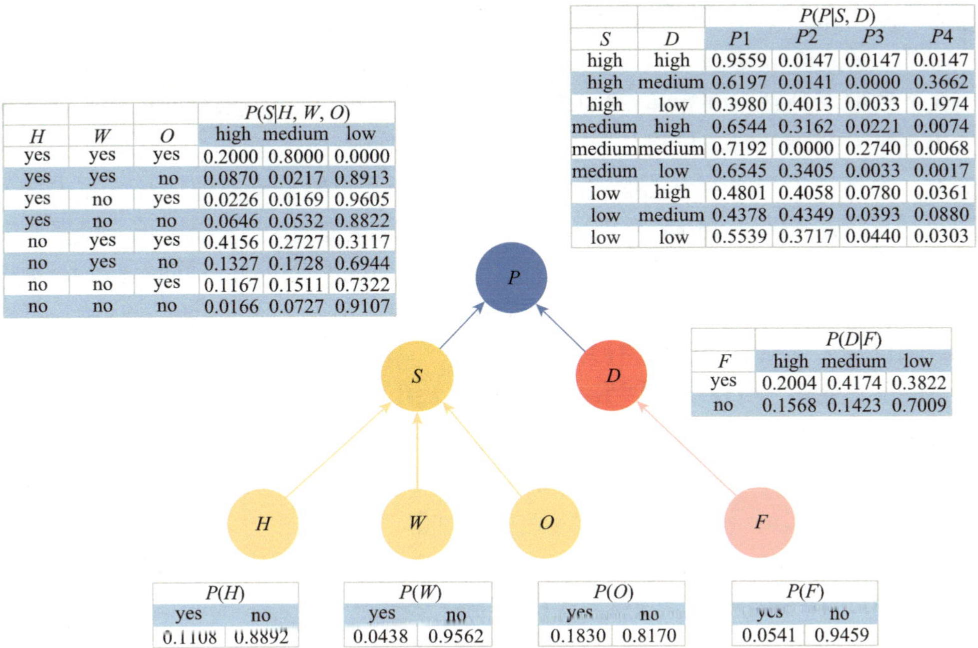

			P(S|H, W, O)		
H	W	O	high	medium	low
yes	yes	yes	0.2000	0.8000	0.0000
yes	yes	no	0.0870	0.0217	0.8913
yes	no	yes	0.0226	0.0169	0.9605
yes	no	no	0.0646	0.0532	0.8822
no	yes	yes	0.4156	0.2727	0.3117
no	yes	no	0.1327	0.1728	0.6944
no	no	yes	0.1167	0.1511	0.7322
no	no	no	0.0166	0.0727	0.9107

		P(P|S, D)			
S	D	P1	P2	P3	P4
high	high	0.9559	0.0147	0.0147	0.0147
high	medium	0.6197	0.0141	0.0000	0.3662
high	low	0.3980	0.4013	0.0033	0.1974
medium	high	0.6544	0.3162	0.0221	0.0074
medium	medium	0.7192	0.0000	0.2740	0.0068
medium	low	0.6545	0.3405	0.0033	0.0017
low	high	0.4801	0.4058	0.0780	0.0361
low	medium	0.4378	0.4349	0.0393	0.0880
low	low	0.5539	0.3717	0.0440	0.0303

	P(D|F)		
F	high	medium	low
yes	0.2004	0.4174	0.3822
no	0.1568	0.1423	0.7009

P(H)	
yes	no
0.1108	0.8892

P(W)	
yes	no
0.0438	0.9562

P(O)	
yes	no
0.1830	0.8170

P(F)	
yes	no
0.0541	0.9459

图 6.7　量化后的贝叶斯网络

（1）价格节点 P。有向边 $S\to P$、$D\to P$ 分别表明供给量和需求量的变化即供需冲击是价格变化的原因。原油作为一种商品，价格是由供需基本面决定的。从图 6.7 价格 P 的条件概率分布表中可以看出，当供给和需求的月均增速绝对值都处于高增长速度时（$S=$ high、$D=$ high），原油价格为 $P1$（次月价差在(0, 4]美元）的概率为 0.9559，原油价格为 $P2$、$P3$、$P4$（次月价差在(4, 10]美元、(10, 15]美元、(15, +∞)美元）的概率都为 0.0147。这可能是因为当供给和需求的月均增速都较高时，供需仍处于一直平衡的状态，价格不会出现大幅的涨跌，所以在 $P1$ 的概率最大。

进一步分析供需失衡状态，首先，当供给的月均增速绝对值较高，需求处于中等增速度时（$S=$ high、$D=$ medium），原油价格为 $P1$（次月价差在(0, 4]美元）的概率为 0.6197，原油价格为 $P2$、$P3$、$P4$（次月价差在(4, 10]美元、(10, 15]美元、

(15, +∞)美元）的概率分别为0.0141、0、0.3662，即当供给冲击较大，需求月均增速绝对值处于中等增速（2.5%～3.5%）时，次月价差在4美元内的概率最大，此种情况也是大概率情况。例如，2017年Harvey飓风时期，油价增幅较小的原因，一方面是短期造成的供应短缺相较于往年能快速恢复；另一方面，OPEC致力于减产，全球需求基本走高。其次，高价格区间*P*4（价差在15美元以上）的概率较大，例如，金融危机时期。当供给的月均增速绝对值较高，需求处于低增速时（*S*=high，*D*=low），原油价格为*P*2（次月价差在(4, 10]美元）的概率最大为0.4013，原油价格*P*1、*P*3、*P*4（次月价差在(0, 4]美元、(10, 15]美元、(15, +∞)美元）的概率分别为0.3980、0.0033、0.1974。可以看出，当供给冲击较大，需求处于正常水平增速时，价格处于中低价格区间即次月价格差在4～10美元的概率最大。上述结论与原油市场的实际情况相符，即当供给处于高速增长或需求处于高速增长状态（供给冲击或需求冲击某一方出现），油价出现大幅增长的概率比较大；而供给和需求二者都处于高速增长状态时（供给和需求冲击同时出现），价格增幅反而不大。一方面是此种极端情况很难出现，另一方面是供需同时冲击可能会抵消供需失衡所导致的价格波动。

（2）需求节点*D*。在本章构建的网络结构中，代表需求侧冲击的突发事件是金融危机*F*。从图6.7的条件概率计算结果可以看出，当金融危机发生时，需求增速三种状态（*D*＝high、*D*＝medium和*D*＝low）的概率分别是0.2004、0.4174和0.3822，即当金融危机发生时，原油消费量的次月增速绝对值在中速区间(2.5, 3.5]的概率最大，为0.4174。例如，2008年金融危机发生时期，2008年10月的需求增速为3.5%，10月的价差最大为–25.65美元。

（3）供给节点*S*。本章选取的供给侧突发事件分别为飓风*H*、利比亚战争*W*和OPEC会议*O*。从图6.7可以看出，当飓风、利比亚战争、OPEC会议都发生时（*H*＝yes、*W*＝yes、*O*＝yes），供给次月增速的三种概率（low为(0, 1.5]、medium为(1.5, 3]、high为(3, +∞)）分别为0、0.8和0.2。说明三种突发事件同时发生时，供给侧受到冲击，供给缺口在中速区间1.5%～3%的概率为0.8，供给缺口在高速区间3%以上的概率为0.2。虽然三种突发事件同时发生是小概率事件，但可能存在一段时期的交错。例如，2011年3月利比亚战争爆发，世界石油供给增速为–3.63%，而2011年8月，飓风来袭后，利比亚战争期间，同时OPEC召开会议，供给增速反而下降。

当飓风和利比亚战争同时发生时（*H*＝yes、*W*＝yes、*O*＝no），供给次月增速的三种概率（low为(0, 1.5]、medium为(1.5, 3]、high为(3, +∞)）分别为0.8913、0.0217和0.0870；当飓风和OPEC会议同时发生时（*H*＝yes、*W*＝no、*O*＝yes），供给次月增速的三种概率（low为(0, 1.5]、medium为(1.5, 3]、high为(3, +∞)）分别为0.9605、0.0169和0.0226；当战争和OPEC会议同时发生时（*H*＝no、*W*＝yes、*O*＝yes），

供给次月增速的三种概率（low 为(0, 1.5]、medium 为(1.5, 3]、high 为(3, +∞)）分别为 0.3117、0.2727 和 0.4156。首先，两种极端事件同时发生依旧是小概率事件，特别是飓风和战争同时发生时，一般是飓风发生在战争的阴影期。其次，飓风和 OPEC 会议同时发生可能存在的情况是飓风造成墨西哥湾石油供给中断，OPEC 会议成员国为了保证价格的平稳，增加产能，弥补飓风造成的供给缺口。所以，此时供给增速的绝对值在低速的概率最大。最后，如果战争和 OPEC 会议同时发生，供给增速绝对值在高速状态下的概率最大。不同于飓风的是，地缘政治事件导致石油当月的短期供应缺口更大，非战争国家的产能难以在短时间内得到补充。

（4）父节点 H、F、W、O。由父节点的条件概率可以看出，突发事件不发生的概率都显著大于发生的概率。其中，OPEC 会议发生的概率最大为 0.1830，其次是飓风为 0.1108，这两个突发事件都是瞬时的供给冲击，更多反映的是消息层面对价格的冲击。同时，金融危机发生的概率为 0.0541，略微大于战争发生的概率 0.0438。相较于 2008 年全球金融危机造成的世界级的金融市场冲击事件及中东战争，极端天气和 OPEC 的增减产活动是小概率事件。

6.3.3　价格状态预测

贝叶斯网络模型的另一个优势是为我们解决拐点预测问题提供了一个有效的方法。当一个随机变量（证据变量）出现新的信息时，通过更新相关节点的后验概率（信念）在网络中的传播，可得到查询变量的概率。本章针对不同的突发事件，对原油价格进行了短期的预测，给出未来 6 个月原油价格可能出现的不同区间及其概率，即证据变量为 H、F、W、O，查询变量为 P。根据 6.3.2 节的分析，我们可以看出三种及以上突发事件发生的概率极小，所以本章选取不同突发事件单独发生的情况进行预测。

从表 6.3 可以看出，当飓风突发事件发生，其他突发事件不发生时，未来 6 个月国际原油价格将保持在 $P1(0, 4]$的概率最大，平均概率为 0.5424；然后是 $P2(4, 10]$、$P4(15, +\infty)$和 $P3(10, 15]$，平均概率分别为 0.3687、0.0479 和 0.0410。综上所述，当飓风发生时，原油价格波动的最大可能区间是 4 美元以内。

表 6.3　当飓风发生时原油价格预测结果

时间	$P1(0, 4]$	$P2(4, 10]$	$P3(10, 15]$	$P4(15, +\infty)$
202002	0.5019	0.4091	0.0419	0.0470
202003	0.5401	0.3601	0.0462	0.0535
202004	0.5666	0.3493	0.0336	0.0504
202005	0.5288	0.3762	0.0409	0.0541

续表

时间	$P1(0, 4]$	$P2(4, 10]$	$P3(10, 15]$	$P4(15, +\infty)$
202006	0.5288	0.3758	0.0465	0.0490
202007	0.5879	0.3416	0.0371	0.0334
平均	0.5424	0.3687	0.0410	0.0479

从表 6.4 可以看出，当金融危机突发事件发生，其他种类的突发事件不发生时，未来 6 个月国际原油价格将保持在 $P1(0, 4]$的概率最大，平均概率为 0.4891；然后是 $P2(4, 10]$、$P3(10, 15]$和 $P4(15, +\infty)$，平均概率分别为 0.4001、0.0588 和 0.0519。综上所述，当金融危机发生时，原油价格波动的最大可能区间是 4 美元以内。

表 6.4　当金融危机发生时原油价格预测结果

时间	$P1(0, 4]$	$P2(4, 10]$	$P3(10, 15]$	$P4(15, +\infty)$
202002	0.5228	0.3680	0.0584	0.0508
202003	0.4538	0.4169	0.0871	0.0422
202004	0.4791	0.4201	0.0393	0.0614
202005	0.5083	0.3889	0.0556	0.0472
202006	0.5148	0.3801	0.0512	0.0539
202007	0.4560	0.4267	0.0613	0.0560
平均	0.4891	0.4001	0.0588	0.0519

从表 6.5 可以看出，当战争突发事件发生时，未来 6 个月国际原油价格将保持在 $P1(0, 4]$的概率最大，平均概率为 0.5647；然后是 $P2(4, 10]$、$P4(15, +\infty)$ 和 $P3(10, 15]$，平均概率分别为 0.3449、0.0504 和 0.0401。综上所述，当战争发生时，未来 6 个月内原油价格波动的最大可能区间是 4 美元以内。

表 6.5　当战争发生时原油价格预测结果

时间	$P1(0, 4]$	$P2(4, 10]$	$P3(10, 15]$	$P4(15, +\infty)$
202002	0.6012	0.2991	0.0332	0.0665
202003	0.5693	0.3223	0.0452	0.0633
202004	0.5492	0.3524	0.0444	0.0540
202005	0.5436	0.3833	0.0348	0.0383
202006	0.5824	0.3487	0.0345	0.0345
202007	0.5424	0.3636	0.0485	0.0455
平均	0.5647	0.3449	0.0401	0.0504

从表 6.6 可以看出，当 OPEC 会议发生时，未来 6 个月国际原油价格将保持在 *P*1(0, 4]的概率最大，平均概率为 0.5480。然后是 *P*2(4, 10]、*P*4(15, +∞)和 *P*3(10, 15]，平均概率分别为 0.3615、0.0512 和 0.0394。综上所述，当 OPEC 会议发生时，未来 6 个月原油价格波动幅度的最大可能区间是 4 美元以内。

表 6.6　当 OPEC 会议发生时原油价格预测结果

时间	*P*1(0, 4]	*P*2(4, 10]	*P*3(10, 15]	*P*4(15, +∞)
202002	0.5498	0.3624	0.0439	0.0439
202003	0.5277	0.3602	0.0499	0.0622
202004	0.5682	0.3460	0.0359	0.0499
202005	0.5528	0.3658	0.0297	0.0518
202006	0.5490	0.3720	0.0343	0.0448
202007	0.5405	0.3626	0.0426	0.0543
平均	0.5480	0.3615	0.0394	0.0512

6.3.4　结果分析

样本期内的预测结果表明，首先，飓风作为极端天气事件的代表，通过阻断供应影响价格。近年来，随着 OPEC 致力于减产，全球需求基本走高。飓风对价格的冲击相较于往年逐渐降低。其次，金融危机对原油市场的影响是全面的，只有部分影响会通过需求侧冲击传导到价格。最后，战争和 OPEC 会议都是产生短暂的供给冲击，它们更多的是反映了市场的预期，因此，传导到价格时，不会产生较大的价差。

6.4　本 章 小 结

重大突发事件的冲击效应测算及价格拐点预测一直是学术界特别关心的热点和难点问题之一。本章提出了 GSI-BN 研究框架来测算重大突发事件对油价的冲击效应。首先，通过构建 GSI 指标细分不同突发事件并确定事件的时间窗；其次，利用贝叶斯网络方法预测相应事件发生的概率；最后，预测不同事件发生时原油价格的涨跌区间。

在本章所选样本区间内，因果关系分析结果表明：①当供给和需求的月均增速都较高时，供需仍处于一直平衡状态，价格不会出现大幅的涨跌，所以次月价差在低价格区间的概率最大。当供给冲击较大，需求处于正常水平增速时，价格处于中低价格区间的概率最大。上述结论与原油市场的实际情况一致，即当供给或需求冲击一方较大时，油价出现大幅增长的概率较大；而供给和需求冲击同时出现时，价格增幅反而不大。一方面是此种极端情况很难出现，另一方面是供需同时冲击可能会抵消供需失衡所导致的价格波动。②就需求侧而言，当金融危机发生时，原油消费量的次月增速绝对值在中速增长区间的概率最大，为 0.4174；就供给侧而言，两种或三种突发事件同时发生都是小概率事件。预测结果表明：①随着 OPEC 致力于减产，全球石油需求走高等因素的出现，飓风对价格的影响相较于往年逐渐降低；②金融危机对原油市场的影响是全面的，只有部分影响会通过需求冲击传导到价格；③战争和 OPEC 会议都是短暂的供给冲击，更多的是反映了市场的预期，传导到价格时，不会产生较大的价差。

本章的主要创新包括：①基于 GSI 指标对突发事件及事件种类进行了刻画和细分，并确定事件发生的时间窗。②首次引入贝叶斯网络模型测算重大突发事件对油价的冲击效应。首先，基于图论的思想，建立了突发事件对国际油价冲击的因果网络，测算不同种类突发事件与原油价格因果关系的强度。其次，基于贝叶斯网络模型的推理过程，给出了不同突发事件发生时原油价格的波动区间及其概率，为价格拐点预测提供了新的方法。③本章提出的 GSI-BN 研究框架不仅为测算重大突发事件对原油市场的冲击效应及拐点预测提供了一种新的研究视角和分析方法，也为政府和相关企业制定能源安全策略提供了科学的参考依据。此外，本章提出的研究框架也为研究重大突发事件对金融市场和其他商品市场的冲击效应及拐点预测提供了可行的方法。

第 7 章　原油价格拐点贝叶斯统计概率推断

虽然全球能源正在向清洁化转型，但石油仍是全球最重要的燃料，具有战略资源和金融双重属性。原油价格波动分析一直是全球的研究热点之一，特别是油价大幅波动的拐点牵动着各方的神经。本章对国际原油价格拐点分析及统计推断进行研究，以原油月度价格作为研究对象，首先，将幂律分布引入到原油价格拐点的分析中，基于贝叶斯统计的思想，以比较符合描述突变规律的泊松分布、幂律分布、对数-正态分布三种分布为先验分布，构建国际原油价格拐点推断模型。其次，基于基本统计分析思想和 PPM 来定义突变点，分别对原油价格的历史突变进行识别和分析。在基于 PPM 定义突变点时，构建了 PPM-KM 国际原油价格拐点分析集成模型。最后，在两种突变点定义和三种分布模型下，分别对原油价格的突变规律进行模拟计算并比较分析，通过比较分析给出了下次原油价格拐点出现时间的概率预测。结果表明，1986～2015 年共发生 37 次显著的油价突变。在不同的时点，市场供需结构的失衡、突发地缘政治事件、美元指数波动、全球经济发展情况分别成为油价突变的主因。关于概率密度值的结果表明，在不同时间间隔下，幂律分布的概率值较指数分布和对数-正态分布而言更大，为密集的阵发事件和不活跃的偶发事件都赋予了较高的概率。本节假设国际原油月度价格拐点的时间间隔服从幂律分布是合理的。但由于数据量较少，假设检验的结果不是十分稳定，该幂律分布模型需进一步被实证和检验。

在本章，7.1 节首先介绍研究背景，7.2 节详细地介绍了本章所提出的突变点推断模型，7.3 节为突变点的识别与分析，7.4 节为实证分析结果，7.5 节对本章进行小结。

7.1　引　　言

随着原油期货市场、原油场外衍生品市场的迅猛发展，原油经济日趋金融化，油价对各种事件的反应越来越灵敏，突变频发，对经济稳定发展产生了巨大的冲击。2014 年 6 月以来，国际原油价格“跌跌不休”，呈波浪震荡。全球原油供应过剩，OPEC 组织坚持不减产成为油价下跌的主要原因。原油价格的持续大幅下跌对全球经济都产生了较大影响。一方面，原油下跌给沙特、俄罗斯等出口国的经济发展带来了沉重打击，特别是俄罗斯在卢布贬值和油价下跌的双重作用下，经济发展严重受阻。另一方面，原油下跌却为中国这样的原油进口国家的能源价格改革及能源基础设施建设提供了机遇。原油价格的大幅下跌，大大降低了成本因素对中国能源领域改革的制约。同时，为中国扩大石油战略储备，加快能源基础设施的建设提供了条件。此外，原油价格下跌为部分投资人带来了较大利润空间。投资者把握油价下跌趋势，看空持有，将会获得不菲的收益。可见，分析国际原油价格走势，识别原油价格的趋势变点将有利于国家和企业以及投资者把握市场走势，规避投资风险，进行正确的投资决策。在原油价格趋势分析中，价格拐点的识别变得十分重要，预测原油价格下一个拐点何时出现成为具有重要理论及现实意义的科学问题。

由于油价波动问题是对原油市场进行风险分析的基础，因此，在油价波动方面的研究成果颇丰，并且越来越成为近几十年来各国政府和原油产业界倍加关注的重点。国内外已有大量文献对原油价格波动的机理及风险特征、油价波动的宏观经济影响等问题进行了广泛的研究。文献主要分为两种类型：一种是单纯利用油价数据基于计量经济技术来分析油价的波动性（Askari and Krichene，2008；Mohammadi and Su，2010；Hou and Suardi，2012；柴建等，2011）；另一种是从经济学理论出发对油价的波动性进行定性分析，这也是我们认识原油价格波动本质特征的一种重要方法（Kilian，2009；Ji and Fan，2012；Salisu and Fasanya，2013；吴刚和魏一鸣，2011；吴振信等，2011；王书平和吴振信，2008）。

虽然在油价趋势预测及其影响效应分析方面已有大量的研究成果，但油价的突变识别与分析、油价系统均衡结构变化方面的研究很少。张珣等（2009）基于结构性断点检验和事件分析模型，分析了伊朗革命、海湾战争和伊拉克战争三次重大突发事件对原油价格的影响。结果表明：三次事件均对原油价格走势产生了显著影响，其中伊朗革命和伊拉克战争导致了油价结构性断点的产生。三次事件对油价的影响模式均满足危机模型。Chai 等（2011）建立了油价系统的 BVAR-TVP 模型来考察油价核心影响因素对油价的影响时滞及影响力的动态变化。结果表明，美元指数始终是油价波动的重要因素且控制力逐渐加大，中国石油净进口对油价的影响自 2006 年开始才显著出现。其实，变点问题自 20 世纪 70 年代被 Canova 提出以来一直是一个热门课题（Canova，1994）。近几十年，关于变点问题的研究无论在理论方面还是在应用方面皆有了快速的发展，识别和处理变点问题的方法包括 Choy 检验、Bayes 方法、极大似然比方法、Schwarz 信息准则法、PPM 等，在特定的假设条件下，这些方法均能有效地判断及识别出均值变点、概率变点及模型变点（Ferreira，1975；Choy and Broemeling，1980；Hamilton，1989；Inclan，1993；Inclan and Tiao，1994；Dey et al.，1997）。但 PPM 方法应用在原油价格分析方面的研究还很少。柴建等（2014）首次利用 PPM 对国际油价及相关影响变量的突变进行识别和分析。

综上，近些年国内外学者对原油市场价格波动进行了各方面的研究，为国际原油市场建立有效的价格形成机制、风险管理以及能源政策的制定提供了大量的资料。但是就研究文献来看，对于油价波动状态变动的识别及在不同状态下油价波动对经济影响的对比分析却很少，特别是对油价拐点的分析及预测文章更是寥寥无几。同时，在模型构建中，无论是研究系统动力学还是预测模型，关键问题是要模拟事件的概率分布，特别是分布的尾部。学者常常把人类行为简化为可以使用泊松过程描述的稳态随机过程（D'Agostino and Stephens，1986）。根据已有的文献，大部分学者也一直假设油价的拐点时刻点服从泊松分布。但是，随着科技的不断发展，大量的数据可以被统计和分析。2006 年 *Nature* 上发表了一篇开创性的文章，清晰揭示了人类行为活动对泊松分布的偏离（Barabási，2005）。科学家进一步研究了与人类活动相关的城市人口分布、互联网信息、市场交易、金融、通信、自然灾害等一系列问题，发现人类的很多活动并不是简单的泊松分布，而是具有厚尾特征的幂律分布。幂律分布允许短时间内事情频繁发生，接着在很长的一段时间里沉寂下来。相邻两个事件的时间间隔分布存在满足反比幂函数的厚尾特性（Vázquez et al.，2006）。特别是，大量研究证明国际原油价格的走势和股票交易市场存在着很大的相关性（Cunado and de Gracia，2014；Masih et al.，2011；Chang and Yu，2013；Kilian and Park，2009）。同时，也有研究表明股票交易时间间隔分布特征服从幂律分布（Gabaix et al.，2003；Zhou，2007；Mayya and Santhanam，2007；Haas and Pigorsch，2009）。因此，我们可以猜想原油价格拐点的时间间隔是否也服从幂律分布？

本章以原油月度价格作为研究对象，根据月度油价特点建立模型。在模型构建过程中，考虑到油价市场波动内部的复杂性，首先引入泊松分布、幂律分布、对数-正态分布三种分布，构建国际原油价格拐点推断模型。其次，基于基本统计分析思想和 PPM 来定义突变点，分别对原油价格的历史突变进行识别和分析。在引入 PPM 分析突变点时，构建 PPM-KM 国际原油价格拐点分析集成模型。利用 PPM 测算出国际原油价格序列突变的后验概率，并结合 KM 聚类方法给出原油价格突变后验概率识别阈值。最后，在两种突变点定义三种分布模型下，分别对原油月度价格的突变规律进行模拟计算并比较分析，通过比较分析原油价格拐点时间间隔出现的概率，给出下次拐点出现的概率。本章具体的研究框架如图 7.1 所示。

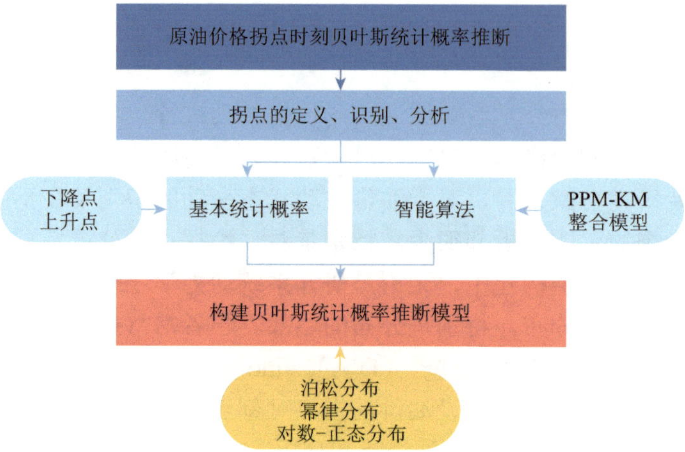

图 7.1 拐点时刻贝叶斯统计概率推断研究框架

7.2 突变点推断模型

原油作为一种特殊的商品，其拐点的出现一般都伴随着突发事件的发生。这些突发事件改变了人们的预期进而影响到需求，反映到原油价格上便是拐点的出现。拐点出现的时间间隔服从什么分布并没有得到完全准确的证明，所以本章引入三种可能的分布（泊松分布、幂律分布、对数-正态分布），分别对原油价格拐点进行分析和推断。

7.2.1 泊松分布

根据突发事件的发生特点，每一个突发事件基本相互独立；而且下一次突发事件的到达时刻也是完全不确定的，与时间长短无关；同时在很短的时间内很难出现多次突发事件，即使有多于一个的突发事件发生，起关键作用的还是其中一个。有很多学者对突发事件的这种特点进行了研究，得出其发生的时刻点很符合泊松分布的结论[泊松时间流特性：①平稳性（到达概率与时间段无关）；②稀有性（短时间内最多出现 1 次）；③无后效性（不重叠时间段互相独立）；④微分性]。而泊松分布和指数分布具有紧密的关系，如果一个事件的发生时刻服从泊松分布，则其相邻两时刻的时间间隔服从指数分布。

假定油价拐点间的时间间隔服从参数为 λ 的指数分布，分布密度函数为

$$f(x|\lambda)=\lambda e^{-\lambda x}(x>0) \tag{7.1}$$

取 λ 的先验分布为伽玛共轭分布：

$$\pi(\lambda)=\frac{b^a}{\Gamma(a)}\lambda^{a-1}\mathrm{e}^{-\lambda b}(\lambda>0) \tag{7.2}$$

其中，$a>0,b>0$ 为超参数。设考察期内有 $r+1$ 个拐点，其间隔时间依次为 $t_1,t_2,\cdots,t_r$，则 $(t_1,t_2,\cdots,t_r)$ 的联合条件密度为

$$f(t_1,t_2,\cdots,t_r|\lambda)=\lambda^r\mathrm{e}^{-\lambda T} \tag{7.3}$$

得 $(t_1,t_2,\cdots,t_r,\lambda)$ 联合密度为

$$f_1(t_1,t_2,\cdots,t_r,\lambda)=\pi(\lambda)f(t_1,t_2,\cdots,t_r|\lambda)=\frac{b^a}{\Gamma(a)}\lambda^{r+a-1}\mathrm{e}^{-(T+b)\lambda}(\lambda>0) \tag{7.4}$$

则 λ 的后验密度为

$$\begin{aligned}h(\lambda|t_1,t_2,\cdots,t_r)&=\frac{f_1(t_1,t_2,\cdots,t_r,\lambda)}{\int_{-\infty}^{+\infty}f_1(t_1,t_2,\cdots,t_r,\lambda)\mathrm{d}\lambda}\\&=\left(\frac{b^a}{\Gamma(a)}\lambda^{r+a-1}\mathrm{e}^{(T+b)\lambda}\right)\left(\frac{b^a}{\Gamma(a)}\Gamma(r+a)(T+b)^{-(r+a)}\right)^{-1}\\&=\frac{(T+b)^{r+a}}{\Gamma(r+a)}\lambda^{r+a-1}\mathrm{e}^{-(T+b)\lambda}\end{aligned} \tag{7.5}$$

即 λ 的后验分布为 $\Gamma(\lambda;T+b,r+a)$，下面对超参数 a,b 进行估计。

λ 的估计值 $\hat{\lambda}$ 及拐点间平均间隔时间 $\hat{T}$ 的估计值如下：

$$\hat{\lambda}=\frac{r+a}{T+b},\quad \hat{T}=1/\hat{\lambda} \tag{7.6}$$

假设在考察期内以 3 年为一个时间段（$T_0=36$），共有 9 个完整的时间段，其拐点数（经验样本 R）分别为 $r_1,r_2,\cdots,r_9$，服从泊松分布，则

$$p(r|\lambda)=\frac{1}{r!}(\lambda T_0)^r\mathrm{e}^{-\lambda T_0}(r=0,1,\cdots)$$

可得 r 的边缘分布密度为

$$\begin{aligned}g(r)&=\int_0^{+\infty}p(r|\lambda)\pi(\lambda)\mathrm{d}\lambda=\int_0^{+\infty}\frac{1}{r!}(\lambda T_0)^r\mathrm{e}^{-\lambda T_0}\frac{b^a}{\Gamma(a)}\lambda^{a-1}\mathrm{e}^{-b\lambda}\mathrm{d}\lambda\\&=\frac{\Gamma(r+a)}{r!\Gamma(a)}\times\frac{T_0^r b^a}{(T_0+b)^{r+a}}(r=0,1,2,\cdots)\end{aligned}$$

令 $Q=\frac{T_0}{T_0+b}$，显然 $0<Q<1$，从而

$$g(r)=\frac{\Gamma(r+a)}{r!\Gamma(a)}Q^r(1-Q)^a\,(r=0,1,\cdots) \tag{7.7}$$

由式（7.7）可知 r 服从负二项分布，其均值和方差分别为

$$E(r)=\frac{aQ}{1-Q},\ D(r)=\frac{aQ}{(1-Q)^2}$$

设经验样本均值 $\overline{r}=\frac{1}{N}\sum_{i=1}^{N}r_i$，方差 $s^2=\frac{1}{N-1}\sum_{i=1}^{N}\left(r_i-\overline{r}\right)^2$，由矩估计法可得 a,b 的估计为

$$\begin{cases}\hat{a}=\overline{r}^2/(s^2-\overline{r})\\ \hat{b}=T_0\overline{r}/(s^2-\overline{r})\end{cases} \tag{7.8}$$

当 $\hat{a},\hat{b}$ 已知时，可求得其他各参数的估计值。

泊松过程作为经典的刻画人类活动模式的手段，经常被不加仔细评估地应用于实际问题中。最近几年，越来越多的数据显示泊松分布不能完全解释由人类行为驱使的复杂活动。泊松过程产生的事件时间间隔大体上是均匀的，而当时间间隔分布具有明显偏离指数分布的胖尾特征时，幂律分布函数可以更好地拟合。原油价格拐点的时间间隔是否也服从幂律分布过程？在 7.2.2 节中我们假定油价拐点的时间间隔服从幂律分布，试图与泊松分布过程和对数-正态分布进行比较分析。实际中有所有的观察值都服从幂律分布的情况很少，更多的时候我们说数据服从幂律分布是指大于最小值的那些值服从幂律分布。也就是说，我们是指分布的尾部服从幂律分布。

7.2.2　幂律分布

对幂律分布的长尾思想做出重要贡献的是哈佛大学的语言专家 Zipf（齐普夫）和意大利的经济学 Pareto（帕累托）。Zipf 在 1932 年研究英文单词出现的频率时候，发现如果把单词出现的频率按由大到小的顺序排列，则每个单词出现的频率与它的名次的常数次幂存在简单的反比关系：$P(x)=x^{-\alpha}$，这种分布就称为 Zipf 定律。分形几何学创始人 Mandelbrot（曼德勃罗）对 Zipf 定律进一步修订，使它更符合实际情况（Adamic，2000）。意大利经济学家 Pareto 对个人收入的统计分布进行了研究，研究表明少数人的收入要远多于大多数人的收入，提出了著名的 80/20 法则，即 20%的人口拥有的收入要远多于大多数人的收入，其占据了社会 80%的财富。个人收入 X 不小于某个特定值的概率与 T 的常数次幂存在反比关系：$P\left[X\geqslant x\right]\sim x^{-\alpha}$，这称为 Pareto 定律（张济忠，1997）。Zipf 定律和 Pareto 定律的结合称为幂律分布。1999 年关于人类行为空间标度率的两篇文章分别发表在 *Science* 和 *Nature* 上（Albert et al.，1999；Barabási and Albert，1999），受这两篇文章的影响，大量关于人类行为动力学幂律分布的研究涌现。

幂律分布的一般形式为

$$p(x) \sim x^{-\alpha} \tag{7.9}$$

其中，α 为标度参数，一般地，$2<\alpha<3$（α 的取值也可以不在这个区间，允许存在偶然情况），称 X 服从幂律分布。

幂律分布一般分为两大类：连续型和离散型。对于连续型幂律分布，其概率密度函数形式如下：

$$p(x)\mathrm{d}x = \Pr(x \leqslant X \leqslant x + \mathrm{d}x) = Cx^{-\alpha}\mathrm{d}x \tag{7.10}$$

其中，C 为标准化常数，当 $x \to 0$ 时，$p(x)$ 发散，必然存在幂律分布的下界 $x_{\min}$，使得式（7.9）成立，根据标准化条件 $\int_{x_{\min}}^{\infty} Cx^{-\alpha}\mathrm{d}x = 1$，解得 $C = (\alpha - 1){x_{\min}}^{\alpha-1}$ 且 $\alpha > 1$。连续型幂律分布的概率密度函数可以写为

$$p(x) = \frac{\alpha - 1}{x_{\min}}\left(\frac{x}{x_{\min}}\right)^{-\alpha} \tag{7.11}$$

其累积分布函数为

$$P(x) = \int_{x_{\min}}^{\infty} p(x')\mathrm{d}x' = \left(\frac{x}{x_{\min}}\right)^{1-\alpha} \tag{7.12}$$

同理，根据离散型标准化条件 $\sum_{x=x_{\min}}^{\infty} Cf(x) = 1$，解得 $C = \frac{1}{\zeta(\alpha, x_{\min})}$ 且 $\alpha > 1$。离散型幂律分布概率密度函数可以写为

$$p(x) - \frac{x^{-\alpha}}{\zeta(\alpha, x_{\min})} \tag{7.13}$$

其中，$\zeta(\alpha, x_{\min}) = \sum_{x=0}^{\infty}(x + x_{\min})^{-\alpha}$，称为 Hurwitz-$\zeta$ 函数，其对应的累积概率分布函数为

$$p(x) = \frac{\zeta(\alpha, x)}{\zeta(\alpha, x_{\min})} \tag{7.14}$$

其中，$x_{\min}$ 为 X 的最小值；α 为唯一的分布参数。

1. 参数估计

Kolmogorov-Smirnov（KS）是用于估计数据真实分布与理论分布的拟合程度的统计方法，此方法是一种有效的非参数检验方法，可定量计算两种分布之间的最大距离 D:

$$D = \max_{x \geqslant x_{\min}} \left|\hat{P}(x) - P(x)\right| \tag{7.15}$$

其中，在最合适的 $x_{\min}$ 值下，$\hat{P}(x)$ 表示原油价格拐点的时间间隔累积分布函数；在 $x \geqslant x_{\min}$ 范围内，$P(x)$ 表示最优拟合幂律分布的累积分布函数。选择最合适的 $x_{\min}$ 使距离 D 值最小。

根据 MLE 方法，连续型数据的概率密度函数公式（7.9）可写为

$$p(x|\alpha) = \prod_{i=1}^{n} \frac{\alpha - 1}{x_{\min}} \left(\frac{x_i}{x_{\min}} \right)^{-\alpha} \tag{7.16}$$

根据 MLE 方法对公式（7.14）取对数得到

$$\begin{aligned} L = \ln p(x|\alpha) &= \ln \prod_{i=1}^{n} \frac{\alpha - 1}{x_{\min}} \left(\frac{x_i}{x_{\min}} \right)^{-\alpha} \\ &= n\ln(\alpha - 1) - n\ln x_{\min} - \alpha \sum_{i=1}^{n} \ln \frac{x_i}{x_{\min}} \end{aligned} \tag{7.17}$$

对 α 求偏导且令其等于零即 $\partial L/\partial \alpha = 0$。我们可以得到

$$\hat{\alpha} = 1 + n \left[\sum_{i=1}^{n} \ln \frac{x_i}{x_{\min}} \right]^{-1} \tag{7.18}$$

根据 MLE 方法对式（7.13）取对数可以得到离散型数据的概率密度函数

$$L = \ln \prod_{i=1}^{n} \frac{x_i^{-\alpha}}{\zeta(\alpha, x_{\min})} = -n\ln \zeta(\alpha, x_{\min}) - \alpha \sum_{i=1}^{n} \ln x_i \tag{7.19}$$

对 α 求偏导且令其等于零即 $\partial L/\partial \alpha = 0$，我们可以得到 $\hat{\alpha}$ 的 MLE 方程式为

$$\frac{\zeta'(\hat{\alpha}, x_{\min})}{\zeta(\hat{\alpha}, x_{\min})} = -\frac{1}{n} \sum_{i=1}^{n} \ln x_i \tag{7.20}$$

解得 $\hat{\alpha} \simeq 1 + n \left[\sum_{i=1}^{n} \ln \frac{x_i}{x_{\min} - \frac{1}{2}} \right]^{-1}$（Barabási and Albert，1999）。

2. 假设检验

因为不是所有的数据都服从幂律分布，所以在假设数据服从幂律分布之前要进行最优拟合检验。假定油价拐点间的时间间隔服从分布参数为 α 的连续型幂律分布，利用公式分别计算出 $x_{\min}$ 和 α 的估计结果。在进行拟合优度检验的时候，用自助法分别计算 KS 统计抽样结果 D_s，统计 D_s 大于 D 的比例，记为 P。如果 P 值大于 0.1，则说明数据是服从幂律分布函数的；反之，则不服从幂律分布。

在对幂律分布进行检验的时候我们需要注意的一个问题是，P 值很大并不能

代表幂律分布是一个正确的分布。原因有两个：首先，有可能其他类型的分布也能够很好地拟合数据，甚至比幂律分布拟合得更好；其次，当我们的观察数据量 n 相对较少时（$n \leqslant 100$），可能导致的结果是虽然 P 值很大但对所研究的数据而言，幂律分布可能是一个错误的模型。这并不能说是幂律分布的一个缺陷，而是提醒我们如果数据量很少则会很难排除数据服从幂律分布的可能性，我们应该谨慎地处理。因此，为了进一步证明幂律分布的合理性，本章又引入了另一个具有厚尾特征的分布——对数-正态分布，比较三种分布模型的拟合优劣情况，并进行相应的拟合优度检验（Clauset et al.，2009）。

7.2.3　对数-正态分布

假定油价拐点的时间间隔服从参数 μ 和 σ 的对数-正态分布，概率密度函数为

$$p(x)=\frac{1}{\sqrt{2\pi}\sigma x}\exp\left\{-\frac{1}{2\sigma^2}(\ln x-\mu)^2\right\} \tag{7.21}$$

累积分布函数为

$$P(x)=\frac{1}{2}+\frac{1}{2}\operatorname{erf}\left[\frac{\ln(x)-\mu}{\sigma\sqrt{2}}\right] \tag{7.22}$$

其中，$x>0$；μ 为位置参数；$\sigma>0$ 为尺度参数；erf 为误差函数。

C 为标准化常数，当 $x\to 0$ 时，$p(x)$ 发散，必然存在对数-正态分布的下界 $x_{\min}$，使得式（7.9）成立，根据标准化条件 $\int_{x_{\min}}^{\infty} Cp(x)\mathrm{d}x=1$，解得 $C=\sqrt{\frac{2}{\pi\sigma^2}}\left\{\operatorname{erfc}\left(\frac{\ln x_{\min}-\mu}{\sqrt{2}\sigma}\right)\right\}^{-1}$，其中 erfc 表示互补误差函数。概率密度函数可以写为

$$p(x)=\sqrt{\frac{2}{\pi\sigma^2}}\left\{\operatorname{erfc}\left(\frac{\ln x_{\min}-\mu}{\sqrt{2}\sigma}\right)\right\}^{-1}\frac{1}{x}\exp\left[-\frac{(\ln x-\mu)^2}{2\sigma^2}\right] \tag{7.23}$$

根据 MLE 方法，解得 μ 和 σ^2 的 MLE 参数估计量为 $\hat{\mu}=\frac{1}{n}\sum_{i=1}^{n}\ln x_i$，$\hat{\sigma}^2=\frac{1}{n}\sum_{i=1}^{n}\left(\ln x_i-\frac{1}{n}\sum_{i=1}^{n}\ln x_i\right)^2$。

7.3　突变点的识别与分析

本章采用 1986 年 1 月至 2015 年 12 月 WTI 原油现货价格的月度数据作为

研究对象[①]（数据来源为 EIA）。图 7.2 反映了样本期内 WTI 现货价格走势状况（月度）。

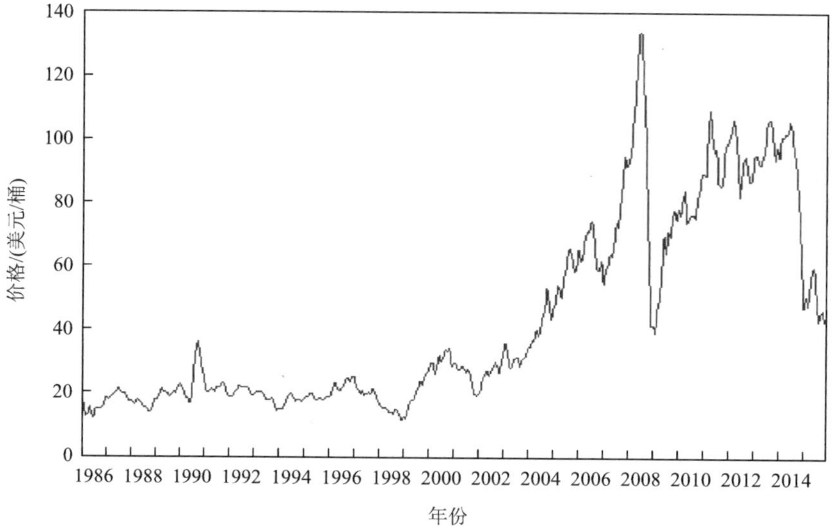

图 7.2 WTI 原油现货价格月度数据

刘金全（2002）基于 HP 滤波法，通过对 WTI 原油现货价格季度数据的分析，假定当波动成分大于零时，WTI 原油现货价格季度序列值的当前值处于平均趋势水平之上，这时认为 WTI 原油现货季度价格处于溢价状态，否则便认为 WTI 原油现货季度价格处于低价运行状态。本章 WTI 原油现货价格的趋势及波动情况如图 7.3 所示。从图 7.3 中可以看出，WTI 原油现货价格序列值体现出了一定程度的波动性，并且波动性体现出局部聚类的周期模式。但在实际操作中，企业尤其是投资或勘探部门关注的并不是油价的现货处于溢价或相反的状态，而是价格由下降转为上升趋势或由上升趋势转为下降趋势的时间点。

在现行原油价格定价体制下，我国原油价格紧盯国际市场原油价格。长期来看，国际市场原油价格主要是由供需两方面因素决定的，影响国际原油价格的供给因素主要来自原油输出国，需求因素则主要是世界经济的发展状况。如 2008 年上半年受原油需求旺盛的影响，国际原油价格持续上涨，2008 年 7 月 3 日，WTI 原油达到 145.31 美元/桶的历史高位。然而，从 2008 年 8 月开始，受美国金融危机的影响，原油需求预期开始下降，国际原油价格大幅回落，至 2008 年 12 月 23 日，WTI 原油价格跌至 30.28 美元/桶。历史总是惊人的相似，2014 年 6 月以来，原油价格再次

① 本章写作完成时间为 2016 年 2 月，如今回顾当时的预测结果是与实际情况基本相符的。

进入下跌周期，此周期中油价下跌的最低点出现在何时？下一个上涨的拐点如何获得？本章通过分析历史原油价格变点规律，寻求下次价格拐点的发生时间。

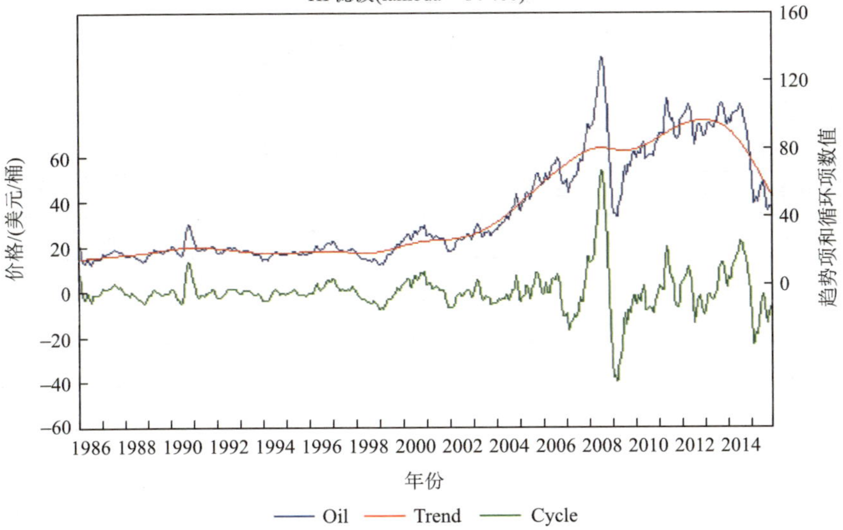

图 7.3　WTI 原油价格、HP 滤波趋势及波动趋势

Oil 为原油价格；Trend 为趋势项；Cycle 为循环项

7.3.1　基于统计概率的拐点分析及识别

价格拐点是一个平均的概念，这是对中长期的原油价格趋势来说的。为此，下面我们用月度数据来分析原油价格的变点问题。为了同业界的需求相结合，我们给出以下价格变点的定义。

假设 p_t 为原油在时刻 t 的价格，则 $p_{t-1} \leqslant p_t$ 及 $p_t > p_{t+1}$ 表示 t 时刻为价格的下降拐点，$p_{t-1} \geqslant p_t$ 及 $p_t < p_{t+1}$ 表示 t 时刻为价格的上升拐点，其他情况不考虑。

通过统计发现，1986 年 1 月开始至 2015 年 12 月共有 160 个拐点出现，其中有 80 个为价格上升的拐点，80 个为价格下降的拐点。具体日期及间隔时间如表 7.1 所示。

表 7.1　基于基本统计认知的原油价格拐点分类

上升拐点	间隔时间（月度）	下降拐点	间隔时间（月度）
1986 年 3 月	0	1986 年 5 月	0
1986 年 7 月	4	1986 年 8 月	3
1986 年 9 月	2	1987 年 1 月	5

续表

上升拐点	间隔时间（月度）	下降拐点	间隔时间（月度）
1987年2月	5	1987年7月	6
1987年9月	7	1987年10月	3
1988年3月	6	1988年4月	6
1988年7月	4	1988年8月	4
1988年10月	3	1989年1月	5
1989年2月	4	1989年4月	3
1989年8月	6	1989年10月	6
1989年11月	3	1990年1月	3
1990年6月	7	1990年10月	9
1991年3月	9	1991年5月	7
1991年6月	3	1991年10月	5
1992年1月	7	1992年2月	4
1992年3月	2	1992年6月	4
1992年8月	5	1992年9月	3
1993年1月	5	1993年3月	6
1993年7月	6	1993年8月	5
1993年9月	2	1993年10月	2
1993年12月	3	1994年1月	3
1994年3月	3	1994年7月	6
1994年9月	6	1994年11月	4
1994年12月	3	1995年2月	3
1995年3月	3	1995年4月	2
1995年7月	4	1995年9月	5
1995年10月	3	1995年12月	3
1996年1月	3	1996年4月	4
1996年6月	5	1996年10月	6
1996年11月	5	1996年12月	2
1997年4月	5	1997年5月	5
1997年6月	2	1997年8月	3
1997年9月	3	1997年10月	2
1998年3月	6	1998年4月	6
1998年6月	3	1998年7月	3

续表

上升拐点	间隔时间（月度）	下降拐点	间隔时间（月度）
1998 年 8 月	2	1998 年 9 月	2
1998 年 12 月	4	1999 年 1 月	4
1999 年 2 月	2	1999 年 9 月	8
1999 年 10 月	8	2000 年 3 月	6
2000 年 4 月	6	2000 年 6 月	3
2000 年 7 月	3	2000 年 9 月	3
2000 年 10 月	3	2000 年 11 月	2
2000 年 12 月	2	2001 年 2 月	3
2001 年 3 月	3	2001 年 5 月	3
2001 年 7 月	4	2001 年 8 月	3
2001 年 12 月	5	2002 年 5 月	9
2002 年 6 月	6	2002 年 9 月	4
2002 年 11 月	5	2003 年 2 月	5
2003 年 5 月	6	2003 年 8 月	6
2003 年 9 月	4	2004 年 5 月	9
2004 年 6 月	9	2004 年 10 月	5
2004 年 12 月	6	2005 年 3 月	5
2005 年 5 月	5	2005 年 9 月	6
2005 年 11 月	6	2006 年 1 月	4
2006 年 2 月	3	2006 年 7 月	6
2006 年 10 月	8	2006 年 12 月	5
2007 年 1 月	3	2007 年 4 月	4
2007 年 5 月	4	2007 年 7 月	3
2007 年 8 月	3	2007 年 11 月	4
2007 年 12 月	4	2008 年 6 月	7
2008 年 12 月	12	2009 年 1 月	7
2009 年 2 月	2	2009 年 6 月	5
2009 年 7 月	5	2009 年 8 月	2
2009 年 9 月	2	2009 年 11 月	3
2009 年 12 月	3	2010 年 1 月	2
2010 年 2 月	2	2010 年 4 月	3
2010 年 5 月	3	2010 年 8 月	4

续表

上升拐点	间隔时间（月度）	下降拐点	间隔时间（月度）
2010 年 9 月	4	2011 年 1 月	5
2011 年 2 月	5	2011 年 4 月	3
2011 年 6 月	4	2011 年 7 月	3
2011 年 9 月	3	2012 年 3 月	8
2012 年 6 月	9	2012 年 9 月	6
2012 年 11 月	5	2013 年 2 月	5
2013 年 4 月	5	2013 年 8 月	6
2013 年 11 月	7	2013 年 12 月	4
2014 年 1 月	2	2014 年 2 月	2
2014 年 3 月	2	2014 年 6 月	4
2015 年 1 月	10	2015 年 2 月	8
2015 年 3 月	2	2015 年 6 月	4
2015 年 8 月	5	2015 年 10 月	4
均值	[4.4125] = 4	均值	[4.4125] = 4
众数	3	众数	3
标准差	2.1233	标准差	1.8034

由表 7.1 可见，上升及下降拐点的分布规律基本相同。表 7.2 给出了上升及下降拐点的时刻统计和间隔时间。

表 7.2　基于基本统计认知的拐点时刻及间隔时间

拐点时间	间隔时间（月度）	拐点时间	间隔时间（月度）
1986 年 3 月		1988 年 3 月	5
1986 年 5 月	2	1988 年 4 月	1
1986 年 7 月	2	1988 年 7 月	3
1986 年 8 月	1	1988 年 8 月	1
1986 年 9 月	1	1988 年 10 月	2
1987 年 1 月	4	1989 年 1 月	3
1987 年 2 月	1	1989 年 2 月	1
1987 年 7 月	5	1989 年 4 月	2
1987 年 9 月	2	1989 年 8 月	4
1987 年 10 月	1	1989 年 10 月	2

续表

拐点时间	间隔时间（月度）	拐点时间	间隔时间（月度）
1989 年 11 月	1	1995 年 10 月	1
1990 年 1 月	2	1995 年 12 月	2
1990 年 6 月	5	1996 年 1 月	1
1990 年 10 月	4	1996 年 4 月	3
1991 年 3 月	5	1996 年 6 月	2
1991 年 5 月	2	1996 年 10 月	4
1991 年 6 月	1	1996 年 11 月	1
1991 年 10 月	4	1996 年 12 月	1
1992 年 1 月	3	1997 年 4 月	4
1992 年 2 月	1	1997 年 5 月	1
1992 年 3 月	1	1997 年 6 月	1
1992 年 6 月	3	1997 年 8 月	2
1992 年 8 月	2	1997 年 9 月	1
1992 年 9 月	1	1997 年 10 月	1
1993 年 1 月	4	1998 年 3 月	5
1993 年 3 月	2	1998 年 4 月	1
1993 年 7 月	4	1998 年 6 月	2
1993 年 8 月	1	1998 年 7 月	1
1993 年 9 月	1	1998 年 8 月	1
1993 年 10 月	1	1998 年 9 月	1
1993 年 12 月	2	1998 年 12 月	3
1994 年 1 月	1	1999 年 1 月	1
1994 年 3 月	2	1999 年 2 月	1
1994 年 7 月	4	1999 年 9 月	7
1994 年 9 月	2	1999 年 10 月	1
1994 年 11 月	2	2000 年 3 月	5
1994 年 12 月	1	2000 年 4 月	1
1995 年 2 月	2	2000 年 6 月	2
1995 年 3 月	1	2000 年 7 月	1
1995 年 4 月	1	2000 年 9 月	2
1995 年 7 月	3	2000 年 10 月	1
1995 年 9 月	2	2000 年 11 月	1

续表

拐点时间	间隔时间（月度）	拐点时间	间隔时间（月度）
2000 年 12 月	1	2007 年 8 月	1
2001 年 2 月	2	2007 年 11 月	3
2001 年 3 月	1	2007 年 12 月	1
2001 年 5 月	2	2008 年 6 月	6
2001 年 7 月	2	2008 年 12 月	6
2001 年 8 月	1	2009 年 1 月	1
2001 年 12 月	4	2009 年 2 月	1
2002 年 5 月	5	2009 年 6 月	4
2002 年 6 月	1	2009 年 7 月	1
2002 年 9 月	3	2009 年 8 月	1
2002 年 11 月	2	2009 年 9 月	1
2003 年 2 月	3	2009 年 11 月	2
2003 年 5 月	3	2009 年 12 月	1
2003 年 8 月	3	2010 年 1 月	1
2003 年 9 月	1	2010 年 2 月	1
2004 年 5 月	8	2010 年 4 月	2
2004 年 6 月	1	2010 年 5 月	1
2004 年 10 月	4	2010 年 8 月	3
2004 年 12 月	2	2010 年 9 月	1
2005 年 3 月	3	2011 年 1 月	4
2005 年 5 月	2	2011 年 2 月	1
2005 年 9 月	4	2011 年 4 月	2
2005 年 11 月	2	2011 年 6 月	2
2006 年 1 月	2	2011 年 7 月	1
2006 年 2 月	1	2011 年 9 月	2
2006 年 7 月	5	2012 年 3 月	6
2006 年 10 月	3	2012 年 6 月	3
2006 年 12 月	2	2012 年 9 月	3
2007 年 1 月	1	2012 年 11 月	2
2007 年 4 月	3	2013 年 2 月	3
2007 年 5 月	1	2013 年 4 月	2
2007 年 7 月	2	2013 年 8 月	4

续表

拐点时间	间隔时间（月度）	拐点时间	间隔时间（月度）
2013 年 11 月	3	2015 年 1 月	7
2013 年 12 月	1	2015 年 2 月	1
2014 年 1 月	1	2015 年 3 月	1
2014 年 2 月	1	2015 年 6 月	3
2014 年 3 月	1	2015 年 8 月	2
2014 年 6 月	3	2015 年 10 月	2

在实际中，由于没有严格的标准，任意商品历史上的每次价格变动的时刻均可被当作该商品价格的一次突变，但对于需要使用这些结果的企业和政府来说，不可能将每一次的变化都作为一次突变来对待，只有突变前后的差异达到一定的程度才会引起企业或政府的重视并采取相应的应对策略。但是经济环境、政策环境的不同及不同企业或政府的具体情况相差较大，使得每一主体对商品价格变动差异的接受程度不同（柴建等，2014）。基于此，本章进一步构建 PPM-KM 模型，给出原油价格突变点的另一种定义。PPM 是一种分析变点问题的动态分析模型，与以往只能在假定变点个数情况下才能识别变点的模型不同，PPM 在分析的过程中假定变点个数为未知的随机变量。PPM 由 Hartigan（1990）创建，Barry 和 Hartigan（1992）将此模型应用在变点问题的分析上，Barry 和 Hartigan（1993）将贝叶斯分析方法应用到 PPM 的计算及求解上，随后经过 Crowley（1997）、Loschi 和 Cruz（2002）、Loschi 等（2003）、Quintana 和 Iglesias（2003）、Loschi 和 Cruz（2005）的发展，PPM 的求解及分析技术日趋成熟，并在股票市场价格的分析过程中取得了良好的应用效果。柴建等（2014）利用 PPM 能方便地识别复杂数据序列的突变点，并同时测算出突变概率的大小。

7.3.2　PPM-KM 模型的拐点分析及识别

定义 1　对任一指定商品，该商品价格的变动会引起消费主体（最终消费者和中间消费者）及生产主体（生产企业）的感知和行为发生变动，进而对微观经济主体收益和宏观经济指标产生影响，不同的商品价格变动幅度对应着不同的影响效应。消费主体、生产主体或政府根据自身的情况对此影响效应大小的容忍极限值所对应的商品价格变动幅度 A_0，称为该主体（消费主体、生产主体或政府）的商品价格变动容忍阈值。

定义 2　假定对任一商品的考察期为 T（观察时点为 $t_1,t_2,\cdots,t_n$），在考察期内每一时点的商品价格为$P_i(i=1,2,\cdots,n)$，考察期内每一时点的商品价格的突变概率为$F_i(i=1,2,\cdots,n-1)$，某一主体对该商品的商品价格变动容忍阈值为A_0，如果：

$$\left|P_{t_k+1}-P_{t_k}\right| \geqslant A_0$$

则对该主体来说，选定商品价格在时刻t_k发生了突变。对应的$F_0=\min\{F_k:\left|P_{t_k+1}-P_{t_k}\right| \geqslant A_0\}$称为选定商品价格突变概率的容忍阈值。

在这两个定义的基础上，本章引入PPM对原油价格及相关变量的历史突变点进行识别，分析相关变量的突变时点与油价突变时点间的滞后关系，对油价的突变进行识别和解析，给出了一种新的考察油价突变及突发事件影响效果的方法。

假定$x_1,\cdots,x_n$为一已知数据序列，指标集合为$I=\{1,\cdots,n\}$。假设I存在一个$\rho=\{i_0,i_1,\cdots,i_b\}$的随机划分，其中$0=i_0<i_1<\cdots<i_b=n$，用随机变量$B$表示$\rho$中的区域个数，故每种划分都将原数据序列划分为$b$个连续子序列，在这里用$x_{[i_{r-1},i_r]}=(x_{i_{r-1}+1},\cdots,x_{i_r})^t$表示，其中$r=1,\cdots,b$。令$c_{[ij]}$表示相关区域$[ij]=\{i+1,\cdots,j\}$的先验紧度（$i,j\in I\cup\{0\},i<j$），用$c_{[ij]}$表示观测区间$[ij]$内观测值之间的相似程度，同时也可理解为由变点所定义的马尔可夫链的状态转移概率。利用Yao（1984）的紧度设定方法，假定序列中任何一点是变点的概率为p，区间$[ij]$的先验紧度为

$$c_{[ij]}=\begin{cases}p(1-p)^{j-i-1}, & j<n\\ (1-p)^{j-i-1}, & j=n\end{cases}$$

对所有的$i,j\in I,i<j$，由上式可知先验紧度$c_{[ij]}$表示若突变在i处发生则下一次突变发生在j处的概率大小。先验紧度公式表明突变点发生的时间序列是一个离散的更新过程并与几何分布独立同分布。这种假定可合理地认为过去的变点和未来的变点无关，这符合实际情况。

随机变量$x_1,\cdots,x_n$的边际分布密度为$f_1(x_1|\theta_1),\cdots,f_n(x_n|\theta_n)$，其中$\theta_1,\cdots,\theta_n$为未知参数。给定一个分划$\rho$，对任意的$i_{r-1}<i\leqslant i_r$，参数$\theta_i=\theta_{[i_{r-1}i_r]}$，其中$\theta_{[i_0i_1]},\cdots,\theta_{[i_{b-1}i_b]}$均独立，$\theta_{[ij]}$有先验分布$\pi_{[ij]}(\theta),\theta\in\Theta_{[ij]}$，$\Theta_{[ij]}$为参数空间。

因此，我们称随机量$(x_1,\cdots,x_n;\rho)$服从PPM分布，简称$(x_1,\cdots,x_n;\rho)\sim$ PPM（Barry and Hartigan，1992）。

（1）ρ服从乘积先验分布：

$$P(\rho=\{i_0,i_1,\cdots,i_b\})=\frac{\prod_{j=1}^{b}c_{[i_{j-1}i_j]}}{\sum_{\varphi}\prod_{j=1}^{b}c_{[i_{j-1}i_j]}}$$

其中，φ为将$I=\{1,\cdots,n\}$分划为b个连续的分划区间$\rho=\{i_0,i_1,\cdots,i_b\}$的所有可能性，满足$0=i_0<i_1<\cdots<i_b=n$，$\forall b\in I$。

（2）在 $\rho=\{i_0,i_1,\cdots,i_b\}$ 的条件下，序列 $x_1,\cdots,x_n$ 的联合条件密度为

$$f(x_1,\cdots,x_n\left|\rho=\{i_0,i_1,\cdots,i_b\}\right.)=\prod_{j=1}^{b}f_{i_{j-1}i_j}(x_{i_{j-1}i_j})$$

其中，随机向量密度 $f_{i_{j-1}i_j}(x_{i_{j-1}i_j})=\int_{\Theta_{ij}}f_{i_{j-1}i_j}(x_{i_{j-1}i_j}\left|\theta\right.)\pi_{ij}(\theta)\mathrm{d}\theta$ 简称数据因子。

因此，在平方损失下，若 $\left(x_1,\cdots,x_n;\rho\right)$~PPM，则 θ_k 的条件数学期望为（Barry and Hartigan，1993）

$$E\left(\theta_k\left|x_1,\cdots,x_n\right.\right)=\sum_{i=0}^{k-1}\sum_{j=k}^{n}r_{ij}^{\ *}E\left(\theta_k\left|x_{ij}\right.\right)$$

对 $k=1,\cdots,n$，其中 $r_{ij}^{\ *}=P([ij]\in\rho\left|x_1,\cdots,x_n\right.)$ 代表区块 $\left[ij\right]$ 的后验关联度。利用 Yao（1984）的紧度定义，ρ 和 B 的先验分布分别为

$$P(\rho=\{x_1,\cdots,x_n\}\left|p\right.)=p^{b-1}(1-p)^{n-b},\quad b\in I$$

此外，若 p 的先验分布为 $\pi(p)$，则 ρ 和 B 的条件后验分布分别为

$$P(\rho=\{x_1,\cdots,x_n\}\left|x_1,\cdots,x_n\right.)=\prod_{j=1}^{b}f(x_{i_{j-1}i_j})\int_0^1p^{b-1}(1-p)^{n-b}\pi\left(p\right)\mathrm{d}p$$

$$P(B=b\left|x_1,\cdots,x_n\right.)=C_{b-1}^{n-1}\prod_{j=1}^{b}f(x_{i_{j-1}i_j})\int_0^1p^{b-1}(1-p)^{n-b}\pi\left(p\right)\mathrm{d}p$$

在正态的先验假定下，PPM 的具体计算参考 Loschi 等（2003）。

假定 p 的先验分布为贝塔分布且具有超参数 e,f，p~$\beta(e,f)$，这时变点个数 $B-1$ 服从贝塔-二项先验分布，具有参数 $n-1,e,f$，这时 B 的先验均值和方差分别为

$$E(B)=(n-1)\frac{e}{e+f}+1$$

$$\mathrm{Var}(B)=(n-1)\frac{ef(e+f+n-1)}{(e+f)^2(e+f+1)}$$

若先验知识告诉我们变点的个数可能很少，则可选择超参数较小的 e 和较大的 f 先验值，使得 p 值的后验估计很小。

将国际原油价格月度数据（1986 年 1 月至 2015 年 12 月，数据来源于 EIA）代入模型，计算得出油价后验均值及突变点后验概率，具体结果见表 7.3。

表 7.3　突变点的后验均值及突变概率

时间点	时间间隔（月度）	原油价格突变概率	后验均值
1990 年 7 月		0.918	19.35
1990 年 12 月	5	0.648	29.8

续表

时间点	时间间隔（月度）	原油价格突变概率	后验均值
1997 年 12 月	84	0.444	18.97
2001 年 9 月	45	0.702	27.1
2004 年 7 月	34	0.786	39.18
2005 年 2 月	7	0.438	48.45
2005 年 5 月	3	0.426	51.5
2005 年 6 月	1	0.394	56.42
2006 年 3 月	9	0.96	62.3
2006 年 8 月	5	0.822	71.45
2007 年 6 月	10	0.614	66.08
2007 年 8 月	2	0.438	73.77
2007 年 9 月	1	0.542	78.53
2007 年 10 月	1	0.518	87.12
2008 年 2 月	4	0.99	92.99
2008 年 4 月	2	0.988	109.18
2008 年 7 月	3	0.992	131.08
2008 年 8 月	1	0.48	113.41
2008 年 9 月	1	1	107.31
2008 年 10 月	1	0.998	76.55
2008 年 11 月	1	0.984	57.13
2009 年 2 月	3	0.568	42.02
2009 年 4 月	2	0.76	47.91
2009 年 5 月	1	0.5	61.11
2009 年 9 月	4	0.884	68.36
2010 年 9 月	12	0.436	77.33
2010 年 10 月	1	0.478	81.3
2011 年 2 月	4	1	87.47
2011 年 7 月	5	0.984	99.1
2011 年 10 月	3	0.998	86.05
2012 年 4 月	6	0.614	101.17
2012 年 5 月	1	0.426	94.51
2013 年 6 月	13	0.848	94.04

续表

时间点	时间间隔（月度）	原油价格突变概率	后验均值
2013 年 9 月	3	0.53	104.08
2014 年 9 月	12	0.856	96.3
2014 年 11 月	2	0.998	79.28
2015 年 7 月	8	0.862	53.12

表 7.3 为原油价格变动的均值及突变发生的后验概率。油价突变概率的不同对应着相应油价突变发生时间前后的油价绝对差不同，企业或政府对此绝对差的容忍度将有个界限，并将这一界限所对应的油价突变概率大小作为油价突变概率的容忍阈值大小，这样先主观假定阈值大小不同的原因是不同政策环境、不同经济环境下不同政府、不同企业对油价突变大小的容忍度均不相同。利用 K-Means 聚类方法对容忍阈值进行分析，将所有突变点的后验概率进行聚类，计算得到油价突变概率的容忍阈值为 0.394。由图 7.4 可见，聚类后突变点一共为 37 个，分别为 1990 年 7 月、1990 年 12 月、1997 年 12 月、2001 年 9 月、2004 年 7 月、2005 年 2 月、2005 年 5 月、2005 年 6 月、2006 年 3 月、2006 年 8 月、2007 年 6 月、2007 年 8 月、2007 年 9 月、2007 年 10 月、2008 年 2 月、2008 年 4 月、2008 年 7 月、2008 年 8 月、2008 年 9 月、2008 年 10 月、2008 年 11 月、2009 年 2 月、2009 年 4 月、2009 年 5 月、2009 年 9 月、2010 年 9 月、2010 年 10 月、2011 年 2 月、2011 年 7 月、2011 年 10 月、2012 年 4 月、2012 年 5 月、2013 年 6 月、2013 年 9 月、2014 年 9 月、2014 年 11 月、2015 年 7 月。

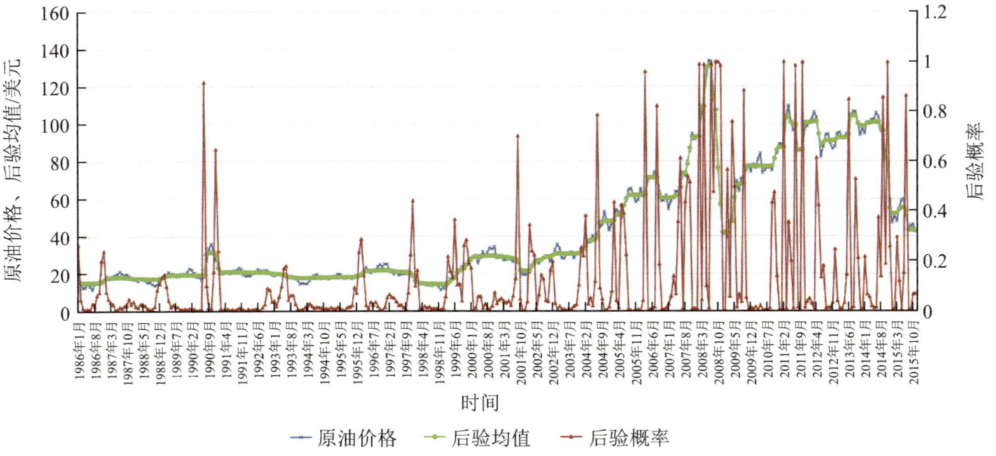

图 7.4　原油价格、突变点后验均值及后验概率

表 7.3 为原油价格变动的均值及突变发生的后验概率。为了进一步解释和分析 PPM-KM 整合模型挑选出的突变点，我们试图找出所有突变点所对应的历史突发事件，如表 7.4 所示。

表 7.4　原油价格突变点所对应的历史突发事件

编号	时间点	历史突发事件
1	1990 年 7 月	1990 年 8 月海湾战争油价井喷前的低价格点
2	1990 年 12 月	市场对美国对伊拉克开战破坏海湾地区油田设施的担忧和 OPEC 消极地维持现有产量
3	1997 年 12 月	亚洲金融危机导致原油消费下降，OPEC 对其影响估计不足，导致供应增加，油价迅速振荡下跌
4	2001 年 9 月	“9 • 11”事件导致油价大幅上涨，之后继续下跌
5	2004 年 7 月	伊拉克战争导致油价跌破 40 美元/桶，之后持续上涨
6	2005 年 2 月	美国和欧洲气温骤降，取暖油需求迅速上升，油价出现涨升
7	2005 年 5 月	投机资金利用 OPEC 剩余生产能力下降所带来的市场对原油供给的担心，大肆做多国际原油期货
8	2005 年 6 月	尼日利亚发生石油工人被绑架事件
9	2006 年 3 月	伊朗核问题及尼日利亚南部产油区的局势动荡
10	2006 年 8 月	中东局势渐好转和美国经济失速
11	2007 年 6 月	天气逐渐转暖，美国石油库存增加
12	2007 年 8 月	美国次贷危机的影响使得国际油价出现短暂大幅下挫
13	2007 年 9 月	欧美各国央行给金融市场注资，在一定程度上稳定和缓解了次贷危机产生的影响；同时，形成于大西洋的热带风暴迪安对当地石油生产设施会造成威胁，影响到石油供应，国际市场原油价格再次反弹
14	2007 年 10 月	美国商业石油库存下降及美国次贷危机的后续影响
15	2008 年 2 月	委内瑞拉威胁暂停对美国出口石油
16	2008 年 4 月	产油区尼日利亚石油公司爆炸，绑架事件工人罢工频发，尼日利亚原油产量近半停滞
17	2008 年 7 月	伊朗和以色列关系紧张，尼日利亚海上油田受攻击及投机行为推涨油价到新高
18	2008 年 8 月	次贷危机全面爆发导致金融危机加剧
19	2008 年 9 月	金融危机加剧
20	2008 年 10 月	金融危机加剧
21	2008 年 11 月	金融危机加剧
22	2009 年 2 月	世界经济继续恶化，石油市场供过于求，投机资金快速离场促使油价持续回落
23	2009 年 4 月	全球主要国家在 G20 峰会上同意注资 1 万亿美元刺激经济，使得油价暴涨
24	2009 年 5 月	OPEC 减产，各国救市的经济政策，投资者情绪乐观，推涨油价
25	2009 年 9 月	美元汇率波动、美国石油库存增加和伊朗核计划
26	2010 年 9 月	美元贬值、通胀预期推动了新一轮油价上涨
27	2010 年 10 月	第二轮美联储量化宽松政策造成美元贬值，油价缓慢上涨

续表

编号	时间点	历史突发事件
28	2011 年 2 月	利比亚战乱、经济向好预期及中东北非事件导致市场对石油供应的担忧
29	2011 年 7 月	本·拉登被击毙、欧洲债务危机等利空经济事件及日本地震的影响，使得油价下滑
30	2011 年 10 月	埃及、叙利亚局势持续动荡及伊朗核问题，使得油价上涨
31	2012 年 4 月	受经济利好、叙利亚政局动荡、伊朗和以色列军事问题等影响，油价呈现上涨趋势
32	2012 年 5 月	欧债危机和美元指数强劲反弹，油价大幅下跌
33	2013 年 6 月	受美国经济数据强于预期、埃及暴力冲突以及利比亚和伊拉克出口受阻等因素影响，国际油价小幅上涨
34	2013 年 9 月	世界原油供应量充足，伊朗核谈判取得进展，美俄就销毁叙利亚化学武器的安理会决议草案达成一致，导致油价回落
35	2014 年 9 月	全球石油供需出现严重的供过于求，导致油价下跌
36	2014 年 11 月	受世界经济疲软、美元指数走强、美国库存增加、OPEC 不减产等的影响，油价下跌
37	2015 年 7 月	受金融市场动荡、希腊债务危机、中国股市暴跌、伊朗核问题等的影响，油价持续下跌

7.4　实证分析

7.4.1　基本统计认识的概率分析和统计推断

通过 7.3.1 节计算得到指数分布的参数估计值为$\lambda = 0.448\,54$，利用 R 软件包 poweRlaw 进行拟合，计算得到对数-正态分布的参数估计值为$x_{\min} = 1$，$\mu = 1.2010$，$\sigma = 0.375\,53$，$D = 0.011\,10$；在拟合幂律分布时，首先利用自助法抽样 10 000 次，计算得到$p = 0.6431$，表明接受原假设，原油价格拐点的时间间隔数据服从幂律分布。同时，计算得到各参数的值$x_{\min} = 5$，$\alpha = 5.867\,58$，$D = 0.047\,09$。图 7.5 为在 95%的置信区间下，经过 10 000 自助法迭代得到的$x_{\min}$、α、ntail 和p值的均值（图 7.5（a）～（d））及$x_{\min}$、α、ntail 的标准差（图 7.5（e）～（g））图，经过迭代后所有值均趋于稳定（ntail 表示返回大于或等于$x_{\min}$当前值的数据点个数）。由此我们可以得到，原油价格拐点时间间隔超过 5 个月时，服从标度指数为 5.867 58 的幂律分布。在 7.2 节，本章假设原油价格拐点的时间间隔服从幂律分布并进行了假设检验。虽然初步验证了国际原油价格的月度数据服从幂律分布，但为了进一步检验幂律分布相对于其他两个分布的合理性，本章根据 Vuong（1989）提出的标准化的对数似然比计算方法，计算幂律分布和替代分布的似然比 LR 及相应的p值。对数似然比的公式为$\Re = \sum_{i=1}^{n}\left[\ln p_1(x_i) - \ln p_2(x_i)\right]$，其中，$p_1(x)$、$p_2(x)$

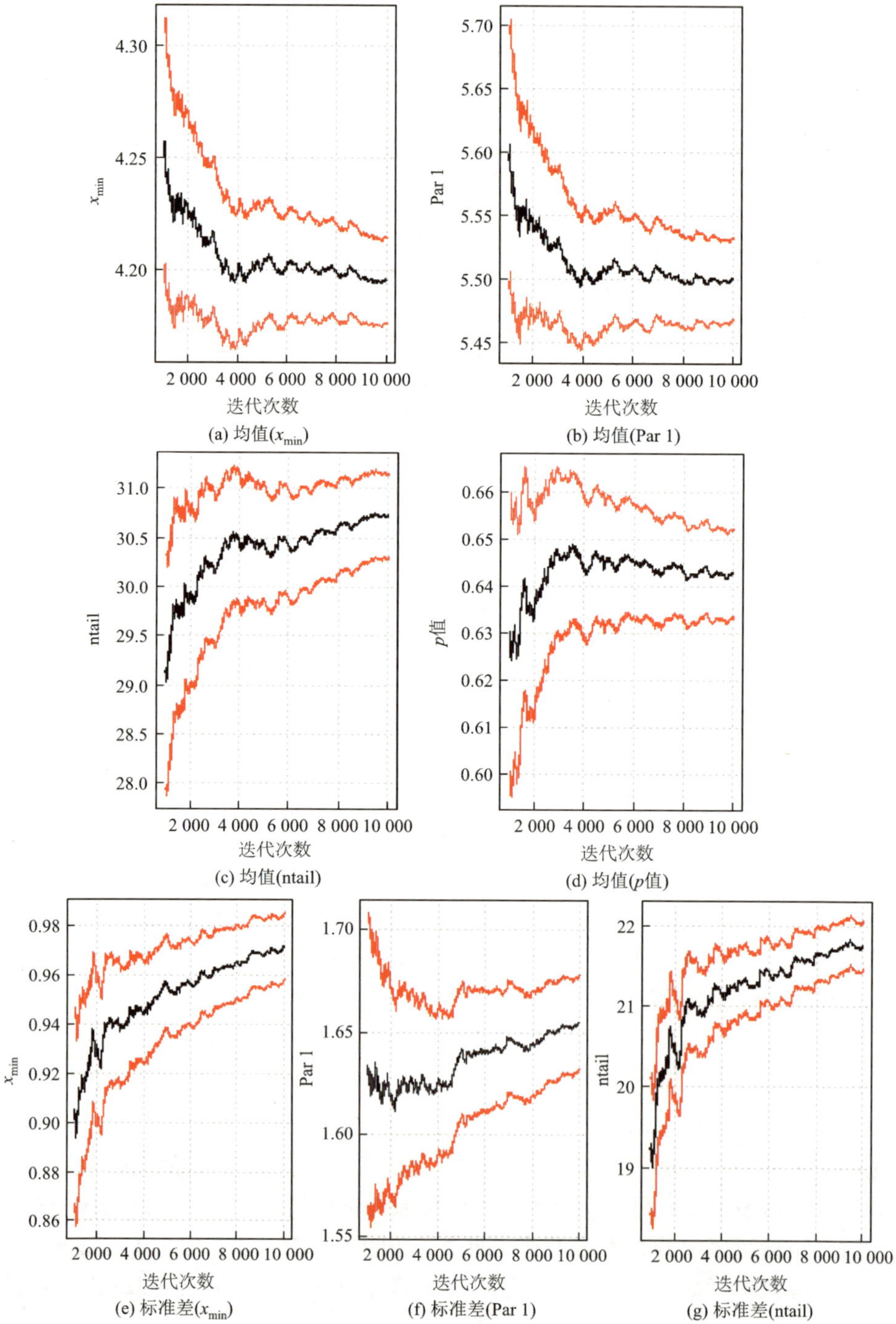

图 7.5　x_{min}、α、ntail 的均值和标准差及 p 值的均值基于基本统计认知

红线表示 95%置信区间，黑线表示 p 值的均值；迭代次数为 10 000；Par 1 代表参数 α

分别是两个分布的概率密度函数。Vuong 备择假设检验的原假设 H0 为两个分布都不是真实的分布；H1 为其中一个分布更接近真实的分布。本章利用 R 软件包中的 compare（）函数，将三种分布进行比较，假设检验结果见表 7.5。

表 7.5　基本统计定义突变点分布比较的检验结果

数据	幂律分布假设检验 p 值	指数分布		对数-正态分布		数据服从幂律分布的拟合情况
		LR	p	LR	p	
油价	0.6431	0.3657	0.7146	–0.8309	0.4060	Moderate

注：LR 为对数似然比，LR 为正表示幂律分布比替代分布好；Moderate 表明幂律分布很好地拟合了实际数据，但是也有其他可替代的分布

由表 7.5 可以看出，通过 LR 的符号可以做出判断，指数分布被剔除，对数-正态分布没有被剔除。但 LR 的显著性检验 p 值分别为 0.7146、0.4060，都大于 0.1，表明两个替代分布的 LR 都不是十分显著，LR 的符号可能是不稳定的，我们不能十分肯定地说幂律分布比替代分布好或不好。

7.4.2　基本 PPM-KM 整合模型的概率分析和统计推断

通过 7.3.2 节计算得到指数分布的参数估计值为 $\lambda = 0.119\ 61$，利用 R 软件包 poweRlaw 进行拟合，计算得到对数-正态分布的参数估计值为 $x_{\min} = 1$，$\mu = 0.863\ 52$，$\sigma = 1.488\ 95$，$D = 0.059\ 13$；计算得到幂律分布假设检验的 p 值为 0.8487，表明接受原假设，原油价格拐点的时间间隔数据服从幂律分布。同时，计算得到参数的估计值 $x_{\min} = 3$，$\alpha = 1.9346$，$D = 0.072\ 73$；图 7.6 为在 95%的置

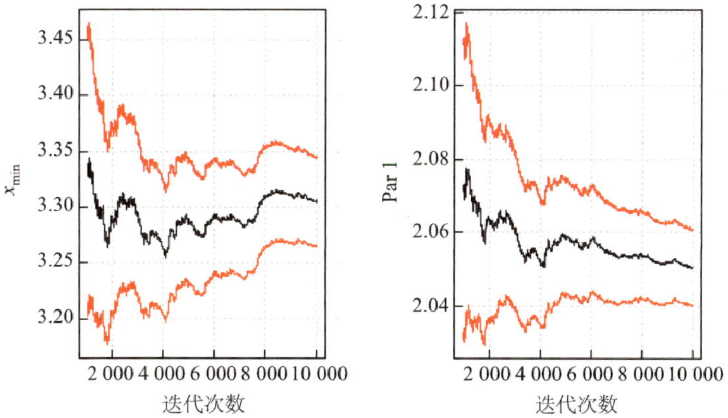

(a) 均值($x_{\min}$)　　(b) 均值(Par 1)

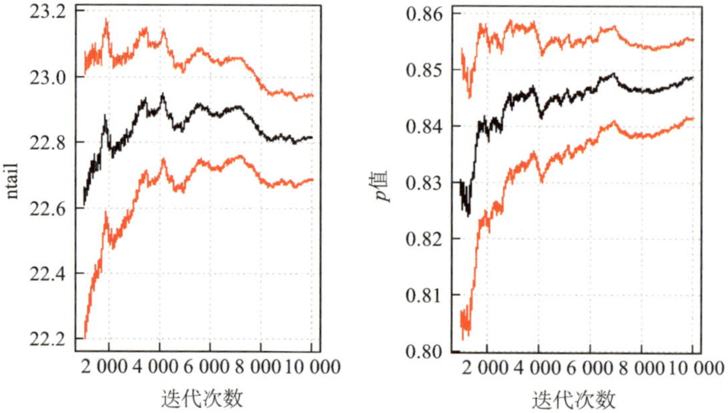

(c) 均值(ntail)　　(d) 均值(p值)

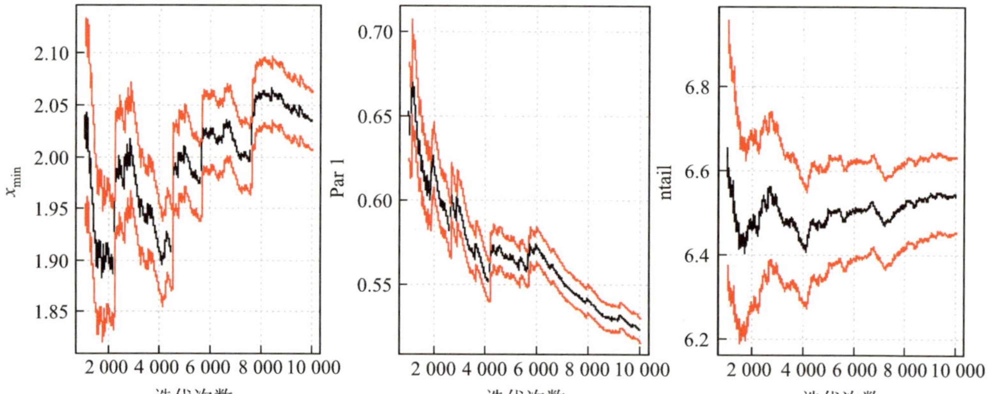

(e) 标准差(x_{min})　　(f) 标准差(Par 1)　　(g) 标准差(ntail)

图 7.6　x_{min}、α、ntail 的均值和标准差及 p 值的均值基于 PPM-KM

红线表示 95%置信区间，黑线表示 p 值的均值；迭代次数为 10 000；Par 1 代表参数 α

信区间下，经过 10 000 自助法迭代得到的 x_{min}、α、ntail 和 p 值的均值（图 7.6（a）～（d））及 x_{min}、α、ntail 的标准差（图 7.6（e）～（g））图，经过迭代后所有值均趋于稳定（ntail 表示返回大于或等于 x_{min} 当前值的数据点个数）。由此我们可以得到，在原油价格拐点时间间隔超过 3 个月时，服从标度指数为 1.9346 的幂律分布。

基于表 7.6 中 LR 的符号可以看出，指数分布被剔除，对数-正态分布未被剔除。指数分布和对数-正态分布的 LR 的显著性检验 p 值分别为 0.220 63、0.963 10，都大于 0.1，表明两个替代分布的 LR 都不是十分显著，LR 的符号可能是不稳定的。因此，我们不能十分肯定地说幂律分布比替代分布好或者不好。

表 7.6　PPM 定义突变点分布比较的检验结果

数据	幂律分布假设检验 p 值	指数分布		对数-正态分布		数据服从幂律分布的拟合情况
		LR	p	LR	p	
油价	0.848 7	1.224 85	0.220 63	−0.046 26	0.963 10	Moderate

注：LR 为对数似然比，LR 为正表示幂律分布比替代分布好；Moderate 表明幂律分布很好地拟合了实际数据，但是也有其他可替代的分布

图 7.7 和图 7.8 为幂律分布、对数-正态分布和指数分布三种分布的拟合效果图。随着时间间隔的增大，仍有拐点出现的可能，指数分布不能很好地拟合数据的尾部，而幂律分布可以较好地拟合。原油价格拐点的时间间隔的概率统

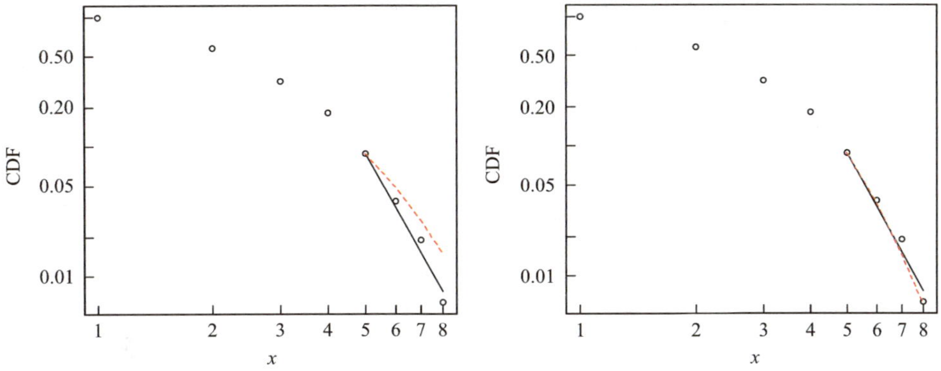

(a) 幂律分布(黑)和指数分布(红)　　(b) 幂律分布(黑)和对数-正态分布(红)

图 7.7　幂律分布和指数分布及对数-正态分布尾部 CDF 拟合图（双对数坐标下）基于基本统计认知

CDF 为累积分布函数（cumulative distribution function）

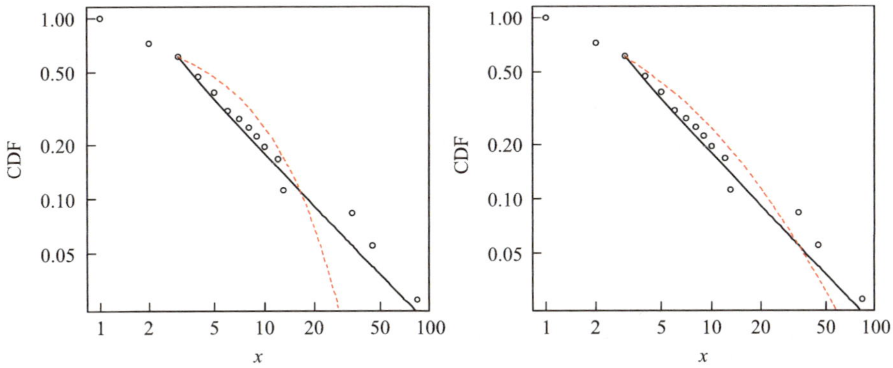

(a) 幂律分布(黑)和指数分布(红)　　(b) 幂律分布(黑)和对数-正态分布(红)

图 7.8　幂律分布和指数分布及对数-正态分布尾部 CDF 拟合图（双对数坐标下）基于 PPM-KM

计分布在远离平均值处仍有较高的发生概率，可能是一种厚尾分布，在许多情况下是幂律分布。目前常用的一些统计函数如指数分布、对数-正态分布等不能有效地拟合拐点时间间隔分布的尾部，往往不能有效地预测拐点出现的概率。直观地看，实际数据的累积概率分布在一定区间内呈线性，具备了服从幂律分布的必要条件。

将参数估计值代入相应的分布函数公式后，计算距离 2015 年 12 月的拐点时间距离及相对应的出现拐点的概率，具体如表 7.7 和表 7.8 所示。从表 7.7 和表 7.8 可以看出，三种分布下拐点出现的累积概率都是随着时间间隔的增加逐渐增大的。其中，当时间间隔服从幂律分布时，下次拐点出现的时间间隔大于等于最小的时间间隔。这是因为假设数据服从幂律分布是指数据尾部服从幂律分布，先计算出拐点时间间隔的最小下界，在此时间间隔之后的数据服从幂律分布，与实际数据的分布情况相符。因为在实际情形中，拐点发生在最小时间间隔及其以上的情况更多。从表 7.7 可以看出，在基本统计意义定义突变点时，从不同的时间间隔下拐点出现的概率可以看出，幂律分布所得到的概率比指数分布和对数-正态分布得到的结果大，这说明幂律分布赋予尾部事件更高的概率。拐点时间间隔在 10 个月以内的累积概率为 96.57%，而指数分布和对数-正态分布分别达到了 98.87%和 99.83%。由表 7.8 看出，在基于 PPM-KM 定义突变点时，从不同的时间间隔下拐点出现的概率可以看出，幂律分布所得到的概率比对数-正态分布得到的结果大，在 8 个月以内时，比指数分布大，在 9 个月和 10 个月时和指数分布概率相近。幂律分布拐点时间间隔在 10 个月以内的累积概率为 67.54%，而指数分布和对数-正态分布分别达到了 69.76%和 83.31%。因为指数分布假定事件的发生是随机的、平稳的，相邻事件发生的时间间隔相差不大，几乎是规则的，长时间的等待是不存在的，而幂律分布的尾巴下降缓慢，允许长时间内无事件发生，也允许在较长时间的等待中出现密集的阵发事件。所以，幂律分布尾部的事件发生概率更高。幂律分布在最小时间间隔时概率最大，随着间隔时间的增加，概率变小。幂律分布的概率密度函数较指数分布和对数-正态分布而言，为密集的阵发事件和不活跃的偶发事件都赋予了较高的概率，这一点更接近真实世界的情况。所以，本章认为假设国际原油月度价格拐点的时间间隔服从幂律分布是合理的，但由于数据量的限制还需要进一步进行检验。

表 7.7　基本统计意义定义突变点时间距离及相对应发生拐点的概率

间隔	指数分布概率	累积概率	对数-正态分布概率	累积概率	幂律分布概率	累积概率
1	0.286 419	0.361 438	0.006 386	0.000 692	—	—
2	0.182 896	0.592 239	0.212 863	0.088 129	—	—

续表

间隔	指数分布概率	累积概率	对数-正态分布概率	累积概率	幂律分布概率	累积概率
3	0.116 790	0.739 619	0.341 198	0.392 564	—	—
4	0.074 578	0.833 731	0.235 147	0.689 147	—	—
5	0.047 623	0.893 827	0.117 603	0.861 625	0.973 539	0
6	0.030 410	0.932 202	0.051 371	0.942 159	0.334 004	0.588 302
7	0.019 419	0.956 707	0.021 219	0.976 352	0.135 187	0.805 594
8	0.012 400	0.972 355	0.008 609	0.990 338	0.061 754	0.898 509
9	0.007 918	0.982 347	0.003 498	0.996 010	0.030 940	0.942 794
10	0.005 056	0.988 727	0.001 438	0.998 324	0.016 674	0.965 746

注：原油价格拐点时间间隔服从幂律分布时 $x_{min}=5$ 即时间间隔最小值是 5，所以幂律分布拐点概率从间隔为 5 个月开始计算

表 7.8　基于 PPM-KM 定义突变点时间距离及相对应发生拐点的概率

间隔	指数分布概率	累积概率	对数-正态分布概率	累积概率	幂律分布概率	累积概率
1	0.106 126	0.112 734	0.226 461	0.280 974	—	—
2	0.094 162	0.212 758	0.133 093	0.454 451	—	—
3	0.083 547	0.301 507	0.088 205	0.562 729	0.311 533	0
4	0.074 128	0.380 251	0.062 980	0.637 244	0.178 566	0.235 756
5	0.065 771	0.450 117	0.047 267	0.691 803	0.115 962	0.379 617
6	0.058 357	0.512 107	0.036 769	0.733 495	0.081 495	0.476 812
7	0.051 778	0.567 109	0.029 389	0.766 371	0.060 481	0.547 010
8	0.045 941	0.615 911	0.023 995	0.792 930	0.046 712	0.600 157
9	0.040 762	0.659 210	0.019 932	0.814 802	0.037 193	0.641 836
10	0.036 167	0.697 629	0.016 795	0.833 102	0.030 335	0.675 423

注：原油价格拐点时间间隔服从幂律分布时 $x_{min}=3$ 时即时间间隔最小值是 3，所以幂律分布拐点概率从间隔为 3 个月开始计算

7.4.3　结果分析

首先，突变点分析的结果表明，1986 年 1 月至 2015 年 12 月期间共发生 37 次显著的油价突变。在不同的时点，市场供需结构的失衡、突发地缘政治事件、美元指数波动、全球经济发展情况分别成为油价突变的主因。其次，本书认为假设国际原油月度价格拐点的时间间隔服从幂律分布是合理的。概率密度值的结果却表明，在不同时间间隔点幂律分布的概率值较指数分布和对数-正态分布而言更大，为密集的阵发事件和不活跃的偶发事件都赋予了较高的概率，表现出一定的合理性，

更加符合真实情况。如果将泊松过程作为描述原油价格的跳跃过程，实际上隐含着默认在任何一个时刻原油价格发生跳跃的概率都是相同的，显然这与实际情况并不相符。而本书引入的幂律分布则可以模拟得到原油价格在较长时间不发生跳跃过程的情形，也可以得到跳跃过程在短时间内密集发生的状况，这更加符合现实情况。

7.5　本 章 小 结

本章基于基本统计分析和 PPM 两种思想定义突变点，分别对原油价格的历史突变进行识别和分析。在基于 PPM 定义突变点时，集成构建 PPM-KM 国际原油价格拐点分析模型。最后，在两种突变点定义和三种概率分布模型下，计算分析原油价格拐点的出现概率，通过比较分析给出原油价格拐点出现时间的概率预测分析。结果表明，1986～2015 年共发生 37 次显著的油价突变。在不同的时点，市场供需结构的失衡、突发地缘政治事件、美元指数波动、全球经济发展情况分别成为油价突变的主因。从累积分布概率结果可以看出，三种分布下原油价格拐点出现的累积概率都是随着时间间隔的增加而逐渐增大的。但概率密度值的结果却表明，在不同时间间隔点，幂律分布的概率值较指数分布和对数-正态分布而言更大，为密集的阵发事件和不活跃的偶发事件都赋予了较高的概率，表现出一定的合理性，更加符合真实情况。如果将泊松过程作为描述原油价格的跳跃过程，实际上隐含着默认在任何一个时刻原油价格发生跳跃的概率都是相同的，显然这与实际情况并不相符。而本章引入的幂律分布则可以模拟得到原油价格在较长时间不发生跳跃过程的情形，也可以得到跳跃过程在短时间内密集发生的状况，这更加符合现实情况。幂律分布的引入使得原油价格在任何一个时点发生跳跃的概率并不相同，而赋予不相同的概率是依赖于当时市场所处的状态的。这表明市场存在一定的记忆性，即今天市场的现状并非凭空而来，而是基于其历史的市场，这与现实世界的情形更为贴切。幂律分布过程获得的原油价格某一时间拐点发生的概率可以成为分析实际原油市场的新指标，而且该指标来源于市场本身，获取和应用起来简便易行。从实证分析角度来说，假设原油价格的波动服从泊松分布显得对极端事件无可奈何，因而需要引入一种厚尾分布进行修正，而幂律分布则可以解决这个问题。同时，幂律分布可以计算得到拐点出现的概率结果，对原油价格的分析预测具有指导作用。虽然由于月度分析建模数据有限，该幂律分布模型仍需更多翔实的数据进一步实证或修正，但该概率分布模型提供了基于国际原油价格拐点时间间隔分析的新视角。

第8章 石油市场供给阻滞对中国宏观经济的冲击效应测算

突发事件的不断出现，给国际原油市场的供需及交易带来了连续的冲击，从而影响全球经济的发展。中国原油对外依存度高，原油市场的供需冲击及油价的波动将对我国经济发展产生重要影响。本章以2018年美国对伊朗实施石油制裁为例，通过对前人的代表性研究成果进行总结，针对原油市场的供给侧冲击进行分析，构建了一个完整的SS-PV-EI研究框架以测算供给侧冲击对中国经济的影响。①利用PPM-KM模型和历史事件分析法提取并分析历史突变点，筛选出供给冲击事件；②基于TVP-SV-VAR模型估算出供给冲击对油价的时变弹性及脉冲响应结果；③综合运用情景分析和历史事件分析设立美国对伊朗制裁可能导致的供给缺口情景及相应的油价区间；④基于MIDAS-AR模型和NARDL模型分别测算与分析4种情景下世界原油供给冲击对中国经济的非对称影响。结果表明：①历史突发事件约为42次，其中由供给冲击所引起的油价突变为19次。②世界石油供给下降1%，国际油价将上涨0.25%～0.45%。当伊朗制裁等突发事件引起供给侧冲击时，不同情景下国际油价将可能上涨2%～100%。③国际油价波动对中国经济的影响存在非对称性。油价上涨对经济的影响程度要大于油价下降对经济的影响。不同情景下，将导致中国GDP放缓0.04%～4.17%，CPI上涨0.14%～6.92%。国际油价大幅飙升将对我国经济产生负面影响。

在本章，8.1节首先介绍研究背景；8.2节详细地介绍了本章所提出的SS-PV-EI研究框架；8.3节是四种情景设定及实证研究的结果；8.4节对本章进行小结。

8.1 引　　言

石油除了商品属性，其金融属性和地缘政治属性也越来越明显，因而对于市场相关事件的反应越发敏感。近年来，页岩油等新能源兴起及美伊争端、国际贸易摩擦等突发事件的不断出现，给国际原油市场的供需带来了连续的冲击，对短期价格的波动产生了较大影响，从而影响全球经济的发展。自伊朗核问题出现以来，美国持续加大对伊朗的经济制裁。2018年5月，美国退出“伊核多边”协议，并设定了对伊朗制裁的时间表，其目标是使伊朗石油零输出。根据EIA统计，2017年伊朗原油出口平均250万桶/天（全年约1.45亿吨），主要出口国是：中国（24%）、印度（18%）、韩国（14%）、土耳其（9%）、意大利（7%）、法国（5%）、日本（5%）、阿联酋（5%），其他国家（13%）。伊朗是我国原油进口的主要来源国。中国海关总署公布的数据显示，2017 年中国进口原油总量 4.19 亿吨，其中从伊朗进口达3100多万吨，占中国原油进口总量的7.42%，占中国原油消费总量的5.23%[①]。按标准折算后，2017年中国进口的原油总量占中国能源消费总量的0.98%。由于中国具有较高的原油对外依存度及巨大的能源消费总量，中国从伊朗的原油进口对于中国的能源安全至关重要（吴刚和魏一鸣，2009）。整体来看，美国此次对伊朗的制裁是全方位的，制裁力度更大。但欧洲、亚洲的很多国家都从伊朗进口原油，半年内完全遏制伊朗原油出口难度较大，其他产油国也需要一定时间来弥补抑制伊朗出口导致的供应缺口。短时间内，原油市场可能出现供需失衡局面，进而推涨油价。在美国对伊朗制裁的影响下，国际油价上涨幅度如何？油价上涨对中国经济发展及相关行业的影响如何？本章将以2018年美国对伊朗制裁为例，分析供给冲击对油价的影响，进而分析并测算不同冲击情形下对中国经济发展的影响，同时就需要关注的问题提出政策建议。

突发事件会对石油的短期供需造成冲击，增加市场的不确定性，从而增加油价的波动性（Yu et al.，2016；Fan and Xu，2011；Lin and Tamvakis，2010；Zhang et al.，2009）。虽然突发事件包括全球金融危机、飓风、利比亚战争、OPEC减产等，但突发事件对原油价格的影响最终都是通过供需基本面的冲击传导到价格中的。石油市场的供需平衡状态会决定油价的长期趋势（Hamilton，2003；Kilian，2009；Zhang et al.，2015；Mohaddes and Pesaran，2016；Baumeister and Hamilton，2019）。同时，原油市场与宏观经济的发展密不可分。原油冲击对经济发展的影响主要涵盖以下几个方面：油价对国民收入、通货膨胀、投资与消费、货币政策、财政政策等经济发展的非对称影响等（Hamilton and Herrera et al.，2004；Kilian and Vigfusson，2011，2017；Wu and Zhang，2014；Zhang，2013；Nusair，2016；Wang et al.，2017；Pan et al.，2017；王奇珍等，2017）。

近年来，学者对突发事件导致的原油市场价格波动进行了各方面的研究，有关原油市场与宏观经济之间关系的研究与日俱增，为原油市场的风险管理及能源政策的制定提供了大量的资料。但就研究文献来看：①大部分学者对油价供需冲击的研究并未剔除突变点。②关于突发事件的研究只能采用历史数据事件分析法，较少通过具体的实证方法进行突变点提取，导致在分析供给冲击时只能利用经验设置弹性区间。③对于国际油价冲击如何影响中国经济增长，中国经济的发展是否已是推动国际油价上涨的主要因素之一，并未得出一致性的结论。同时，在分

① http://www.customs.gov.cn/eportal/ui?msgDataId=78ec17e885704f22b552e7cfe4e4002b，2018年7月12日。

析油价波动对中国宏观经济影响中考虑非对称性问题的研究也相对较少。因此，基于实证数据的特征，首先，本章构建了一种供给冲击对经济影响的研究框架，在事件分析的基础上通过 PPM-KM 模型剔除突变点。其次，考虑到供给冲击对油价影响的动态变化特征，构建 TVP-SV-VAR 模型估算供给冲击的弹性区间。最后，MIDAS-AR 模型和 NARDL 模型的引入可以综合利用季度数据和月度数据，分析不同时期油价对中国宏观经济的差异性影响，以分析不同油价冲击对宏观经济的影响机理和程度，探究不同时期油价冲击对宏观经济的非对称效应。

本章提出了一个完整的用于研究 SS-PV-EI 的研究框架：①运用 PPM-KM 模型及历史事件分析法提取、分析历史突发事件并对供给冲击进行梳理总结；②引入 TVP-SV-VAR 模型测算供给冲击对油价的时变影响，并根据历史供给冲击对油价的影响合理设定情景分析涨幅阈值；③通过引入 MIDAS-AR 模型有效地解决了中国宏观经济数据与国际油价数据不同频度的问题，综合利用月度数据和季度数据，可以避免混频数据同频化造成的样本信息减少和人为构造数据嫌疑，同时考察二者之间的非对称效应；④通过引入 NARDL 模型有效地刻画了油价波动对中国 CPI 的动态冲击和影响，揭示了二者间的非对称关系；⑤探究不同油价冲击对中国经济的影响机理，进一步分析不同时期不同的油价冲击对宏观经济的非对称效应。

本章具体的研究框架如图 8.1 所示。

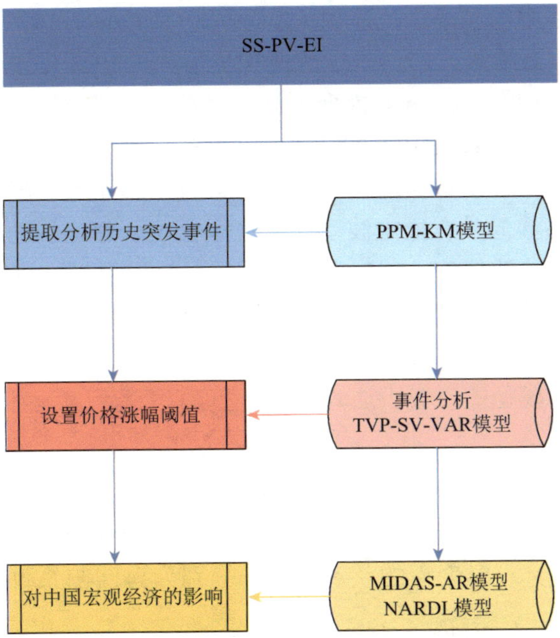

图 8.1　SS-PV-EI 研究框架

8.2　SS-PV-EI 研究框架

8.2.1　PPM-KM 模型

PPM 是一种分析变点问题的动态分析模型，与以往只能在假定变点个数情况下才能识别变点的模型不同，它在分析的过程中假定变点个数为未知的随机变量，可以应用在变点问题的分析中。Barry 和 Hartigan 将贝叶斯方法引入到模型的计算及求解上（Hartigan，1990；Barry and Hartigan，1992）。随着 PPM 的日趋成熟，该模型被很好地应用在股票市场价格的分析过程（Crowley，1997；Loschi and Cruz，2002，2005；Loschi et al.，2003；Quintana and Iglesias，2003）。利用 PPM 能方便地获得复杂数据序列的变点个数估计及其概率的可能性大小。柴建等（2014）和 Chai 等（2018a，2018b）将该方法改进为 PPM-KM 模型并应用到油价突变的识别中，取得了良好的效果。

8.2.2　TVP-SV-VAR 模型

1976 年，随机波动被 F. Black 和 M. Scholes 提出后，在计量经济学特别是宏观经济的实证分析中得到了广泛应用（Black and Scholes，1973；Primiceri，2005；Nakajima，2011；肖皓等，2014；过彦博和吴信如，2021）。Primiceri（2005）提出 TVP-SV-VAR 模型，与 VAR 模型不同的是该模型没有同方差假定，更符合现实情况。同时，时变参数假定随机波动率可以捕捉不同经济周期下所具有的时变影响。因为，现实中经济数据的产生过程中具有漂移系数和随机波动的冲击，如果使用具有时变系数但具有恒定波动性的模型会由于忽略扰动中可能的波动性变化，出现时变系数估计偏差。Nakajima 等（2011）运用 TVP-SV-VAR 模型研究了经济不确定性和股票市场流动性的关系，研究结果表明当模型变量具有非线性特征时，该模型有效提高了估计的精准度。

TVP-SV-VAR 模型的一般表达式为

$$y_t = X_t\beta_t + A_t^{-1}\sum\nolimits_t \varepsilon_t \tag{8.1}$$

其中，y_t 为 $k\times 1$ 阶向量；k 为变量个数；$t=s+1,\cdots,n$；$\varepsilon_t \sim N(0,I_k)$；$X_t=I_k\otimes(y'_{t-1},\cdots,y'_{t-s})$ 为通过单位矩阵和变量滞后期向量的克罗内克积构建的矩阵；$\beta_t, A_t, \sum_t$ 为三个具有时变性的状态方程，分别为自回归系数矩阵、同期关系系数矩阵和方差-协方差矩阵。

令 $\alpha_t=(\alpha_{21},\alpha_{31},\alpha_{32},\alpha_{41},\cdots,\alpha_{k,k-1})'$ 表示 A_t 矩阵中下三角元素的堆积向量；对数

随机波动率矩阵 $h_t=\left(h_{1t},\cdots,h_{kt}\right)'$，其中，$h_{jt}=\log\sigma_{jt}^2(j=1,\cdots,k;\ t=s+1,\cdots,n)$。假定（8.1）中的参数遵循如下随机游走过程：

$$\begin{aligned}\beta_{t+1}&=\beta_t+\mu_{\beta t}\\ \alpha_{t+1}&=\alpha_t+\mu_{\alpha t}\\ h_{t+1}&=h_t+\mu_{ht}\end{aligned},\quad \begin{pmatrix}\varepsilon_t\\ \mu_{\beta t}\\ \mu_{\alpha t}\\ \mu_{ht}\end{pmatrix}\sim N\left(0,\begin{pmatrix}I&0&0&0\\ 0&\sum_\beta&0&0\\ 0&0&\sum_\alpha&0\\ 0&0&0&\sum_h\end{pmatrix}\right) \tag{8.2}$$

其中，$t=s+1,\cdots,n$，$\beta_{s+1}\sim N\left(\mu_{\beta 0},\sum_{\beta 0}\right)$，$\alpha_{s+1}\sim N\left(\mu_{\alpha 0},\sum_{\alpha 0}\right)$，$h_{s+1}\sim N\left(\mu_{h0},\sum_{h0}\right)$。假设时变参数的冲击 $\varepsilon_t,\mu_{\beta t},\mu_{\alpha t},\mu_{ht}$ 是不相关的，$\sum_\beta,\sum_\alpha,\sum_h$ 是正定的。采用 MCMC 方法对模型进行估计。具体模型设置和 MCMC 估计过程见 Primiceri（2005）和 Nakajima（2011）的研究。

8.2.3　MIDAS-AR 模型

MIDAS 模型的一个基本拓展是在模型中加入自回归因子，Ghysels 等（2004）认为引入滞后被解释变量到 MIDAS 模型中会造成模型有效性损失，只有当因变量中包含季节因素时才可以使用滞后被解释变量。为了解决这一问题，Clements 和 Galvão（2008）提出把动态自回归作为一般因素代入模型。

包含因变量 q 阶自回归成分的 MIDAS-AR 模型形式如下：

$$y_t=\alpha+\beta y_{t-q}+\lambda W(L^{l/m};\theta)x_t^{(m)}+\varepsilon_t \tag{8.3}$$

其中，$\varepsilon_t\sim N(0,\sigma^2)$；$W(L^{l/m};\theta)$ 为权重滞后多项式，通过估计 θ 使得滞后系数参数化为一个低维的参数向量函数，满足 $W(L^{l/m};\theta)=\sum_{k=1}^{K}w(k;\theta)L^{k-l/m}$，$L^{l/m}$ 为滞后算子，满足 $L^{l/m}x_t^{(m)}=x_{t-l/m}^{(m)}$，$l=0,1,\cdots,K-1$，$K$ 为高频数据参数化权重加总的最大滞后阶数。

混频模型中权重多项式函数的确定非常重要，在金融市场波动分析和预测中多使用 Almon 多项式函数，而在宏观经济分析和预测时则多使用 Beta 函数和指数 Almon 多项式函数。本章基于所研究的问题、函数形式的限制以及实际的可操作性，选取 Beta 函数作为权重函数。Beta 函数的具体形式为

$$W_j=\frac{z_j^{\theta_1-1}(1-z_j)^{\theta_2-1}}{\sum_{i=0}^{q}z_i^{\theta_1-1}(1-z_i)^{\theta_2-1}}+\theta_3 \tag{8.4}$$

其中，$z_j=\dfrac{j-1}{k-1}$，i 代表被解释变量的滞后期，Beta 函数功能非常灵活，能构造递增、递减、平坦“W”、凸起及“U”形等多种形态的权重函数，具体形态取决

于 Beta 权重函数的参数$(\theta_1,\theta_2,\theta_3)$。具体权重函数及滞后多项式的选择方法可参见 Ghysels 等（2004）及 Chai 等（2018c）。

8.2.4 NARDL 模型

Shin 等（2014）认为现实经济系统中很多变量间的关系是非线性的，因此在传统的线性自回归分布滞后（autoregressive distributed lag，ARDL）模型的基础上，Pesaran 等（2001）提出了 NARDL 模型，NARDL 模型可以将自变量分解为正向变动的累积和负向变动的累积，进一步研究长期传递效应与短期传递效应的非对称性。NARDL 模型的一般形式表示如下：

$$\begin{aligned}\Delta y_t = \rho y_{t-1} + \theta^+ X_{t-1}^+ + \theta^- X_{t-1}^- + \sum_{i=1}^{p-1} r_i \Delta y_{t-i} \\ + \sum_{i=1}^{q-1}\left(\pi_i^+ \Delta X_{t-i}^+ + \pi_i^- \Delta X_{t-i}^-\right) + \varepsilon\end{aligned} \tag{8.5}$$

其中，Δy_t为第t期的 CPI 的变化幅度；p和q分别为因变量和自变量分布滞后的最大阶数；$X_t = X_0 + X_t^+ + X_t^-$，$X_t$为解释变量，$X_0$为解释变量的初始值，$X_t^+$和$X_t^-$分别为$X_t$受到的正向和负向冲击的过程。$X_t^+$和$X_t^-$的具体形式为

$$\begin{aligned}X_t^+ = \sum_{j=1}^{t} \Delta X_j^+ = \sum_{j=1}^{t} \max(\Delta X_j, 0) \\ X_t^- = \sum_{j=1}^{t} \Delta X_j^- = \sum_{j=1}^{t} \min(\Delta X_j, 0)\end{aligned} \tag{8.6}$$

其中，$\Delta X_j = X_j - X_{j-1}$。通过建模测算的长期系数$\beta^+ = -\theta^+/\rho$和$\beta^- = -\theta^-/\rho$分别描述了外部冲击的正向和负向变化对$y$的长期非对称影响。$\pi_i^+$和$\pi_i^-$则分别表示了短期中$y$受到单位正向冲击和单位负向冲击的影响。在实际测算中利用标准的 Wald 检验以检验模型长期的对称性原假设$\beta^+ = \beta^-$和短期的对称性原假设$\sum_{i=0}^{q-1}\pi_i^+ = \sum_{i=0}^{q-1}\pi_i^-$。根据长期和短期中的非对称性假设检验结果选择模型具体形式。若模型同时拒绝了长期和短期中的对称性假设，则模型的具体形式如公式（8.5）所示；若模型既不能拒绝长期中的对称性假设，也不能拒绝短期中的对称性假设，则模型简化为如式（8.7）所示的对称的 ARDL(p,q)形式；若模型只单独拒绝了长期对称性的假设，则模型构建成如式（8.8）所示的长期非对称而短期对称的 NARDL 形式；若只单独拒绝了短期对称的假设，则模型是长期对称而短期非对称的 NARDL 形式，如式（8.9）所示。

$$\Delta y_t = \rho y_{t-1} + \theta X_{t-1} + \sum_{i=1}^{p-1} r_i \Delta y_{t-i} + \sum_{i=0}^{q-1} \pi_i \Delta X_{t-i} + \varepsilon_t \tag{8.7}$$

$$\Delta y_t = \rho y_{t-1} + \theta^+ X_{t-1}^+ + \theta^- X_{t-1}^- + \sum_{i=1}^{p-1} r_i \Delta y_{t-i} + \sum_{i=0}^{q-1} \pi_i \Delta X_{t-i} + \varepsilon_t \tag{8.8}$$

$$\Delta y_t = \rho y_{t-1} + \theta X_{t-1} + \theta^- X_{t-1}^- + \sum_{i=1}^{p-1} r_i \Delta y_{t-i} + \sum_{i=0}^{q-1} \left(\pi_i^+ \Delta X_{t-i}^+ + \pi_i^- \Delta X_{t-i}^- \right) + \varepsilon_t \tag{8.9}$$

在应用 NARDL 模型进行实证分析时，建模过程主要分为以下几步：①用最小二乘法对无约束的 NARDL 模型进行估计；②利用 F_{pss} 统计量及 T_{BDM} 统计量对方程的协整关系进行检验，判定被解释变量和解释变量之间是否存在长期均衡的关系；③利用 Wald 检验，检验方程中可能存在的长期非对称性关系和短期非对称性关系。根据检验结果选择模型的具体形式，估计并分析最终结果。

8.3 实证分析

本小节主要基于 8.2 节提出的 SS-PV-EI 研究框架进行实证研究。8.3.1 节首先介绍了本章所用的指标及数据，8.3.2 节进行相应的实证分析。

8.3.1 数据描述及指标选取

影响油价走势的因素主要包括供需关系、库存、经济、政治、金融等方面（Li and Leung，2011；Ji and Fan，2016；Yu et al.，2016）。虽然原油价格的影响因素较多且复杂，但在不考虑突发事件的情况下，原油作为一种具有金融属性的战略物资，价格主要由供需决定（Hamilton，2003；Kilian，2009）。供需关系的此消彼长决定了油价的长期趋势。故本章基于现有的研究，综合考虑影响原油市场的内部和外部因素后，最终选取供给、消费、库存、美元指数（计价货币）作为影响油价的核心因素构建模型。同时，选取中国 GDP 和 CPI 的相关统计数据作为衡量中国经济发展的指标，具体见表 8.1.

表 8.1　变量描述及数据来源

指标		单位	数据来源	数据长度[1)]
国际油价	Brent 现货价格	美元/桶	EIA	1988 年 1 月至 2018 年 7 月
供给	世界原油总供给量	千桶/天	EIA	1988 年 1 月至 2018 年 7 月
消费	OECD 原油总消费量	千桶/天	EIA	1988 年 1 月至 2018 年 7 月
库存	OECD 原油库存	千桶/天	EIA	1988 年 1 月至 2018 年 7 月
美元指数	广义实际美元指数	1973 年 3 月 = 100	美联储	1988 年 1 月至 2018 年 7 月
中国经济发展	GDP	亿元	Wind	1992 年第一季度至 2018 年第二季度
	CPI 环比	2002 年 1 月 = 100	Wind	2002 年 1 月至 2018 年 6 月

1）本章写作完成时间为 2018 年 8 月

首先，需要注意的是，由于年度频率的油价本身的季节性、周期性、波动性等被平滑掉，失去太多的样本信息，而周度和日度的油价波动过于剧烈，包含更多市场交易造成的噪声信息，均不能很好地反映油价波动的周期性。所以本章选取含有更多及时、有效信息的 Brent 月度油价数据。同时，由于中国国家统计局等对于中国宏观经济指标 GDP 的最高统计频率是季度，因此本章选取季度 GDP 数据。其次，为了减少数据波动，解决数据量纲问题，以及保持变量间其他原有的关系不变，数据均取对数处理。最后，根据数据的可得性及不同模型的需要，选取样本长度。因为 Wind 数据库中中国 GDP 数据最早的起始时间是 1992 年第一季度，因此 GDP 的样本区间选取为 1992 年第一季度至 2018 年第二季度。此外，虽然 Wind 数据库中中国 CPI 数据的最早起始时间是 1987 年 1 月，但中国自 2001 年 12 月加入 WTO 之后，物价水平波动变得更加敏感。同时，在 NARDL 模型估计过程中，经过大量改变不同的数据样本区间进行敏感性分析后，发现 2002 年 1 月之后的结果更为稳定，因此本章选取 CPI 的数据样本区间为 2002 年 1 月至 2018 年 6 月。

8.3.2 确定历史突变点及供给冲击

首先基于 PPM 计算油价的后验均值和突变点后验概率，如图 8.2 所示。其次，为进一步提高容忍阈值确定的客观性，利用 K-Means 聚类方法对所有突变点的后验概率进行聚类（柴建等，2017），计算的容忍阈值为 0.428。由图 8.2 可见，利用 PPM-KM 模型提取的突变点为 42 个。

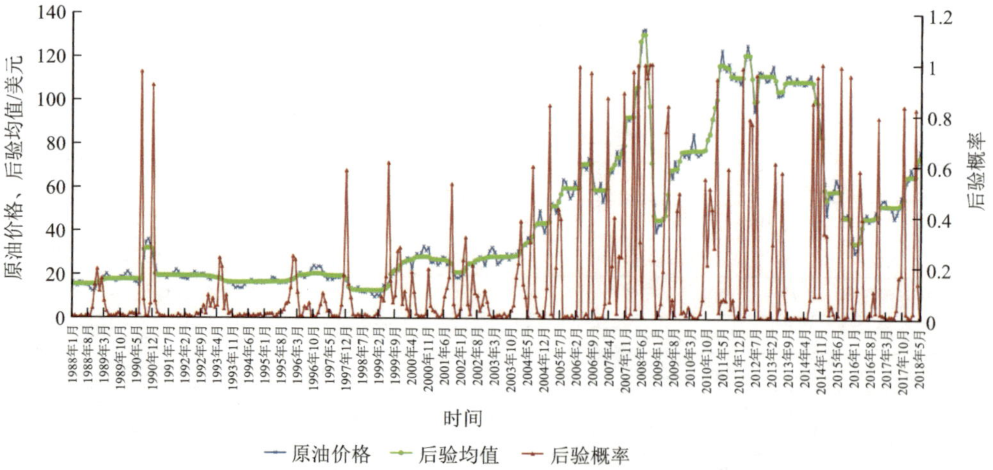

图 8.2 油价原始序列及其后验均值和突变点及发生概率

为了进一步解释和分析 PPM-KM 模型提取出的突变点，表 8.2 分析总结了所有突变点对应的历史突发事件。从表 8.2 可以看出，突变点并不是全部由供给冲击所导致的。通过参考和查阅已有的统计数据和文献，进一步总结分析了历史数据中供给冲击事件及其导致的油价涨幅弹性区间，如表 8.3 所示。

表 8.2　突变点所对应的历史突发事件

编号	时间点	历史突发事件
1	1990 年 7 月	1990 年 8 月海湾战争油价井喷前的低价格点
2	1990 年 12 月	市场对美国对伊拉克开战破坏海湾地区油田设施的担忧和 OPEC 消极地维持现有产量
3	1997 年 12 月	亚洲金融危机导致原油消费下降，OPEC 对其影响估计不足，导致供应增加，油价迅速振荡下跌
4	1998 年 6 月	亚洲金融危机
5	2001 年 9 月	“9 · 11” 事件导致油价大幅上涨，之后继续下跌
6	2004 年 7 月	伊拉克战争导致油价跌破 40 美元/桶，之后持续上涨
7	2005 年 2 月	美国和欧洲气温骤降，取暖油需求迅速上升，油价出现涨升
8	2005 年 6 月	尼日利亚发生石油工人被绑架事件
9	2006 年 3 月	伊朗核问题及尼日利亚南部产油区出现的动荡局势
10	2006 年 8 月	中东局势渐好和美国经济失速
11	2007 年 6 月	天气逐渐转暖，美国石油库存增加
12	2007 年 10 月	美国商业石油库存下降和次贷危机的后续影响
13	2008 年 2 月	委内瑞拉威胁暂停对美国出口石油
14	2008 年 4 月	产油区尼日利亚石油公司爆炸，绑架事件工人罢工频发，尼日利亚原油产量近半停滞
15	2008 年 7 月	伊朗和以色列关系紧张，尼日利亚海上油田受攻击及投机行为推涨油价到新高
16	2008 年 8 月	次贷危机全面爆发导致金融危机加剧
17	2008 年 9 月	金融危机加剧
18	2008 年 10 月	金融危机加剧
19	2009 年 4 月	全球主要国家在 G20 会议上同意注资 1 万亿美元刺激经济，使得油价暴涨
20	2009 年 5 月	OPEC 减产，各国救市的经济政策，投资者情绪乐观，推涨油价
21	2009 年 9 月	美元汇率波动、美国石油库存增加和伊朗核计划
22	2009 年 10 月	美元汇率波动、美国石油库存增加和伊朗核计划
23	2010 年 9 月	美元贬值、通胀预期推动了新一轮油价上涨
24	2010 年 11 月	第二轮美联储量化宽松政策造成美元贬值，油价缓慢上涨

续表

编号	时间点	历史突发事件
25	2010 年 12 月	第二轮美联储量化宽松政策造成美元贬值，油价缓慢上涨
26	2011 年 2 月	利比亚战乱、经济向好预期及中东北非事件导致市场对石油供应的担忧
27	2011 年 7 月	本·拉登被击毙、欧洲债务危机等利空经济事件及日本地震的影响，使得油价下滑
28	2012 年 1 月	埃及、叙利亚局势动荡和伊朗核问题，使得油价上涨
29	2012 年 4 月	受经济利好、叙利亚政局动荡、伊朗和以色列军事问题等影响，油价呈现上涨趋势
30	2012 年 5 月	欧债危机和美元指数强劲反弹
31	2012 年 7 月	欧债危机和美元指数强劲反弹
32	2013 年 3 月	美国经济数据弱于预期、新一轮伊朗核谈判显示积极信号，油价小幅上涨
33	2013 年 6 月	受美国经济强于预期、埃及国内暴力冲突及伊拉克和利比亚出口受阻的影响，国际油价小幅上涨
34	2014 年 7 月	OPEC 产能过剩
35	2014 年 9 月	全球石油供需出现严重的供过于求，导致油价下跌
36	2014 年 11 月	受世界经济疲软、美元指数走强、美国库存增加、OPEC 不减产等的影响，油价下跌
37	2015 年 7 月	受金融市场动荡、希腊债务危机、中国股市暴跌、伊朗核问题等的影响，油价持续下跌
38	2015 年 11 月	受 OPEC 坚持不减产、供应过剩、利空等的影响，油价暴跌
39	2016 年 3 月	产油国讨论冻结产量计划，美国石油产量下降
40	2016 年 11 月	OPEC 最终达成减产协议
41	2017 年 10 月	中东地缘政治冲突
42	2018 年 3 月	美国石油库存意外减产

注：本章与第 7 章结果存在差异的原因主要是两章的指标及样本长度均不同：第 7 章是 WTI 原油价格，数据样本区间是 1986 年 1 月至 2015 年 12 月；第 8 章是 Brent 原油现货价格，数据样本区间是 1988 年 1 月至 2018 年 6 月

表 8.3　供给冲击事件总结

时间	OPEC 原油产量	世界原油产量	WTI 原油价格	Brent 原油价格	事件
1973 年 1 月	–2.77%	–1.09%	2.29%	2.29%	沙特阿拉伯减产
1973 年 11 月	–9.24%	–4.85%	21.28%	21.28%	阿拉伯-以色列战争
1979 年 1 月	–5.24%	–2.50%	4.77%	4.77%	沙阿流亡和伊朗革命
1986 年 9 月	–18.67%	–6.84%	–1.52%	—	OPEC 减产

续表

时间	OPEC 原油产量	世界原油产量	WTI 原油价格	Brent 原油价格	事件
1987 年 1 月	–4.29%	–1.42%	15.77%	—	沙特阿拉伯减产
1987 年 2 月	–2.74%	–1.25%	–4.83%	—	沙特阿拉伯减产
1987 年 3 月	–4.77%	–1.35%	3.10%	—	沙特阿拉伯减产
1989 年 1 月	–12.16%	–4.69%	10.01%	12.15%	OPEC 减产
1990 年 8 月	–15.35%	–5.86%	48.02%	58.24%	伊拉克入侵科威特
1999 年 4 月	–4.34%	–2.15%	17.92%	22.22%	OPEC 减产
1999 年 6 月	–1.96%	–1.60%	1.13%	4.14%	OPEC 减产
2002 年 4 月	–4.37%	–0.80%	6.73%	8.57%	伊拉克减产
2002 年 12 月	–6.30%	–2.40%	11.80%	16.39%	委内瑞拉石油工人罢工
2003 年 6 月	–2.61%	–1.16%	9.07%	6.92%	伊拉克的扩张，沙特减产
2006 年 7 月	1.15%	1.42%	4.88%	7.45%	OPEC 增产
2009 年 1 月	–2.78%	–1.31%	1.43%	8.74%	金融危机的供给波动
2011 年 2 月	–1.33%	–1.12%	–0.66%	7.46%	伊拉克的扩张，沙特减产
2011 年 3 月	–3.63%	–1.38%	16.12%	10.53%	利比亚遭受军事攻击
2016 年 11 月	1.30%	1.30%	–8.28%	–9.67%	OPEC 增产
最大值	–18.67%	–6.84%	48.02%	58.24%	
最小值	1.15%	–0.80%	–0.66%	4.14%	
绝对值的平均值	5.53%	2.34%	9.98%	13.39%	
绝对值的中间值	4.29%	1.42%	6.73%	8.74%	

由表 8.3 可以看出，历史上供给冲击的最大值为 OPEC 产量下降 18.67%，世界原油产量下降 6.84%；最小值分别为 1.15%、–0.80%。供给冲击所引起的国际油价波动最大值分别为 WTI 原油价格上涨 48.02%，Brent 原油价格上涨 58.24%；最小值分别为–0.66%、4.14%。

8.3.3 非突发事件下供给冲击的弹性测度

图 8.3 为 Brent 原油现货价格及世界原油产量趋势图。由图 8.3 原油价格和原油产量的历史数据趋势可以看出，二者之间具有明显的动态变化关系。

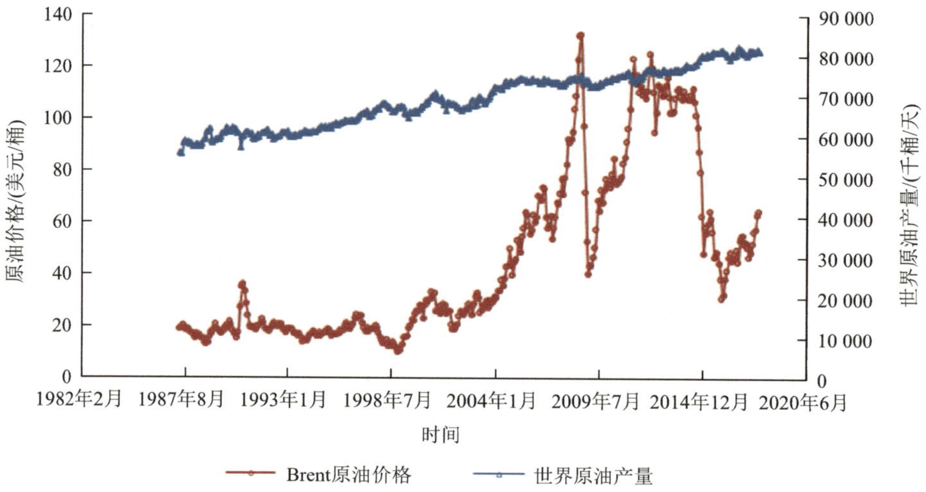

图 8.3　Brent 原油现货价格及世界原油产量趋势图

为了刻画二者之间的动态关系，本章构建以供给、消费、库存、美元指数和国际油价为变量的 TVP-SV-VAR 模型，变量平稳性检验、滞后阶数的确定及参数估计结果如表 8.4、图 8.4、表 8.5 和表 8.6 所示。表 8.4 中各变量的 ADF 单位根检验结果表明，供给、消费和库存在一阶差分后是平稳系列，因此，在建模前对各变量进行滞后一阶处理，将各变量调整为一阶单整序列。在构建 TVP-SV-VAR 模型时，选择模型的滞后阶数为 2，再次进行单位根检验。图 8.4 的 AR 单位根检验结果表明，所有特征值均在单位圆内，构建的 VAR 模型是稳定的。表 8.5 及表 8.6 参数估计的结果表明，参数的后验均值均处于 95%置信区间内，收敛性诊断 Geweke 检验的值均小于 1.96，表明在 5%的显著水平下不能拒绝收敛于后验分布的原假设，预烧抽样使得马尔可夫链趋于集中。以上统计结果表明，MCMC 对参数后验分布的抽样是有效的，结果是收敛的。因此，本章建立的 TVP-SV-VAR 模型参数估计是有效的。

表 8.4　各变量的 ADF 单位根检验结果

变量名	检验类型（c，t，n）	ADF 检验值	1%临界值	5%临界值	10%临界值	是否平稳
price	（c，0，1）	−1.636 496	−3.448 062	−2.869 241	−2.570 940	非平稳
D（price）***	（c，0，0）	−14.561 500	−3.448 062	−2.869 241	−2.570 940	平稳
production	（c，0，0）	−1.114 477	−3.448 012	−2.869 219	−2.570 928	非平稳
D（production）***	（c，0，0）	−20.657 970	−3.448 062	−2.869 241	−2.570 940	平稳
consumption	（c，0，14）	−1.976 509	−3.448 728	−2.869 534	−2.571 097	非平稳

续表

变量名	检验类型（c，t，n）	ADF 检验值	1%临界值	5%临界值	10%临界值	是否平稳
D（consumption）***	（c，0，13）	–4.962 318	–3.448 728	–2.869 534	–2.571 097	平稳
stock	（c，0，12）	–2.021 111	–3.448 622	–2.869 488	–2.571 072	非平稳
D（stock）***	（c，0，11）	–3.733 413	–3.448 622	–2.869 488	–2.571 072	平稳
dollar	（c，0，1）	–2.069 411	–3.448 062	–2.869 241	–2.570 940	非平稳
D（dollar）***	（c，0，1）	–12.326 540	–3.448 111	–2.869 263	–2.570 952	平稳

注：price 表示 Brent 现货价格；D（price）表示 Brent 现货价格的一阶差分；production 表示世界原油总供给量；D（production）表示世界原油总供给量的一阶差分；consumption 表示 OECD 原油总消费量；D（consumption）表示 OECD 原油总消费量的一阶差分；stock 表示 OECD 原油库存；D（stock）表示 OECD 原油库存的一阶差分；dollar 表示美元指数；D（dollar）表示美元指数的一阶差分；检验类型（c，t，n）中 c 表示常数项，t 表示趋势项，n 表示滞后阶数

***表示在 0.001 水平上显著

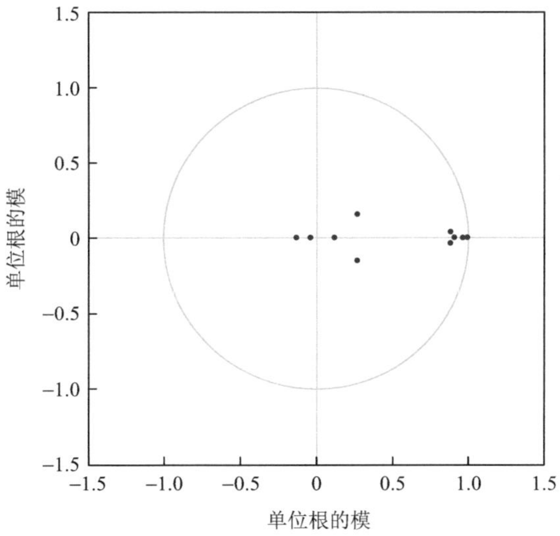

图 8.4　AR 单位根检验图

表 8.5　Johansen 检验结果

原假设成立条件下的协整关系数	特征值	迹统计量	5%临界值	p 值**
None*	0.410 016	579.084 1	69.818 89	0.000 1
At most 1	0.340 669	388.598 8	47.856 13	0.000 1
At most 2	0.259 448	238.231 9	29.797 07	0.000 1

续表

原假设成立条件下的协整关系数	特征值	迹统计量	5%临界值	p 值**
At most 3	0.190 630	129.802 2	15.494 71	0.000 1
At most 4	0.137 624	53.450 99	3.841 47	0.000 0

注：None 表示 0 个协整向量，At most 1 表示至少 1 个协整向量，At most 2 表示至少 2 个协整向量，以此类推
*表示在 0.05 的显著性水平下拒绝原假设；**表示 MacKinnon 等（1999）提出的临界值所得到的 p 值

表 8.6　TVP-SV-VAR 估计结果

参数	均值	标准差	95%上界	95%下界	Geweke 检验 Z 值	Geweke 检验 p 值
$\left(\sum_{\beta}\right)_1$	$9.094\ 92\times10^{6}$	$6.247\ 14\times10^{7}$	$8.052\ 5\times10^{6}$	$1.015\ 09\times10^{5}$	–0.279 060 4	0.780 198 5
$\left(\sum_{\beta}\right)_2$	$2.522\ 88\times10^{5}$	$1.706\ 26\times10^{6}$	$2.252\ 95\times10^{5}$	$2.809\ 64\times10^{5}$	–0.491 595 8	0.623 005 1
$\left(\sum_{\alpha}\right)_1$	0.027 991 37	0.013 054 28	0.013 442 99	0.054 800 58	0.751 294 4	0.452 475 8
$\left(\sum_{\alpha}\right)_2$	0.002 781 02	0.001 532 04	0.001 057 49	0.005 495 78	–0.752 568 1	0.451 709 5
$\left(\sum_{h}\right)_1$	0.034 199 71	0.011 352 74	0.019 338 29	0.056 293 63	–0.439 048 6	0.660 626 3
$\left(\sum_{h}\right)_2$	0.034 210 23	0.011 346 47	0.019 363 81	0.056 390 42	–0.443 500 4	0.657 403 8

1. 不同提前期的脉冲响应时变特征

本章选取 1 期、4 期、8 期、12 期分别表示短期（1 期和 4 期）、中期（8 期）、长期（12 期）的脉冲响应。从图 8.5 不同提前期的脉冲响应动态演化图可以看出，短期内给石油供给量随机扰动项 $\varepsilon_{\text{production}}$ 1 个标准差的冲击，对国际油价在 1 期的影响是负向的，为–0.026～–0.02，但在第 4 期后的影响是正向的，为 0.01 左右；第 8 期、第 12 期趋于零，响应消失。短期内给石油消费量随机扰动项 $\varepsilon_{\text{consumption}}$ 1 个标准差的冲击，国际油价在 1 期后的影响是正向的，为 0.016～0.018，但在第 4 期的影响是负向的，为–0.001 左右；第 8 期、第 12 期趋于零，响应消失。这是因为当期处于一个低油价状态，购买力提高，刺激了过度的石油消费，但传导到价格中需要一定的滞后期。短期内给库存随机扰动项 $\varepsilon_{\text{stock}}$ 1 个标准差的冲击，国际油价在 1 期后的影响是负向的，为–0.082～–0.07，但在第 4 期的影响为正向的，为 0.005，第 8 期、第 12 期趋于零，响应消失。短期内给美元随机扰动项 $\varepsilon_{\text{dollar}}$ 1 个标准差的冲击，国际油价在 1 期后的影响是负向的，为–0.05～–0.04 左右，但在第 4 期、第 8 期、12 期趋于零，响应消失。

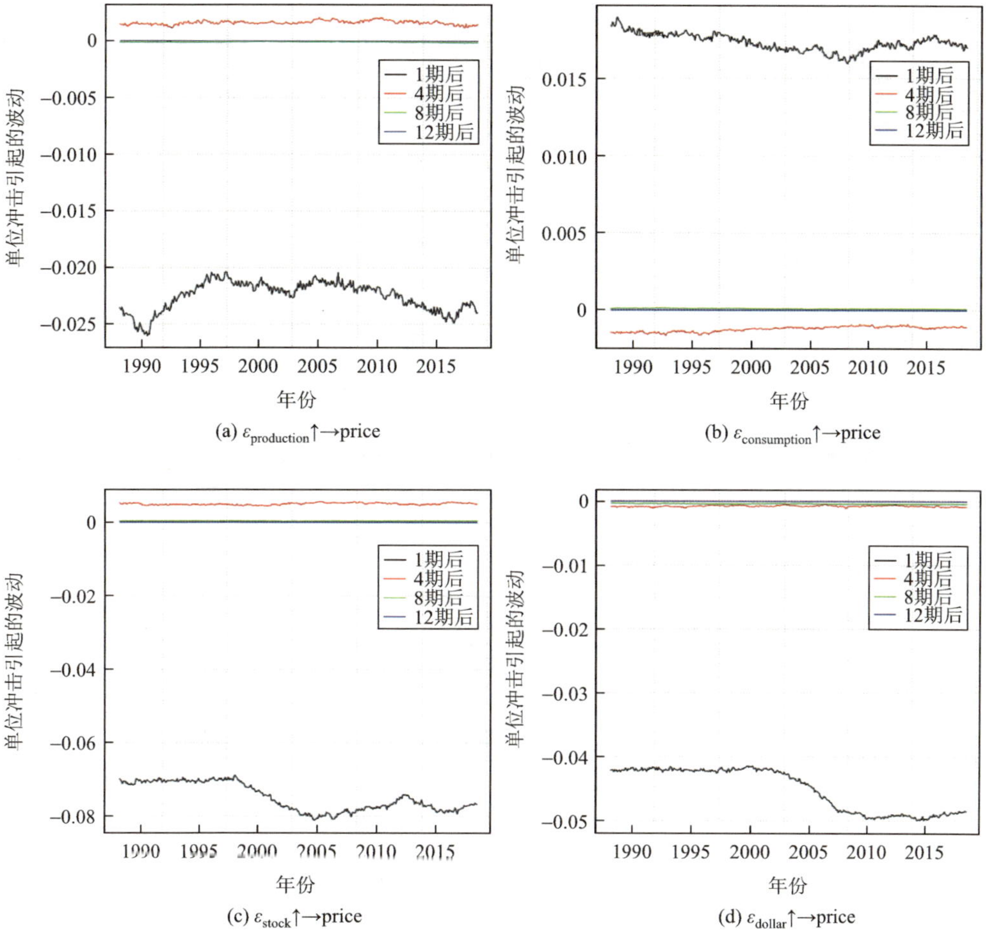

图 8.5　不同提前期的脉冲响应动态演化图

2. 不同时点的脉冲响应时变特征

在时点的选取方面，综合考虑后选取 2003 年 4 月伊拉克战争、2008 年 7 月金融危机、2016 年 11 月 OPEC 减产声明三个时间点，因为这三个时间点的突发事件导致的变量随机波动率较大。同时，这三个事件分别代表了地缘政治、经济发展、OPEC 减产声明三个不同的事件属性。

从图 8.6 可以看出，在 2003 年 4 月给供给一个正向的脉冲，油价在第 1 期迅速做出负向的反应，并在第 2 期达到峰值，在第 4 期开始衰减后趋于 0。同时，此时间点给库存一个正向的脉冲，油价在第 1 期也迅速做出负向的反应，在第 3 期开始衰减后趋于 0。这是因为 2003 年伊拉克战争导致石油供应短暂中断，各国家和相关机构增加库存以抵御风险，价格迅速上涨。在 2008 年 7 月给消费一个正向的

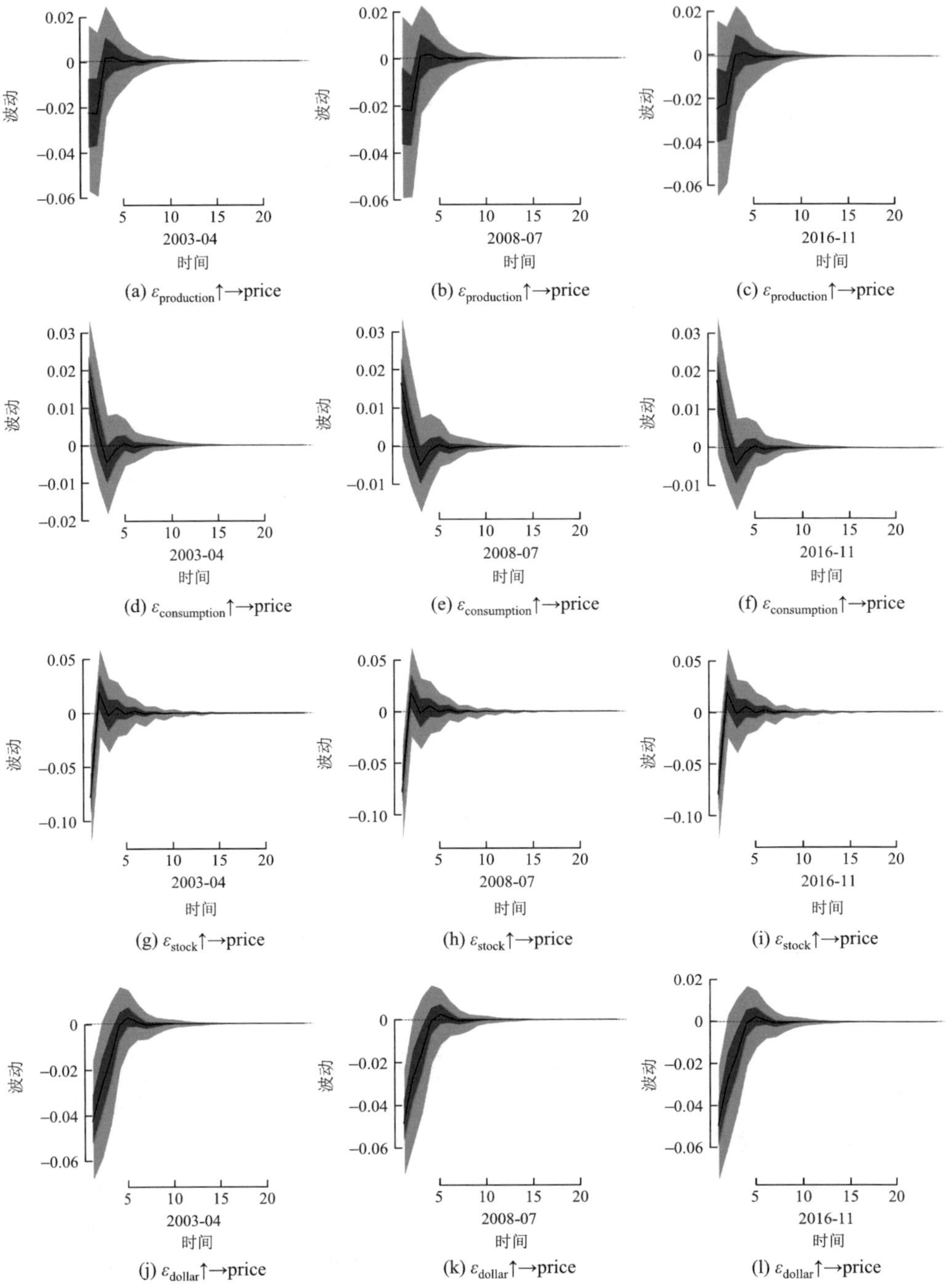

图 8.6　不同时间点的脉冲响应图

每个脉冲图中从上到下的线依次表示 5%、25%、50%、75%和 95%分位数的结果脉冲，油价在第 1 期迅速做出正向的反应，第 3 期为较小的负值，在第 4 期开始衰减后趋于 0。同时，此时间点给供给一个正向的脉冲，油价在第 1 期迅速做出负向的反应，在第 2 期达到最大，第 3 期开始衰减后趋于 0。此时，给美元指数一个正向的冲击，油价在第 1 期迅速做出负向的反应，第 4 期开始衰减后趋于 0。这是因为 2008 年全球爆发金融危机使得世界经济陷入恐慌，购买力下降，产量也下降。在 2016 年 11 月给库存一个正向的脉冲，油价在第 1 期迅速做出负向的反应，在 3 期开始衰减后趋于 0。同时，此时间点给供给一个正向的脉冲，油价在第 1 期也迅速做出负向的反应，在 3 期开始衰减后趋于 0。这是因为 OPEC 减产协议导致供给增加、库存增加、油价下降。综上所述，在三个时间点给供给、库存和美元指数正向的冲击，油价的当期脉冲响应是负向的；给消费正向的冲击，油价的当期脉冲响应是正向的。

从上述分析结果可以看出，供需是影响油价的决定性因素。原油供给的变化会导致油价的巨变，供给弹性大于需求弹性。原油需求的短期特点表现出典型的高收入弹性、低价格弹性。当期原油需求会通过滞后期的油价表现出来。库存是供需的调节器，也是市场投机者获利的途径。原油价格过高时，说明供求关系紧张，需要石油公司或政府抛售库存平衡供需，降低油价；相反，当油价偏低时，说明市场供过于求，石油公司会增加库存，拉高油价。高油价期间，库存会减少；低油价期间，库存将增加。美元作为国际石油市场的主要结算货币，美元指数的涨幅影响着原油生产国的利益。美元贬值，以美元为交易货币的商品价格上涨，所以当期美元贬值，油价上涨，美元指数和油价之间存在长期的负向关系。

根据本章测算出的供给冲击脉冲响应结果以及总结的历史供给冲击数据，8.3.4 节对伊朗制裁可能导致的供给缺口进行了情景设置。

8.3.4　若美国对伊朗开启第二轮制裁导致全球石油供需失衡的情景分析

1. 情景一：美国和伊朗发生战争

若美国对伊朗实施石油制裁，发生战争，伊朗石油供应将出现短期缺失。战争的爆发，势必导致霍尔木兹海峡关闭，将有可能影响到沙特、伊拉克等周边国家的石油出口量，从而影响到整个波斯湾的石油运输。霍尔木兹海峡位于伊朗东南沿海，是波斯湾国家石油出口的关键通道。据 IEA 统计，截至 2018 年 7 月霍尔木兹海峡年运输量占全球海运石油交易总量约 30%。同时，途经该海峡的石油约 85%以上出口到亚洲的日本、印度、韩国和中国等国家。如果波斯湾被封锁，将会影响整个中东的石油供应，而不仅是伊朗的石油出口。此时，国际油价将会短期内飙升。

此情景下国际油价波动情况将视战争规模及结果而定。第一种战争情况，若美国全面进攻伊朗并在短期内颠覆伊朗政权。类似于 2003 年美国对伊拉克战争，在战争前期油价会大幅上涨，但战争后期油价可能下跌。首先，从 2017 年夏天至 2018 年 8 月油价上涨了 70%，市场的预期已经包含在历史的油价上涨之中。其次，其他产油国及美国页岩油等的生产商已开始增产。类似于 2003 年美国伊拉克战争后期，伊拉克的石油产量在战争前后出现“V”形翻转，导致市场预期供给量增加而促使油价回落至战前水平。最后，油价的上涨对美国通货膨胀冲击极大，美国政府不愿看到“大选前”通胀持续加大而影响经济复苏的事情发生，这也是在美国对伊朗新制裁的“缓冲期”内美国政府督促沙特等国增产的原因，目的是在最严厉制裁伊朗的前提下使自己的损失降到最低。

第二种战争情况，若美国与伊朗发生小范围战争，并使得霍尔木兹海峡关闭，可能会导致油价迅速飙升。首先，伊朗的原油出口量降为 0，霍尔木兹海峡通道关闭将导致短期世界石油的供需失衡，油价将在短期内飙升，但鉴于伊朗的经济及国内不稳定的状态，霍尔木兹海峡将会在局部战争后的短期内重新开放。长期来看，在需求减缓的状况下，油价将会回落在 55～65 美金/桶的范围内。

但是，情景一为小概率事件。因为在美国对伊朗连续 40 余年不间断的制裁背景下，两国应对此类事件的经验均比较成熟。2012 年美国对伊朗的制裁期间也提出过伊朗封锁霍尔木兹海峡的预案，但最终未能发生，国际油价在此期间的涨跌幅都在正常波动范围之内。此外，如果霍尔木兹海峡关闭，伊朗本国在经济上也会受到很大的影响。据估计，伊朗的海运进出口货物约 90%，而海上贸易的绝大部分都要经由霍尔木兹海峡。

由表 8.3 分析可以看出，历史供给冲击的最大情况为–6.84%，国际油价的最大涨幅为 58.24%，故本章在此情景下设定世界石油供应下降 7%左右。据测算，若此情景发生，国际原油价格短期内将上涨 50%～100%，若引起大面积连锁反应甚至可能上涨 200%。以 2018 年 8 月 Brent 国际原油现货价格 77 美元/桶左右为基准，短期内国际油价将会上涨到 115～154 美元/桶。

2. 情景二：美国和伊朗未发生战争，美国达到使伊朗石油零输出的目标，其他海湾国家石油输出不受影响

如果在美国政府的威胁下，伊朗石油出口量下降为 0，在其他产油国不增产的情况下，OPEC 的产量将相对下降 10%，全球石油出口供应相对下降 5%。若此时其他产油国扩大生产，则可以在短期内应对伊朗出口量为 0 所带来的供应缺口危机。短期内，油价将在可控范围内上升，但依旧会造成原油部分供应缺失。据

IEA 估算，2018 年 7 月 OPEC 组织及其同盟可用于应急的闲置产能约 340 万桶/天，其中大部分由沙特控制。如果实施 OPEC 增产 100 万桶/天的计划，沙特将增产到 1080 万桶/天左右，这意味着闲置产能将被消耗大约 40%。因此，全球应急产能将仅剩全球供应的约 2.6%。同时，考虑到利比亚及委内瑞拉现有的生产情况，这种应急产能在长期是十分危险的。此外，美国虽然一直大力推动页岩油的发展，增大本国石油产量，但基本是供国内使用，尚不具备大量出口的能力。但随着天然气等清洁能源和新能源对化石燃料的替代逐渐加强，长期可能的石油供应缺口将会通过全球一次能源消费结构的调整达到总体的供需平衡。所以，此情景下，短期内全球石油的供给下降 4%左右，加上应急产能的减小，油价上涨的市场预期加大，油价将在短期之内波动上涨后维持平衡。

但是，情景二也为小概率事件。因为在美中贸易争端、俄美争端、美国难以解决印度供给缺口、土耳其金融风暴及美土争端等一系列现状下，伊朗石油出口占比最大的几个国家很难听从美国的要求。根据表 8.3 可以发现，当全球石油供给下降 4%左右时，油价上涨幅度为 12%～20%。当历史供给冲击为 4%左右时，最大的油价涨幅为 21.28%。故在此情景下，假定短期内全球石油的供给下降 4%左右时，国际原油价格短期内将上涨 20%～25%。以 2018 年 8 月 Brent 国际原油现货价格 77 美元/桶左右为基准，短期内国际油价将会上涨到 92～97 美元/桶。

3. 情景三：美国和伊朗未发生战争，中国、印度、土耳其等国家依然部分进口伊朗石油

据报道，印度和土耳其都曾表示不履行美国对伊朗制裁的要求。但 2018 年 7 月消息显示，印度国内最大的炼油企业信实工业（Reliance Industries）已经决定停止进口伊朗原油。而第二大民营炼油企业 Nayara Energy 也在准备与俄罗斯石油公司 Rosneft 进行合作，以便在 2018 年 11 月前彻底停止进口伊朗原油。从伊朗的石油贸易情况可以看出，中国等亚洲国家一直是伊朗石油出口的主要输出地，中国约占伊朗石油出口量的 1/4。2012 年美国对伊朗制裁期间，欧洲、日本、韩国都曾停止从伊朗进口原油，但印度和中国保持从伊朗进口 100 万桶/天，使得 2012 年的油价保持稳定状态。若美国对伊朗实施制裁，能够确认维持从伊朗进口的，只剩下中国。按伊朗的出口量 240 万桶/天计算，2018 年 11 月以后，除掉中国 60 万桶/天（这个数字可能受航运、保险等问题影响），伊朗的出口量可能下降 180 万～240 万桶/天。此外，除了伊朗，从 2017 年 8 月，委内瑞拉原油产量已明显下降，从 200 万桶/天降为 140 万桶/天，其原油产量呈螺旋式下降的风险没有停止，预计到 2018 年底还要继续下滑 40 万桶/天。在此情景下，短期内全球石油的供给下降 2%左右，油价将短期小幅上涨后恢复平稳。

情景三为大概率事件。第一，高油价对产油国和美国页岩油企业有利，但对

美国经济不利。自 2018 年 1 月至 7 月，美国平均汽油价格上涨了近 16%，导致通胀率增加，美国加息等货币政策将受影响，美国经济甚至具有衰退风险。第二，美国实施伊朗制裁的目标是推涨油价。2018 年 7 月油价相较于 2017 年同期上涨了 70%，这说明制裁可能已被考虑在定价中。第三，自 2014 年美国页岩油产量剧增造成油价崩盘以来，Brent 原油价格还未高于 70 美元。同时，2018 年交割的石油期货也明显低于 70 美元，市场出现了反常现象——“深度现货溢价”。历史数据分析显示，这种现象下油价回落的可能性更大。第四，根据测算结果，目前原有价格体系中，原油价格对需求变动敏感度更大，对供给变动敏感度较小。伊朗制裁对全球供需的影响小于全球经济发展和其他产油国行为变化的影响。但受市场预期影响，油价将会小幅上扬。

根据表 8.3 的结果，历史供给冲击导致的全球石油供给下降均值为 2.34%，国际油价涨幅均值为 9%左右，且历史上世界石油供给缺口为 2%左右时，油价涨幅的最小值为 4.77%，最大值为 22.22%。故在此情景下，假定短期内，全球石油的供给下降 2%左右，国际原油价格将上涨 5%～15%。按 2018 年 8 月 Brent 国际原油现货价格 77 美元/桶左右为基准，短期内国际油价将会上涨到 81～89 美元/桶。

4. 情景四：美国对伊朗实施制裁力度降低，OPEC 其他产油国增产但只能补足部分缺口

2018 年 10 月沙特的记者事件增加了未来原油市场的不确定性，加上对伊朗制裁的临近，未来原油的供需平衡的基础相对脆弱。美国前财长姆努钦（S. Mnuchin）在接受路透社采访时称，必须减少伊朗石油购买量，且幅度要大于奥巴马政府时期的 20%以上（2013～2015 年），才能获得进口石油的豁免。由此可见，美国对于伊朗的石油制裁态度已经出现让步。美国曾威胁各国及企业暂停进口伊朗的原油，否则将面临美国的二级制裁，而随着美国对于伊朗制裁的不断加码，受此影响，多国均已向美国让步，包括日本、韩国、印度等国家都大幅减少或暂停了伊朗的原油进口。同时，欧洲众多企业因担心制裁，陆续退出伊朗市场，这严重打击了伊朗的石油产业，伊朗的原油产量和出口量也是不断下滑，国际原油市场的供需缺口进一步被拉大。伊朗石油供应的减少，推升了国际原油价格的不断上涨。美国曾将希望寄托于沙特等 OPEC 产油国，但伊朗、委内瑞拉和安哥拉石油产量的下降抵消了沙特的增产。IEA 署长 F. Birol 表示，其他产油国难以弥补对伊朗制裁导致的供应缺口，油价可能继续上涨。此情景下，短期内，全球石油的供给将下降 1%以下。

情景四为大概率事件。此情景下国际原油局势明显，美国政府对于油价上涨

问题非常急迫，国际原油价格的快速上涨，同样带动了美国本土汽油价格的上涨，这将使美国人在汽油上的花销增多，很有可能会影响到美国中期选举。故美国政府可能会暂缓制裁力度，稳定中期选情。

由表 8.3 可以看出，历史供给冲击为 1%左右时，Brent 国际油价的涨幅区间为–0.6%～8%。故在此情景下，设定世界石油供给下降 1%。据测算，油价将短期小幅上涨后恢复平稳。短期内油价将上涨 2%～8%。按 2018 年 8 月 Brent 国际原油现货价格 77 美元/桶左右为基准，国际油价将会上涨到 79～84 美元/桶。表 8.7 对以上冲击的情景设置进行了总结。

表 8.7　供给冲击情景设置

项目	情景一	情景二	情景三	情景四
世界石油供应	–7%	–4%	–2%	–1%
油价涨幅	50%～100%（200%）	20%～25%	5%～15%	2%～8%
短期油价/(美元/桶)	115～150	92～97	81～89	79～84

8.3.5　油价波动对宏观经济的影响

中国已进入经济转型阶段，消费结构升级导致资源需求增大。首先，中国的石油主要依靠进口，对外依存度逐年增大。同时，由于中国高耗能产业所占比重较高，单位 GDP 能耗较大，经济发展与环境保护问题的矛盾仍然突出。其次，现阶段中国还没有完备的石油市场体系。因此，油价的大幅波动将会对中国经济的发展产生较大冲击。

1. 油价上涨减缓经济增长

为了研究分时段国际油价对中国宏观经济的冲击，本章以 2008 年 6 月为分界点（样本期内油价最高），分析高油价前后国际原油价格波动对中国宏观经济冲击的不同影响。以 2008 年 6 月的油价为分割点的原因在于：一是该时点的油价是自 1992 年以来国际油价涨跌的一个重要分水岭；二是 2008 年是世界经济环境及中国经济增长方式发生转变的一年。因此，本章将整个数据区间作三类划分，s_0 表示全数据区间，为 1992 年第一季度至 2018 年第二季度（1992 年 1 月至 2018 年 6 月）；s_1 表示油价上涨时期，数据区间为 1992 年第一季度至 2008 年第二季度（1992 年 1 月至 2008 年 6 月）；s_2 表示油价下跌与波动整合时期，数据区间为 2008 年第三季度至 2018 年第二季度（2008 年 7 月至 2018 年 6 月）。考虑到混频数据的特征和实证计算的可得性，未考虑油价短期小幅涨跌。表 8.8 是基本统计描述，其中 lgdp 和 lprice 分别表示对 GDP 和油价取对数后的数据。

表 8.8　基本统计描述估计结果

变量	观测值	均值	标准误	偏度	峰度	Jarque-Bera 统计量	概率 p 值
lgdp_{s_0}	106	10.7630	1.0119	–0.1311	1.8772	5.8719	0.0531
lgdp_{s_1}	66	10.1019	0.6499	–0.2260	2.4692	1.3368	0.5125
lgdp_{s_2}	40	11.8402	0.3130	–0.3516	1.9851	2.6046	0.2719
lprice_{s_0}	318	3.6676	0.7092	0.0306	1.6729	23.3844	0.0000
lprice_{s_1}	198	3.2880	0.5713	0.7963	2.7370	21.4932	0.0000
lprice_{s_2}	120	4.3166	0.3678	–0.2928	1.8028	8.8806	0.0112

从表 8.8 可以看出，lgdp_{s_2} 和 lprice_{s_2} 均值明显大于其他样本期的变量，lgdp_{s_0} 和 lprice_{s_0} 的标准误明显大于其他样本期的变量。①偏度系数结果表明，lprice_{s_0} 和 lprice_{s_1} 为右偏分布，其他都是左偏分布；②从峰度看，所有变量的峰度均大于 0 小于 3，说明全部变量分布的凸起程度大于正态分布；③从 Jarque-Bera 统计量看，变量 lgdp_{s_0}、lgdp_{s_1}、lgdp_{s_2} 的相伴概率 p 值在 95%和 90%的显著性水平都不能拒绝零假设，结果表明这三个变量均为正态分布，其他为非正态分布。

一般而言，由于经济系统的惯性，宏观经济变量自身存在自相关。Stock 和 Watson（2003）发现仅包含解释变量的预测模型的预测结果，只比自回归模型好约 5%。将因变量的一阶滞后项作为自变量时，lgdp 与 lgdp(–1) 间相关系数高达 99.9%。但进一步加入 lgdp(–2)、lgdp(–3) 滞后变量后，变量不能通过 t 检验且 R^2 变化不大。说明加入因变量的滞后一阶是合理的。因此，构建 MIDAS-AR(1)模型是合理的。

在构建 MIDAS-AR(1)模型时选用 Beta 权重函数，不限制 Beta 权重函数的参数个数及范围。基于 BFGS（Broyden-Fletcher-Goldfarb-Shanno）算法的初始算符优先文法（operater precedence grammar，OPG）迭代进行优化，收敛容忍度为 0.001，最大迭代次数为 500，选择 Hessian-observed 信息矩阵。考虑到模型估计参数的准确性及包含样本信息的完整性，模型选择最大滞后阶数为 12。最后，根据 t 统计量和 F 统计量的检验结果确定低频变量和高频变量最终的滞后阶数。

构建的 MIDAS(m,k)-AR(1)模型如下：

$$\text{lgdp}_{s_\tau,t}=\alpha_{s_\tau}+\beta_{s_\tau}\text{lgdp}_{s_\tau,t-1}+\lambda_{s_\tau}\sum_{j=1}^{12}w_{s_\tau,j/m}(\theta)\text{lprice}_{s_\tau,t-j/m}+\varepsilon_{s_\tau} \qquad (8.10)$$

其中，$\text{lgdp}_{s_\tau,t}$ 为第 s_τ 时段的 GDP（$\tau=0,1,2$ 分别代表 s_0、s_1 及 s_2 时段）；$\text{lprice}_{s_\tau,t-j/m}$ 为 s_τ 时段滞后 j/m 期的国际油价；$w_{s_t,j/m}(\theta)$ 为参数 θ 的权重函数。参数估计结果见表 8.9。

表 8.9　MIDAS-AR 模型回归结果

参数	估计值	参数	估计值	参数	估计值
α_{s_0}	0.195 222 [5.690 682]	α_{s_1}	0.359 220 [4.678 522]	α_{s_2}	0.251 513 [1.919 162]
β_{s_0}	0.977 921 [197.959 0]	β_{s_1}	0.954 677 [91.762 53]	β_{s_2}	0.983 969 [101.391 6]
λ_{s_0}	0.020 854 [2.965 280]	λ_{s_1}	0.041 676 [3.460 243]	λ_{s_2}	–0.008 283 [–0.980 356]

注：方括号中的数值表示 t 检验值

从表 8.9 可以看出，国际油价波动对中国经济的影响具有显著的翘尾效应（惯性），上一期会影响当期的产出，影响效应平均约为 0.977 921%。在全样本 s_0 区段，油价波动对中国 GDP 存在正向动态总乘数效应，即油价上涨 10%，中国 GDP 增加 0.208 54%。

分段结果表明，s_1 与 s_2 两个样本期内国际油价对中国 GDP 的影响效应相反。在 s_1 时间段，国际油价对中国 GDP 的影响具有正向动态总乘数效应，当油价上涨 10%时，中国 GDP 将增加 0.416 76%；相反，在 s_2 时间段，国际油价对中国 GDP 的影响具有负向动态总乘数效应，当油价上涨 10%时，中国 GDP 将减少 0.082 83%。这说明国际油价对中国经济发展存在非对称的影响效应。同时，国际原油价格上涨对经济的影响程度大于下降的影响程度。但在全样本区间，观察不到油价冲击对宏观经济的非对称效应。

因为 s_1 时段中国仍处于工业化和城镇化阶段，经济持续增长（林伯强，2010）。石油产品消费持续增加，导致国内石油供需缺口持续扩大。从石油市场的情况来看，中国作为石油进口大国，2018 年对外依存度达到 70.9%。中国以投资拉动经济增长的方式导致了 GDP 较高的增长率。而在能源消费面，国内煤炭的消费量远大于石油的消费，供需两方面的共同作用使得国际油价上涨造成的紧缩尚未大到冲击中国经济增长的惯性。Prasad 等（2007）发现国际油价对经济的影响为正，他们认为是国内产出低于潜在产出水平、实际产出还没有达到油价对经济造成负向影响的阈值导致的。

在 s_2 时段，国际油价上涨拉低中国的 GDP。随着中国经济进入“新常态”发展阶段，经济增速逐步放缓，油价上涨。例如，油价上涨对石油行业具有促进作用，但对交通运输业等行业的影响是负的。总体而言，油价上涨会导致经济活动成本上升，包括整个运输、生产和生活成本的上升，进而导致相关产品价格上涨，最终由消费者承担，使消费者减少相关消费支出。因此，国际油价波动对中国经济的负面影响将是全面的，油价的持续推涨将导致经济萎缩。

2018 年，不断飙升的国际油价导致中国外汇支出增加、企业成本加大、居民消费支出增加，对中国经济的发展产生了一定的负面影响。测算结果显示：在全样本下，情景一下，2018 年国际原油年均价上涨 50%～100%，正常情况下将导致中国 GDP 增速增加 2.08%～2.09%；情景二下，2018 年国际油价年均价上涨 20%～25%，中国 GDP 增速将增加 0.4%～0.5%；情景三下，2018 年国际原油年均价上涨 5%～15%，中国 GDP 增速将增加 0.1%～0.3%；情景四下，2018 年国际原油年均价上涨 2%～8%，中国 GDP 增速将增加 0.04%～0.1%。在分段情况下，情景一下，2018 年国际原油年均价上涨 50%～100%，正常情况下将导致我国 GDP 增速降低 2.08%～4.17%；情景二下，2018 年国际原油年均价上涨 20%～25%，将导致中国 GDP 增速降低 0.8%～1%；情景三下，2018 年国际原油年均价上涨 5%～15%，中国 GDP 增速将降低 0.2%～0.6%；情景四下，2018 年国际原油年均价上涨 2%～8%，中国 GDP 增速将降低 0.08%～0.3%。

国际油价作为重要的经济变量，如果发生情景一和情景二下的异常上涨必将导致宏观经济发展不确定性加大，增加中国经济转型升级的难度和复杂性。但在情景三和情景四大概率发生的背景下，美国对伊朗制裁引起的国际油价波动对我国经济增速的影响尚在可承受范围之内。

2. *油价上涨加剧潜在通胀压力*

Brent 原油价格与中国 CPI 的 NARDL 模型如下：

$$\begin{aligned}\Delta y_t = &-0.0946y_{t-1} + 0.0066x_{t-1}^{+} + 0.0005x_{t-1}^{-} + 0.2314\Delta y_{t-1} \\ &+ 0.0025\Delta x_t - 0.0106\Delta x_{t-1} - 0.0108\Delta x_{t-2} + 0.4305\end{aligned} \tag{8.11}$$

长期油价上升系数 $L^{+} = 0.0692$，长期油价下降系数 $L^{-} = 0.000\ 56$，协整检验结果 $F_{\text{pss}} = 7.8737$。

从一般假设出发，本章依据 AIC 指标选取了非对称分布滞后模型的最佳滞后阶数，构建了 NARDL(2,3)的模型形式。从表 8.10 的检验结果可知，在 5%置信水平下模型显著地拒绝了长期对称性的假设，但是并未显著拒绝短期对称性的假设，即在长期中，石油价格的上涨和下跌对中国整体物价水平的影响存在着显著的非对称效应，而在短期中这一非对称关系却不存在。因此，本章采用了长期非对称、短期对称的 NARDL 模型形式对 CPI 与原油价格间的关系进行了具体研究。

表 8.10　长期及短期非对称性的 Wald 检验结果

指标	F 检验
长期 Wald 检验 W_{LR}	20.1107*** （0.0000）
短期 Wald 检验 W_{SR}	2.1574 （0.1434）

注：括号中标注的是估计的 p 值

***表示在 1%的水平下统计显著

表 8.11 中展示了 Brent 油价冲击对 CPI 影响的估计结果。分时期来看，短期中，国际油价对 CPI 的影响存在着一定的滞后效应。油价的外部冲击虽然在当期未能对 CPI 造成明显影响，但在随后的两个月中这种影响效应将会不断释放，并且在总体上对 CPI 具有较为明显的负向作用。而在长期中，油价的外部冲击对我国整体的物价水平具有明显的非对称影响关系。具体来看，Brent 油价每上涨 1%，CPI 将在长期中平均上涨 0.0692%。Brent 油价每下降 1%，CPI 将在长期中平均下降 0.0056%，但是这种负向冲击的影响在长期中却不显著。结合图 8.7 进一步可知，CPI 对 Brent 价格变动的反应相对迅速并且具有渐进演变的趋势。相比之下，同比例的油价上涨较油价下降而言对我国 CPI 的影响呈现出了更长的收敛周期。即 CPI 对油价上涨冲击的“消化”需要更长的时间周期。这也在一定程度上佐证了油价在长期中对于我国物价水平影响的非对称性关系。

表 8.11　NARDL 模型估计和检验结果

长期非对称、短期对称 NARDL(2, 3)模型	
参数名称	估计结果
ρ	–0.0946*** （0.0000）
θ^+	0.0066*** （0.0000）
θ^-	0.0005 （0.5882）
ΔCPI_{t-1}	0.2314*** （0.0003）
$\Delta Brent_t$	0.0025 （0.5582）
$\Delta Brent_{t-1}$	–0.0106** （0.0144）
$\Delta Brent_{t-2}$	–0.0108** （0.0123）

续表

长期非对称、短期对称 NARDL(2, 3)模型	
参数名称	估计结果
C	0.4305*** （0.0000）
L^+	0.0692***
L^-	0.0056
F_{pss}	7.8737***
T_{BDM}	–4.8155***

注：①括号中标注的是估计的 p 值；② F_{pss} 和 T_{BDM} 为边限协整检验的估计结果；③ L^+ 和 L^- 分别为解释变量的正向和负向冲击的长期系数估计值

***、**分别表示在 1%、5%的水平下统计显著

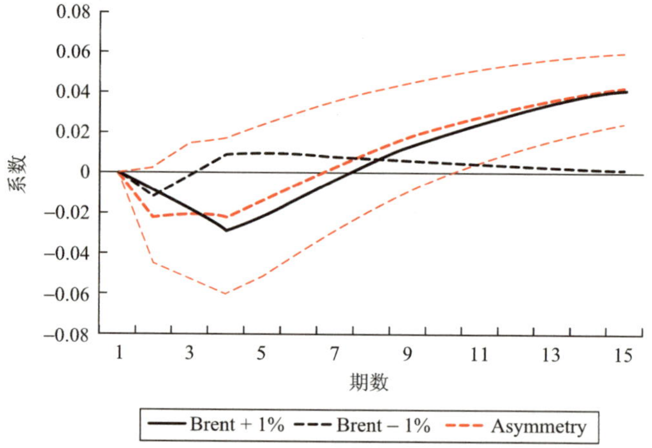

图 8.7　Brent 对 CPI 动态累计乘数效应

Asymmetry 表示不对称性；上下的红色虚线表示 95%置信区间

国际油价持续上涨，将导致中国国内能源价格、石油相关行业的产品价格提高，形成新的涨价因素。测算结果表明：在情景一下，2018 年国际原油年均价上涨 50%～100%，中国 CPI 将上涨 3.46%～6.92%；在情景二下，2018 年国际原油年均价上涨 20%～25%，将导致中国 CPI 上涨 1.38%～1.73%；在情景三下，2018 年国际原油年均价上涨 5%～15%，将导致中国 CPI 上涨 0.35%～1.04%；在情景四下，2018 年国际原油年均价上涨 2%～8%，将导致中国 CPI 上涨 0.14%～0.55%。

2005 年，食品价格作为推动消费物价的主要动力，涨幅略微放缓，但公共产

品及服务的价格、资源产品的价格大幅飙升。在当前的背景下，国际油价飙升必将导致强烈的通胀预期，并在一定程度上造成潜在通胀压力，从而加剧政策调控的难度。由此可见，国际油价大幅上涨必然对中国经济的发展产生负面影响，但经济转型过程中平稳增长的基本趋势并不会改变。主要原因包括：第一，当前中国正处在一个新的经济转型期，新的增长动力将长期存在。第二，相应的宏观经济调控措施将有助于缓解国内石油紧缺的现状，降低油价上涨造成的通胀压力。第三，现阶段油价上涨由多种偶然因素综合影响，不具有长期性特征。因此，长期而言，油价必将回落到一个相对合理的价位。第四，原煤仍然是中国能源消费结构中占比最大的，石油不具备主导力量。

8.3.6　结果分析

第一，PPM-KM 模型结果表明：1988 年 1 月至 2018 年 6 月期间，油价的历史突发事件约为 42 次，其中由供给冲击所引起的油价突变为 19 次。第二，TVP-SV-VAR 模型结果表明，世界石油供给下降 1%，国际油价将平均上涨 0.25%～0.45%。当给供给一个标准差的正向冲击之后，提前 1 期原油价格的脉冲响应是负的。当伊朗制裁等突发事件引起的供给冲击发生时，不同情景下国际油价将可能上涨 2%～100%。第三，MIDAS-AR 模型和 NARDL 模型的结果表明，油价上涨对中国经济有非对称影响。情景一和情景二下，异常大幅的油价上涨必然使得宏观经济走向的不确定性增大，加大我国经济转型升级的难度和复杂性。但在情景三和情景四大概率发生的背景下，美国对伊朗制裁引起的国际油价波动对我国经济增速的影响尚在可承受范围之内。国际油价大幅飙升对我国经济的负面影响是显而易见的，但目前的高油价并不会改变中国经济转型平稳增长的基本趋势。

8.4　本 章 小 结

本章以美国对伊朗石油制裁突发事件为例，构建了石油 SS-PV-EI 研究框架，分析了石油供给冲击可能导致的国际油价波动情景及其对中国经济的影响。主要研究结论如下。

（1）通过 PPM-KM 模型和历史事件分析法提取并分析历史突变点，筛选出历史的供给冲击事件。结果表明：1988 年 1 月至 2018 年 6 月期间，油价的历史突发事件约为 42 次，其中由供给冲击所引起的油价突变为 19 次。

（2）通过 TVP-SV-VAR 模型估算出供给冲击对油价的时变弹性及脉冲响应，

并结合历史事件分析方法，合理设定了美国对伊朗进行石油制裁可能导致的不同供给缺口情景，并测算了相应的油价涨幅区间。结果表明，世界石油供给下降 1%，国际油价将平均上涨 0.25%～0.45%。当给供给一个标准差的正向冲击之后，提前 1 期原油价格的脉冲响应是负向的。当伊朗制裁等突发事件引起的供给冲击发生时，不同情景下国际油价将可能上涨 2%～100%。

（3）基于 MIDAS-AR 模型测算油价上涨对中国经济的非对称影响。考察期内的全样本，在情景一下：2018 年国际原油年均价上涨 50%～100%，正常情况下将导致我国 GDP 增速增加 2.08%～2.09%。在情景二下：2018 年国际原油年均价上涨 20%～25%，将导致我国 GDP 增速增加 0.4%～0.5%。在情景三下：2018 年国际原油年均价上涨 5%～15%，将导致我国 GDP 增速增加 0.1%～0.3%。在情景四下：2018 年国际原油年均价上涨 2%～8%，将导致我国 GDP 增速增加 0.04%～0.1%。考察期内的分段情况，在情景一下：2018 年国际原油年均价上涨 50%～100%，正常情况下将导致我国 GDP 增速降低 2.08%～4.17%。在情景二下：2018 年国际原油年均价上涨 20%～25%，将导致我国 GDP 增速降低 0.8%～1%。在情景三下：2018 年国际原油年均价上涨 5%～15%，将导致我国 GDP 增速降低 0.2%～0.6%。在情景四下：2018 年国际原油年均价上涨 2%～8%，将导致我国 GDP 增速降低 0.08%～0.3%。情景一和情景二下，异常大幅的油价上涨必然导致宏观经济走向的不确定性增大，加大我国经济转型升级的难度和复杂性。但在情景三和情景四大概率发生的背景下，美国对伊朗制裁引起的国际油价波动对我国经济增速的影响尚在可承受范围之内。

（4）基于 NARDL 模型测算油价上涨对中国 CPI 的非对称影响。结果表明，在情景一下，2018 年国际原油年均价上涨 50%～100%，中国 CPI 将上涨 3.46%～6.92%；在情景二下，2018 年国际原油年均价上涨 20%～25%，将导致中国 CPI 上涨 1.38%～1.73%；在情景三下，2018 年国际原油年均价上涨 5%～15%，将导致中国 CPI 上涨 0.35%～1.04%；在情景四下，2018 年国际原油年均价上涨 2%～8%，将导致中国 CPI 上涨 0.14%～0.55%。国际油价大幅飙升对我国经济的负面影响是显而易见的，但目前的高油价并不会改变中国经济转型平稳增长的基本趋势。

根据研究结论，提出如下政策建议。

（1）提前采取相应措施，加快全球能源监测预警系统的研发。减少因原油进口成本上升造成的输入型通胀压力。同时，国际油价大幅上涨将加大中国输入型通胀压力，明显提高国内物价水平，可能影响货币政策的制定乃至汇率稳定。此外，加快能源结构调整，加大天然气和煤炭等的替代作用，并加大研发投入，促进化石燃料清洁化。

（2）增加国内油气勘探开采投资和技术水平研发，提高国内油气产量，进一步优化国家石油战略储备方案。建议增加国内油气勘探开采投资，保障国内原油生产的稳定。同时，中国页岩油资源量十分丰富，位居世界前列，可学习和借鉴美国经验与技术，加快页岩油等非常规能源的开发与生产，发挥其对石油的替代作用。

（3）进一步加强与欧盟、印度、俄罗斯等国家和经济体的合作，反制美国“长臂管辖”。中国、欧盟、印度、土耳其等国家和经济体是伊朗主要原油出口地区，美国重启对伊朗制裁对这些国家的影响最为直接。其中，截至 2018 年 7 月伊朗对欧盟的石油出口量约占其总出口量的 20%。借鉴欧盟的措施，制定相应的阻断法案，保护国内企业的正当利益。

（4）联合美国、欧盟、日本、印度等主要原油消费国，促使 OPEC 增加原油产量。弥补伊朗供应减少的缺口，缓解国际原油供需紧张局势。参考 2012～2015 年西方对伊朗制裁期间的情景，美国对伊朗制裁可能将使伊朗减少 100 万桶/天的原油出口；而若伊朗原油出口出现完全中断，国际石油市场将减少约 250 万桶/天的原油出口。这将大大加剧目前国际原油市场供需紧张局势。

本章选取美国对伊朗实施石油制裁为例，基于四种情景探讨原油市场供给侧冲击对中国宏观经济的影响，如今回顾当时的实际情况，与本书设置的情景四的预测结果相符。

第9章　总结与展望

9.1　研究总结

本书从理论上提出了一个新的原油市场驱动机制及供需冲击建模分析方法论。针对现阶段全球能源转型趋势下，国际石油市场再次进入高度不确定性和强波动性的时期，以石油市场供需平衡及供应安全稳定为目标，以需求侧精细化分析和预测为突破口及分析基础，以市场导向的需求侧管理策略为手段，提出解决石油市场供需失衡应对策略。首先，考虑到全球能源转型趋势下，石油市场呈现出新的结构特征即“旧三角”到“新三角”的转换，世界石油供需形势新的变化，全球石油贸易的格局调整，构建国际油价系统驱动机理的分析框架，分析国际石油市场的新的结构特征。其次，在驱动机理分析的基础上，研究原油价格波动特征、波动风险及演化规律，特别是系统地研究在油价高度不确定性和强波动性时期出现的突变点及突发事件；同时，基于多源信息融合技术，加入网络搜索数据，搭建前沿分析预测模型库，通过对变量和模型的选择和集成，对油价系统的演化进行分析及预测，重点突破油价突变点推断及预测的理论难题。最后，分析突发事件导致的世界石油市场供需冲击所带来的价格波动及对中国经济发展的影响，为完善我国能源价格机制及构建能源预测预警平台提供理论依据。

本书主要的研究创新及特色包括以下五方面。

(1)“新三角”视角下的原油价格驱动机理分析。在新的石油市场结构及大数据背景下，现有变量选择及核心因素提取方法（如格兰杰因果检验、协整检验、相关或偏相关分析等）不能综合处理多个影响因素。同时，随着网络数据的应用，可能出现预测变量多但数据长度相对较短的情况，而现有方法在复杂大数据的处理，特别是稀疏性问题的处理上存在不足。从行为金融理论出发，网络搜索数据的引入在一定程度上考虑了投资者情绪对原油市场的影响。本书引入 Google Trends 等搜索数据，以刻画人类的行为，探究网络搜索数据对原油价格走势的可预测性。在“新三角”的视角下，通过提取并分析原油价格的核心影响因素，构建原油市场的动态机制分析模型，研究不同因素的动态影响效应。本书创新性地构建了 DBSTS 模型来考察核心影响因素的当期及滞后影响效应，并利用该模型对新结构下的原油市场进行了分析。首先，通过卡尔曼滤波方法对原油月度价格进行分解。其次，基于 SSR 方法提取油价的核心影响因素，分析新形势下的原油市场。最后，通过 BMA 方法来预测未来的油价走势，并与其他主流的预测方法进行比较。其中，SSP 被首次应用到原油价格核心影响因素的提取中，该模型能很好地解决变量稀疏性问题，避免胖回归。结果表明，全球原油供求和金融市场仍然是影响油价的主要因素。Google Trends 可以在一定程度上反映原油价格的变化。页岩油产量对油价的影响逐渐增大，但影响还相对较小。此外，DBSTS 模型可以识别历史数据中的转折点（如 2008 年金融危机），且具有较好的短期预测能力。具体而言，有以下几方面。

首先，利用卡尔曼滤波方法对原油月度价格进行分解，将数据分解成趋势项、季节项和回归项。不同于其他分解方法，该方法可以引入回归成分。结果表明，相较于趋势成分和季节成分，回归成分的波动更明显。特别是，从趋势成分和回归成分中可以看出，在 2008～2009 年和 2014～2015 年原油价格出现了两个明显的转折点，对应着历史上的突发事件是 2008 年金融危机和 2014 年国际原油供需关系出现严重的供应过量。在经济衰退期开始时（拐点附近），不包含解释变量的单变量时间序列模型产生了较大的累积绝对误差，而包含解释变量的结构时间序列模型的累积绝对误差仍然保持大致不变的速度。使用包含自变量的模型通常会比纯粹的单变量时间序列模型具有稍低的累积绝对误差。该方法的另一个优势是有助于解决转折点问题。因为研究者普遍认为，经济时间序列预测中最具挑战性的问题之一是预测转折点。

其次，利用 SSR 方法提取了石油价格的核心影响因素。由于不同历史阶段市场供求关系的不同，因此影响油价的核心因素也不同。在所有模型中，包含五个自变量的 DBSTS 模型出现的频数最高。后验包含概率最高的五个变量是原油价格的一阶滞后项、美国 PPI：能源：季调、实际美元指数：广义、美国原油商业库存、LME 铜期货收盘价。可以看出，近年来，全球经济发展和库存（原油市场供求）以及商品市场和货币市场（金融市场）已经成为影响油价变化的主要因素。然而，随着“新三角”时代的到来和网络数据的应用，搜索数据和美国页岩油产量已经成为当前阶段的新的主要因素。因此，本书在五个核心影响因素的基础上，加入这两个因素，构建了一个新的 DBSTS 模型。

Google Trends 代表的是市场关注度，关注度上升，意味着市场交易者对油价的关注增加，油价一定处于剧烈波动的状态，特别是在有突发的地缘事件发生时。这可以用行为金融理论进行解释，搜索数据反映了市场参与者的心理预期，影响油价波动。美国页岩油产量目前对油价的影响较小，未来对油价的影响程度将取决于其能否克服产能瓶颈。随着数据量的增大，越来越多的数据带来了胖回归，即变量的稀疏性问题。这为模型变量的选择和模型的不确定性带来了挑战，SSR 方法在解决该问题时具有一定的优势。

最后，利用 BMA 方法对石油价格进行了预测。本书比较了 DBSTS 模型与其他基准模型的预测精度。结果表明，DBSTS 模型具有较好的预测能力，特别是在短期预测方面。许多小模型的平均值往往比单个复杂模型具有更好的预测性能。DM 检验的结果显示，没有证据表明 DBSTS 模型明显优于基准模型。这是因为 DBSTS 模型在方法上本就与基准模型不同，该模型可以通过不同的预测因子和后验预测概率得到更多的信息。

（2）基于驱动机理的原油价格点值和区间值分析及预测。第一，基于变量选择-LSTM 集成模型的点值分析及预测。近年来，国际原油价格剧烈波动，数据特征也随之变得复杂，应用传统的计量经济模型对原油价格进行预测已不能完全反映其走势，相较于机器学习算法，预测偏差随之变大。现阶段发展的集成预测模型可以较好地集成这两类模型的优点，具有更好的预测优势。本书选取三种有代表性的特征提取方法：GLMNET、BMA 方法和 SSL 方法对核心影响因素进行评估和筛选，并比较分析不同模型的筛选结果。其次，将特征提取方法与新的 LSTM 模型相结合构建集成预测研究框架。最后，将 RW 模型、ARMA 模型、MLP 模型、ENN 模型、ELM 模型、WNN 模型、RBFNN 模型和 GRNN 模型与本书构建的集成模型的预测结果进行比较。同时，利用 RMSE、MAPE、DS 等模型评价指标对不同结果进行了对比分析。实证结果表明，变量选择-LSTM 集成模型在水平和方向预测精度上均优于基准方法。

第二，基于区间门限自回归方法的原油价格区间值分析及预测。现有的多数油价预测模型的核心是基于点值的输入和输出，这可能会导致波动信息的损失。为了解决这一问题，本书基于 Sun 等（2018a）的研究，提出 TARIX 模型来分析和预测区间值原油价格以弥补点值预测的信息损失。与基于点数据的方法相比，TARIX 模型同时捕获了价格趋势和波动的非线性特征，这种信息增溢可以使预测更准确。此外，在变量选择的基础上进一步分析了几种区间值影响因素和点值阈值变量，包括供求、库存、投机因素、货币市场、股票市场、商品市场、技术指标和搜索查询数据。实证结果表明，具有适当阈值变量的 TARIX 模型优于其他区间预测模型（ACIX、CR-SETARX、ARX 和 VARX）。在预测原油价格时，油价区间信息比油价水平信息更有价值，这与原油市场价格变动的事实相一致。

（3）重大突发事件冲击背景下的原油价格分析及预测。重大突发事件的冲击效应测算及价格拐点预测一直是学术界特别关心的热点和难点问题之一。本章提出了一个新的研究框架 GSI-BN 来分析重大突发事件对原油市场的冲击效应并预测不同事件发生时油价的走势。首先，基于 GSI 构建突发事件网络舆情关注度指标，确定不同种类的突发事件的时间窗。其次，引入贝叶斯网络，将突发事件简化到拓扑网络图上，细分突发事件并挖掘事件及其背后的条件概率，分析突发事件影响机制并预测其发生概率。最后，基于情景预判分析和预测不同情景下突发事件所导致的油价走势。实证结果表明，当供给和需求的月均增速都较高时，供需仍处于均衡状态，油价在低价格区间的概率最大；当供给冲击较大，需求处于正常水平增速时，油价处于中低价格区间的概率最大；需求侧方面，当金融危机发生时，原油消费量的次月增速绝对值在中速增长区间的概率最大；供给侧方面，两种或三种突发事件同时发生都是小概率事件。此外，随着 OPEC 致力于减产，全球石油需求走高。飓风对价格的影响相较于往年逐渐变小，金融危机对原油市场的影响是全面的，只有部分影响会通过需求冲击传导到价格。战争和 OPEC 会议都是短暂的供给冲击，更多的是反映了市场的预期，传导到价格时，不会产生较大的价差。本书为研究突发事件对原油市场的冲击效应及油价拐点提供了一个新的视角和方法。

（4）原油价格拐点时刻贝叶斯统计概率推断。本书对国际原油价格拐点分析及统计推断进行了探索性研究。首先，将幂律分布引入到原油价格拐点的分析中，基于贝叶斯统计的思想，以比较符合描述突变规律的泊松分布、幂律分布、对数-正态分布三种分布为先验分布，构建了国际原油价格拐点推断模型。其次，基于基本统计分析的思想和 PPM 来定义突变点，分别对原油价格的历史突变进行识别和分析。在基于 PPM 定义突变点时，构建了 PPM-KM 国际原油价格拐点分析集成模型。最后，在两种突变点定义和三种分布模型下，分别对原油价格的突变规律进行模拟计算并比较分析，通过比较分析给出了下次原油价格拐点出现时间的概率预测。结果表明，1986～2015 年共发生 37 次显著的油价突变。在不同的时点，市场供需结构的失衡、突发地缘政治事件、美元指数震荡、全球经济发展情况分别成为油价突变的主因。概率密度值的结果却表明，在不同时间间隔下，幂律分布的概率值较指数分布和对数-正态分布而言更大，对密集的阵发事件和不活跃的偶发事件都赋予了较高的概率。本书认为国际原油月度价格拐点的时间间隔服从幂律分布的假设是合理的。但由于数据量较少，假设检验的结果不是十分稳定，该幂律分布模型需进一步被实证和检验。

（5）石油市场供给阻滞对中国宏观经济的冲击效应测算。本书针对原油市场的供给侧冲击分析，创新性地构建了一个完整的 SS-PV-EI 研究框架以测算供给侧冲击对中国经济的影响。首先，利用 PPM-KM 模型和历史事件分析法提取并分析历史突变点，筛选出供给冲击事件。其次，基于 TVP-SV-VAR 模型估算出供给冲击对油价的时变弹性及脉冲响应结果。再次，运用情景分析方法结合历史事件分析设立美国对伊朗制裁可能导致的供给缺口情景及相应的油价区间。最后，基于 MIDAS-AR 模型和 NARDL 模型分别测算与分析四种情景下世界原油供给冲击对中国经济的非对称影响。

PPM-KM 模型的分析结果表明：1988 年 1 月至 2018 年 6 月期间，油价的历史突发事件约为 42 次，其中由供给冲击所引起的油价突变为 19 次。

TVP-SV-VAR 模型估算出供给冲击对油价的时变弹性及脉冲响应，并结合历史事件分析方法，合理设定了美国对伊朗石油制裁可能导致的不同供给缺口情景并测算相应的油价涨幅区间。结果表明，世界石油供给下降 1%，国际油价将平均上涨 0.25%～0.45%。当给供给一个标准差的正向冲击之后，提前 1 期原油价格的脉冲响应是负的。当伊朗制裁等突发事件引起的供给冲击发生时，不同情景下国际油价将可能上涨 2%～100%。

基于 MIDAS-AR 模型测算油价上涨对中国经济的非对称影响。全样本下，在情景一下，2018 年国际原油年均价上涨 50%～100%，正常情况下将导致我国 GDP 增速增加 2.08%～2.09%；在情景二下，2018 年国际原油年均价上涨 20%～25%，将导致我国 GDP 增速增加 0.4%～0.5%；在情景三下，2018 年国际原油年均价上涨 5%～15%，将导致我国 GDP 增速增加 0.1%～0.3%；在情景四下，2018 年国际原油年均价上涨 2%～8%，将导致我国 GDP 增速增加 0.04%～0.1%。分段情况下，在情景一下，2018 年国际原油年均价上涨 50%～100%，正常情况下将导致我国 GDP 增速降低 2.08%～4.17%；在情景二下，2018 年国际原油年均价上涨 20%～25%，将导致我国 GDP 增速降低 0.8%～1%；在情景三下，2018 年国际原油年均价上涨 5%～15%，将导致我国 GDP 增速降低 0.2%～0.6%；在情景四下，2018 年国际原油年均价上涨 2%～8%，将导致我国 GDP 增速降低 0.08%～0.3%。情景一和情景二下，异常大幅的油价上涨必然导致宏观经济走向的不确定性增大，加大我国经济转型升级的难度和复杂性。但在情景三和情景四大概率发生的背景下，美国对伊朗制裁引起的国际油价波动对我国经济增速的影响尚在可承受范围之内。

基于 NARDL 模型测算油价上涨对中国 CPI 的非对称影响。结果表明，在情景一下，2018 年国际原油年均价上涨 50%～100%，中国 CPI 将上涨 3.46%～6.92%；在情景二下，2018 年国际原油年均价上涨 20%～25%，将导致中国 CPI 上涨 1.38%～1.73%；在情景三下，2018 年国际原油年均价上涨 5%～15%，将导致中国 CPI 上涨 0.35%～1.04%；在情景四下，2018 年国际原油年均价上涨 2%～8%，将导致中国 CPI 上涨 0.14%～0.55%。国际油价大幅飙升对我国经济的负面影响是显而易见的，但目前的高油价并不会改变中国经济转型平稳增长的基本趋势。

9.2 研究展望

虽然本书在原油市场的分析和预测研究中开展了一定的创新性工作，取得了若干有价值的研究成果，但研究工作仍然存在着改进的空间。例如，第一，在数据指标方面，本书选取的数据频度为月度数据，数据量还存在扩大的空间；同时，搜索数据指标的选择比较单一，可以进一步细化，构建合成指标等。第二，在预测模型库构建方面，点值模型和区间模型都存在着进一步拓展和完善的空间。第三，在突发事件方法论的构建方面，目前构建的 GSI-BN 网络结构相对简单，可以进一步考虑构建动态贝叶斯网络。未来进一步完善和拓展的研究工作主要包括以下三个方面。

（1）数据指标。首先，随着搜索数据数量的扩大，将从全球经济发展、供需、金融、库存、技术进步等方面选取对应的搜索数据，构建基于搜索大数据的国际油价预测模型。其次，未来将发掘更多更具价值的新兴数据源，比如油价评论数据、社交媒体数据、微博数据等。尝试使用深度学习方法来挖掘外汇新闻的情感极性，并与搜索数据结果进行对比和分析。

（2）原油价格预测模型库的构建。首先，不管是统计数据还是搜索引擎数据都存在频度不同的变量，特别是在实时预测中混频数据的处理十分重要，未来将选取更加有效的预测因子构建混频数据的 DBSTS 模型，以进行国际油价的预测。其次，在区间分析预测方面，有必要提出一种基于区间的因果检验，进一步考察能源市场与金融市场等因素之间的相互作用。这将为区间原油价格的区间自变量的选择提供一种更有说服力的方法。此外，利用区间值 Wald 检验进一步研究和量化区间自变量对区间原油价格的影响是很有意义的。例如，投机因素对原油价格的影响可能存在非对称性。最后，TARIX 模型的新颖之处在于，它利用了包含在区间内的更多信息，并对区间值价格和点值属性做出了更准确的预测，该方法可进一步推广到其他金融市场。

（3）进一步完善原油市场突发事件分析预测方法论。本书初步尝试使用网络搜索数据及 PPM-KM 方法识别分析历史突发事件，在一定程度上克服了传统的事件分析方法中时间窗设定的主观性缺陷，并进一步利用贝叶斯网络方法根据细分事件的发生概率预测可能出现的价格变化。但由于数据的限制，目前网络结构相对简单，未来将进一步引入动态的网络结构，并使用高频数据进行结构参数的估计，提高结果的准确性和稳健性。

参 考 文 献

柴建，郭菊娥，龚利，等. 2011. 基于 Bayesian-SV-SGT 模型的原油价格"Value at Risk"估计[J]. 系统工程理论与实践，31（1）：8-17.

柴建，卢全莹，郭菊娥，等. 2016. 国际原油价格系统演化的时变及突变特征分析[M]. 北京：经济科学出版社.

柴建，卢全莹，周友洪，等. 2017. 国际原油价格拐点分析及统计推断[J]. 中国管理科学，25（5）：33-41.

柴建，朱青，张钟毓，等. 2014. 国际油价突变识别及分析[J]. 中国人口·资源与环境，24（1）：109-117.

陈诗一，林伯强. 2019. 中国能源环境与气候变化经济学研究现状及展望——首届中国能源环境与气候变化经济学者论坛综述[J]. 经济研究，54（7）：203-208.

范英. 2018. 中国碳市场顶层设计：政策目标与经济影响[J]. 环境经济研究，3（1）：1-7，36.

范英，衣博文. 2021. 能源转型的规律、驱动机制与中国路径[J]. 管理世界，37（8）：95-104.

顾基发，唐锡晋. 2006. 物理-事理-人理系统方法论：理论与应用[M]. 上海：上海科技教育出版社.

顾基发，唐锡晋，朱正祥. 2007. 物理-事理-人理系统方法论综述[J]. 交通运输系统工程与信息，7（6）：51-60.

过彦博，吴信如. 2021. 全球流动性变化对中国短期跨境资本流动的影响——基于 TVP-SV-VAR 模型的实证分析[J]. 工业技术经济，40（2）：89-98.

韩艾，洪永淼，汪寿阳. 2009. 区间事件分析法——次贷危机对中资银行的影响研究[J]. 管理评论，21（2）：53-61.

何小明，成思危，董纪昌，等. 2011. 国际原油价格的长周期波动性[J]. 系统工程理论与实践，31（10）：1825-1836.

洪永淼. 2016. 经济统计学与计量经济学等相关学科的关系及发展前景[J]. 统计研究，33（5）：3-12.

洪永淼. 2021. 理解现代计量经济学[J]. 计量经济学报，1（2）：266-284.

洪永淼，汪寿阳. 2020. 数学、模型与经济思想[J]. 管理世界，36（10）：15-26.

洪永淼，汪寿阳. 2021. 大数据、机器学习与统计学：挑战与机遇[J]. 计量经济学报，1（1）：17-35.

黄晓薇，郭红玉，郭甦，等. 2014. 国际油价冲击对汇率体系稳定性影响的研究综述与展望[J]. 系统工程理论与实践，34（S1）：100-105.

姬强，范英. 2017. 国际石油市场：驱动机制与影响机理[M]. 北京：科学出版社.

姬强，刘炳越，范英. 2016. 国际油气价格与汇率动态相依关系研究：基于一种新的时变最优 Copula 模型[J]. 中国管理科学，24（10）：1-9.

李新，张珣. 2016. 互联网搜索指数构建新方法及国际油价实证研究[J]. 系统工程理论与实践，

36（2）：319-325.
李雪蓉，张晓旭，李政阳，等. 2016. 商业模式的文献计量分析[J]. 系统工程理论与实践，36（2）：273-287.
梁强，范英，魏一鸣. 2005. 基于小波分析的石油价格长期趋势预测方法及其实证研究[J]. 中国管理科学，（1）：30-36.
廖华，魏一鸣. 2012. 中国能源经济发展阶段及中长期节能潜力[J]. 中国科学院院刊，27（2）：214-218.
林伯强. 2010. 危机下的能源需求和能源价格走势以及对宏观经济的影响[J]. 金融研究，（1）：46-57.
刘金全. 2002. 时变参数选择模型与货币政策的时变反应分析[J]. 中国社会科学，（4）：40-49.
牛东晓，陈志业，邢棉，等. 2001. 遗传神经网络优化预测方法研究及其应用[J]. 华北电力大学学报，（1）：1-5.
牛东晓，赵磊，张博，等. 2007. 粒子群优化灰色模型在负荷预测中的应用[J]. 中国管理科学，（1）：69-73.
钱学森，于景元，戴汝为. 1990. 一个科学的新领域——开放的复杂巨系统及其方法论[J]. 自然杂志，13（1）：3-10，64.
邱均平. 2007. 信息计量学[M]. 武汉：武汉大学出版社.
邵帅，蔡竹欣，田志华，等. 2021. 镶着金边的乌云：重大突发公共卫生事件与城市空气质量[J]. 计量经济学报，1（4）：838-866.
史丹. 2000. 国际油价的形成机制及对我国经济发展的影响[J]. 经济研究，（12）：48-53.
汤铃，余乐安，李建平，等. 2016. 复杂时间序列预测技术研究：数据特征驱动分解集成方法论[M]. 北京：科学出版社.
汪寿阳，余乐安，房勇，等. 2008. 国际油价波动分析与预测[M]. 长沙：湖南大学出版社.
汪寿阳，余乐安，黎建强. 2007. TEI@I 方法论及其在外汇汇率预测中的应用[J]. 管理学报，4（1）：21-27.
汪寿阳，郑桂环，张珣，等. 2018. 宏观经济预测方法应用与预测系统[M]. 北京：科学出版社.
汪同三. 2009. 经济增长与波动的风险和对策[M]. 北京：经济管理出版社.
汪同三. 2021. 中国经济问题的跨学科研究[J]. 天津社会科学，（1）：10-14.
汪应洛. 1998. 系统工程理论、方法与应用[M]. 2 版.北京：高等教育出版社.
王奇珍，王玉东. 2018. 国际油价、美国经济不确定性和中国股市的波动溢出效应研究[J]. 中国管理科学，（11）：50-61.
王奇珍，朱英明，王玉东. 2017. 国际油价冲击对中国企业出口增长的影响[J]. 国际贸易问题，（2）：131-141.
王群伟，周鹏，周德群. 2010. 我国二氧化碳排放绩效的动态变化、区域差异及影响因素[J]. 中国工业经济，（1）：45-54.
王书平，吴振信. 2008. 布伦特原油价格季节性波动分析[J]. 中国管理科学，16（1）：48-52.
魏一鸣，焦建玲，梁强，等. 2008. 油价长期高位对我国社会经济的影响与对策[J]. 中国科学院院刊，（1）：11-15.
魏一鸣，刘兰翠，廖华，等. 2017. 中国碳排放与低碳发展[M]. 北京：科学出版社.
吴刚，魏一鸣. 2009.美国战略石油储备补仓和释放策略分析[J]. 中国能源，31（4）：12-15.

吴刚，魏一鸣. 2011. 突发事件情景下的中国战略石油储备应对策略研究[J]. 中国管理科学，19（2）：140-146.

吴振信，薛冰，王书平. 2011. 基于 VAR 模型的油价波动对我国经济影响分析[J]. 中国管理科学，19（1）：21-28.

肖皓，郭彩霞，祝树金. 2014. 国内外大米价格传递效应的动态变化——基于 TVP-VAR-SV 模型的实证考察[J]. 湖南大学学报（社会科学版），28（6）：83-89.

肖龙阶，周德群. 2010. 国际石油价格波动对我国物价水平影响研究[J]. 天津大学学报（社会科学版），12（5）：405-409.

许利枝，汪寿阳. 2014. 集装箱港口预测方法及其实证研究：基于 TEI@I 方法论[M]. 北京：科学出版社.

许伟，马建，汪寿阳. 2011. 系统分析方法集成研究及其在预测和监测中的应用[M]. 北京：科学出版社.

闫妍，许伟，部慧，等. 2007. 基于 TEI@I 方法论的房价预测方法[J]. 系统工程理论与实践，（7）：1-9，51.

余乐安，汪寿阳，黎建强. 2006. 外汇汇率与国际原油价格波动与预测-TEI@I 方法论[M]. 长沙：湖南大学出版社.

余乐安，查锐，贺凯健，等. 2018. 国际油价与中美股价的相依关系研究——基于不同行业数据的分析[J]. 中国管理科学，（11）：74-82.

张斌，徐建炜. 2010. 石油价格冲击与中国的宏观经济：机制、影响与对策[J]. 管理世界，（11）：18-27.

张大永，曹红. 2014. 国际石油价格与我国经济增长的非对称性关系研究[J]. 经济学（季刊），13（1）：699-722.

张大永，姬强. 2018. 中国原油期货动态风险溢出研究[J]. 中国管理科学，26（11）：42-49.

张国兴，程素杰，汪应洛. 2015.消费者对不同排量汽车购买行为的演化研究[J]. 中国管理科学，23（8）：148-157.

张国兴，高秀林，汪应洛，等. 2014. 中国节能减排政策的测量、协同与演变——基于 1978—2013 年政策数据的研究[J]. 中国人口 • 资源与环境，24（12）：62-73.

张济忠. 1997. 分形[M]. 北京：清华大学出版社：348.

张文，王珏，部慧，等. 2012. 基于时差相关多变量模型的金融危机前后国际原油价格影响因素分析[J]. 系统工程理论与实践，32（6）：1166-1174.

张珣，余乐安，黎建强，等. 2009. 重大突发事件对原油价格的影响[J]. 系统工程理论与实践，29（3）：10-15.

张跃军，李书慧. 2020. 投资者关注度对国际原油价格波动的影响研究[J]. 系统工程理论与实践，40（10）：2519-2529.

张跃军，魏一鸣. 2013. 石油市场风险管理：模型与应用[M]. 北京：科学出版社.

周德群，鞠可一，周鹏，等. 2013. 石油价格波动预警分级机制研究[J]. 系统工程理论与实践，33（3）：585-592.

周鹏，周迅，周德群. 2014. 二氧化碳减排成本研究述评[J]. 管理评论，26（11）：20-27，47.

Adamic L A. 2000. Zipf，power-laws，and Pareto-a ranking tutorial[EB/OL]. http://citeseerx.ist.psu.edu/viewdoc/download?doi=10.1.1.221.8427&rep=rep1&type=pdf[2021-10-16].

Agnolucci P. 2009. Volatility in crude oil futures：a comparison of the predictive ability of GARCH and implied volatility models[J]. Energy Economics，31（2）：316-321.

Albert R，Jeong H，Barabási A L. 1999. Internet：diameter of the World-Wide Web[J]. Nature，401：130-131.

Alizadeh S，Brandt M W，Diebold F X. 2002. Range-based estimation of stochastic volatility models[J]. The Journal of Finance，57（3）：1047-1091.

Antonakakis N，Chatziantoniou I，Filis G. 2014. Dynamic spillovers of oil price shocks and economic policy uncertainty[J]. Energy Economics，44：433-447.

Arroyo J，Maté C. 2009. Forecasting histogram time series with K-nearest neighbours methods[J]. International Journal of Forecasting，25（1）：192-207.

Askari H，Krichene N. 2008. Oil price dynamics（2002-2006）[J]. Energy Economics，30（5）：2134-2153.

Atalla T，Joutz F，Pierru A. 2016. Does disagreement among oil price forecasters reflect volatility? Evidence from the ECB surveys[J]. International Journal of Forecasting，32（4）：1178-1192.

Baillie R T，Bollerslev T，Mikkelsen H O. 1996a. Fractionally integrated generalized autoregressive conditional heteroskedasticity[J]. Journal of Econometrics，74（1）：3-30.

Baillie R T，Chung C F，Tieslau M A. 1996b. Analysing inflation by the fractionally integrated ARFIMA-GARCH model[J]. Journal of Applied Econometrics，11（1）：23-40.

Barabási A L. 2005. The origin of bursts and heavy tails in human dynamics[J]. Nature，435（7039）：207-211.

Barabási A L，Albert R. 1999. Emergence of scaling in random networks[J]. Science，286（5439）：509-512.

Barry D，Hartigan J A. 1992. Product partition models for change point problems[J]. Annals of Statistics，20（1）：260-279.

Barry D，Hartigan J A. 1993. A Bayesian analysis for change point problems[J]. Journal of the American Statistical Association，88（421），309-319.

Barsky R B，Kilian L. 2001. Do we really know that oil caused the great stagflation? A monetary alternative[J]. NBER Macroeconomics Annual，16：137-183.

Barsky R B，Kilian L. 2004. Oil and the macroeconomy since the 1970s[J]. Journal of Economic Perspectives，18（4）：115-134.

Baumeister C，Hamilton J D. 2019. Structural interpretation of vector autoregressions with incomplete identification：revisiting the role of oil supply and demand shocks[J]. American Economic Review，109（5）：1873-1910.

Baumeister C，Kilian L. 2012. Real-time forecasts of the real price of oil[J]. Journal of Business & Economic Statistics，30（2）：326-336.

Baumeister C，Kilian L. 2016. Lower oil prices and the U.S. economy：is this time different?[J]. Brookings Papers on Economic Activity，47（2）：287-357.

Baumeister C，Kilian L，Zhou X Q. 2018. Are product spreads useful for forecasting oil prices? An empirical evaluation of the Verleger hypothesis[J]. Macroeconomic Dynamics，22（3）：562-580.

Bernanke B S，Gertler M，Watson M，et al. 1997. Systematic monetary policy and the effects of oil price shocks[J]. Brookings Papers on Economic Activity，（1）：91-157.

Bernardo J，Berger J，Clyde M，et al. 1999. Bayesian model averaging and model search strategies[J]. Bayesian Statistics，6：157-185.

Billard L，Diday E. 2000. Regression analysis for interval-valued data[C]//Kiers H A，Rasson J P，Groenen P J K，et al. Data Analysis，Classification，and Related Methods. Berlin：Springer：369-374.

Billard L，Diday E. 2003. From the statistics of data to the statistics of knowledge：symbolic data analysis[J]. Journal of the American Statistical Association，98（462）：470-487.

Black F，Scholes M. 1973. The pricing of options and corporate liabilities[J]. Journal of Political Economy，81：637-654.

Blanchard O J. 2002. Comments on "Do we really know that oil caused the great stagnation? A monetary alternative" [C]//Barsky R，Kilian L. NBER Macroeconomics Annual. Cambridge：MIT Press：183-192.

Boivin J，Ng S. 2006. Are more data always better for factor analysis? [J]. Journal of Econometrics，132（1）：169-194.

Brandes U. 2001. A faster algorithm for betweenness centrality[J]. Journal of Mathematical Sociology，25（2）：163-177.

Brandt M W，Gao L. 2019. Macro fundamentals or geopolitical events? A textual analysis of news events for crude oil[J]. Journal of Empirical Finance，51：64-94.

Brownlees C T，Gallo G M. 2010. Comparison of volatility measures：a risk management perspective[J]. Journal of Financial Econometrics，8（1）：29-56.

Bu H. 2014. Effect of inventory announcements on crude oil price volatility[J]. Energy Economics，46：485-494.

Canova F. 1994. Detrending and turning points[J]. European Economic Review，38（3/4）：614-623.

Caporin M，Fontini F，Talebbeydokhti E. 2019. Testing persistence of WTI and Brent long-run relationship after the shale oil supply shock[J]. Energy Economics，79：21-31.

Cashin P，Mohaddes K，Raissi M，et al. 2014. The differential effects of oil demand and supply shocks on the global economy[J]. Energy Economics，44：113-134.

Castle J L，Qin X C，Reed W R. 2009. How to pick the best regression equation：a review and comparison of model selection algorithms[J]. Working Papers in Economics，32（5）：979-986.

Chai J，Cao P J，Zhou X Y，et al. 2018c. The conductive and predictive effect of oil price fluctuations on China's industry development based on mixed-frequency data[J]. Energies，11（6）：1372.

Chai J，Guo J E，Meng L，et al. 2011. Exploring the core factors and its dynamic effects on oil price：an application on path analysis and BVAR-TVP model[J]. Energy Policy，39（12）：8022-8036.

Chai J，Lu Q Y，Hu Y，et al. 2018a. Analysis and Bayes statistical probability inference of crude oil price change point[J]. Technological Forecasting and Social Change，126：271-283.

Chai J，Xing L M，Zhou X Y，et al. 2018b. Forecasting the WTI crude oil price by a hybrid-refined method[J]. Energy Economics，71：114-127.

Chang C P，Lee C C. 2015. Do oil spot and futures prices move together? [J]. Energy Economics，50：379-390.

Chang K L，Yu S T. 2013. Does crude oil price play an important role in explaining stock return behavior? [J]. Energy Economics，39：159-168.

Charles A，Darné O. 2017. Forecasting crude-oil market volatility：further evidence with jumps[J]. Energy Economics，67：508-519.

Chen C M. 2014. The CiteSpace manual[EB/OL]. https://m.sciencenet.cn/home.php?mod=attachment&filename=CiteSpaceManual.pdf&id=52563[2021-05-03].

Chen C M，Dubin R，Kim M C. 2014. Orphan drugs and rare diseases：a scientometric review（2000-2014）[J]. Expert Opinion on Orphan Drugs，2（7）：709-724.

Chen Y，Wu C. 2017. The hot spot transformation in the research evolution of maker[J]. Scientometrics，113（3）：1307-1324.

Chipman H，George E I，Mcculloch R E，et al. 2001. The practical implementation of Bayesian model selection[J]. Lecture Notes-Monograph Series，38（262）：65-134.

Chkili W，Hammoudeh S，Nguyen D K. 2014. Volatility forecasting and risk management for commodity markets in the presence of asymmetry and long memory[J]. Energy Economics，41：1-18.

Chou R Y. 2005. Forecasting financial volatilities with extreme values：the conditional autoregressive range（CARR）model[J]. Journal of Money，Credit and Banking，37（3）：561-582.

Choy J H C，Broemeling L D. 1980. Some Bayesian inferences for a changing linear model[J]. Technimetrics，22（1）：71-78.

Cifarelli G，Paladino G. 2010. Oil price dynamics and speculation：a multivariate financial approach[J]. Energy Economics，32（2）：363-372.

Clauset A，Shalizi C R，Newman M E J. 2009. Power-law distributions in empirical data[J]. SIAM Review，51（4）：661-703.

Clements M P，Galvão A B. 2008. Macroeconomic forecasting with mixed-frequency data：forecasting output growth in the United States[J]. Journal of Business & Economic Statistics，26（4）：546-554.

Clements M P，Smith J. 2000. Evaluating the forecast densities of linear and non-linear models：applications to output growth and unemployment[J]. Journal of Forecasting，19（4）：255-276.

Coleman L. 2012. Explaining crude oil prices using fundamental measures[J]. Energy Policy，40：318-324.

Cont R. 2001. Empirical properties of asset returns：stylized facts and statistical issues[J]. Quantitative Finance，1（2）：223-236.

Crowley E M. 1997. Product partition models for normal means[J]. Journal of the American Statistical Association，92（437）：192-198.

Cunado J，de Gracia F P . 2014. Oil price shocks and stock market returns：evidence for some European countries[J]. Energy Economics，42：365-377.

D'Agostino R B，Stephens M A. 1986. Goodness-of-Fit Techniques[M]. New York：Marcel Dekker.

Da Z，Engelberg J，Gao P J. 2011. In search of attention[J]. The Journal of Finance，66（5）：1461-1499.

de Souza e Silva E G，Legey L F L，de Souza e Silva E A . 2010. Forecasting oil price trends using wavelets and hidden Markov models[J]. Energy Economics，32（6）：1507-1519.

Dees S，Mauro F，Pesaran M H，et al. 2007. Exploring the international linkages of the Euro Area：a global VAR analysis[J]. Journal of Applied Econometrics，22（1）：1-38.

Degiannakis S，Filis G. 2017. Forecasting oil price realized volatility using information channels from other asset classes[J]. Journal of International Money and Finance，76：28-49.

Demirer R，Kutan A M. 2010. The behavior of crude oil spot and futures prices around OPEC and SPR announcements：an event study perspective[J]. Energy Economics，32（6）：1467-1476.

Dey D K，Ghosh S K，Chang H. 1997. Measuring the effect of observations using the posterior and the intrinsic Bayes factors with vague prior information[J]. Sankhyā：The Indian Journal of Statistics，Series A：376-391.

Diebold F X，Gunther T A，Tay A S. 1998. Evaluating density forecasts with applications to financial risk management[J]. International Economic Review，39（4）：863-883.

Diebold F X，Mariano R S. 1995. Comparing predictive accuracy[J]. Journal of Business & Economic Statistics，13（3）：253-263.

Doroodian K，Boyd R. 2003. The linkage between oil price shocks and economic growth with inflation in the presence of technological advances：a CGE model[J]. Energy Policy，31（10）：989-1006.

Drachal K. 2016. Forecasting spot oil price in a dynamic model averaging framework-have the determinants changed over time？[J]. Energy Economics，60：35-46.

Drezga I，Rahman S. 1998. Input variable selection for ANN-based short-term load forecasting[J]. IEEE Transactions on Power Systems，13（4）：1238-1244.

Edelman B. 2012. Using Internet data for economic research[J]. Journal of Economic Perspectives，26（2）：189-206.

Engle R F，White H. 1999. Cointegration，causality，and forecasting：a festschrift in honour of Clive W.J. Granger[M]. Oxford：Oxford University Press.

Fan Y，Xu J H. 2011. What has driven oil prices since 2000？A structural change perspective[J]. Energy Economics，33（6）：1082-1094.

Ferreira P E. 1975. A Bayesian analysis of a switching regression model：known number of regimes[J]. Journal of the American Statistical Association，70（350）：370-374.

Friedman N，Getoor L，Koller D，et al. 1999. Learning probabilistic relational models[C]//Dean T. Proceedings of the Sixteenth International Joint Conference on Artificial Intelligence（IJCAI-99）. Stockholm：1300-1309.

Gabaix X，Gopikrishnan P，Plerou V，et al. 2003. A theory of power-law distributions in financial market fluctuations[J]. Nature，423（6937）：267-270.

Gately D，Huntington H G. 2002. The asymmetric effects of changes in price and income on energy and oil demand[J]. The Energy Journal，23（1）：1-30.

George E I，McCulloch R E. 1997. Approaches for Bayesian variable selection[J]. Statistica Sinica，（7）：339-373.

Geske R. 1979. The valuation of compound options[J]. Journal of Financial Economics，7（1）：63-81.

Ghysels E，Santa-Clara P，Valkanov R. 2004. The MIDAS touch：mixed data sampling regression models[EB/OL]. https://escholarship.org/uc/item/9mf223rs[2021-01-16].

Godsill S J. 2001. On the relationship between Markov chain Monte Carlo methods for model uncertainty[J]. Journal of Computational and Graphical Statistics，10（2）：230-248.

Gong X，Chen L Q，Lin B Q. 2020. Analyzing dynamic impacts of different oil shocks on oil price[J]. Energy，198：117306.

Gong X，Lin B Q. 2018. Time-varying effects of oil supply and demand shocks on China's macro-economy[J]. Energy，149：424-437.

Green P J. 1995. Reversible jump Markov chain Monte Carlo computation and Bayesian model determination[J]. Biometrika，82（4）：711-732.

Guo J F，Ji Q. 2013. How does market concern derived from the Internet affect oil prices？[J]. Applied Energy，112：1536-1543.

Haas M，Pigorsch C. 2009. Financial Economics，Fat-Tailed Distributions[M]. New York：Springer.

Hamilton J D. 2003. What is an oil shock?[J]. Journal of Econometrics，113（2）：363-398.

Hamilton J D. 1989. A new approach to the economic analysis of nonstationary time series and the business cycle[J]. Econometrica，57（2）：357-384.

Hamilton J D. 2009a. Causes and consequences of the oil shock of 2007-08[R]. National Bureau of Economic Research Working Paper 15002.

Hamilton J D. 2009b. Understanding crude oil prices[J]. The Energy Journal，30（2）：179-206.

Hamilton J D，Herrera A M. 2004. Comment：oil shocks and aggregate macroeconomic behavior：the role of monetary policy[J]. Journal of Money，Credit and Banking，36（2）：265-286.

Hartigan J A. 1990. Partition models[J]. Communications in Statistics-Theory and Methods，19（8）：2745-2756.

Haugom E，Langeland H，Molnár P，et al. 2014. Forecasting volatility of the U.S. oil market[J]. Journal of Banking & Finance，47：1-14.

He A W W，Kwok J T K，Wan A T K. 2010b. An empirical model of daily highs and lows of west Texas intermediate crude oil prices[J]. Energy Economics，32（6）：1499-1506.

He Y N，Han A，Hong Y M，et al. 2021. Forecasting crude oil price intervals and return volatility via autoregressive conditional interval models[J]. Econometric Reviews，40（6）：584-606.

He Y N，Wang S Y，Lai K K. 2010a. Global economic activity and crude oil prices：a cointegration analysis[J]. Energy Economics，32（4）：868-876.

Heath D. 2019. Macroeconomic factors in oil futures markets[J]. Management Science，65（9）：4407-4421.

Hochreiter S，Schmidhuber J. 1996. LSTM can solve hard long time lag problems[C]//Jordan M I，Petsche T. NIPS'96：Proceedings of the 9th International Conference on Neural Information Processing Systems. Cambridge：MIT Press：473-479.

Hong T，Pinson P，Fan S，et al. 2016. Probabilistic energy forecasting：global energy forecasting competition 2014 and beyond[J]. International Journal of Forecasting，32（3）：896-913.

Hou A J，Suardi S. 2012. A nonparametric GARCH model of crude oil price return volatility[J]. Energy Economics，34（2）：618-626.

Hu Z Y，Bao Y K，Chiong R，et al. 2015. Mid-term interval load forecasting using multi-output support vector regression with a memetic algorithm for feature selection[J]. Energy，84：419-431.

Huang C，Darwiche A. 1996. Inference in belief networks：a procedural guide[J]. International Journal of Approximate Reasoning，15（3）：225-263.

Huang T，Fildes R，Soopramanien D. 2014. The value of competitive information in forecasting FMCG retail product sales and the variable selection problem[J]. European Journal of Operational Research，237（2）：738-748.

Hukuhara M. 1967. Integration des applications mesurables dont la valeur est un compact convexe[J]. Funkcialaj Ekvacioj，10（3）：205-223.

Huntington H G. 2018. Measuring oil supply disruptions：a historical perspective[J]. Energy Policy，115：426-433.

Hyndman R J. 2019. Forecast：forecasting functions for time series and linear models. R package version 8.16[EB/OL]. http://pkg.robjhyndman.com/forecast[2021-10-16].

Hyndman R J，Khandakar Y. 2008. Automatic time series forecasting：the forecast package for R[J]. Journal of Statistical Software，27（3）：1-22.

Inclan C. 1993. Detection of multiple changes of variance using posterior odds[J]. Journal of Business and Economic Statistics，11（3）：289-300.

Inclan C，Tiao G C. 1994. Use of cumulative sums of squares for retrospective detection of changes of variance[J]. Journal of the American Statistical Association，89（427）：913-923.

Ji Q，Fan Y. 2012. How does oil price volatility affect non-energy commodity markets？[J]. Applied Energy，89（1）：273-280.

Ji Q，Fan Y. 2016. Evolution of the world crude oil market integration：a graph theory analysis[J]. Energy Economics，53：90-100.

Ji Q，Guo J F. 2015. Oil price volatility and oil-related events：an Internet concern study perspective[J]. Applied Energy，137：256-264.

Jiménez-Rodríguez R，Sánchez M. 2005. Oil price shocks and real GDP growth：empirical evidence for some OECD countries[J]. Applied Economics，37（2）：201-228.

Jones D W，Leiby P N，Paik I K. 2004. Oil price shocks and the macroeconomy：what has been learned since 1996[J]. Energy Journal，25（2）：1-32.

Juvenal L，Petrella I. 2015. Speculation in the oil market[J]. Journal of Applied Econometrics，30（4）：621-649.

Kang S H，Kang S M，Yoon S M. 2009. Forecasting volatility of crude oil markets[J]. Energy Economics，31（1）：119-125.

Kilian L. 2008a. A comparison of the effects of exogenous oil supply shocks on output and inflation in the G7 countries[J]. Journal of the European Economic Association，6（1）：78-121.

Kilian L. 2008b. Exogenous oil supply shocks：how big are they and how much do they matter for the U.S. economy？[J]. The Review of Economics and Statistics，90（2）：216-240.

Kilian L. 2009. Not all oil price shocks are alike：disentangling demand and supply shocks in the crude oil market[J]. American Economic Review，99（3）：1053-1069.

Kilian L. 2017. How the tight oil boom has changed oil and gasoline markets[R]. CESifo Working

Paper Series 6380.

Kilian L，Hicks B. 2013. Did unexpectedly strong economic growth cause the oil price shock of 2003-2008？[J]. Journal of Forecasting，32（5）：385-394.

Kilian L，Murphy D P. 2014. The role of inventories and speculative trading in the global market for crude oil[J]. Journal of Applied Econometrics，29（3）：454-478.

Kilian L，Park C. 2009. The impact of oil price shocks on the U.S. stock market[J]. International Economic Review，50（4）：1267-1287.

Kilian L，Vega C. 2011. Do energy prices respond to US macroeconomic news？A test of the hypothesis of predetermined energy prices[J]. Review of Economics and Statistics，93（2）：660-671.

Kilian L，Vigfusson R J. 2011. Are the responses of the U.S. economy asymmetric in energy price increases and decreases？[J]. Quantitative Economics，2（3）：419-453.

Kilian L，Vigfusson R J. 2017. The role of oil price shocks in causing U.S. recessions[J]. Journal of Money，Credit and Banking，49（8）：1747-1776.

Kim M C，Chen C M. 2015. A scientometric review of emerging trends and new developments in recommendation systems[J]. Scientometrics，104（1）：239-263.

Klein T，Walther T. 2016. Oil price volatility forecast with mixture memory GARCH[J]. Energy Economics，58：46-58.

Koller D，Friedman N. 2009. Probabilistic Graphical Models：Principles and Techniques[M]. Cambridge：MIT Press.

Kolodzeij M，Kaufmann R K. 2014. Oil demand shocks reconsidered：a cointegrated vector autoregression[J]. Energy Economics，41：33-40.

Korb K B，Nicholson A E. 2010. Bayesian Artificial Intelligence[M]. Boca Raton：CRC Press.

Körner R. 1997. On the variance of fuzzy random variables[J]. Fuzzy Sets and Systems，92（1）：83-93.

Körner R，Näther W. 2002. On the variance of random fuzzy variables[C]//Bertoluzza C，Gil M，Ralescu D A. Statistical Modeling，Analysis and Management of Fuzzy Data. Heidelberg：Physica：25-42.

Korobilis D. 2013. VAR forecasting using Bayesian variable selection[J]. Journal of Applied Econometrics，28（2）：204-230.

Lauritzen S L. 1996. Graphical Models[M]. Oxford：Clarendon Press.

Leamer E E. 1978. Specification Searches：Ad Hoc Inference with Nonexperimental Data[M]. New York：John Wiley & Sons，Inc.

Li R，Leung G C K. 2011. The integration of China into the world crude oil market since 1998[J]. Energy Policy，39（9）：5159-5166.

Li X，Ma J，Wang S Y，et al. 2015. How does Google search affect trader positions and crude oil prices？[J]. Economic Modelling，49：162-171.

Li X，Pan B，Law R，et al. 2017. Forecasting tourism demand with composite search index[J]. Tourism Management，59：57-66.

Li X R，Shang W，Wang S Y. 2019. Text-based crude oil price forecasting：a deep learning approach[J]. International Journal of Forecasting，35（4）：1548-1560.

Liang F，Paulo R，Molina G，et al. 2008. Mixtures of g-priors for Bayesian variable selection[J]. Journal of the American Statistical Association，103：410-423.

Lin S X，Tamvakis M. 2010. OPEC announcements and their effects on crude oil prices[J]. Energy Policy，38（2）：1010-1016.

Lizardo R A，Mollick A V. 2010. Oil price fluctuations and U.S. dollar exchange rates[J]. Energy Economics，32（2）：399-408.

Loschi R H，Cruz F R B. 2002. An analysis of the influence of some prior specifications in the identification of change points via product partition model[J]. Computational Statistics & Data Analysis，39（4）：477-501.

Loschi R H，Cruz F R B. 2005. Extension to the product partition model：computing the probability of a change[J]. Computational Statistics & Data Analysis，48（2）：255-268.

Loschi R H，Cruz F R B，Iglesias P L，et al. 2003. A Gibbs sampling scheme to the product partition model：an application to change-point problems[J]. Computers & Operations Research，30（3）：463-482.

Lu Q Y，Li Y Z，Chai J，et al. 2020. Crude oil price analysis and forecasting：a perspective of “new triangle”[J]. Energy Economics，87：104721.

MacKinnon J G，Haug A A，Michelis L. 1999. Numerical distribution functions of likelihood ratio tests for cointegration[J]. Journal of Applied Econometrics, 14（5）：563-577.

Madigan D，Raftery A E. 1994. Model selection and accounting for model uncertainty in graphical models using Occam's window[J]. Journal of the American Statistical Association，89（428）：1535-1546.

Maia A L S，de Carvalho F A T. 2011. Holt's exponential smoothing and neural network models for forecasting interval-valued time series[J]. International Journal of Forecasting，27（3）：740-759.

Masih R，Peters S，Mello L D. 2011. Oil price volatility and stock price fluctuations in an emerging market：evidence from South Korea[J]. Energy Economics，33（5）：975-986.

May R J，Dandy G C，Maier H R，et al. 2008. Application of partial mutual information variable selection to ANN forecasting of water quality in water distribution systems[J]. Environmental Modelling & Software，23（10/11）：1289-1299.

Mayya K B K，Santhanam M S. 2007. Correlations，Delays and Financial Time Series[M]. Milano：Springer.

McLaren N，Shanbhogue R. 2011. Using Internet search data as economic indicators[J]. Bank of England Quarterly Bulletin，（Q2）：134-140.

Mohaddes K，Pesaran M H. 2016. Country-specific oil supply shocks and the global economy：a counterfactual analysis[J]. Energy Economics，59：382-399.

Mohammadi H，Su L X. 2010. International evidence on crude oil price dynamics：applications of ARIMA-GARCH models[J]. Energy Economics，32：1001-1008.

Morana C. 2001. A semiparametric approach to short-term oil price forecasting[J]. Energy Economics，23（3）：325-338.

Mostafa M M，El-Masry A A. 2016. Oil price forecasting using gene expression programming and artificial neural networks[J]. Economic Modelling，54：40-53.

Murat A，Tokat E. 2009. Forecasting oil price movements with crack spread futures[J]. Energy Economics，31（1）：85-90.

Nagarajan R，Scutari M，Lèbre S. 2013. Bayesian Networks in R with Applications in Systems Biology[M]. New York：Springer.

Nakajima J. 2011. Time-varying parameter VAR model with stochastic volatility：an overview of methodology and empirical applications[J]. Monetary and Economic Studies，29：107-142.

Nakajima J，Kasuya M，Watanabe T. 2011. Bayesian analysis of time-varying parameter vector autoregressive model for the Japanese economy and monetary policy[J]. Journal of the Japanese and International Economies，25（3）：225-245.

Narayan P K，Ahmed H A，Narayan S. 2015. Do momentum - based trading strategies work in the commodity futures markets？[J]. Journal of Futures Markets，35（9）：868-891.

Narayan P K，Narayan S，Zheng X W. 2010. Gold and oil futures markets：are markets efficient？[J]. Applied Energy，87（10）：3299-3303.

Naser H. 2016. Estimating and forecasting the real prices of crude oil：a data rich model using a dynamic model averaging（DMA）approach[J]. Energy Economics，56：75-87.

Neto E A L，de Carvalho F A T. 2008. Centre and range method for fitting a linear regression model to symbolic interval data[J]. Computational Statistics & Data Analysis，52（3）：1500-1515.

Nofsinger J R. 2005. Social mood and financial economics[J]. The Journal of Behavioral Finance，6（3）：144-160.

Nusair S A. 2016. The effects of oil price shocks on the economies of the gulf co-operation council countries：nonlinear analysis[J]. Energy Policy，91：256-267.

Oladosu G A，Leiby P N，Bowman D C，et al. 2018. Impacts of oil price shocks on the United States economy：a meta-analysis of the oil price elasticity of GDP for net oil-importing economies[J]. Energy Policy，115：523-544.

Özbek L，Özlale Ü. 2010. Analysis of real oil prices via trend-cycle decomposition[J]. Energy Policy，38（7）：3676-3683.

Pan Z Y，Wang Y D，Wu C F，et al. 2017. Oil price volatility and macroeconomic fundamentals：a regime switching GARCH-MIDAS model[J]. Journal of Empirical Finance，43：130-142.

Pan Z Y，Wang Y D，Yang L. 2014. Hedging crude oil using refined product：a regime switching asymmetric DCC approach[J]. Energy Economics，46：472-484.

Park J，Ratti R A. 2008. Oil price shocks and stock markets in the US and 13 European countries[J]. Energy Economics，30（5）：2587-2608.

Pearl J. 1998. Probabilistic Reasoning in Intelligent Systems：Networks of Plausible Inference[M]. Burlington：Morgan Kaufmann.

Pesaran M H，Shin Y，Smith R J. 2001. Bounds testing approaches to the analysis of level relationships[J]. Journal of Applied Econometrics，16（3）：289-326.

Pesaran M H，Timmermann A. 1992. A simple nonparametric test of predictive performance[J]. Journal of Business & Economic Statistics，10（4）：461-465.

Prasad A，Narayan P K，Narayan J. 2007. Exploring the oil price and real GDP nexus for a small island economy，the Fiji Islands[J]. Energy Policy，35（12）：6506-6513.

Primiceri G E. 2005. Time varying structural vector autoregressions and monetary policy[J]. Review of Economic Studies，（3）：821-852.

Qadan M，Nama H. 2018. Investor sentiment and the price of oil[J]. Energy Economics，69：42-58.

Qiao K N，Sun Y Y，Wang S Y. 2019. Market inefficiencies associated with pricing oil stocks during shocks[J]. Energy Economics，81：661-671.

Quintana F A，Iglesias P L. 2003. Bayesian clustering and product partition models[J]. Journal of the Royal Statistical Society：Series B（Statistical Methodology），65（2）：557-574.

Raftery A E，Madigan D，Hoeting J A. 1997. Bayesian model averaging for linear regression models[J]. Journal of the American Statistical Association，92（437）：179-191.

Ratti R A，Vespignani J L. 2013. Crude oil prices and liquidity，the BRIC and G3 countries[J]. Energy Economics，39：28-38.

Reboredo J C. 2012. Modelling oil price and exchange rate co-movements[J]. Journal of Policy Modeling，34（3）：419-440.

Ročková V，George E I. 2018. The spike-and-slab lasso[J]. Journal of the American Statistical Association，113（521）：431-444.

Sadorsky P. 1999. Oil price shocks and stock market activity[J]. Energy Economics，21（5）：449-469.

Sadorsky P. 2006. Modeling and forecasting petroleum futures volatility[J]. Energy Economics，28（4）：467-488.

Sadorsky P. 2014. Modeling volatility and correlations between emerging market stock prices and the prices of copper，oil and wheat[J]. Energy Economics，43：72-81.

Salisu A A，Fasanya I O. 2013. Modelling oil price volatility with structural breaks[J]. Energy Policy，52：554-562.

Sanders D R，Boris K，Manfredo M. 2004. Hedgers，funds，and small speculators in the energy futures markets：an analysis of the CFTC's commitments of traders reports[J]. Energy Economics，26（3）：425-445.

Sari R，Hammoudeh S，Soytas U. 2010. Dynamics of oil price，precious metal prices，and exchange rate[J]. Energy Economics，32（2）：351-362.

Scott S L，Varian H R. 2014. Predicting the present with Bayesian structural time series[J]. International Journal of Mathematical Modelling and Numerical Optimisation，5（1/2）：4-23.

Scott S L，Varian H R. 2015. Bayesian variable selection for nowcasting economic time series[C]//Goldfarb A，Greenstein S，Tucker C. Economic Analysis of the Digital Economy. Chicago：University of Chicago Press：119-135.

Scutari M. 2010. Learning Bayesian networks with the bnlearn R package[EB/OL]. https://arxiv.org/abs/0908.3817[2020-12-12].

Shin Y，Yu B，Greenwood-Nimmo M. 2014. Modelling asymmetric cointegration and dynamic multipliers in a nonlinear ARDL framework[EB/OL]. http://pdf.xuebalib.com:1262/4emqmNjzrgFU.pdf[2022-05-03].

Song H，Li G，Witt S F，et al. 2011. Forecasting tourist arrivals using time-varying parameter structural time series models[J]. International Journal of Forecasting，27（3）：855-869.

Spirtes P，Glymour C，Scheines R，et al. 2000. Causation，Prediction，and Search[M]. Cambridge：MIT Press.

Stock J H, Watson M W. 2004. Combination forecasts of output growth in a seven-country data set[J]. Journal of Forecasting，23（6）：405-430.

Sun S L，Sun Y Y，Wang S Y，et al. 2018b. Interval decomposition ensemble approach for crude oil price forecasting[J]. Energy Economics，76：274-287.

Sun Y Y，Bao Q，Zheng J L，et al. 2020. Assessing the price dynamics of onshore and offshore RMB markets：an ITS model approach[J]. China Economic Review，62：101476.

Sun Y Y，Han A，Hong Y M，et al. 2018a. Threshold autoregressive models for interval-valued time series data[J]. Journal of Econometrics，206（2）：414-446.

Sun Y Y，Zhang X，Hong Y M，et al. 2019. Asymmetric pass-through of oil prices to gasoline prices with interval time series modelling[J]. Energy Economics，78：165-173.

Tang L，Yu L，Wang S，et al. 2012. A novel hybrid ensemble learning paradigm for nuclear energy consumption forecasting[J]. Applied Energy，93：432-443.

Tappata M. 2009. Rockets and feathers：understanding asymmetric pricing[J]. The RAND Journal of Economics，40（4）：673-687.

Tsamardinos I，Brown L E，Aliferis C F. 2006. The max-min hill-climbing Bayesian network structure learning algorithm[J]. Machine Learning，65（1）：31-78.

Valadkhani A，Smyth R. 2017. How do daily changes in oil prices affect U.S. monthly industrial output？[J]. Energy Economics，67：83-90.

Vázquez A，Oliveira J G，Dezsö Z，et al. 2006. Modeling bursts and heavy tails in human dynamics[J]. Physical Review E，73：036127.

Vicente M R，López-Menéndez A J，Pérez R. 2015. Forecasting unemployment with Internet search data：does it help to improve predictions when job destruction is skyrocketing？[J] Technological Forecasting & Social Change，92：132-139.

Volinsky C. 2020. Bayesian model averaging home page. Technical Report. Bell Labs[EB/OL]. http://stats.research.att.com/volinsky/bma.html[2020-12-12].

Vuong Q H. 1989. Likelihood ratio tests for model selection and non-nested hypotheses[J]. Econometrica，57（2）：307-333.

Wang M G，Tian L X，Zhou P. 2018. A novel approach for oil price forecasting based on data fluctuation network[J]. Energy Economics，71：201-212.

Wang Y D，Liu L，Wu C F. 2017. Forecasting the real prices of crude oil using forecast combinations over time-varying parameter models[J]. Energy Economics，66：337-348.

Wang Y D，Wei Y，Wu C F. 2011. Analysis of the efficiency and multifractality of gold markets based on multifractal detrended fluctuation analysis[J]. Physica A：Statistical Mechanics and its Applications，390（5）：817-827.

Wang Y D，Wu C F. 2012. Forecasting energy market volatility using GARCH models：can multivariate models beat univariate models？[J]. Energy Economics，34（6）：2167-2181.

Wang Y D，Wu C F，Yang L. 2016a. Forecasting crude oil market volatility：a Markov switching multifractal volatility approach[J]. International Journal of Forecasting，32（1）：1-9.

Wang Y D，Wu C F，Yang L. 2016b. Forecasting the real prices of crude oil：a dynamic model averaging approach[J]. SSRN Electronic Journal，（6）：1-47.

Wei Y，Wang Y D，Huang D S. 2010. Forecasting crude oil market volatility：further evidence using GARCH-class models[J]. Energy Economics，32（6）：1477-1484.

Wu G，Zhang Y J. 2014. Does China factor matter? An econometric analysis of international crude oil prices[J]. Energy Policy，72：78-86.

Xiong T，Bao Y K，Hu Z Y. 2013. Beyond one-step-ahead forecasting：evaluation of alternative multi-step-ahead forecasting models for crude oil prices[J]. Energy Economics，40：405-415.

Xiong T，Li C G，Bao Y K，et al. 2015. A combination method for interval forecasting of agricultural commodity futures prices[J]. Knowledge Based Systems，77：92-102.

Xiong T，Li C G，Bao Y K. 2017. Interval-valued time series forecasting using a novel hybrid Holt and MSVR model[J]. Economic Modelling，60：11-23.

Yang C W，Hwang M J，Huang B N. 2002. An analysis of factors affecting price volatility of the U.S. oil market[J]. Energy Economics，24（2）：107-119.

Yang W，Han A，Cai K，et al. 2012. ACIX model with interval dummy variables and its application in forecasting interval-valued crude oil prices[J]. Procedia Computer Science，9：1273-1282.

Yang W，Han A，Hong Y M，et al. 2016. Analysis of crisis impact on crude oil prices：a new approach with interval time series modelling[J]. Quantitative Finance，16（12）：1917-1928.

Yao Y C. 1984. Estimation of a noisy discrete-time step function：Bayes and empirical Bayes approaches[J]. Annals of Statistics，12（4）：1434-1447.

Ye M，Zyren J，Shore J. 2005. A monthly crude oil spot price forecasting model using relative inventories[J]. International Journal of Forecasting，21（3）：491-501.

Yu L，Dai W，Tang L. 2016. A novel decomposition ensemble model with extended extreme learning machine for crude oil price forecasting[J]. Engineering Applications of Artificial Intelligence，47：110-121.

Yu L，Wang S Y，Lai K K. 2008. Forecasting crude oil price with an EMD-based neural network ensemble learning paradigm[J]. Energy Economics，30（5）：2623-2635.

Yu L，Wang Z，Tang L. 2015. A decomposition–ensemble model with data-characteristic-driven reconstruction for crude oil price forecasting[J]. Applied Energy，156：251-267.

Yu L，Zhao Y Q，Tang L，et al. 2019. Online big data-driven oil consumption forecasting with Google Trends[J]. International Journal of Forecasting，35（1）：213-223.

Zagaglia P. 2010. Macroeconomic factors and oil futures prices：a data-rich model[J]. Energy Economics，32（2）：409-417.

Zellner A. 1986. On assessing prior distributions and Bayesian regression analysis with g-prior distributions[J]. Bayesian Inference and Decision Techniques，6：223-243.

Zeng T，Swanson N R. 1998. Predictive evaluation of econometric forecasting models in commodity futures markets[J]. Studies in Nonlinear Dynamics & Econometrics，2（4）：159-177.

Zhang J L，Zhang Y J，Zhang L. 2015. A novel hybrid method for crude oil price forecasting[J]. Energy Economics，49：649-659.

Zhang X，Lai K K，Wang S Y. 2008. A new approach for crude oil price analysis based on empirical mode decomposition[J]. Energy Economics，30（3）：905-918.

Zhang X，Yu L，Wang S Y，et al. 2009. Estimating the impact of extreme events on crude oil price：an EMD-based event analysis method[J]. Energy Economics，31（5）：768-778.

Zhang Y J. 2013. Speculative trading and WTI crude oil futures price movement：an empirical analysis[J]. Applied Energy，107：394-402.

Zhang Y J，Chevallier J，Guesmi K. 2017. "De-financialization" of commodities? Evidence from stock，crude oil and natural gas markets[J]. Energy Economics，68：228-239.

Zhang Y J，Ma F，Shi B S，et al. 2018. Forecasting the prices of crude oil：an iterated combination approach[J]. Energy Economics，70：472-483.

Zhang Y J，Ma F，Wang Y D. 2019. Forecasting crude oil prices with a large set of predictors：can LASSO select powerful predictors? [J]. Journal of Empirical Finance，54：97-117.

Zhang Y J，Wei Y M. 2011. The dynamic influence of advanced stock market risk on international crude oil returns：an empirical analysis[J]. Quantitative Finance，11（7）：967-978.

Zhang Y J，Zhang L. 2015. Interpreting the crude oil price movements：evidence from the Markov regime switching model[J]. Applied Energy，143：96-109.

Zhao Y，Li J P，Yu L. 2017. A deep learning ensemble approach for crude oil price forecasting[J]. Energy Economics，66：9-16.

Zhou W X. 2007. Universal price impact functions of individual trades in an order-driven market[J]. Quantitative Finance，12（8）：1253-1263.

Zou H，Hastie T. 2005. Regularization and variable selection via the elastic net[J]. Journal of the Royal Statistical Society：Series B（Statistical Methodology），67（2）：301-320.

Zupic I，Čater T. 2015. Bibliometric methods in management and organization[J]. Organizational Research Methods，18（3）：429-472.